이산눌의 동아시아 체험과 문학

이산눌의 동아시아 체험과 문학

배주연 지음

보고사

머리말

동아시아 삼국에게 있어 16세기 말에서 17세기 초는 전에 없었던 격동의 변화를 겪었던 시기였다. 조선은 1592년 '정명가도'의 명분을 내세운 일본의 침략을 받아 국토가 유린되었으며, 이러한 혼란기를 틈타 중국은 여진족이 세운 청이 쇠락한 명을 위협하는 세력으로 강성하여 병자와 정묘호란을 일으켜 조선은 더욱 어려운 형세에 이르게 되었다.

이 책은 이러한 동아시아 변혁기를 살았던 이안눌의 시문학을 대상으로 쓴 필자의 박사학위 논문을 근간으로 하여 그동안의 연구 성과를 반영한 것이다. 본 논의를 통해 17세기 초를 살았던 이안눌이 당대의 일본, 중국 그리고 조선을 어떻게 바라보았는지 살피고 이를 토대로 그의 문학적 특성과 의의를 고찰하였다. 논의의 전개는 그가 겪었던 '전란(戰亂)', '사행(使行)', '임지(任地)'에서의 특수한 체험을 중심으로 일본을 보는 시선, 중국을 보는 시선, 조선을 보는 시선이라는 범주로 나누어 세 방향에서 이루어졌다.

전쟁이라는 국면은 한 나라, 한 문화권에서 격렬하고 총체적인 변화를 초래하는 역사적 경험이다. 일본이 15만 대군을 이끌고 공격하면서 시작된 임진란 역시 7년에 걸친 충격적인 대사건으로 국내외의 정세와 문화에 영향을 미쳐 일대 변혁의 계기가 되었다. 일본은 무리한 전쟁을 오래 끌었던 관계로 정권이 바뀌는 결과를 초래하였으며, 중국에서는 명나라가 대군을 조선에 파견하여 국력을 소모시킨 결과 여진에게 세력을 확대할 수 있는 기회를 주어 명·청 교체의 계기가 되었다.

역사적으로 시대상과 문학과의 상관성은 주지의 사실로 이안눌의 생애 중 가장 큰 사건이라면 말할 것도 없이 임·병 양란이다. 22세의 나이로 임진란을 겪었고, 그 이후에도 지방관으로 부임하여 크고 작은 북쪽 오랑 캐의 침입을 목도하고, 병자호란 중에 국왕을 호종하다 죽음을 맞는다. 임 진란이 발발했을 때, 함경도로 피란 가는 절박한 기간에 일기를 적듯이 자 신의 참혹했던 체험을 쓴 작품이나 이후에 왜란의 참상을 되돌아보며 그 때의 일을 시화한 작품은 전란 현장에서의 생생한 체험이기에 그 의미가 더욱 절절하다.

17세기 초 중국은 청이 만주를 무대로 국가로 발전하여 명 대신 중국 본토를 지배하게 되는 새로운 세력으로 등장하였다. 청은 대명, 대조선 관 계에서 압력과 영향을 미치면서 명과 조선을 상호대립 견제시키고 긴밀한 유대를 소원하게 만들면서, 동아시아의 국제 질서에 중심세력으로 등장했 던 것이다. 이러한 정세 속에서 이안눌은 1601년 진하사 서장관으로, 1632 년 주청부사(奏請副使)로 중국사행을 하게 되는데, 그의 사행시를 통해 17 세기 초 조선인의 중국에 대한 인식을 고찰할 수 있었다. 즉, 조선 중기 대명 사행 문학의 양상을 볼 수 있거니와 호란의 역사적 변환을 겪으며 드러나는 인식의 전개와 변모를 살필 수 있었다.

또한 이안눌은 등제 이후 거의 외직으로 전전했던 관력으로 인하여 조 선의 각 지역에서의 다양한 생활을 경험할 수 있었다. 주로 지방관을 수행 하거나 어사로 지역을 순찰하거나 감독하는 벼슬을 역임하여, 등제 이후 서울에서 기거하였던 기간을 모두 합하여도 겨우 2년 정도 밖에 안 된다. 재임하였던 지역은 함경도의 단천, 경성, 함흥, 경상도의 동래, 경주, 전라 도의 금산, 담양, 경기도의 강화, 그리고 충청도의 홍주의 지방관과 관찰사 와 평안도의 재산안핵어사를 역임하였고 유배지로 함경도 경성과 강원도 홍천에서 생활하였다. 이는 전국의 8도 가운데 황해도를 제외한 7곳에 걸쳐 관리를 맡은 것이다. 여러 지방을 다니면서 그 지역의 지형과 기후, 역사 등에 대한 특별한 관심을 가지고 이를 상세히 시화하면서 각별한 관심을 표출하였으며, 스스로도 이를 '여지지체(輿地志體)'라고 하였다.

이와 같이 이안눌이 '전란', '사행', '임지'에서의 실제 체험을 바탕으로 다양한 소재를 끌어와 시화하였던 점은 중국 한시에서나 보고 들었던 상상의 추체험 세계라든지 성리학적인 순수 관념의 세계를 시화하였던 이전 태도와 분명 구별되는 것이다. 물론, 그 역시 중국의 문학 관습을 동경하였던 창작 전통으로부터 완전히 자유롭지는 않았지만, 자기와 무관한 가공의 시적 상황에 만족하는 기교 주의적 기법에서 벗어나 존재하고 있는 '지금', '여기'를 재인식하고자 한 의식은 뚜렷하였다.

전쟁의 초토화된 실상은 그 자체로 참담한 절망의 상황이다. 그러나 우리는 아이러니하게도 그 전쟁의 비참함 속에서 삶의 새로운 의지를 싹틔우고 전쟁의 고통 속에서 휴머니즘을 꿈꾸게 된다. 이것이 바로 현재의 우리가 과거 전란 문학을 주목하는 이유이며, 이러한 과거 사실의 직시야말로 앞으로 더 나은 미래를 이끌어내는 새로운 시대의 전망을 제시해 줄 것이다.

이러한 맥락에서 17세기 초를 살았던 이안눌이 본 일본, 중국, 조선의 형상은 지금 우리가 대면하고 있는 현재 상황과도 무관하지 않을 것이다. 특히 전란으로 인하여 촉발된 일본, 중국과의 접촉 관계 속에서 '조선이 이를 어떻게 수용, 대처하고 이해하고자 하였는가?'라는 문제 의식은 과거에서부터 현재까지 계속 이어지는 진행형이기 때문이다.

이 책이 세상에 나오기 위해서는 많은 지인들에게 도움을 받아야만 했다. 이제 간략하게나마 이분들께 감사의 말을 전하고 싶다. 부족한 제자를 애정 어린 눈으로 살펴 주시고 몸소 바른 학문의 길을 보여주시는 이혜순 선생님의 학은에 깊이 감사드리며 늘 건강하시길 바란다. 선생님의 독려가

8

없었다면, 이 책은 물론 학업을 계속할 수 있었을까 하는 생각이 앞서는 것이 솔직한 심정이다. 다음으로 미진한 부분이 많았던 학위 논문을 세심하게 지도해 주신 정하영 선생님, 송재소 선생님, 안대회 선생님, 남은경 선생님께 진심으로 감사드린다. 사실 이 책이 논문을 더욱 심화시켰어야 하나 그렇지 못했기에 부끄럽고 송구스러움이 앞선다. 그렇지만 이것은 완성이 아닌 첫걸음이라는 점을 들어 어설프게 위안하면서 더욱 정진하는 자세로 임하고자 다짐해 본다.

늘 든든히 지지해 주시는 부모님과 남편, 밝고 건강하게 자라는 딸 유정에게 사랑한다는 말을 큰 울림으로 전하고 싶다. 가족들에게 작은 기쁨이 되었으면 좋겠다. 끝으로 어려운 여건에서도 흔쾌히 출판을 맡아주시고 예쁜 책으로 꾸며주신 보고사 김홍국 사장님과 박현정 편집장님, 지아라 선생님, 지도 편집에 도움을 준 김재원 선생님께도 깊은 감사를 표한다.

2013년 여름
배주연

목차

제1부

이안눌 문학에 나타난
일본, 중국 그리고 조선

제1장

서론

1. 연구 목적 및 의의

본 논의는 동악 이안눌(1571-1637) 한시 분석을 통하여 조선 중기 동악이 바라본 일본, 중국, 조선에 대한 시각을 살피고 이를 토대로 동악 시의 특징과 그의 문학사적 의의를 밝히는데 목적을 둔다.

16C 말에서 17C 초의 시기는 안으로 선조 이후 정치적 당쟁이 격화되고, 광해의 폭정과 인조반정의 쇄신을 겪었으며, 밖으로 임진·병자의 양란을 경험했던 시기였다. 국내의 정치적 상황은 성리학적 도리를 바탕으로 한 사림이 몇 번의 사화를 겪고, 선조 대에 이르러 비로소 실세로 등장하였으나 이들은 곧 동서로 분파되어 갈등과 반목의 정치적 분쟁을 일삼았다. 이러한 갈등의 국내 정황 속에서 외적으로는 1592년 일본의 대대적인 침략을 받게 되어 국토는 유린되고 민생은 말할 수 없이 피폐해진다. 이어 17세기 초, 여진족이 세운 청이 쇠락한 명을 위협하는 세력으로 강성하여 조선을 침략함으로써 더욱 어려운 형세에 이른다.

그러나 이와 같이 안팎으로 암울한 시대적 정황 속에서도 문단의 융성은 문학사에서 일찍이 없었던 성세를 구가하였는데, 그가 살았던 시기는 이른

바 목릉성세(穆陵盛世)로 일컬어지며 다수의 걸출한 인물들이 활동하였던 시대였다. 이 시기를 전후로 한 문장가로 정사룡, 노수신, 황정욱 등의 관각 삼걸과 이산해, 정철, 최립, 이순인, 송익필, 하응임, 이이, 서익 등을 비롯한 팔문장가, 최경창, 백광훈, 이달 등의 삼당, 신흠, 이정구, 장유, 이식 등의 한문사대가, 허균, 이수광 등 시론가, 이밖에 차천로, 유몽인, 윤근수, 이호민 등이 시 또는 문장으로 일가를 이루었다. 목릉의 시대를 맞아 수많은 문인들이 배출되어 치열한 움직임을 보이고 있는 가운데에서도 특히 이달, 최경창, 백광훈을 이어 권필과 이안눌, 이식 등이 최고의 시인으로 칭도되었다.[1]

16·7세기 당풍으로의 변모 과정 중에서도 이안눌이 살았던 시기는 성당풍의 추구를 주요 노선으로 택하였던 시기[2]로 권필, 이안눌, 허균, 차천로 등에 의해 사단이 주도된 시기이다. 따라서 이안눌 시에 대한 면밀한 검토 작업을 통해 그들이 구가하고자 했던 성당풍의 성격과 면모를 살펴볼 수 있을 것이다. 17세기 여러 시화집 속에 나타난 당대 시인에 대한 비평을 살펴보면, 이안눌은 시에 있어서 권필과 나란히 비교되면서[3] 웅혼하고 침울한 시풍으로 성당풍(盛唐風)의 기조를 띠었다는 평가를 받았음을 알 수 있다. 따라서 목릉 문단의 문풍을 대표하는 문인으로서 거론되는 이안눌 문학

---

1) 金萬重, 『西浦漫筆』, 통문관, 1971, "權汝章以布衣之雄起矯之 採拾唐宋 融冶雅俗 磨礱刷冶 號稱盡美 東岳和之 加以富有 澤堂嗣興 理致尤密 遂使殘膏剩馥 沾丐至今 可謂盛矣"

2) 鄭珉은 「16·7세기 學唐風의 性格과 그 風情」에서 학당풍의 전개를 4단계로 나누어 강서시파의 무게중심에서 벗어나, 당시풍의 매력에 눈을 떠가던 金淨을 비롯하여 兪好仁, 申從濩, 朴淳, 鄭澈, 申光漢, 尹根壽 등이 주축이 된 1단계, 염정풍의 섬세하고 염려한 시풍을 추구한 최경창, 이달, 백광훈으로 대표되는 삼당시인과 허난설헌, 임제 등의 인물이 등장했던 시대인 2단계, 盛唐風의 추구를 주요노선으로 한 권필, 이안눌, 차천로 등이 주도한 3단계, 의고풍에 강한 집착을 보인 정두경으로 대표되는 4단계로 나누었다.

3) 남용익은 『壺谷漫筆』에서 "우리나라에 권필과 이안눌이 있는 것은 唐의 이백이나 두보 같고 明의 이반룡이나 왕세정과도 같다(我朝之有權李 如唐之李杜明之滄弇 而李之慕權又如子美之於太白)"라고 하면서 둘을 대등한 위치로 보고 서로 다른 시풍의 특징을 비교하여 평하였다.

에 대한 연구는 조선 중기의 한문학사를 이해하는 데 중요한 열쇠가 된다.

그럼에도 불구하고 이안눌이 생전에 만여 수의 시를 창작하였다는 뛰어난 문학적 역량과 당대 정종으로서의 평가에 비하여, 그에 대한 연구자들의 관심은 동급으로 평가되었던 다른 문인들에 비해 상대적으로 미약하다. 현재 이 시대 문학에 대한 연구는 이수광, 허균, 권필, 장유 등의 몇몇 작가만을 중심으로 이루어지는 한계를 가진다. 특히, 권필의 '섬세한 여성적 부드러움'에 대비되어 '강건하고 묵직한 남성적 중후함'으로 주목받았던 이안눌임에도 불구하고, 그에 대한 연구는 권필과 현격한 대비를 이룬다. 권필에 대한 연구가 개별 작품론은 물론 내용이나 주제별 연구, 표현기법이나 문예 미학적 특성에 대한 연구로까지 논의가 확대된 데에 비하여 이안눌에 대한 연구는 아직 초기 단계에 불과하다. 개별 작품에 대한 내용, 주제, 미학적 측면으로의 다양한 접근 방식을 통해, 이안눌 문학에 대한 올바른 가치평가와 정당한 자리매김이 이루어져야 할 것이다.

문학사 연구에서도 주로 임·병 양란을 기점으로 조선 전기와 후기로 나누어 논의되었으나 후기에 대한 지금까지의 연구는 대체로 18세기에 집중되어 있어 전후기의 연결이 상당히 갑작스런 변모 양상을 보이고 있다. 이는 그 사이 시기 문학에 대한 연구가 소홀히 된 것에서 기인한 것으로 이러한 점에서도 임란 직후인 16세기 말에서 17세기 초의 문학에 대한 연구는 긴요한 과제라 할 수 있다. '목릉성세(穆陵盛世)'라는 과거의 평가에 준하는 이 시기 문학의 정당한 자리매김을 위해서 보다 많은 작가와 작품들이 보완 연구되어야 할 것이다.

이러한 점에서 이안눌의 문집에 실린 2913제 4379수의 시 작품은 양적인 면만을 보더라도 여말의 이색 이래 최고의 분량인 만큼 결코 간과할 수 없을 것이다. 성당풍의 추구를 지향했던 이안눌 한시에 대한 면밀한 검토와 분석 작업을 통해, 그 시대 문인들이 구가하고자 했던 문단에서의 성당풍의

성격과 그 특징적 면모를 살펴볼 수 있을 것이다. 나아가 이안눌 시세계의
특징을 살펴 그 위상을 재정립하는 본고의 논의는 조선 전기에서 후기로의
변화선상에서 일련의 문학 현상을 설명하는 데 중요한 단초가 될 것이다.

2. 선행 연구의 검토 및 연구 방향

1) 선행 연구의 검토

목릉성세로 불릴 만큼 문풍이 진작되었던 시대에, 시에 있어서 권필과
함께 두 인재로 평가되며 4천여 수의 시작품을 남긴 이안눌에 대한 기존
연구는 그의 문학적 위상에 비하여 한문학계에서 활발히 이루지지 못한 것
이 사실이다.

먼저, 한문학사 속에서 다루어진 이안눌에 관한 언급을 살펴보면, 김태
준은『조선한문학사』[4]에서 그가 목릉성세의 권필과 시명이 병칭되었다고
하면서 시화와『동악집』에 있는 당대인들의 평가를 서술하였다. 이는 현대
에 들어 처음으로 문학사적인 조명을 통해서 이안눌의 위상을 자리매김했
다는 데 의의가 있다.

이가원의『한국한문학사』[5]에서는 이안눌을 광해군대의 시인 중에 넣고,
허균이 그를 '전칠자(前七子)'의 하나로 보아 '웅발거려(雄拔巨麗)'한 점을 들
어 이안눌 시풍의 전체적인 면을 소개하고 있다. 이병주의『한국한문학사』[6]
는 그를 인조 반정후의 복고문풍의 범주로 다루면서 그 대표적 인물로 '문'에
있어서는 한문사대가와 '시'에 있어서는 이안눌, 이명한, 정두경, 남용익 등의
인물들을 들고 있다. 이안눌이 이행과 이식으로 이어지는 덕수 문맥의 일인

---

4) 金台俊,『朝鮮漢文學史』, 조선어문학회, 1931.

5) 李家源,『韓國漢文學史』, 普成文化史, 1985.

6) 李丙疇 외 5인 공저,『韓國漢文學史』, 二友出版社, 1991.

이며 권필과 이재(二才)로 통칭되는 동악시단(東岳詩壇)의 맹주였음을 지적
한 후, 그의 작품은 다른 서인(西人)들의 시처럼 격조 높은 복고풍이라기보다
현실적이며 기발한 착상으로 정감 어린 시풍을 지녔다는 점을 강조하였다.
민병수의『한국한시사』[7]에서는 이안눌의 시를 목릉성세의 화미한 문풍 속
에 자리 매김하고 홍만종의 평가를 인용하여 그의 시풍을 점수(漸修)로 보고,
두보의 시를 배워 혼융(混融)하고 침울(沈鬱)한 분위기가 있다고 하였다. 또
한 학시에 있어서 두보시(杜甫詩)와 한유시(韓愈詩)의 학습을 주장한 것은
만당풍의 경향을 보인 삼당시풍을 비판한 것이란 점을 지적하였다.

단일 논문으로는 이병주의「동악 이안눌의 시문학」[8]과 이종묵의「이안눌
한시연구」[9]가 대표적 논의이다. 이병주는『동악집』을 영인하는 과정에서 해
제를 붙여 이안눌 시문학 연구의 기초를 마련하였으며, 그의 작품을 개관하고
<사월십오일(四月十五日)>이 '삼리(三吏)·삼별(三別)의 울력이라고 하면서
학시 연원이 두보에 있음을 최초로 밝혔다. 이종묵은 그의 시풍이 기실(紀實)
의 성격을 가졌다는 점을 들어 현실적인 작품 경향을 특징으로 지적하고
학시 연원이 두보시와 한유시에 있음을 작품을 예로 들어 설명하였다.

이외에도 석주 권필과 동악 이안눌의 시세계를 비교 고찰한 논의[10], 동
악시단의 연원과 성격을 살핀 논의[11], 이안눌을 포함한 조선 중기 서인계
인물의 시세계를 주목한 논의[12] 등이 있다.

---

7) 閔丙秀,『韓國漢詩史』, 太學社, 1997.
8) 李丙疇,「李安訥의 詩文學」,『한국의 한문학』제4권, 이병주 편, 민음사, 1991.(「동악
  이안눌의 詩文學」(『東慶語文論集』1, 동국대 경주, 1984)를 재수록)
9) 李鍾默,「李安訥 漢詩研究」,『韓國文化』, 서울대 한국문화연구소, 1994.
10) 鄭珉,「石洲 權韠과 동악 이안눌의 대비적 고찰」,『韓國學論集』10, 한양대 한국학연구
  소, 1986.
11) 구본현은 東岳詩壇의 조성 경위와 성격 등을 연구한 논의(「李安訥의 東園과 詩壇에
  대하여」,『韓國漢詩作家研究』9, 2004)와 이안눌 변새시를 중심으로 그 특성을 살핀 논
  의(「李安訥 邊塞詩의 研究」,『韓國漢詩研究』5, 2004)를 발표하였다.

학위 논문으로 김상일의 『동악 이안눌 시연구』는[13] 기존 연구 중에서 최초로 이안눌 시 전체를 대상으로 연원과 배경 등을 고구하고 작품 세계의 제재적 자질과 문예적 특징 등을 총체적으로 파악했다는 의의를 가진다.[14] 그러나 문학사류에서 이안눌에 대한 언급은 시화의 자료를 인용하면서 그 평가를 소개하는 범위에 그치고 있어 작품이나 시학이 문학사에서 차지하는 위상이 뚜렷하게 정립되지 않았다. 이병주의 연구를 필두로 한 선행 연구를 거치면서 이안눌 시세계의 대략적 윤곽이 드러나고 학계에서 주목받고 있으나, 아직 초기 단계에 불과하다. 특히, 김상일의 논의를 통해 그의 시문학에 대한 종합적 이해가 가능해지긴 했지만 그의 방대한 작품수를 고려한다면 개별 작품에 대한 구체적 분석은 아직 미흡하다 하겠다.

이에 본 연구에서는 선행 연구자들의 연구 성과를 비판적으로 수용하면서, 이안눌의 작품 경향을 몇 가지로 범주화하여 그 특징을 살피고, 조선 중기 문학사에서 차지하는 그의 탁월한 위상을 자리 매김하여 보고자 한다.

2) 연구의 대상과 방법

본고에서 다룰 『동악집』[15]은 만 수가 넘는 시 중에서 4천여 수만 뽑은 것으로 모두 26권으로 된 원집은 그가 세상을 뜬 지 3년째 되던 1639년,

---

12) 김창호는 조선 중기 서인계 시인의 시세계를 연구하면서(『조선 중기 서인계 시인의 시세계 연구』, 고려대 박사학위 논문, 2005) 임전, 권필, 이안눌 세 인물을 주목하여 그 특징을 고찰하였다.

13) 김상일, 『동악 이안눌 詩研究』(보고사, 2000). 후속 논의로 金相日, 「조선조 邊塞 문학의 한 국면-이안눌의 『北塞錄』을 중심으로」(『동국어문학』13집)과 「李安訥의 佛敎詩에 대하여」(『불교어문논집』, 한국불교어문학회, 2000)가 있다.

14) 이외에 「萊山錄」 소재의 작품을 대상으로 비록 일부분이지만 주제별로 분석하고 그의 문학사적 의의를 밝히고 있는 논문으로 권현주의 「동악 이안눌의 詩 硏究」(부산여대 석사학위논문, 1992)와 김진아의 「李安訥의 「萊山錄」 硏究」(부산대 석사학위논문, 1998)가 있다.

15) 민족문화 추진회에서 영인한 『東岳集』(『韓國文集叢刊 78』)을 논의의 대상으로 하며, 이하 출전을 밝힐 때 문집의 권수, 권명, 쪽수(영인 底本의 原集 쪽수)를 적기로 한다.

전주 판관으로 있던 조카 이침과 재종질 이식이 작자의 자편고를 바탕으로 편차하고, 전라 감사 원두표 등의 협조를 얻어 시고로 묶여졌으며, 「속집(續集)」은 1670년대에 간행되었다.

원집의 권1에서 권21까지는 그가 외직으로 나가 있을 때와 유배시에 지은 시작품들을 권별로 묶은 것이고, 권22와 권23은 벼슬에서 잠시 물러나 있거나 내직에 있을 때 지은 시작품들을 수습한 것이다. 권24는 집자체(集子體)이고, 권25는 부초(賦鈔)이며 권26은 산문모음집인 잡저초(雜著鈔)이다. 「속집」은 벼슬하기 전 작품이 수록된 미석갈시(未釋褐時)의 시편과 그에 대한 동시대인들의 만사와 제문을 모은 별록과 행장, 신도비명, 지명 등을 모은 부록으로 되어 있다. 이상 이안눌의 시작(詩作)은 권23까지의 시와 속집의 미석갈시의 시편을 합해 모두 2913제 4379수이다. 잡저초에 수록된 산문은 의례적으로 쓴 교서(敎書), 전(箋), 제문(祭文), 명(銘), 발(跋), 비(碑)나 수령으로 재직할 때 관할 지방에 내려 보내는 첩(帖) 등이 있고 운문으로 요(謠) 4장이 실려 있다. 따라서 『동악집』은 거의 '시(詩)'로 이루어진 문집이라 하겠다.

시를 체재별로 분류해 수량을 열거해보면, 7언 율시가 1400여 수로 가장 많고, 다음으로 7언 절구가 1200여 수, 5언 율시가 1000여 수, 5언 절구 300여 수, 5·7언 잡체시 100여 수의 순이다. 기타 5·7언 배율 200여 수, 6언 절구 2수, 소수의 악부시와 보살만 등의 사패(詞牌)도 있다. 시체별로 볼 때 5·7언 율시와 7언 절구를 많이 지었음을 알 수 있으며 특히 7언 율시가 전체의 3분의 1이 넘는 숫자이다.

그의 시력표를 참고할 때, 초반(「홍양록(洪陽錄)」을 남긴 30代 중반까지)에는 5언 율시가 많은 데 비해 이후로 7언 율시의 수량이 점차 많아지는 것은 볼 수 있는데, 이는 7언 율시에 뛰어나다는 평자들의 말과 부합하는 것이다. 특히 남용익은 그의 시재(詩才)와 작품을 매우 호의적으로 평가하면서 이안눌의 7언 율시 가운데 100여 편은 권필이 따라가지 못할 뿐 아니라

한 시대를 눌러서 집대성하였다고 보았다16) 한시 선집인『기아(箕雅)』에
도 이안눌의 7언 율시를 21수나 수록하였는데, 이는 거기에 수록된 역대
시인들의 7언 율시 중에서 가장 많은 수량을 차지하는 것이다.17)

이해를 돕기 위하여『동악집』의 시권별 작품수와 창작 시기, 관직명, 특
징적 내용 등을 개괄적으로 정리하여 보면 다음과 같다.

〈표 1〉「동악집」의 시권별 구성 및 특징

卷	詩稿名	作品數	年紀	官職名	特性
권1	北塞錄	79題 (附 原韻 3題)	1599(선조31 己亥)-1600	함경북도 병마평사	북변의 풍토와 막부 생활 피란시의 기억
권2	朝天錄	157題	선조34 (辛丑 : 1601)	진하사서장관	＜登統軍亭＞
권3	東槎錄	89題	1601-1602	원접사종사관	＜次崔天使 登百祥樓韻＞
권4	湖西錄	26題	1602	충청도경시관	
권5	關西錄	27題	1602	재상안핵어사	평안도 순력
권6	端州錄	91題	1603-1604	단천군수	은광(銀鑛)의 민막(民瘼)
권7	洪陽錄	29題	1607	홍주목사	
권8	萊山錄	199題	1607-1609	동래부사	＜四月十五日＞
권9	潭州錄	87題	1610	담양부사	지방호족에 대한 비판
권10	錦溪錄	228題	1611-1613	금산군수	李荇 文集 重刊 석주 애도시(哀悼詩)
권11	月城錄	136題	1613-1614	경주부윤	
권12	江都錄	177題	1617-1619	강화부사	

16) 南龍翼,「壺谷詩話」, 23칙, "東岳七律中 '六月龍灣積雨晴 春心宮柳綠膽苔, 一日兢魂抵
  十春 等百餘篇 非但權所不及 亦可以壓一世而集大成矣"
17) 김상일, 앞 책, pp.13-14 참고.

권13	關西後錄	36題	1623	명사신접반사	명의 감군파견에 따른 접반사
권14	關西續錄	18題	1623-1624	毛都督問安使	
권15	北竄錄	145題	1624	함경도 경성 유배(流配)	
권16	東遷錄 上	105題	1625	강원도 홍천으로 이배(移配)	
권17	東遷錄 下	159題	1626	홍천 이배 (移配) 2년째	
권18	江都後錄	200題	1628-1630	강화유수	
권19	咸營錄	116題	1631-1632	함경도관찰사	변경지방의 민막(民瘼)
권20	朝天後錄	180題	1632	주청부사 (奏請副使)	해로로 북경에 간 노정
권21	湖營錄	146題	1634	충청도관찰사	
권22	拾遺錄 上	150題			
권23	拾遺錄 下	228題			
권24	集字體	226首			
권25	賦鈔	9題			
권26	雜著鈔	44題			
續集				급제전시작 (及第前詩作) 미석갈시소저 (未釋褐時所著)	<母別子>, <當死歎>, <食菜>
續集 別錄					輓詞, 祭文
續集 附錄					行狀(이식) 神道碑銘(김상헌) 誌銘(송시열)

위의 표에서 볼 수 있듯이 『동악집』의 편차 방식은 작자가 외직이나 지방에서 일을 보는 임시직을 맡은 기간에 쓴 시를 한 권으로 묶어, 그것을

시대 순으로 합한 방식을 택하고 있다. 이와 같이 이안눌의 자편고는 철저한 '일관일록(一官一錄)'의 원칙하에 만들어진 문집이라는 점에서 특히 주목된다. 그 시대의 다른 문집 체재가 대체로 문체별로 엮였던 것에 비하여 각 시고마다 연대별·시간별 체재를 가지고 있어[18] 작자의 행적을 쉽게 알 수 있다. 전 시대는 물론이거니와 동시대의 문인인 권필이나 신흠, 장유의 문집 체재가 모두 시체별로 묶였던 것과 비교해 보면 그 특징이 더욱 두드러진다.[19]

따라서 이안눌의 시는 임지(任地)에 따라 그 시기에 창작된 작품을 한 권으로 묶는 특이한 편차방식을 취하여, 그 저작 시기의 추정이 편리하다. 이러한 점은 각 시권에 따른 작자의 주요한 작품 경향과 문학적 특징을 파악하는데 좋은 여건이 된다고 하겠다. 더구나 그는 임·병 양란의 전란, 전국에 걸친 다양한 임지·유배지에서의 생활, 해로와 육로를 통한 두 번의 사행이라는 여러 특수한 경험을 하였다. 현지에서 직접 겪은 자신의 체험이라는 점은 와유(臥遊)[20]를 통한 추체험[21]을 비롯한 여타의 간접 체

---

18) 이안눌은 전라도의 錦山郡守로 있을 때(1611-1613) 증조인 용재 이행의 문집인 『容齋集』을 중간하였는데, 이러한 구성은 이때 익혔던 방식인 듯하다. 이행의 『容齋集』은 원집 10권과 外集으로 이루어져 있는데, 권3까지는 시작품을 시체별로, 권4에서 권8까지는 仕宦時와 謫居時에 지은 시작을 시대순으로 권10까지는 散文碑誌類를 모아 편찬하였다. 이중 권1, 2, 3과 권9, 10은 이안눌의 父인 李泂이 수집·편성하였고, 권4, 5, 6, 7, 8은 이행 자신이 편성한 것이다.(『韓國文集叢刊 20』의 『容齋集』 해제 참고)

19) 정사룡의 『湖陰雜稿』는 <玉堂錄>, <觀省錄>, <宜春日錄>, <北上錄>, <朝天錄>, <新安日錄>, <洪陽錄>, <省墓錄>, <庚子錄>, <癸卯酬唱錄>, <雜錄> 등과 같이 시간 배경과 공간 배경을 섞어 창작시기 순으로 배열되어 있으며, 이정구는 자신의 시를 <戊戌朝天錄>, <甲申朝天錄>, <丙辰朝天錄>, <庚申朝天錄>, <三槎酬唱錄>, <東槎錄>, <賓接錄>, <廢逐錄>, <倦應錄>의 6권으로 나누어 주로 使行과 賓接을 중심으로 편차하였다.
『韓國文集叢刊』의 문집 자료를 대상으로 볼 때, 유몽인의 『於于集』은 창작 배경으로 나뉜 듯하지만 편찬 시기를 알 수 없어 제외한다면 당시까지는 이 두 문집만이 유사한 편차이다. 그러나 그 대상 지역의 다양성과 대상 작품의 방대한 양에 있어서 『東岳集』의 의미는 단연 탁월하다 하겠다.

험과는 분명히 변별되는 것이라 하겠다.

이에 본 연구는 이안눌의 작품 경향을 시 창작의 배경과 관련된 특별한 생애 체험을 위주로 내용상 몇 가지로 범주화하여 문학적 특징을 추출하고 조선 중기 문학사에서 차지하는 위상을 자리매김하여 보고자 한다. 생애와 문집의 체재를 면밀히 살펴 재구하고, 개별 작품을 생애 체험과 관련된 창작의 시·공간과 연계하여 그 특성을 파악하려는 본고의 논의는 이러한 점에서 그 특별한 의의가 있다고 하겠다.

---

20) 臥遊는 남북조 시대 宗炳(375-443)에 의해 적극적으로 주장되었는데, 주로 '개인적인 은일의 차원에서 신비적인 성향'을 가진 것이었다. 그러다가 宋代 郭熙에 이르러 '태평 시대의 사대부가 현실 속에서 시화를 통해 산수를 즐기는' 현실적인 의미를 갖게 되었다. 조송식, 「臥遊 사상의 형성과 그 예술적 실현-六朝 시대에서 北宋시대에 이르기까지 예술론을 중심으로」(서울대 박사학위논문, 1998), p.105 참고.

21) 김남이는 「집현전 학사의 문학연구」(이화여대 박사학위논문, 2001)에서 집현전 학사들이 관인으로서의 공적 임무를 수행하면서, 한정된 도시공간과 집안에서 詩畵를 통하여 산수경을 추체험하였다는 점을 들어 그들의 의식세계를 논의하였다. 연구자는 그들이 이른바 '그림을 펼치고 글을 읽는 것(披圖讀記)'으로 표현되는 추체험을 통해, 얻은 산수의 아름다움은 전체적 이미지로 향유되어 이상적이고, 관념적인 完美함을 표방한다는 점을 지적하였다.

제2장

이안눌의 생애 및 문학 산출의 배경

한 작가의 생애는 자신이 가지고 있는 기본적 성품, 즉 기질과 작가 의
식, 그리고 시대적 상황의 상호작용에 의해 결정된다고 볼 수 있다.

이안눌이 살았던 16C 말에서 17C 초는 사회·정치적으로 극도로 불안
했던 때로, 내적으로 광해군의 폭정과 붕당의 이해관계로 인한 갈등과 반
목으로 혼란한 정국이었으며, 외적으로 임진·정유 왜란과 정묘·병자 호
란의 외침으로 인하여 전 국토가 유린되고 민생의 삶은 극도로 피폐하였던
때였다. 또한 을묘·을사 사화 이후 사림파가 정계를 장악하면서 중앙정계
의 갈등은 사림파 내부의 신구대립 양상을 띠게 되었다. 이와 같은 당쟁은
선조 8년에 이르러 더욱 격화되어 마침내 동서분당이 본격적인 양상을 드
러내게 되었는데, 동인은 대부분 이황과 조식의 문인들로 유성룡, 김성일,
정인홍, 이산해 등이며, 서인은 이이와 성혼의 문인과 우인인 윤두수, 윤근
수, 정철, 조헌 등이었다.

이와 같이 동서로 나누어진 양파는 학문적인 대립뿐만 아니라 정치적
대립으로까지 발전하였다. 선조 17년(1584) 당쟁을 조정해 오던 율곡이 병
사하자 동인이 조정의 대부분을 장악하고 정권을 잡아오던 중 선조 22년
(1589) 정여립 옥이 일어났다. 이로 인해 정치적으로 극단적 대립을 나타내

게 되어, 이 사건을 계기로 동인에 대한 박해가 커졌으며 마침내 동인은
남인과 북인으로 갈라지게 되었다. 동서로 나누어진 양파는 처음에는 학문
적 대립에서 출발하여 극심한 정치적인 대립으로까지 발전하였으며 이러
한 붕당으로 인하여 국익보다는 당익을 우선하는 폐해를 낳기에 이른다.
이후 서인의 득세가 계속되던 중, 선조 24년(1591) 정철이 건저문제(建儲問
題)로 인하여 강계로 귀양 가게 되고 서인이 파직 유배됨에 따라 동인이
다시 세력을 회복하게 되었다. 선조 광해군 시기는 서인이었던 이안눌로서
는 실세기였으며 젊은 시절부터 이로 인한 피해를 겪을 수밖에 없었다. 또
한 인조반정 후 서인의 득세기를 맞은 상황에서도 특유의 강직한 성품으로
인하여 집권층과의 갈등을 반복하였다.

또한 동북아의 정세는 전국시대의 혼란기를 수습한 일본이 조선을 침략
하여 7여 년의 전쟁을 일으켰으며, 그 후 여진족의 청이 새로이 일어나 형
제와 군신의 의를 요구하며 재차 조선을 유린하였다. 여러 차례의 전쟁으
로 인한 국토의 황폐화로 인하여 민심은 극도로 흉흉해 질 수밖에 없었다.

비변사가 아뢰었다. 요사이 외방에 도적이 성행하여 재물을 약탈할 뿐만
아니라 산 사람을 잡아먹는 짓도 서슴없이 하고 있습니다. 지금 춘경기를
맞아 비록 다시 고향으로 돌아온 자가 있다 하더라도 형세가 고단하여 스스
로 보전하지 못하고 가지고 있던 종자마저 매번 강도에게 빼앗기니 이 때문
에 농사짓는 이가 더욱 적습니다. 게다가 수령마저 그 고을을 버리고 산골에
서식하여 관청의 업무를 수행하지 아니하니 호령이 더욱 시행되지 않습니
다. 병합된 고을은 모두 황폐하여 겨우 남아 있는 백성이나 관속들도 의지하
여 생활할 길이 없어 날마다 길거리에 죽어 뒹구니 참혹하고 애통스럽기 그
지없습니다.[1)

---

1) 『宣祖實錄』DB, 선조 27년 3월 3일 條, "備邊司啓曰∶近日 外方盜賊興行 不獨掠奪財
物 而殺害生人 相食無忌. 當此春耕 雖有還集鄕里者 形勢孤單 不能自保 所持種子 輒爲
强賊所掠 以此耕者尤少. 加以守令 棄其邑治 栖寄山谷 不事官務 號令尤爲不行 而合倂

위의 당시 기록은 전쟁의 와중에서 수탈관리, 도적, 굶주림으로 인한 민의 극심한 피폐상의 일단을 보여주는 것이다. 이와 같이 16C 말에서 17C 초를 살았던 이안눌의 생은 당쟁과 외침으로 인한 내우외환으로 점철된 혼란한 정국이었으며, 이러한 시대적 상황은 앞으로 살필 자신의 생래적 성품, 가풍, 교유관계를 통한 개인적 환경과의 상호작용에 의해 시작품 속에 남다른 특징으로 발현되어 표출된다.

1. 가계와 생애

이안눌의 자는 자민(子敏)이고 호는 동악(東岳) 또는 동곡(東谷), 동고(東广)라고도 하였으며 시호는 문혜(文惠)이다. 본적은 경기도 덕수현(德水縣)이며 시조는 돈수(敦守)로 고려조 중랑장(中郎將)을 지냈다.

덕수 이씨가 문력을 떨치기 시작한 것은 지돈령 부사를 지낸 이안눌의 6대조 이명신 때부터로 이명신은 율곡 이이의 선조이기도 하다.

5대조 의무는 호가 연헌이고, 세조 13년(1467)에 사마시를 거쳐 성종 8년(1477) 식년문과에 병과에 급제하였으며 승문원정자(承文院正字)에 보직되었고, 1478년 전적(田籍)으로『동국여지승람』의 편찬에 참여하여 록피(鹿皮)를 하사받았다. 연산군 초에 사간(司諫), 집의(執義), 상의원정(尙衣院正)을 지냈고, 연산군 4년(1498) 무오사화에 평안도 어천역에 유배되었다가 이듬해 풀려났다. 문집인『연헌잡고』가 있으며 문에 능하였으며 <유장산기>라는 유산기를 남기고 있어 그의 아들 이행에게 끼친 영향도 주목된다 하겠다[2]. 특히 그의 다섯 아들[3] 모두가 문무과에 합격하는 영광을 입었으며,

---

之邑 盡爲荒墟 人吏官屬之僅存者 亦無依 生活之路 惟日塡死於道路 慘痛極矣"
2) 이혜순, 정하영 외 공저,『조선 중기의 유산기 문학』, 집문당, 1997, p.129 참고. <유장

의무의 셋째 아들이 이안눌의 증조 행(1478-1534)⁴)이다.

행(荇)의 장자인 원정은 벼슬길에 나가지 않았으며 박은의 딸과 결혼하였다. 이안눌의 생부 형(1528-1593)은 명종 기유(1549)에 진사시에 장원하였으나 벼슬에 뜻을 두지 않았으며, 경주 이씨와 결혼하여 안겸, 안인에 이어 안눌을 낳았다. 이안눌이 태어나 어린 시절을 보낸 곳은 서대문 밖이었으며⁵) 12세인 1582년(선조15)에 재종부인 비와 릉성 구씨의 양자로 출계하게 된다. 이는 후사가 없는 이비의 뒤를 이어 고조부인 의무(1449-1507)의 봉사를 위해서였다. 이안눌이 출계한 양모 능성 구씨는 연산군의 외손으로 막대한 재산을 지니고 있었던 것으로 보이는데 양모가 봉사를 이어받은 후 그 제사를 양자인 이안눌이 이어받았던 것으로 보인다. 능성 구씨의 집안은 세조 때의 공신 구치관으로부터 왕실과의 인척관계를 통해 출신에 성공하고 공신의 반열에 올라 막대한 부를 모은 집안이라 할 수 있는데,

---

산기>는 1481년인 성종 16년에 지어졌다.

3) 宜茂의 제 2자는 芑이며, 호는 敬齋이다. 연산군 7년 (1501) 식년문과의 병과에 급제하였고, 함경북도 병마절도사를 지냈으며, 동지중추사로 명에 다녀왔다. 1542년 순변사로서 도원수가 되어 야인의 침범을 막았고, 1545년 우의정에 올라 병조판서를 겸직하였다. 이때 尹元衡 등 소윤일파와 손을 잡고 을사사화를 일으켜 保翼功臣 1등으로 豊城府院君에 봉해지고 영의정에 이르렀다. 죽은 후 을사사화의 원흉이라 하여 선조 조에 관작이 모두 삭탈 당하였고 묘비도 제거되었다. 芑의 子 元祐는 명종 때 武科에 급제하였고 승지참의병사가 되었다. 원우의 아들 泌는 사헌부감찰로 綾城 具氏와 결혼하였으나 자식이 없어 安訥을 입양시켰던 것이다.

4) 李荇의 자는 擇之이며, 호는 容齋, 靑鶴道人, 漁澤漁叟이다. 연산군 1년(1495) 그의 나이 28세에 增廣文科에 丙科로 급제하여 權知承文院副正字에 등용되었다. 그 후 연산군 10년 (1504) 갑자사화 때 應敎로서 폐비윤씨의 복귀를 반대하다가 충주에 유배되었다가 다시 함안으로 이배되었고, 이어 거제도에 위리안치 당하였다. 1506년 중종반정으로 풀려나와 교리에 등용, 주청사의 서장관으로 명에 다녀왔다. 1519년 을묘사화로 조광조가 제거되자 부제학이 되었고 이어 대제학으로 승진되었으며 1527년 우의정에 올라 대제학을 겸임하였다. 동학이었던 이안로(1481-1537)의 횡포를 탄핵하다가 도리어 함종으로 유배되어 배소에서 죽었으나 후에 伸寃되었다.

5) 李植, 「續集附錄」 <行狀>, "隆慶辛未六月辛亥 生公于漢京城西里第"

이렇게 축적된 재산은 제사를 물려받은 이안눌에게 전해졌던 것으로 보인다.[6] 그러나 <행장>에는 후사로 들어간 집안이 왕실의 인척이어서 재산이 많았는데 그는 이를 마치 때 묻은 것처럼 두려워했다[7]고 한 것으로 보면 외가의 재산이 축적된 내력을 밝히기 꺼려한 듯 보인다.

의무-행-원정-형의 후손으로 태어났으나 출계하여 기-원우-비의 후사를 이었으며, 이안눌의 후사는 그와 부인 려산 송씨의 사이에 적자가 없어 종질인 합을 입양하여 대를 이었다. 다음 기록은 이행과 이안눌의 가계인 덕수 이씨에 대한 당시의 높은 평가를 짐작하게 한다.

그 시대의 대가들은 일일이 따져보면 모두 덕수 이씨에게로 돌아간다. 대개 그 땅의 신령함이 인재를 길러 한 시대의 문치를 수식하였으니, 이치가 본디 그러한 것이다. 천하가 크다 해도 오직 파촉만이 문장에 능한 선비를 많이 낳았다 하는데 양웅과 왕포 이후에 청련거사(이백)가 일어났다. 삼소(三蘇)가 태어나 우뚝하자 미산의 풀이 말랐음은 천고의 성대한 일일 것이다. 용재와 이안눌이 비록 외진 나라에 태어나 할아비와 손자의 자취가 현묘하고 택당이 뒤에 나와 다시 문단을 주도하였으니 덕수를 미산에 비교한다 하더라도 어찌 별다른 손색이 있겠는가. 이것이 바로 내 돌아가신 아버님께서 탄식하신 까닭이다.[8]

이안눌은 가학의 전통에서 증조 이행과 재종질인 이식과 연결되는데, 덕수 이씨 가의 문맥이 조선전기의 이행으로부터 이안눌을 거쳐 이식으로 이

---

6) 이안눌의 외가인 능성 구씨의 계보와 내력에 관하여 구본현의 앞 논문에서 비교적 상세히 논의하였다.

7) <行狀>, "所後親家 始用國戚 饒於財産 公怵焉若浼"

8) 申翊聖, <東岳集 序>, "而歷數兩朝大家 皆歸於德水. 盖其地靈毓秀 黼黻一代之文治 理固然矣 以天下之大 唯巴蜀號多産文章士 雄褒之後 靑蓮勃興 至三蘇挺生 眉山草枯 爲千古盛事 容齋東嶽 雖生於偏邦 祖孫趾微 澤堂後出 又主詞盟 德水之於眉山 奚多讓 焉 此吾先子所以興歎也"

어진다고 본 것이다. 이안눌의 문력은 조선조 한문사대가의 한 사람인 이식으로 이어지는 '덕수 문맥'의 고리 역할을 하였던 것이다. 뿐만 아니라, 이행의 막역이자 해동강서시파의 대표적 문인으로 정조가 최고의 시인으로 손꼽은 바 있는 읍취헌 박은도 그의 외증조부였으며, 율곡 이이 또한 덕수 이씨로 이안눌에게는 삼종숙이 된다.

이러한 점에서 이안눌이 가학에서 발신한 시인이라고 본 허균의 지적은 적확한 시각이다. 이안눌은 이와 같은 자기 집안의 문장력에 대단한 자부심을 가졌던 듯, 증조부 이행의 시에 차운한 시를 여러 편 남겼다. 그 내용은 자신의 증조부를 국조의 대가로 치켜세우고 외증조 박은의 후예로 태어나 시인으로서의 역량을 이어받은 것을 자랑스럽게 생각하는 시편도 있지만[9] 자신이 그 대업을 잇지 못하는 것에 대한 자책을 읊은 것이 대부분이다. 이러한 자부심과 자책은 이식에게 주는 시편에서도 종종 강조되고 있어[10] '덕수 문맥'이라는 당대인의 지적이나 후인의 기림이 전혀 근거 없는 것이 아님을 알 수 있다. 이해를 돕기 위해 이안눌 선대의 가계를 도식화하면 다음과 같다.

---

9)『東槎錄』권3, p.48, <次使相用宣川東軒壁上韻>, "先祖東槎日 西州四度過 聲名動上國 翰墨啓吾家 世業諸孫在 遺篇此地多 不才叨載筆 今復迂皇華"
10)『江都錄』권12, p.45, <贈佐郎姪汝固>, "國朝吾祖冠文章 汝亦才名早擅場……昇沈有命時夷險 去就無機日短長 癡叔自慙墮世業 郡城濡滯鬢全蒼"

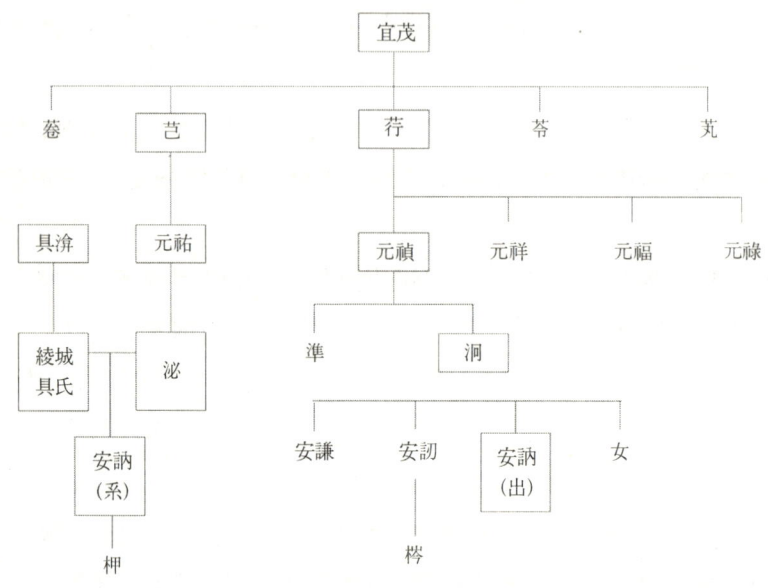

〈그림 1〉 이안눌의 가계도

　이후 이안눌의 직계 후손 중에서 6대에 걸쳐 문과 급제자들이 나오고 그 중 2명이 좌의정에까지 올랐다. 『국조방목』[11]의 자료와 『덕수 이씨 세계열전』[12]을 근거로 이안눌의 후손 계보를 살펴보면 이행, 이안눌, 이식으로 이어진 덕수 이씨의 문맥이 후기까지 이어졌음을 알 수 있다. 이안눌에서 '이합(생부 : 이경헌)-이광하-이집-이주진-이은'으로 이어지는 후손들의 계보와 그들의 관력을 살펴보면 누대에 걸쳐 문력을 발휘하면서 전 후대를 잇는 '덕수 이씨'의 탁월한 가통을 이어나갔음을 알 수 있다.

　이와 같은 덕수 이씨의 가통을 바탕으로 성장하였던 이안눌의 생애에

---

11) 『國朝榜目』, 성씨·가문별 인물, 한국학 중앙연구원 한국학 자료 DB.
　　이 자료에 따르면 '덕수 이씨' 가문의 과거 급제자 수는 103명에 이른다고 한다.
12) 택당·외재·판윤공 편저, 『德水李氏世系列傳』, 덕수이씨 제9단세보간행위원회, 2001.
　　택당·외재·판윤공 편저, 『德水李氏世稿』, 덕수이씨 제9단세보간행위원회, 2001 참고.

대하여『동악집』의 각 시고와 그의 <행장>,『조선왕조실록』, 기타 시화의
기록 등을 중심으로 구체적으로 살펴보면 다음과 같다.

1) 修學期(1571-1598)

이안눌은 진사 이형의 제 3자로 신미년(1571, 선조 4년) 서울의 서리에서
태어나 1582년 12살에 재종숙인 사헌부 감찰 비에게 입양되었고, 고조인
연헌의 제사를 받들게 되었으며 양모 구씨가 연산군의 유일한 외손이었기
때문에 연산군의 제사도 물려받았다.

아버지로부터 글을 배워 10세에 이미 유교경진과 역사서에 널리 통했으
며, 벗들과 수창한 것이 10여 권이 되었는데 식자들 사이에서 읽혀져 기동
으로 일컬어졌다.

다음 작품은 1581년(선조 14년) 11세에 지은 시 <유여매쟁춘(柳與梅爭春)>
이다.

春陌春園處處春　봄길 봄 정원 곳곳마다 봄이고
新梅新柳一時新　새로 핀 매화와 버들 함께 새롭구나
不知誰後誰先發　누가 뒤고 누가 앞인지 모르게 피니
恰似爭名世上人　흡사 세상사람 이름 다투는 것 같구나
<柳與梅爭春>,「續集」p.1[13]

버들과 매화가 다투어 피는 봄날의 정경을 세상에서 권력을 다투는 자들로
비유하고 있는데, 그가 어린 시절부터 현실을 보는 시각이 남달랐음을 알
수 있다. 벗들과 창수하면서 10여 권의 책을 엮었다는 점과 권필이 그의

---

13) 본고에서는 민족문화 추진회에서 영인한『東岳集』(『韓國文集叢刊 78』)을 논의의 대
상으로 하며, 이하 출전을 밝힐 때 문집의 권수, 권명, 쪽수(原集의 쪽수)를 적기로 한다.
한시의 번역은『국역 東岳 先生集 Ⅰ-Ⅳ』(이필영 번역, 김종섭 교열, 덕수이씨 문혜공
파종회, 2003)을 참고하였다.

시집에 있었던 시를 차운하였다는 시 <자민시집중유견급어인차(子敏詩集中有見及語因次)>14) 등을 보아 어린 시절에도 많은 시를 썼다는 것을 알 수 있지만 20세 전의 시는 11세에 지은 <유여매쟁춘(柳與梅爭春)>과 18세 때 지은 시 <답청재대산별업작(踏靑在岱山別業作)>, 두 편 밖에 남아 있지 않다.

16세 때는 소부(騷賦)로 반시(泮試)에서 여러 번 수석을 차지하였다. 선조가 대사성 김응남에게 장래 문장을 주관할 사람을 물으니 '이안눌'이라 하여 선조는 그 이름을 탑상에 기재하였다고 한다. 1588년(선조 21) 18세에는 진사시에 수석하였고 한성시에도 합격하였으나 동진자(同進者) 중에 그를 무고한 사람이 있어 일시적으로 과거를 보는 것이 제한되었다. 어린 나이에 뛰어난 문장력으로 총망 받았으나 오히려 그것이 빌미가 되어 모함을 당하는 풍파를 겪어 곤란을 당하게 된 것이다. 다음에 나오는 이경석의 <시장(諡狀)>에는 당시 이안눌이 지녔던 생각이 나타나 있다.

> "어린 시절부터 성품이 곧고 큰 뜻이 있어 일찍이 말하길 '장부가 뜻을 얻어 위로 드날리면 한 세상을 건지고 뜻이 궁하여 아래에 빠지면 구렁에서 낚시질이나 할 것이니, 어찌 헛되이 세상의 영화를 사모하여 한갓 몸을 마치도록 애쓸 것이랴'고 하였다"15)

이때 이안눌은 세도의 어려움을 깊이 느끼고 불운으로 겪는 고통을 문장공부로 돌려 비교적 이른 나이에 고문사에 치력하였던 것으로 보이는데, 이는 시풍이나 학시론 형성에 일정하게 영향을 끼친 것으로 짐작된다. 등제 이전의 시를 모아 엮은 「속집」의 다음 작품은 고문 창작에 몰두하였던 시기에 지어진 것으로 당시 사고의 일단이 규견된다.

---

14) 權韠, 『石洲集』권1, 5언 율시, pp.264~265.

15) 李景奭, "自少時 慷慨有大志 嘗曰 丈夫達而揚于上 則經濟一世窮而淪於下 則漁釣一壑 豈可虛慕浮榮 徒終身乾役爲哉"

獨坐忽不樂　　홀로 앉으니 문득 재미없어
出門無所之　　문을 나섰으되 갈 곳이 없네
還歸輒呼酒　　돌아와 문득 술을 시키고
感歎遂成詩　　탄식하면서 결국 시를 지었네
世路卽如此　　세상의 길은 이와 같나니
吾生空爾爲　　나의 삶은 그저 그럴 뿐
書中古人在　　책 속에 고인이 있으니
相對欲深期　　마주하여 깊이 기약하고 싶구나

<獨坐>,「續集」, p.21

　세상사 슬겁지 않으니 문을 나섰으나 처할 곳이 없어 돌아와 술로 마음을 달래며 탄식하며 시를 짓는다. 세로의 힘겨움은 이와 같아 세상의 풍파 속에서 자신의 삶은 그저 그럴 뿐이다. 그저 낡은 책 속에 고인 있어 마주하고 깊이 기약하고 싶다는 자신의 심경을 술회한 시이다. 또 같은 시기에 남긴 <동원선생취시가(東園先生醉詩歌)>16)의 서(序)에서는 자신을 객관화시켜 표현함으로써 자신의 목소리로 드러내기 힘든 울분을 희화적으로 표출하고 있다.

　　동원 선생은 기이하고 굉장한 선비이다. 좋은 재능을 품고 있되 세상에 쓰이지 않아 덩그러니 혼자 산다. 짝이 적고 문도도 적은데, 세상의 도리가

---

16)「續集」p.21
　　…(前略)…
酒三歠 歌三関　　술 세 잔, 노래 세 가락
酒以洗堆阜崢嶸之胸次　　술로써 가득 쌓인 가슴을 씻어내고
歌以暢磊落抑塞之奇氣　　노래로써 우렁차지만 막혀버린 기세를 떨치네
天荒地老鳳飢　　하늘과 땅이 황폐하게 늙고 봉황이 굶주리니
淳風死去無回時　　순풍(道士 李淳風)은 죽어 돌아오지 않는구나
可憐東園先生醉時曲　　가련한 동원선생이 취했을 때의 곡조는
何似長沙太傅哭　　얼마나 장사태부 賈誼 선생의 울음과 비슷한가

날이 갈수록 잘못되어 가는 것을 보고 늘 마음이 즐겁지 않다. 술을 찾을 때마다 큰 잔에 따라 마시며 자신에게 권하고 스스로 마신다. 거나하게 취하면 노래를 쉬지 않고 불러서 그의 울분을 토로한다. 선생은 본디 말이 어눌하여 말을 할 줄은 모르고 또한 음률을 이해하지 못하여 노래를 부를 때면 손뼉을 치면서 그의 입을 벌리고 꾸짖는 소리로 웅얼거리니 듣는 사람이 모두 배꼽을 잡으면서 미친 사람으로 지목하였다. 마침내 붓에 먹물을 묻혀 글을 지어 자신을 변명한다.[17]

1590년(선조 23년) 20세 때에는 이정구, 이호민, 권필, 임전, 조위한, 조찬한 등과 '동원 시사'로 칭하며 낙선당에서 망년 교우의 시작 활동을 하였는데 이에 관해서는 장을 달리하여 논의할 것이다. 1592년(선조 25)인 22세에 양부인 '비'가 죽었고, 임진란이 일어나 단천 등지로 가족들과 피란하였는데, 도중 생부인 '형'도 1593년 죽게 된다.

2) 仕宦期(1599-1623)

학문 연마와 시 짓기에만 골몰하던 그는 홀로 계신 노모의 희망으로 임란이 끝나던 해인 1599년(선조 32년)에 문과 정시에 제 2명으로 급제하여 '함경북도평사(咸鏡北道評事)'가 되었으며, 238일 동안 변방을 둘러보았다. 이때 지은 시는 백성들의 삶의 피폐함을 사실적으로 묘사하고 있는데 대표적으로 <입새곡(入塞曲)>, <원정행(遠征行)> 등에 잘 나타나 있다.

이안눌은 1599년 등제 후 각 지방의 목민관을 주로 지냈다. 함경도 단천(1602-1603), 충청도 홍주(1607), 경상도 동래(1607-1609), 전라도 담양(1610-1611),

---

17) 『續集』, p.21, <東園先生醉詩歌> 序, "東園先生者 魁奇恢詭之士也 抱利器而不爲世用 塊然獨居 寡偶少徒 見世道日非 常忽忽不樂 每素酒 酌以巨觥 便自勸自飲 及飲酣歌呼 不輟 以舒泄其幽鬱 先生素口訥 不能道說 又不曉律 其歌也 但拍其掌而呀其口 如叫 呶叱 喝之聲 聽者莫不捧服 皆以狂生目之 遂泚筆爲詞 以自解云"

금산(1611-1613), 경상도 경주(1613-1614), 경기도 강화(1617-1618, 1627-1631) 등의 수장을 맡아 다스리고, 함경감사(1631-1632), 충청감사(1634) 등을 역임하며 여러 지역을 순찰하였다. 이와 같은 전국 각 지역에 걸친 이안눌의 관력은 문학 창작의 배경으로 의미 있게 작용하여 작품 속에 발현되므로 부임의 장소와 관련된 치적을 간략히 약술하는 방식으로 정리하여 보고자 한다.

1600년(경자 선조 33년) 함경북도평사로 순회하다가 병을 얻어 돌아온 후 형조, 호조, 예조, 삼조의 좌랑을 차례로 거쳤다. 1601년(신축 선조 34년), 4월 28일 진하사 서장관으로 명에 다녀왔다. 이때의 사행시가 「조천록」에 담겨 있고, 증조 이행이 간 길을 따라 갔기 때문에 이행을 생각하며 그의 시를 차운하였다. 연경으로 가는 도중 단오날 지은 <중오행(重午行)>18)은 첫 국외 여행에서 오는 감흥을 나타내고 있으며, 고령(高平)에서 지은 <사친곡(思親曲)>19) 4수는 노모에 대한 정이 잘 드러나 있다. 중국을 여행하면서 <사호석(射虎石)>20), <알제이묘(謁夷齊廟)>21) 등 중국의 사적을 찾아 감회를 읊기도 하였다. 돌아와 성균관 직강이 되었다.

1601년 11월 18일 명나라 사신 고천준(顧天峻)이 왔을 때 이정구가 접반사(接伴使)가 되었는데, 봉촌 박동설(1564-1615)과 학곡 홍서봉(1572-1645)과 이안눌은 종사관(從事官)이 되어 의주에서 6개월을 보냈다. 이때 오산 차천로(1556-1615), 석주 권필, 남창 김현성(1542-1612)은 제술관(製述官)으로 한호(1543-1605)은 사자관(寫字官)으로 오봉 이호민(1553-1634)은 의주영위사(義州迎慰使)로 지봉 이수광(1563-1628)은 도사선위사(都司宣慰使)로 뽑혔

---

18) 「朝天錄」권2, p.2, <重午行>.
19) 「朝天錄」권2, p.31, <思親曲>.
20) 「朝天錄」권2, p.21, <射虎石>.
21) 「朝天錄」권2, p.22, <謁夷齊廟>.

다. 이안눌은 오봉 이호민 대신 수작하였는데 거만한 중국 사신이 이안눌의 시를 읽고 공수(拱手)로 찬탄하며 시의 오묘함을 칭찬하였다. 원접사인 이정구를 대신하여 사신들의 시를 차운하였으며 당시 함께 어울렸던 이들과 차운하고 증답한 시가 「동사록(東槎錄)」에 남아 있다.

1602년(임인 선조 35년) 8월 6일, 충청도 시관인이 되어 20일간 갔다 와서 남긴 「호서록(湖西錄)」이 있다. 같은 해 9월 22일, 관서의 재해를 조사하러 평안도 안핵어사로 평안도를 둘러보고 「관서록(關西錄)」을 남겼고 다시 예조정랑이 되었다. 그 해 12월 26일 함경도 단천군수가 되었는데, 단천은 은이 생산되던 곳으로 관리들의 부정부패가 심하였다. 그는 백성들이 피해를 많이 당하고 있음을 보고 장부를 정돈하여 부정이 있는 자들을 징계하였고 동헌에 '불역심(不易心)'이라는 석자를 써 놓고 경계하였다. 또 변방인 그 곳에 문교의 중함을 알리기 위해 향교를 세워 유생들을 모아 식노회(飾老會)를 설치하여 윤리를 가르쳤고 풍속을 정화하여 단천의 백성들에게 환영을 받았는데, 이 시기의 작품을 모은 것이 「단천록(端州錄)」이다. 조정에서 알고 길주 목사로 추천하였으나 사헌부에서 빠른 승진을 문제 삼아 취소되었으며, 양모인 능성 구씨의 상을 입어 여묘살이를 하였다.

1607년(정미 선조 40년) 8월 1일, 홍주목사를 제수 받아 노모와 함께 홍주에 부임하여 4개월 정도 다스렸으며, 이때 남긴 시는 「홍양록(洪陽錄)」에 실려 있다. 1608년에 동래부사가 되어 일본 사절과 협상을 벌여 서울로 오려는 그들을 경주에서 맞는 것을 관례로 하고 무역량을 그들이 요구한 양의 절반 이하로 줄였다. 병화로 파괴된 동래를 복구하고 백성들을 모아 생업을 일으키게 하여 그 공으로 옷감을 하사받았다. 40살이던 1610년(광해군 2년) 2월 29일 전라도 담양부사가 되어 1년간을 지냈다. 관찰사와 절도사가 그의 치적에 대하여 계를 올렸으나 담양엔 호족이 많아 다스림에 불만을 품고 조정에 벼슬하는 자를 통하여 비방하여 귀경하였는데, 이 시기에 지은 시가 「담주록(潭州錄)」에 실려 있다.

1611년(신해 광해군 3년), 9월 12일에 전라도 금산군수를 제수 받았고, 3년간 재임하였는데 관찰사가 계를 올려 그의 청렴함과 근면함을 칭송하였으며, 「금계록(錦溪錄)」의 기록이 있다. 일본사신이 그가 금산군수가 된 것을 기이하게 여겨 조정에서 특별히 천거하여 1613년(계축 광해군 5년) 11월 24일 경주부윤이 되었다. 1614년(갑인 광해군 6년) 8월 감사관으로 뽑혀 초시의 시관으로 참석했다가 부정시험으로 인해 사직하고자 하는 계를 올리고 물러났으며, 「원성록(月城錄)」의 기록이 있다. 1615년(을묘 광해군 7년) 2월 호조참의 겸 승문원 부제조가 되었고, 다시 승문원 동부승지가 되었다. 8월에 문사들을 위한 정시에서 <인정전(仁政殿)>이라는 제목의 시로 2등 하여 말을 하사받았다.

1616년에 충청 감사가 되었으나 사흘 후 사간원에서 명망과 재능과 국량이 모자란다고 탄핵하여 면직되었다. 다시 승지가 되어 광해군이 친국하는 것을 차마 보지 못해 칭병하고 사직하였다. 1617년(광해군 9년) 예조참의와 승지가 되자 애써 외직을 구해[22] 비변사의 추천으로 경기도 강화부사가 되어 강화도에서 생활하면서 <강도록(江都錄)>을 남겼다. 1622년(광해군 14년), 광해군의 폭정에 분개하여 사직하고 이듬해 인조반정으로 예조참판 겸 승문원 사간원 제조가 되었다. 3월에 명나라 감군의 접반사가 되었

---

22) 「續集」, p.6, <行狀>, "당초 공은 (인조반정의) 원훈들의 밀모를 미리 들었으나 접반사의 임무를 이유로 사양하였고 조정에 돌아와서는 공도 없으면서 원훈에 빌붙는 것이 껄끄러워 다시 병을 핑계로 사직하고 한가롭게 지냈다. 마침 제주목사의 결원이 생기자 공은 이조의 전랑에게 "이러한 새로운 정치를 맞이하여 일도 없이 녹을 받을 수 없으니 제주도의 목민관을 맡아 피폐한 백성들을 회생시키는데 최선을 다하겠다"라고 말하였다. 이조의 관원들은 공이 내직에 불만이 있어서 이러한 말을 낸 것이 아닌가 하고 의심을 하게 되었고 비방이 이로부터 일어나게 되었다.(初公預聞元勳密議 而辭以西行 還朝又嫌於攀附 再辭病就閑 會濟州缺牧 公謂銓官曰 當此新政 不可尸祿 請守濟州 得以蘇殘自效 銓曹疑公不滿內職 而有是言 謗由是起)"

고, 그해 12월에 가도(椵島)에 머물고 있던 모문룡의 진영에 명나라 조사관
이 온다고 하여 접반사 김덕성과 함께 사문재진사(査文齋進使)로 파견되었
는데, 마침 이괄이 영변에서 난을 일으켰다.

3) 流配期 및 晚年(1624-1637)

1624년(인조 2년) 3월 이괄(李适)이 인조반정에 따른 공신의 등급을 매기
는데 불만을 품고 난을 일으킨다. 이안눌이 모문룡이 주둔하고 있는 가도
에서 이괄의 난에 대한 소식을 듣고 대처하는 당시 상세한 정황에 대하여
『인조 실록』에 기록이 자세하다.[23]

이괄의 난이 일어난 시점에 명나라 조정에서 관리를 모원수의 진영에
파견하여 폐세자의 전말을 조사하게 하였다. 이때 가도에 있었던 이안눌은
자칫 이 일이 명에게 알려져 인조의 권위에 대한 불안감을 주게 될까 걱정되
어 청병에 반대하였으나 난이 진압된 후 김덕성이 상소를 올려 그를 탄핵하
였던 것이다. 다음의 기록은 그 당시의 상황을 비교적 자세히 서술하고 있다.

> 겨울에 명나라 조정에서 관리를 모원수의 진영에 파견하여 폐세자의 전말
> 을 조사하게 되었는데, 대신이 공을 '사문재진사(査文齋進使)'로 천거하여
> 독자적인 업무추진을 맡겼다. 김덕성과 더불어 가도(椵島)로 갔는데, 마침
> 이괄이 영변에서 반란을 일으켜 김덕성이 갑자기 모원수에게 알리고 군대를
> 청원하려 하였다. 공은 "바야흐로 우리의 일로 조사관에게 황제의 명을 청원
> 하려고 답변을 하고 있는데, 갑자기 우리 장군이 안에서 반란을 일으켰다고

---

23) 『仁祖實錄』, 인조 2년 3월 27일 條, "이안눌을 귀양 보내고 황치경을 부처하였다. 당초
에 이안눌이 사핵하는 일로 椵島에 사명을 받고 갔다가 역적 이괄이 군사를 일으키는
일을 당하였는데, 조정에 돌아오자 김덕함이 상소하여 그가 서방에 있을 때 패역스런
말을 많이 하였고 毛將에게 청병하려는 계책을 저지하였다고 극언하였다.(命竄李安訥
付處黃致敬 初安訥以査事 奉使椵島 値賊适稱兵 及還朝 金德誠上疏 極言其在西時 多
發悖逆之言 沮其請兵毛將之計)"

보고하는 것은 의심의 실마리를 제공하는 것이다. 조사관이 조만간 돌아갈 것이니 그 이후에 알려도 늦지 않다"하였다. 반란군이 결국 깊이 들어가 서울을 덮치게 되었을 때, 함께 의병을 일으켜 난리에 참전할 것을 계획하였는데 얼마 후 반란군의 패전보가 다다랐다.…(중략)…귀경함에 이르러 김덕성의 아들 설이 마침 궁궐에 있었는데 부자가 위아래에서 비방을 퍼뜨려 응교 박정 등이 먼저 문제를 제기하여 그 성세가 대단했고 대론도 이에 휩쓸리게 되었다. 그러나 조정에서는 본디 모원수를 믿지 않았다. (모원수가) 비록 원군의 요청을 들었다 하더라도 끝내 군대를 내지 않고 있다가 도리어 뒤늦게 자신의 공적으로 치부하여 보답을 요구할 것으로 알았기에 조정에서는 이를 근심하였다. 그래서 대론도 청병을 막은 사실로 공을 벌하지 못하고 단지 반역군의 상황을 제멋대로 추측하였고 상서롭시 못한 말을 하였다는 것을 이유로 공을 재판에 회부하였다.[24]

이에 이안눌은 이괄의 난이 평정된 후 청병하지 않은 이유로 삼사(三司)의 죄를 입어 친국을 받게 되어 죽을 고비를 넘기고[25] 함경도 경성에 유배되었으며 그곳에서의 당시 심회와 유배 생활의 단면을 담은 시들이 「북찬록(北竄錄)」에 담겨 있다.

---

24)『續集』, pp.7-8, <行狀>, "……冬 皇朝差官到毛鎭 查問廢置狀 大臣擧公爲查文齎進使 屬以專對 與接伴使金德誠 偕赴皮島 會李适叛於寧邊 驛書秘報 金遠欲告毛帥請兵 公曰 方以國人請命 質告于查官 而忽報大將內叛 此疑端也 查官當不日發歸 且需後發之未晩 金不能强 旣而查官准查歸朝 賊兵竟深入犯京 公與金相對涕泣馳還鐵山 共謀起兵赴難 俄而賊敗報至矣…(中略)… 及還京 其子高方在瑣闥 父子上下飛謗 應敎朴炡等先發論 完城相方主論譏察 逡與炡等議合 聲勢翕赫 臺論靡然從之 金又上疏證之 然朝廷素不信 毛帥 雖聞請援 竟不出兵 反以掣後自功 要責報謝 朝廷患之 故臺論亦不以止請兵罪公 但謂公揣摩賊情 有不祥語 遂下公于理……"

25)『仁祖 實錄』, 인조 2년 12월 17일 條, "유학 신준 등이 상소하여 이안눌의 원통하고 억울한 사정을 극력 논하였는데, 그 상소를 금부에 내렸다. 금부가 아뢰기를 "이안눌의 文才와 孝行이 과연 상소에서 전달한 바와 같다면, 말하는 가운데 아무 뜻 없이 망발한 것 때문에 끝내 결백을 입증하지 못한 채 죽을 경우 매우 애처롭게 될 듯한데 이미 막중한 죄명을 지고 있으니 오직 성상께서 재결하시기에 달렸습니다" 하였다.(幼學申 準等上疏 極陳李安訥冤枉 上下其疏於禁府 禁府以爲 安訥之文才孝行 果如疏內所陳 若 以言語間無情妄發 終使未暴而死 則似甚矜惜 而旣負莫重之罪名 惟在上裁)"

다음의 시에서 죄 없이 억울한 누명을 쓰게 된 상황에 대하여 묘사하고
유배 당시의 착잡한 심정을 읊고 있다.

갑자년 (1624) 3월 12일 병인일 옥에 갇히다. 27일 원찬의 명령이 내리다.
처음에 전라도 해남현으로 유배하였다가, 주상의 특명으로 북변으로 유배하
다. 28일 임오일 함경도 경성부로 유배지를 바꾸다. 옥중에 16일간 있었다.
(甲子三月十二日丙寅 繫獄 二十七日 以遠竄啓下 初配全羅道海南縣
自上特命 竄北邊 二十八日壬午 改配咸鏡道鏡城府 在獄中 十有六日)

一日兢魂抵十春	마음이 두려우니 하루가 10년인 듯
圜扉牢鎖坐經旬	옥은 굳게 닫혀 열홀을 지냈네
平生濟代安民策	평생 시대를 구하고 백성 편안하게 하려던 계책이
盛世忘君負國身	태평시대에 임금 잊고 나라 등진 몸이 되었구나
甘作地中無罪鬼	땅속의 죄 없는 귀신이 되고 싶지만
恐爲天下不忠臣	천하의 불충한 신하가 될까 두렵구나
頑軀忍辱終誰愬	둔한 몸 치욕 참는데 결국 누구에게 호소하나
只是微忱仰聖神	그저 미미한 정성으로 성신을 우러르네

<獄中口占>, 「北竄錄」, p.1

「북찬록(北竄錄)」에 실린 첫 작품으로 서에서 유배와 관련된 날짜와 기
간, 지명을 들어 그때의 상황을 자세히 기록하고 있다. 제세안민을 꾀하였
으나 억울하게 누명을 입어 둔한 몸 치욕을 참기 어렵다고 하면서 북변으
로 유배당한 당시의 괴로운 심경을 드러낸다.

1625년(인조 3년) 3월, 홍천으로 이배되었다. 이듬해 좌의정 윤방우, 우의
정 신흠 등이 이안눌의 문재를 아껴 명에서 사신이 오기 전에 그의 죄를
면해 줄 것을 상소하였다. 1627년 정묘호란으로 사면되어 면천으로 낙향하
였다. 강화도민에게 그의 죄입음이 알려지자 강화부사로 있었을 때 유능함과

청렴함을 존경하였던 백성들과 선비들이 먹을 것을 보내고 다투어 죄를 면하여 줄 것을 상소하였다. 조정에서도 그의 문재와 효행을 참작하여 소환하였다.

1628년(인조 6년), 강화유수로 천거되었다. 죄를 입은 지 5년 만이었다. 그의 청검과 근혜에 대하여 암행어사까지 계를 올렸고, 그가 떠나고자 하였을 때 백성들은 더 머물 것을 청하였다고 하는데, 「강도후록(江都後錄)」에 그때 기록이 있다. 1631년(인조 9년), 함경도 순찰사를 제수 받아 1년 동안 임지에서 보냈고, 「함영록(咸營錄)」을 남겼다.

1632년 (인조 10년), 해로를 통하여 두 번째로 명나라에 주청부사(奏請副使)로 가서 인조의 아버지 정원군(定遠君)의 추존을 허락받고 돌아왔으며 그 시호는 원종(元宗)이었다. 임금이 바뀐 지 오래되었는데 추봉대사(追封大事)가 늦어졌다고 문제가 있었으나 그가 30년 전에 서장관으로 갔을 때, 이안눌의 시에 감복하였던 이의 후손인 제독관 국공(局公)이 예부상서에게 도움을 청해 추증을 허락받았기 때문에 그의 공로가 컸다.

1633년(인조 11년), 명에서의 공로로 충남 당진에 사패지(賜牌地)가 내려졌으며, 이것이 당진에 그의 묘를 쓴 원인이 되었다. 후에 예조판서 겸 예문관 제학에 임명되었는데 이안눌은 사임을 하고 면천으로 돌아갔다. 1634년(인조 12년) 충청도 관찰사를 제수 받고 1년 동안 소임을 다하였으며, 1636년(인조 14년) 6월 조정에서는 청백리의 본보기로 이안눌과 김상헌, 김덕함, 김시양, 성하종 등 5인을 각각 추존하였다. 이 해 겨울, 병자호란이 일어나 인조는 조정의 신하들에게 먼저 강화도에 들어가라고 명하였으나 병중에 있었던 그는 응하지 않았고 왕의 뒤를 호종하여 남한산성에 들어갔다. 1637년(인조 15년) 3월 29일에 작고하였는데 숭록대부 의정부 좌찬성 겸 경연춘추관 성균관 홍문관대제학 예문관대제학에 추증되었으며, 현종 때 문혜의 시호가 내려졌다.

2. 동악시단과 교유관계

이안눌의 시에는 교유한 인물들과 관계되는 차운시 증별시가 전체 4379 수 중, 천여 수에 이른다. 등장하는 인물은 만사를 제외하고도 200여 명[26] 에 이르며 이 중에서 특히 승려들과 교유한 증답시도 200여 수나 된다.

그는 이정구, 신흠, 장유의 한문사대가를 비롯하여, 이호민, 권필, 홍서 봉, 정홍명, 이달, 조찬한과 조위한[27] 형제, 임숙영[28] 등 당시의 여러 문인 들과 차운이나 증별의 시를 주고받으며 폭넓은 교유를 하였던 것으로 보인 다. 이에 젊은 시절 시루를 세우고 그 시대의 명류들과 교유하였던 동악시 단의 성격과 그와 관련된 문인들을 언급하면서 교유관계의 일단을 살펴보 고자 한다.

그가 처했던 16세기 말에서 17세기 초는 우수한 문인들이 다수 배출되 었던 목릉성세로 불리던 시대로 이들은 서로 간의 동류의식을 가지고 교유 시를 통해 시대와 문학에 대한 사고의 폭을 넓혀 나갔던 것으로 보인다. 이 시기 문인들은 일정한 경향에 따라 무리를 형성하여 서로의 안부나 상 념, 의견 등을 교류하였던 것으로 보인다. 특히 전후칠자(前後七子)의 <오 자시(五子詩)> 형식을 본뜬 시가 다수 산출되고 있다는 점은 주목할 만하 다. 허균은 당대의 뛰어난 문사를 전오자, 후오자로 분류하여 그들의 문학 적 재능을 하나하나 열거하였는데, 전칠자의 일인으로 이안눌을 시화하였

---

26) 『東岳先生集』Ⅳ의 부록으로 이안눌과 교유했던 인물들에 대한 개략적인 해설이 덧붙 여져 있다.

27) 「端州錄」권6, p.23, <寄趙察訪權敎官>, "나는 조지세를 생각하고/ 아울러 권여장을 그리워한다/ 재능과 명성은 두 사람 모두 크게 빛나고/ 행동거지는 한결같이 맑고 기개 있다(我憶趙持世 兼懷權汝章 才名兩鳥爛 身事一淸狂)

28) 임숙영이 이안눌을 대상으로 716운의 장편시인 <述懷>를 쓴 사실에서도 당대의 문인 들 사이에서 그의 문력은 크게 인정받았음을 짐작할 수 있다. 광해군 시기 강화부사로 재직하던 이안눌은 1617년 이후 廣州 奉安驛에 있던 소암 임숙영과 시문을 교유하였으 며 임숙영의 <述懷>도 이 시기 지어졌던 것으로 보인다.

다. 또 광해군 정권에 소외되었던 박미(1592-1645), 정홍명(1592-1650)외 5 인은 서로 <오자시>를 수창함으로써 그들 무리가 문예 성향과 정치적 뜻을 함께함을 보여주었다.[29]

이와 같은 성격의 교유집단으로 관직에 나가기 전 이안눌은 이호민, 이정구, 권필, 구용, 홍서봉, 조위한·조찬한 형제 등과 동악시단을 만들어 그가 거처하였던 청학동 낙선방의 묵사동[30] 동원에서 당대 명사들과 시문을 수창하며 우의를 다졌다. 동악시단의 모임은 주로 그가 과거에 합격하기 전까지인 20代에 해당하는 기간에 이루어진 것으로 보이는데, 그 이유는 환로에 들어선 이후엔 외직이 잦아 묵사동 동원에 거처하는 시간이 많지 않았기 때문이다.

이 동원에 관해서는 이안눌의 후손인 동강 이석의 시문집 『동강유고』에 보이는 <동원기(東園記)>에 자세하다. 곧 '동악선생시단(東岳先生詩壇)'의 각자(刻字)는 이안눌의 현손인 이주진이 영조 초에 새겼다고 적혀 있다. 그 <동원기> 중에서 중요한 대목을 뽑아 옮기면 다음과 같다.

> 선생께서 날마다 당대의 명사인 오봉 이호민과 석주 권필과 학곡 홍서봉외 여러분과 함께 단에 모이고 다락에 모이어 술을 마시며 시를 짓고 즐기니, 남들이 모두 우러러 신선과 같아 시를 외는 소리가 마치 옛날 음악의 조촐함과 같다고 했다. 그 다락을 가리켜 '시루'라고 불렀고, 그 단을 '시단'이라고 이름 하였다. 이주진께서 드디어 그 뒤안에 담을 둘러쌓고 우거진 잡초를 베어내고 흙을 메워 단을 쌓고 아래에다는 냇물을 끌어대서 연못을 만들고 바위에다가 '동악 선생 시단'이라 새기고, 시누대와 단풍과 철쭉을 언덕과 층계에 옮겨 심었다.[31]

---

29) 김은정, 「<五子詩> 창작 배경 및 화답시 연구」, 『진단학보』, 2003.

30) 현 서울 중구 필동·묵정동의 동국대학교 주위를 이르며 靑鶴洞이라 하여 용재 이후 世居地였다.

31) 이병주, 앞 책, pp.1799-1800, "先生 日與當世名流 五峰 石洲 鶴谷 諸公 會于壇 會于樓

위의 기록으로 보건대 이안눌의 동원은 당시 교유의 장으로 음영의 시루였고 시단이었음을 알 수 있다. 이곳을 읊은 작품은 등제 이전의 작품을 실은 「속집」에 다수 실려 있다.[32]

이안눌과 교유하였던 인물 중에서 그가 스승으로 모시고 가까이서 작시 수련을 받았을 것으로 추정되는 이는 오봉 이호민(1553-1634)이다. 이안눌은 "낙선방은 유난히도 외진 곳인데/ 부질없이 거마로 내 집을 찾네……황관의 재상께서 무슨 일로 오셨다지/ 한결같은 풍류는 만고의 심사이러니"[33]라고 하여 동원(東園)에 찾아온 이호민에 대한 고맙고 반가운 마음을 드러낸다. 또 이호민은 아안눌이 1601년 접반사(接伴使) 이정구의 종사관으로 의주에 있을 때 의주 영위사로 함께 6개월을 보내기도 하였다.

다음 작품은 이안눌이 홍천으로 이배된 2년차 때(1624) 지은 「동천록 하(東遷錄 下)」에 실린 것으로 귀양지에서의 안부를 묻는 오봉에게 화답한 시이다.

曾從羈丱到華顚	일찍이 총각 때부터 머리가 셀 때까지
門館叨依四十年	문하에 의지한 지 40년이 되었네
天地何歸身遠逐	천지의 어디로 돌아갈지 몸은 멀리 쫓기고
春風又起歲頻遷	봄바람이 또 일고 해는 자주 바뀌네
姓名詎合煩書疏	성과 이름이 자주 편지를 받으니 어찌 감당하리오
顔面方慙負罪愆	얼굴이 바야흐로 죄를 입어 부끄럽구나

燕酣而賦詩 人皆仰之如神仙 誦之如韶英. 持其樓曰 詩樓 名其壇曰 詩壇. 都憲公 遂就其苑 繚以爲垣 剪其荒穢 增土修壇 引水爲池 刻諸巖曰 東岳先生詩壇. 移翠竹 丹楓躑躅之卉 於陪陀階砌之間"

32) <五峰李相公 枉駕東園>, <東園杏花滿開 戲占一絶 奉呈五峯相公>, <東園卽席五峯相公 命訥賦詩 準占吳體一首 走筆書贈>, <東園卽事 謹次鄭先生 禿浦田舍 閑居詠興之韻>, <東園先生 醉時歌> 등의 시가 있다.

33) <五峰李相公 枉駕東園>, "樂善坊中特地深/ 漫勞車馬訪園林/ 黃冠紫紱何須問/ 一醉風流萬古心"

却記雕虫每垂問　　글 지음에 늘 묻던 것 기억하나니
報珠空想淚潺湲　　구슬 같은 보답 그저 생각할 뿐 눈물이 줄줄 흐르네
　　　　　　　<奉謝五峯相公寄惠新曆>,「東遷錄 下」, p.52

이 작품에서 이안눌은 이호민에 대하여 "젊을 때부터 머리가 셀 때까지 문하에 의지한 지 40여 년이 되었다"고 밝히고 있다. 유배의 몸으로 이호민에게서 오는 잦은 편지에 고마워하고 "글 지음에 늘 묻던 것 기억하나니"라고 하면서 자신의 글이 이호민에게 영향 받았음을 직접적으로 언급한다. 이 외에도 주로 20대(代) 이후 등제 이전까지의 시가 실려 있는 「속집」을 보면 스스로 이호민의 문하에서 수학하였다고 하면서[34] 오봉에게 올린 시가 여러 편 보인다. 그 중에는 이호민이 붓이나 종이 등을 내려준 것에 대한 감사의 시들과 오봉의 명에 의해 지은 시가 있으며, 이안눌은 거의 매년 이호민의 생일에 수사(壽詞) 한 편씩을 증정하여 존경의 뜻을 보이는 시편들을 남기고 있는 점 등을 볼 때 이들을 사승(師承)관계로 볼 수 있을 것이다. 그러나 <행장>에서 굳이 '망년교(忘年交)'를 했다는 표현을 쓴 것을 보면 그들의 관계가 학문의 전문적 수수관계로 보기보다는 재명(才名)이 있던 이안눌을 아끼며 망년교의 관계를 맺은 인물이라 해야 할 것이다.[35]
　　망년교를 맺은 인물로 이정구(1564-1635)와 차천로를 함께 들 수 있다. 차천로(1556-1615)의 호는 오산, 자는 복원으로 차식의 아들이며 운로의 아우이다. 명(明)에 보내는 외교문서를 담당하여 '동방문사'라는 칭호를 받았으며, 1601년 교리가 되어 교정청의 관직을 겸임하였다. 호남으로 가는 권

---

34) 「拾遺錄」上, p.38, <奉次五峯相公韻題熙俊上人詩卷>, "我本五峯門下遊"
35) 민병수는 「五峯 李好閔의 詩世界」(『韓國漢詩作家硏究 7』, 태학사)에서 오봉 스스로 남의 시편에 차운한 것이 100수가 넘고 그 중 이호민으로 하여금 가장 많은 차운시를 쓰게 한 상대는 동악과 월사 이정구였음을 지적하였다. 이안눌은 17년 연하이며, 이정구는 11년 아래이나 이호민이 耋壽(실제 82세)를 누렸기 때문에 반세기 동안 이들과 사귈 수 있었다고 하였다.

필과 작별하며 쓴 <별권여장(別權汝章)>36)을 보면 이안눌은 오산을 스승으로 지칭하곤 하지만 이는 '망년교'의 의미가 강한 듯이 보인다.

　　1596년 이안눌이 26세 되던 해에 지은 <차오산여한석봉 래방취후 차오산운(車五山與韓石峰 來訪醉後 次五山韻)>37)은 이안눌의 집에 차천로와 한석봉이 방문하여 함께 술을 마신 뒤 오산의 시를 차운한 것이다. 또 차천로가 이안눌이 명에 진하사(進賀使)로 갈 때 그를 위하여 지은 <송이자민 이진하서장관 부천조(送李子敏 以進賀書狀官 赴天朝)>38)가 있고 이외에도 이안눌이 동래부사 시절 차운한 것 등 10여 편이 있다. 이안눌은 <이월이십사일 차오산 조서만 권석주 홍학곡 견방동곡신재(二月二十四日 車五山 趙西巒 權石洲 洪鶴谷 見訪東谷新齋)>에서 차천로, 권필 등이 새 거처를 방문한 것에 대한 감회를 읊었으며 이에 차운하여 차천로는 "문장 논하니 친구 방문 부끄럽지 않고 서로 손잡고 몇 분과 어울림이 기쁘구나"39)라고 하면서 그와의 돈독한 교분을 드러낸다.

　　이정구(1564-1635)의 호는 월사, 추애, 보만당으로 동악시단에서 교유를 시작하였고 1601년 이정구가 원접사로 갔을 때, 이안눌은 접반사로 함께 수행하였으며, 문집에는 그와 관련된 시가 70여 수 남아있다. 이정구가 지은 시에서 이안눌에 대하여 "넓으신 재상의 그릇이요/ 직언을 하는 쟁신의 풍모로다/ 잠시 변방의 수령이 되셨으나/ 바로 고을의 감옥을 비게 만드셨네/ 부름심의 명이 곧 닥칠 것을 기다릴 것이니/ 갈고 닦아 임금님의 다스림을 도우실 것이네…(중략)…나의 시는 곤궁해져 부질없는 소리지만/ 그대는 구마다 온전히 공교롭네"40)라고 묘사하면서 그의 문재(文才)와 능력

---

36) 「續集 : 未釋褐時所著」, p.9, <別權汝章>, "使君我宗師 處士我知己"
37) 「續集」, p.16, <車五山與韓石峰 來訪醉後 次五山韻>.
38) 『五山集』권3, 7언 율시, pp.175-176.
39) 「續集」, p.25, <附次韻>, "不愧論文肯款柴 相携喜與數君偕"

을 높이 평가하고 있다.

권필(1569~1612)의 자는 여장, 호는 석주로 두 살 위였지만 이안눌과는 등제 이전 젊은 시절부터 가장 막역한 벗이었다. 이안눌은 권필과 1591년 정철을 함께 만났으며[41], 1601년에는 의주에서 원접사를 맞이할 때 그는 종사관으로 권필은 제술관으로 6개월을 같이 보냈다. 서로 증답(贈答)이 끊이지 않았고 서로를 생각하는 시가 『석주집』에는 39수가 『동악집』에는 93수가 수록되어 있다.

석주집에는 <간이자민(簡李子敏)>외에도 상당히 많은 양의 이안눌에 관한 시가 수록되어 있으며, 앞 서 살핀 동악시단의 일원인 홍서봉, 송영구[42] 등과 함께 주로 한강변에서 '문우지회'를 가졌다. 동악 이안눌과 석주 권필은 경인년(22세)에 서호가에 있는 창수집 한 권을 지었으나 임진란에 불타 버렸다 한다.[43]

<봉차홍학장춘수증별시운(奉次洪學長春壽贈別詩韻)>[44]은 학장 홍춘수

---

40) 『端州錄』권6, p.21, <奉次月沙李尙書題定平館韻 戲贈府使柳令公>, "恢弘公輔器 謇諤諍臣風 暫作關城中 偏令邑圖空 佇看微召急 陶冶贊天工……詩窮眞漫語 宗伯句全工"

41) 李肯翊, 『國譯 練藜室記述』, 辛卯年, 찾아 온 두 사람을 두고 송강 정철은 "吾今日 見天上仙人 此行豈不幸哉"라 하며 크게 기뻐했다고 한다.

42) 宋英耉(1556~1620), 자는 仁叟, 호는 瓢翁, 白蓮居士, 시호는 忠肅이다. 성혼의 문인으로 1584년에 문과에 급제하여 임란 때 정철의 종사관이 되었고, 이어 예조좌랑, 사간, 대동도 찰방 등을 역임하였다. 광해군 때에 필선으로 선조실록을 편찬하였고, 지중추부사를 거쳐 병조참판에 올랐으며, 폐모론에 반대하고 庭請에 참여하지 않았다고 하여 파직되었다.

43) 『石洲別集』권1, <西湖舊感>.

44) 『朝天錄』권2, p.5, <奉次洪學長春壽贈別詩韻>.
　　洪崖高趣在丹丘　　홍애의 고상한 취미는 선계에 있고
　　身世悠悠生若浮　　세상살이도 유유하게 삶을 뜬 구름처럼 여기네
　　韠也逃名酩酊醉　　권필은 세속과 타협하지 않고 늘 술에 취하였으며
　　耉能樂道逍遙遊　　송구는 도를 즐기며 자유롭게 노닐었습니다
　　平生幸識此三子　　평생에 다행히도 이 세 군자를 알았는데
　　逸氣相傾無九州　　의기를 서로 기울임에 천하가 안중에 없었지요…(下略)…

의 증별시에 받들어 차운한 것으로 선계 취향인 홍서봉, 세속과 타협하지
않는 권필, 도를 즐기며 자유로운 송영구의 성품에 대하여 특징적으로 묘사
한 후 "평생 다행히도 이 세 군자를 알았다"고 술회하면서 셋 과의 우정이
남달랐음을 표출하였다.

3. 문학 창작의 태도

『조선왕조실록』에 언급된 이안눌에 대한 기록과 후대 시화에 나타난 일
화를 통하여 그의 성품과 문장에 대한 평가를 살펴보면 다음과 같다.

> 사간원이 아뢰기를 "강화부사 이안눌은 사람이 교만한데 지난번 관찰사
> 가 장계를 올린 뒤에는 자신의 분을 이기지 못하여 군관에게 화풀이를 하여
> 무수히 곤장을 쳤습니다. 그는 품절이 높은 수령으로서 일의 체모를 모르지
> 않을 것인데 사명(使命)을 능멸하고 자기의 뜻대로 함부로 행동하였습니다.
> 이와 같은 풍조는 다스리지 않을 수 없으니 파직을 면하소서"라고 하였다.
> (광해 10년 9월 27일)
> 이안눌은 사람됨이 청렴하고 남에게 베풀기를 좋아하며 가정에서 효우하
> 였으나 거칠고 도량이 좁으며 소행이 괴이하였으므로 동류들이 경시하였다.
> 그러나 문장에 힘이 있었는데 그 중에서 시가 더욱 청건(淸健)하고 침울(沈
> 鬱)하며 두보의 법을 깊이 터득하였다.(인조 1년 3월 25일)
> 이안눌은 자기가 갖는 데는 청렴하고 남에게 주는 데에는 지나쳤다.(인조
> 14년 6월 8일)[45]

---

45) 『朝鮮王朝實錄』DB, <光海 10년 9월 27일 條> "司諫院啓曰 : 江華府尹李安訥 爲人驕
亢 頃於檢察使狀啓之後 不勝其憤 移怒於軍官 無數重杖. 渠以秩高守令 非不知事體 而
(凌)蔑使命 恣行己意.如此之習 不可不治 請命罷職.", <仁祖 1년 3월 25일 條> "李安訥
爲人淸疎 好施與 居家孝友 而粗率量狹 行事頗詭 儕流以是輕之 攻文甚力 詩尤淸健沈
鬱 深得工部之法.", <仁祖 14년 6월 8일 條> "李安訥 廉於自取 而過於予人."

실록에 언급된 이안눌의 성품과 문장에 대한 평을 몇 가지로 정리해보면 다음과 같다. 첫째, 강개한 성품의 소유자로 괴이한 행위가 있으며, 둘째, 관리로서의 직무에 충실하며 청렴하였으며, 셋째, 효도와 우애의 실천이 남달랐으며, 넷째, 문장과 시에 뛰어나고 특히 시가 청건하고 침울하여 두보의 법을 터득하였다는 점이다. 이러한 실록의 평가를 토대로 하여 문학창작의 태도를 세 가지 측면에서 논의하고자 한다.

1) 詩作不平鳴

우선, 이안눌은 시를 '불평명(不平鳴)'의 방편으로 인식하였으며, 시류에 타협하지 않는 강개한 태도를 견지하였다는 점이다. 궁류시로 인한 시화를 당해 죽은 친구 권필을 곡하면서 지은 시에서 '시가 망한 뒤에 민풍이 다시 채록되지 않은 점과 시로 인해 시인이 궁한 처지에 놓인 것을 안타깝게 여긴 것'[46)]에서 볼 수 있듯, 이안눌은 시인이란 사회의 답답함을 대신해 풀어주는 존재로 보았던 듯하다. 이러한 생각은 '시란 불평한 감정을 지어서 울린다'[47)]고 한 표현과 그의 작품이 당대의 정치 사회적 상황에 민감하게 반응하는 시작이 많다는 점에서도 알 수 있다. 이러한 반응은 불평한 감정에 기인한 것으로 당대 사회에 대한 풍자로 바뀌면서 시화되며, 이는 '침울'한 시풍과도 관계된다.

'불평명'의 시작 태도와 관련된 강개한 품성에 대하여 <행장>에도 "일찍이 특진관으로서 입시하면서 시비가 한결같지 않고 상벌이 공정하지 못하다고 극언을 일삼고 유명한 관원을 성토하였는데 말이 무척 격렬하여 조정의 관원들 가운데 이 때문에 공을 피하는 경우가 많았고 권력자들도 벌떼처럼

---

46) 「錦溪錄」권10, p.22, <哭石洲> 三首, "詩亡不復採民風 幾箇騒人坐此窮……"

47) 「端洲錄」권6, p.10, <奉次鏡城判官楸灘吳汝益學士道中口占見示之韻戲書述懷>, "酒因無事飲 詩作不平鳴 伏櫪霜蹄縶 干星劍氣橫"

비난하였다. 이로부터 특진관을 사직하고 다시는 입시하지 않았다."[48]라고
한 바 있다. 「호영록(湖營錄)」에 실린 이식의 시에서도 "양춘 백설은 진정
세속과 어긋나고/ 참소하고 아첨하니 지나치게 (마음이) 굽은 이들이네"[49]
라고 하였는데, 이에 대한 주(註)로 "숙부(이안눌)는 간인을 풍자하고 징세에
관대하여 누차 모함을 받았으므로 미련(尾聯)에서 말한 것이다"[50]라고 쓰고
있어 이안눌의 시류에 아부하지 않는 강직한 풍모를 강조하고 있다.

또한 실천적 의미에서의 유학은 중시하였으나 형식적인 예교나 허례허식
등은 배격하는 태도로 세간의 의혹을 사기도 했음을 <행장>의 기록을 통해
알 수 있다. <한식일 차사상운(寒食日 次使相韻)>의 작품에서도 "어찌 한식
을 견디리오/ 그저 이곳에서 술병 들기를 권하네/ 무덤 쓸고 절하는 것 요즘
사람 중시하지만/ 예전의 즐거움을 찾고자 하네"[51]라고 한 부분에서 그 시대
의 형식적 허례에 대한 반감을 피력하고 예의 본질적 의미를 되찾자는 생각
을 표현한다.

신익성이 "결국은 문단에서 백대의 스승이 되었구나."[52]라고 한 표현이
나 장유가 이안눌을 '동악사장(東岳詞丈)'[53]이라고 한 언급에서 알 수 있듯,
그의 뛰어난 문재는 당대인들에게 인정받았으며[54] 후배들에게도 일정한

---

48) "嘗以特進官入侍 極言是非不一 賞罰不公 指斥名官 辭甚激切 朝士多以此辭避 當路謀
   然非之 自是辭特進官 不復入侍"
49) "陽春白雪眞違俗/ 貝錦南箕太枉人"
50) "叔父 以刺姦寬征 連中搆捏 故第四云"
51) 「東槎錄」권3, p.24, "可堪逢熟食 空此勸提壺 拜掃今人重 招尋舊日娛"
52) 「拾遺錄」, <附 次韻>, "終作詞壇百代師"
53) 장유, 「江都後錄」권18, p.67, <附 復用前韻 奉酬東岳詞丈 無示崎庵子>.
54) 晚翠(吳億齡)의 초상에 이안눌이 가서 곡을 하였는데, 상주 가족이 월사에게 "선인께
   서 이안눌과는 평소 안식이 없는데도 직접 조문하시니 감격스럽습니다. 이안눌은 당세
   의 거장이시니, 만시를 얻어 황천으로 가는 길을 빛내고 싶지마는 감히 청할 수가 없습
   니다."라고 말했다. 월사가 이러한 뜻을 이안눌에게 전하고 그 자리에서 운을 불렀다.
   이안눌이 그 운에 따라 시를 불렀다. "한 평생 稽康처럼 성질이 괴팍하여 60되도록

영향력을 행사하였다. 그러나 그의 생애는 중앙정계에서 자신의 포부를 제
대로 펼칠 수 없었던 정치적 불우였으며 그것은 시대적 혼란과 강개한 기질
에서 연유한 것으로 볼 수 있다. 그러나 이안눌은 일찍부터 문재로 인하여
시비에 얽혀 모함을 경험한 후, 전란과 당쟁의 이해관계 속에서 중앙관직에
개의치 않고 오히려 지방 관리55)로서의 소임을 자임하였던 것으로 보인다.

2) 積學과 精鍊

　다음으로 언급할 문학 창작의 태도는 경전의 섭렵을 통하여 쌓은 지식
을 문학 창작의 기반으로 삼고 정련(精鍊)의 노력으로 체화하고자 하였다
는 점이다. 이에 대하여 이안눌과 동시대인이었던 이춘원(1571-1634)은 그
의 시학적 바탕과 성과를 다음과 같이 평하였다.

　　이춘원 공이 항상 사석에서 내(이식)게 이르기를 "이안눌은 젊어서 권필
　　과 이름을 같이 하였다. 그러나 이안눌은 학식을 쌓아서 기반을 구축하여
　　뭉뚱함으로부터 날카롭게 되어서 마침내 그 시는 황종대려(黃鐘大呂)와 같
　　은 품격을 이루었으니 이제 권필은 그의 적수가 되지 못한다.56)

　남의 초상에 조문하지 않았지. 공과 일면식도 없건만 왜 조문하나? 나라 어지럽던 그
　시절에 綱常을 지켜서지". 창졸간에 지은 시임에도 매우 곱고 격절하였다. 월사가 칭찬
　하기를 마지않고 많은 만시 가운데 제일이라 하였다. 만취의 명성과 절개는 이 절구
　한 수로써 더욱 세상에 드러났다.(洪萬宗,『詩評補遺』下 11칙, 국립도서관 소장본, "吳
　晚翠億齡之喪 東岳往哭 靷月已近 月沙方在座 諸棘人私謂月沙曰 : "先人之於東岳素不
　相識 臨弔已感 而東岳當世鉅手 欲挽語以賁泉路 又不敢耳" 月沙爲致其意 因於座間呼
　韻 東岳應韻立號曰 : '平生性癖似稽康 懶弔人喪六十霜 曾未識公何事哭? 亂邦當日守綱
　常.' 造次立語 深婉激切 月沙稱賞不已 以爲諸挽之第一 晚翠名節 以此一絶而尤著於
　世"(안대회,『조선후기시화사』, 소명출판, 2000, p.120). 이 시화를 통해 이안눌의 당대
　詩名과 성격, 실제를 중시하는 태도 등이 드러난다.
55) 이러한 점은 백성들에 대한 시혜를 위하여 제주목사를 자청하였다는 데에서도 드러난
　다. 물론 이는 중앙관리들 사이의 이해관계에 따른 시비를 꺼려하여 피하고자 하는
　의도도 강하였다.
56) 李植, <東岳集跋>, "九畹李公立之(春元)常私謂植曰 子敏少與汝章齊名 然子敏積學築

이 기록에서 이춘원은 이안눌의 시적 토대가 적학(積學)에 두고 있음을 지적하는데, 이는 '다독'과 '중독'을 통해 쌓은 지식을 작시에 활용하자는 것이다. 이안눌은 <해금관록조 종음부독서(解金冠玉嘲 縱飮不讀書)>에서 김관옥이 자신은(이안눌) 술만 마시고 공부를 하지 않는다는 조롱에 대하여 반박하는 시를 지어 심회를 표현한다. 1수에서 "평생 다섯 수레의 책을 독파했으나/ 그저 세상의 한 썩은 유생되었네."[57]라고 하였고, 2수에서는 "나의 삶이여 나의 삶이여 고달프구나/ 노쇠하여 세상에 맞지도 않네/ 만권 책을 읽었으되 무슨 소용이랴."[58]라고 하여 그의 이러한 태도가 시 창작의 바탕이 되었음을 보여준다.

임상원(1638-1697)도 그가 독서를 통해 얻은 풍부한 학식을 작시에 활용하여 좋은 성과를 거둘 수 있었다는 점을 지적하여 "책을 볼 때면 재료로 삼을 만한 것과 법 삼을 만한 것을 조각 종이에 적어 두었다가 시를 지을 때 사용하였는데, 그 시가 조각지식을 모아 놓은 흔적이 없이 잘 되었다고 한다."[59]라고 하였다. 여러 분야에 걸친 폭넓은 독서에 대한 기록은 그의 작품을 통해서도 드러난다.

　　…(前略)…
　抽毫只待題詩數　　붓을 뽑는 것은 단지 자주 시를 짓기 위함이요
　漬墨寧敎作賦踈　　먹물을 묻혀 어찌 글 짓는 일 소홀히 하리
　莊屈馬班眞膾炙　　장자, 굴원, 사마상여, 반고는 참으로 인구에 회자될 만하고

址 由鈍而銳 其詩如黃鐘大呂 今非汝章倫輩也"

57) 「續集」, p.20, "平生讀破五車書/ 只作人間一腐儒"

58) "我生我生生苦遲 龍鍾不與世相宜 讀書萬卷亦何用"

59) 任相元, 『郊居瑣編』下 제23칙(『韓國文集叢刊』148), "近代文人於詩 用工精且一者 無如東岳李安訥 公有藻思無記性 其學亦富而專發於詩 凡觀書其可材可法者 剪紙作片 隨卽書之 投諸硯室 欲屬詞 則一一把閱 輒有所得 如溫飛卿之百家線 而無湊合之跡 亦奇矣"

典謨風雅本菑畲　　서경과 시경은 본디 힘써야 하리
莫嫌新課勤相勗　　새로운 과제 싫어말고 힘써 서로 북돋울지니
肄業須先讀古書　　학업에는 먼저 고문을 읽어야만 하는 것을[60]

　이안눌이 학도들에게 준 학업에 대한 지침이라 할 수 있는 작품으로 서
에 '당시 학생들에게 잠시 과거시험 문장을 그만두고, 먼저 고문 읽는 것을
일과로 삼도록 했기에 끝 구절에서 말한 것이다[61]'라고 하면서 배경을 서
술한다. 그는 이를 통해 유가의 경전인『서경』과『시경』은 물론 굴원의『초
사』, 도가의 기본서인『장자』, 사서인 사마천의『사기』, 반고의『한서』등
을 읽어야 함을 강조하는 것이다. 특히 학업에 있어서 먼저 고문을 읽어야
한다고 하면서 경전 학습의 중요성을 강조하였다. 이러한 전범으로서의 고
문 추구는 "과거시험 공부를 하면서도 단지 고문으로서 자신의 뜻을 표현
할 뿐, 과거장의 섬세하고 비루한 말을 짓지 않았다."[62]는 그에 대한 이식
의 언급에서도 잘 드러난다.
　또한 <용전운증임선경유(用前韻贈任生景游)>에서도 웅건한 필력을 위해
백가와 육경을 숙독하여 문학 창작의 바탕으로 삼아야 함을 강조하고 있다.

　건장한 필력을 얻기 위해서는 시어의 원천이 바다를 압도하는 것과 같은
깊이가 있어야 하는데 그러기 위해서는 앞선 백가들의 글을 저작(咀嚼)해서
뱃속을 화려하게 가득 채우고, 끝에 가서 육경으로 때 맞춰 짐작해야 한다.[63]

---

60)『咸營錄』권19, p.8, <以鷄兒三十首 加佐味魚一百尾 靑鼠毛筆十五枚 油煤墨十五笏 分
　　贈文會堂諸生>.
61) "時令學徒姑停製述先讀古文以爲日課故末聯云"
62) 李植,『續集 附錄』, <行狀>, "其爲學業 直以古文據己意 不作場屋纖巧卑陋語"
63)『江都錄』권12, p.7, <用前韻贈任生景游>, "欲敎筆力凌雲健 須待詞源倒海深 坐咀百家
　　華滿腹 六經終要及時斟"

즉, 그는 육경을 근본으로 한 작시의 태도를 강조하였는데, 경전의 섭렵을 통하여 웅건한 필력을 가질 수 있으며 이는 시의 깊이와 관계된다는 것이다. 이 외에도 이안눌의 행적을 적은 행장,[64] 시장, 신도비문, 묘지명[65]에서도 그가 광범위한 독서와 함께 같은 책을 반복해서 읽는 중독(重讀)을 중시하였던 시인이었음이 드러난다. 이를 통해 대가의 자법이나 구법, 전고의 사용 등 시작(詩作)에 관한 방법을 익히고자 하였던 것이다.

다음의 두 기록을 통해 이와 같은 중독과 다독의 독서론을 바탕으로 이안눌이 추구하고자 하였던 구체적 시작 태도를 살필 수 있다.

> ① 공은 시를 지음에 있어 반드시 침잠 반복하여 뜻을 쌓아 생각을 다 하기를 마치 샘물이 끊임없이 흐르는 것 같이 한 뒤라야 이를 폈다. 이미 나아간 뒤에는 반드시 지우(知友)에게 두루 보여 그 만족하여 복종함을 얻어야 비로소 책에 적으니, 조금이라도 뜻에 차지 않으면 버려서 거두지 않았다. 일구일자도 옛 시문을 좇아오지 않은 것이 없었고 수수장장(首首章章)이 다 갈고 닦음을 거쳐 웅장하고 청아(淸雅)하며 굳세고도 정치(精緻)하여 말하는 이가 공의 시를 가지고 절도 있는 군대와 같아 더불어 대적하기 어렵다고 생각하였다.[66]

---

64) 李植, <行狀>, "책을 읽음에는 반드시 천 번, 백 번을 수효로 하였다. 일찍이 慕齋 金安國이 '책은 반드시 만 번을 읽어야 글이 바야흐로 입신하나니, 조선에서는 오직 용재공이 만 독을 한 까닭에 그 시가 또한 입신하나니'라고 한 말을 듣고서 공이 마음으로 그 말에 탄복하여 귀양 가 일이 없음에 미쳐 杜律을 거듭 읽기를 만 삼천 번에 이르니 그 老健하고 뜻의 독실함이 또 이와 같다(讀書必以千百番爲數 嘗聞金慕齋言 書必萬讀 文方入神 我朝惟容齋公萬讀 故其詩亦入神 公心服其說 及謫居無事 重讀杜律 有至萬三千徧者 其老而志篤又如此)"

65) 宋時烈의 <誌銘>에는 이에 대하여 "少時讀書必以萬遍爲率 嘗曰 書不萬讀 文不入神 我惟我祖容齋公是事焉"이라고 기록하였다.

66) 李景奭, 「續集 附錄」, <謚狀>, "公於爲詩 必沈潛反覆 畜意窮思 如泉之源源然後乃發之 而已就之後 亦必徧示知友 得其厭服 始錄於卷 稍不可意 棄而不收 未有一句一字 不從古詩文來 首首章章 皆經鍊琢 雄而淸雅 健而精緻 談者以爲公之詩 如節制之師 難與爲敵"

② 공이 문장을 지음도 그와 같았다. 처음 고문을 읽을 적에 처음부터 끝까지 반복하여 익혀 완전히 암송한 뒤에 <u>깊이 빠져 들어가 그것을 가슴에 쌓고, 그런 다음에 뜻을 담아 붓으로 써 내렸다.</u> 이미 생각을 정리하여 문장을 이룬 뒤에도 다시 벗들에게 두루 보였으며, 사람들이 모두 만족한 다음에야 자신의 저서에 삽입하였다. 조금이라도 마음에 들지 않으면 그것을 버리고 다시 고쳐 썼다. 그러므로 공의 시 가운데 현존하는 것이 거의 만 수에 이르지만 한 수 한 수가 정련되어 있다. 한 글자 한 구절이 모두 내력이 있으며, 그 붓 끝이 웅건하고 성률이 조화를 이루니, 천 수 백 수가 마치 한 수를 뽑아 놓은 듯하다. 공의 많으면서도 잘 처리하고 많으면서도 잘 정돈 된 점은 예로부터도 없었던 것이다.[67]

①과 ②의 밑줄 친 두 표현에서 이안눌의 구체적인 작시론(作詩論)이 드러난다. '반드시 침잠 반복하여 뜻을 쌓아 생각을 다 한 후', '깊이 가라 앉혀 온축한 후'에야 비로소 뜻을 펼쳐 쓰기 시작하였으며, 완성 후에도 지기(知己)에게 보여 불만스러운 점이 있으면 버리고 다시 고쳐 썼다는 것이다. 이는 이안눌이 작시에 임하는 자세와 단련의 정도를 얼마나 철저히 단속하였는지 짐작할 수 있는 기록이다. 또 시의 각 구가 모두 내력이 있고 필력이 웅건하고 성률이 조화되었다는 것은 경전을 통해 축적된 학식을 바탕으로 한 그의 전고 사용의 자세를 드러낸다.

이와 같은 이안눌의 작시(作詩) 태도와 관련된 논의로 정두경의 다음 언급을 살펴 볼 수 있다. 이안눌의 시풍은 지기(知己)인 석주 권필과의 대비를 통해 두드러지게 부각되었는데, 두 사람의 시가 나란히 회자되자 문단에서는 이들의 우열에 대한 논의가 상당한 화제 거리가 되었던 듯하다.

---

67) 李植, 「續集 附錄」, p.14, <行狀>, "其爲文章亦然 初讀古文詞 自本及末 熟複誦貫 <u>沈浸蘊畜 然後措意下筆</u> 旣已完料成章 而復徧示知友 必得人人厭服 方入正稿 稍不滿意 輒棄之改撰 故其詩見存者幾萬首 首首精鍊 一字一句 皆有來歷 鋒鋩雄健聲律諧適 如千百首選一首 其多而能辨 衆而能整 古未嘗有也"

내가 동명 정두경에게 "석주와 동악의 시가 누가 낫습니까?" 하고 물으니, 동명은 말하기를 "석주는 매우 부드럽고 아름다우며, 동악은 깊고도 굳세니 불가에 견준다면 석주는 돈오(頓悟)요 동악은 점수(漸修)이다. 두 사람의 문로가 비록 같지 않으나 우열을 논하기는 쉽지 않다"고 하였다.[68]

이 글에서 정두경(1597-1673)은 이안눌의 시를 '연항(淵伉)'하다고 평하였는데, 여기서 '연(淵)'은 앞서 살핀 바 있는 경전을 비롯한 다양한 분야에 걸친 넓은 독서를 통한 학식의 깊이와 관련되며, '항(伉)'은 이러한 학식을 통해서 이룬 굳건한 시풍과 강한 필력을 지적하는 평이라 하겠다. 권필과 이안눌의 우열을 묻는 물음에 대하여 정두경은 그 예를 불가에 비겨 돈오와 점수로 설명하며 '문로(門路)'가 같지 않은 까닭에 '우열미이론(優劣未易論)'이라 하면서 구체적인 판단을 유보했다. 돈오란 문자 그대로 분별하고 사랑함 없이 문득 깨치는 것이니 "불립문자 교외별전(不立文字, 敎外別傳)"을 종지(宗旨)로 하는 선가의 법이다. 또 점수는 점차적으로 도를 닦아 필도성불(必到成佛)의 경지에 드는 것으로 논리적 탐구를 바탕으로 하는 교종의 태도이다. 이렇게 권필과 이안눌의 시를 선교 양종으로 비교한 것은 이들의 시풍만이 아닌, 작시에 임하는 태도까지도 고려한 것으로 보인다. 특히 정두경은 돈오와 점수의 언급에 앞서 석주시의 부드럽고 아름다움을 동악시의 깊고 굳셈을 각각의 특장으로 지적하였다. 부드럽고 아름답다는 것은 아무래도 정의 여운이 주는 감정의 떨림을 이야기한 것이고 깊고 굳세다는 것은 의미가 중후하고 작시에 있어서 정련의 중요성에 대하여 말한 것이다.[69]

고문을 통해 쌓은 지식을 토대로 할지라도 거듭된 단련의 과정을 거치지 않는 맹목적 도습(蹈襲)은 그 시적 의미가 퇴색된다는 것을 인식한 것이

---

68) 洪萬宗, 『小話詩評』52측, "余問東溟曰 石洲東岳詩誰優 東溟曰 石洲甚婉亮 東岳甚淵 伉 比之佛家 石洲頓悟 東岳漸修 二家門路雖不同 優劣未易論"

69) 정민, 앞 논문, p.67 참고.

다. 폭넓은 고문 학습을 통해 착안된 시의를 가져오기는 하지만, 그 모의의
흔적을 없애기 위하여 면려의 노력을 거듭해야 한다는 것이다. 따라서 전
범의 구절을 끌어오되 그 흔적이 없도록 하는 노력이 필요한 것이며, 이러
한 이유로 정련의 중요성을 강조하고 실천하고자 하였던 것이다.[70]

3) 深得杜之法

끝으로, '두보의 법을 깊이 터득하였다'는 인조 실록의 언급[71]에서 알 수
있듯이 이안눌은 두시에 대한 남다른 인식 태도를 보인다는 점이다. 그는
자신의 삶을 회고하는 시에서 항상 두보의 시를 가까이 했음을 밝힌 바
있으며[72] 이와 같은 학시 과정은 후대 이식을 비롯한 여러 시인들에게도
영향을 끼쳤다. 이안눌의 학시를 두고 차운로는 '출한입두(出韓入杜)'[73]라

---

70) 그러나 이안눌은 형식상의 지나친 전고의 과용이나 착종된 사용, 수사적 기교에 대하
여 상당히 경계하였던 듯하다. 다음의 시는 채유후가 시고를 보내주어 唐詩의 운자를
써서 쓴 것으로, 흔히 江西詩派를 비롯한 宋風의 시에서 자주 보이는 험벽한 고사의
차용이나 난삽한 기교주의로 인한 폐단을 언급하고 있어 주목된다. <禮曹蔡佐郎(裕後)
以詩稿寄示 因題卷末 用唐詩 '到處逢人說項斯'韻>(「東遷錄」下, p.4)에서 "흰 머리가
대화를 나누니 검은 털로 바뀌는데/ 장원을 한 원외랑이 새로운 시를 보내었네/ 시의
기교가 이에 이르면 결국 누가 해석할 것인가?/ 이사가 책을 불태운 것이 이상하지
않구나(白髮相談變黑絲/ 狀元員外寄新詩/ 詩工到此終誰解/ 未怪焚書出李斯)"라고 하
였는데, 홍천의 유배지에서 쓴 작품으로 장원을 한 채유후가 시고를 보내온 것에 대한
우려와 걱정의 심경을 담고 있다. 起句과 承句에서는 新詩를 보내온 것을 적고, 서로
대화할 수 있음에 회춘하는 마음이라 한다. 그러나 承句에서는 채유후의 시고를 읽고
'詩工'이 여기에 이르면 결국 누가 해석을 할 것인가라고 반문하면서 끝내 해석할 수도
없는 시를 짓는 풍조의 문제점을 말한다. '詩意'가 전달되지 않고 형식적 기교에 매달리
는 창작 태도는 경계해야 한다는 것으로 이 점은 <六月十六日>(「北竄錄」, p.14)의 1수
에서 "처음엔 말이 난삽하게 들리더니 끝내 주는 마음 진실임을 보는구나(詩文言語澁
終見特情眞)"라고 한 표현에서도 확인된다.

71) 『仁祖 實錄』1년 3월 條, "深得工部之法", 전문은 앞에서 제시.

72) 「東遷錄」下 권17, p.41, <奉謝全羅道巡察使閔聖徵令公以白紙十束眞墨二十笏生薑沉
竹筒各一斗等物 枉書見遺因求用拙堂詩 時丙寅十月二十五日甲子>, "早讀濂翁賦 常看
老杜詩"

하여 처음에는 한유를 배웠으나 여기에서 나와 두보로 들어갔다고 밝혔다.
이에 대해서 이식은 「학시준적(學詩準的)」에서 다음과 같이 언급하고 있다.

근대에 시를 배우는 이들에 어떤 이는 한유의 시를 바탕으로 삼고 두시로
모범을 삼으니 이는 오산 차천로와 이안눌이 가르친 바이다. 석주도 비록
나중엔 당률을 배웠지만 처음엔 또한 한유를 배웠다. 고죽 최경창이 말년에
재기가 시들해지자 또한 한유의 시를 읽었다. 나는 비록 학식이 천박하지만
한유시를 전혀 읽으려 하지 않았다. 이미 여러 분들의 권유를 받아 그 율시
와 절구를 한 차례 숙독해 보니 바로 당시의 격률인지라, 두시와 아울러 보
는 것도 무방할 것 같다. 그 장편걸작은 곧 양웅, 사마상여의 사부를 읽는
것이 나을 것 같다. 오직 늦게 배우는 사람이나 필력이 퇴보한 사람들은 한
유의 시를 가려 뽑아서 백여 차례 읽는다면 경자(敬字)가 소학(小學) 공부
에 도움이 되는 것과 같은 효과가 있을 것이니 혹 급한 병통을 구하여 힘을
얻게 될 것이다. 재주와 학식이 다 넉넉한 사람은 곧 대수롭지 않은 시에
힘을 들일 것이 없다.74)

전대의 시인들 중에서 이안눌이 주목하고자 했던 시인은 한유와 두보였
다. 이 기록을 통하여 그가 시를 배울 때 한유시를 바탕으로 삼고 두보시를
전범으로 삼아야 한다는 이른바 '기한범두(基韓範杜)'를 후학들에게 가르쳤
음을 알 수 있다.

---

73) '出韓入杜'는 '基韓範杜'와 의미상 큰 차이가 없는 것으로 보이는데, 이에 대한 이안눌
의 직접적 언급은 없다. 이는 모두 평자들의 기록으로 남아있을 뿐인데, 차운로는 이안
눌 시의 특징을 '出韓入杜'라고 하여 그의 학시 과정을 언급한다(李植, <東岳集跋>,
"滄洲車公萬里 雲輅稱其出韓入杜")

74) 李植, <學詩準的>, 『澤堂集』(景文社 영인본, 1982), p.513, "近代學詩者 或以韓詩爲基
杜詩爲範 此五山東岳所教也 石洲雖學唐律而初亦讀韓 崔孤竹末年才凋氣萎亦讀韓詩
吾誰學淺殊不欲讀韓 旣被諸公勤誘 熟觀一遍其律絶 固唐格也 不妨與杜詩並看 大篇傑
作則乃揚馬詞賦之換面也 與讀其詩寧讀揚馬之爲高也 惟晚學筆退者抄讀百餘遍則如敬
字之補小學功 容可救急得力 才學俱瞻者不必匍匐於下乘也"

이식은 윗글에서 '기한범두'는 이안눌과 차천로75)가 가르친 바라는 것을 짧게 언급하고 한유 시의 공적과 그 단점에 대하여 견해를 밝히고 있다. 자신이 한유시를 읽어 본 결과 그의 율시와 절구는 당시의 격을 갖추고 있어 두시와 아울러 읽고서 본받아도 괜찮겠지만 장편은 바로 양웅·사마상여의 사부의 변형인지라 재주와 학식이 넉넉한 사람은 꼭 읽을 필요가 없다는 것이다. 다만 시 공부를 늦게 시작한 사람이나 기력이 부족한 사람들에게는 한유의 시가 힘을 불어넣어 주는 기능은 한다고 하면서 최경창이나 권필 등도 한유시를 읽음으로써 기운을 보충하였음을 예를 들었다.76)

그러나 이안눌은 한유시를 원용하여 작시의 기초를 다졌으나 두보시를 선범으로 삼았다. 두보 시학의 체득을 위해 유배시에는 두보의 율시를 만삼천 번이나 읽었고 스스로도 늘 두보시를 보았다고 하였다.77) 이러한 이안눌의 학두 경향과 관련하여 몇 편의 시화 언급이 있어 주목할 만하다.78)

우선, 두시의 어구에 대한 이안눌의 해석과 관련된 언급이다. 당시의 주석에서 제기된 문제들 중에서 지속적으로 관심의 대상이었던 바가 '업공

---

75) 柳根(1549-1627)이 지은 차천로의 輓詞의 한 구에 "李杜漢詩最熟精"라는 기록이 있다.
76) 김상일의 글(앞 책, pp. 58-65)에서 이에 대하여 자세히 논의한 바 있다. 연구자는 한유의 以文爲詩의 정확한 의미에 대하여 학자마다 그 견해를 조금씩 달리하지만 대체로 다음 세 가지 정도로 요약할 수 있다고 하였다. 첫째 한유는 賦의 수법을 사용하여 시의 서술성을 강화하였는데, 마음으로 생각하고 눈으로 본 것을 붓 가는 대로 자세히 기술하거나 나열하듯이 시를 썼다. 그러므로 그의 시는 함축적이기보다는 직설적이다. 둘째 시속에 議論을 끌어들인 점이다. 당대의 정치 사회적 문제를 고시 형식을 빌려 논의한 작품을 상당수 남겼다. 셋째 시작에 고대산문의 章法을 운용하였다. 고문적 짜임으로 시상을 전개하고, 고문 필법을 운용하여 인물을 부각하고 사건을 서술 서술하며 물상을 묘사하고 고문구법이나 구식, 고문에 많이 쓰이는 허사를 시속에 끌어들이고 있는 것이다. 요컨대 한유의 以文爲詩의 작법은 서술성의 확대와 의론의 차입, 그리고 고문장법을 운용하여 시의 산문화를 의도하였는데 주로 고체시를 통해서 구현하였다는 것이다.
77) 『東遷錄』권17, p.41, <奉謝全羅道巡察使閔令公……>, "早讀濂翁賦 常看杜老詩 從來巧堪愧 深覺拙爲宜"
78) 이에 대한 본고의 논의는 안대회의 「<조선시대의 두보시 주석>-이식의 "纂註杜詩澤風堂批解"를 중심으로」(『한국 한시의 분석과 시각』, 연세대 출판부, 2000)를 참고하였다.

(業工)'의 해석에 관한 문제이다. 이는 고시 <두견행(杜鵑行)>의 한 연인 "두견새는 두려운 듯 깊은 나무숲에 숨어서/ 4월 5월인데도 울기만 하네"[79]에 나오는 난해한 시어인 '업공'을 어떻게 보는가에 관한 것으로, 먼저 양경우의 『제호집(霽湖集)』에 실린 다음 기록을 살펴보자.

두보의 <두견행>에 "업공찬복심수리(業工竄伏深樹裏)"가 있는데 '업공' 두 글자에 대해 세상에서는 아무도 모르고 있다. 차천로가 "젊을 적에 책을 보다가 巴지역의 풍속에 두견의 새끼를 업공이라고 한다는 말을 보았는데 지금은 그 책이 어떤 책인지를 기억하지 못한다"고 말했다. 나도 그러한 내용의 책을 본 적이 없다. 책을 널리 본 사람들에게 두루 물어보았으나 아는 사람이 아무도 없었다. 차천로가 본 것이 제법 많다고는 하지만 혹시 잘못보고 한 말이 아닐까?

동악 이안눌이 이에 대하여 다음과 같이 말했다.

"당 서책 가운데 '막막(漠漠)'이나 '소소(蕭蕭)'와 같은 유처럼 한 글자를 거듭 쓰는 경우가 있다. 이럴 경우 같은 글자를 두 번 쓰는 것이 귀찮아서 작은 우자(又字)로 뒤의 글자를 표시하기도 한다. 또 인쇄하는 사람은 잘못하여 우자(又字)를 공자(工字)로 쓰기도 하는데 이러한 일이 곳곳에서 발생한다. '업공(業工)'은 분명히 '업업(業業)'이 잘못 전승된 것이다. 두견은 촉나라 황제의 넋이니 두보의 위 시구를 나라를 잃고 두려운 마음에서 산 숲 속에 몸을 숨긴 채 4월 5월 사이에 울부짖는다고 해석하면 이치가 통하지 않겠는가?"

이 해석이 대단히 명쾌하다[80]

---

79) "業工竄伏深樹裏 四月五月啼偏呼"

80) 梁慶遇, <詩話>, 『霽湖集』권9, 장4-5, "杜詩 曰 <杜鵑行> "業工竄伏深樹裏 業工二字 世皆不識 車天輅曰 少年時閱書 見巴俗指杜鵑雛爲業工之語 今忘其爲何書也云 余亦未 曾見了 遍問博覽人 皆不能知 豈車君閱歷頗多 容或誤見之耶! 李東岳安訥曰' 唐本書冊 中有文字間一字疊下 如漠漠蕭蕭之類 則厭於再書 或以小又字繼之 如我國人以兩點繼 之者 剞劂氏誤以又作工 比比有之 業工必業業之誤傳也 杜鵑以蜀帝之魂 失國業業潛身 山藪中 呼號四月五月之間者 不亦理通乎'此言甚暢快矣"

'업공(業工)'의 정체를 파악하는 문제는 차천로에 의해 처음 제기된 것으로 당·후대의 몇몇 학자가 다양한 해석의 가능성을 제기하여 그 실체를 파악하고자 노력하였다. 먼저 차천로가 『오산설림(五山說林)』에서 "두보의 <두견행(杜鵑行)>에 '업공찬복심수리 사월오월제편호(業工竄伏深樹裏 四月五月啼偏呼)'가 있다. 여기의 '업공(業工)'에 대해 주석서에서 풀이해 놓지 않았다. 내가 젊을 적에 책 한권을 본 적이 있었는데 그 책에서 두견의 새끼를 '업공(業工)'이라고 해놓았다. 지금은 어떤 책에서 그렇게 한 것인지를 기억하지 못한다.[81]"라고 한 것이 이에 대한 첫 언급이다. 이수광도 『지봉유설』에서 차천로의 이전 주장을 인용한 후 "그러나 나의 생각으로는 업공(業工)은 '능공(能工 : 공교롭게 잘 한다)'과 같으니 이 시구는 두견이 깊은 나무 사이에 잘 숨는다는 의미이다[82]"라고 하였다.

업공(業工)이라는 난해한 두 글자의 의미에 대해 '두렵다는 뜻의 업업(業業)의 와전'이라는 이안눌의 주장 이외에 두견의 새끼, 공교롭게 한다는 뜻의 '능공(能工)', '업이(業已 : 벌써)'와 '공부(工夫)'의 합자로 보는[83] 등의 다양한 풀이를 하고 있다.

이와 같은 견해에 대하여 후대의 이식은 『두시비해(杜詩批解)』에서 "업공(業工)은 마땅히 '업업(業業)'으로 써야 한다. 이것은 구에 점을 찍기를 잘못하여 그렇게 된 것이다. 동악 이안눌이 상고하여 주를 냈다.[84]"고 하면

---

81) 車天輅, 『五山說林』, 『稗林』권1, p.63, "老杜 <杜鵑行>에 '業工竄伏深樹裏 四月五月啼偏呼'. 業工註不釋 余昔少時曾見一書 杜鵑鄒曰業工 今不記出自何書也"

82) 李睟光, 『芝峯類說』, "杜詩 <杜鵑行> '業工竄伏深樹裏' 車天輅嘗言杜鵑鄒曰業工出雜書云 而余意業工猶言能工 謂杜鵑善竄伏於深樹間也"

83) 李圭景의 『詩家點燈』(亞細亞文化史, p.47) 기록에는 양경우가 『淸溪詩話』에서 "대체로 두보의 시에는 중복된 글자가 많이 사용되고 있으니 '納納', '窄窄', '桓桓' 등의 글자를 통해서 그 사실을 알 수 있다. 그렇다고 해서 그것만으로 단정할 수는 없다. 어떤 사람은 업은 '業已'의 업과 같은 뜻이고 공은 '工夫'의 공과 같다고 하는데 그러한 설도 생각해볼 만하다(大抵杜詩多用重複字 如納納窄窄 桓桓等字可知也云 然未可質也 或曰 業如業已之業 工如工夫之工 其說亦可巧也)"라고 하였음을 언급하였다.

서 이안눌의 견해를 따르고 있다. 이익 또한 『성호사설(星湖僿說)』에서 "두
보의 <두견행>에 '업공찬복심수리 사월오월제편호(業工竄伏深樹裏 四月五
月啼偏呼)'가 있다. 지금 『사문유취(事文類聚)』를 살펴보니 '업공(業工)'을
'업업(業業)'으로 썼다. 생각해보면, 한 글자를 거듭하여 쓸 경우 공자(工字)
와 같은 모양으로 두 개의 점을 더하고 만다. 이것이 글자가 와전된 이유이
다. 업업(業業)은 바로 두렵다는 의미이다."[85]라고 하여 『사문유취(事文類
聚)』를 인용하여 이안눌의 주장을 받아들여 소개하였음을 알 수 있다.

또 다른 한 가지는 이안눌이 두시(杜詩)에 구결토를 달아 구두 전승하는
데 기여했다는 사실이다. 이익의 『성호사설(星湖僿說)』에는 <팔애시(八哀
詩)>의 구결이 전승되어 내려온 과정을 설명하면서 "강세정이 이르길 자
신은 허격으로부터 <팔애시>를 배웠고, 허격은 동악 이안눌에게서 배웠
다. 대개 구결로 전수되는 바가 있어 이에 내(이익)가 몇 가지 조목을 기록
하였는데, 자못 지금까지의 주석가들이 말하지 않은 것도 밝혀놓았다."[86]
라고 하였다. 여기 허격은 이안눌로부터, 강세정은 허격으로부터 이 시를
배웠는데 이들 사이에는 전수되는 구결이 있었다는 것이다. 그 몇 가지 조
목을 성호가 들었는데 지금까지의 주석가들이 말하지 않은 것을 상당히 밝
혀 놓았다고 하였다.

이러한 기록을 통하여 이안눌 이래 두보의 시에 대한 구결이 구두로 전
승되고 있었으며, 통용되는 주와는 다른 해석이 동시에 전수되고 있다는
사실을 알 수 있다. 이안눌의 새로운 해석이란 앞서 '업공(業工)'을 논한 데
서도 참신하였음을 볼 수 있는데, 그의 새로운 주석은 의미 전달상의 편의

---

84) 李植, 『纂註杜詩澤風堂批解』(震友會 편집 영인, 단기 4230) 권9 장10, "業工常作業業
點句之誤也 東岳考有註"

85) 李瀷, 『星湖僿說』.

86) 李瀷, <八哀解>, 『星湖僿說』 <詩文門>, "姜主簿世貞云 余嘗學杜甫八哀詩於許滄海
格 滄海學於李東岳安訥 盖有所傳授口訣 仍爲余道數條 頗發於註家之外"

를 위해 구결과 함께 전수되었음을 짐작할 수 있다.[87] 따라서 이와 같은 시화의 언급은 이안눌의 문학 창작 태도로 당시 두시에 대한 이해가 탁월하였으며, 이러한 학문적 성과는 후대까지 이어졌음을 시사한다.

---

87) 안대회, 앞 책, p.348. 이와 같은 이안눌의 해석을 토대로 하여 이식은 선배들 사이에서 전해지던 구결에 자신의 견해를 부가하여 과감하게 문자로 정착시켜 '杜詩 비해'를 편찬하였으며, 이 책의 평점, 구결, 주석은 상호 밀접한 관련을 지니고 각 작품에 대한 해설과 감상을 독자에게 보여준다.

제3장

임진란 체험과 대사회 인식
: 대일본관

　전쟁이라는 비상한 국면은 한 나라, 한 문화권에서 대단히 격렬하고 총체적인 변화를 초래하는 역사적 경험이다.[1]

　1592년 4월 12일 일본이 15만 대군을 이끌고 부산을 공격하면서 시작된 임진란 역시 7년에 걸친 충격적인 대사건으로 국내외의 정세와 문화에 지대한 영향을 미쳐 일대 변혁의 계기가 되었다. 침략국인 일본은 무리한 전쟁을 오래 끌었던 관계로 정권이 바뀌는 결과를 초래하였으며, 중국에서는 명나라가 대군을 조선에 파견하여 국력을 소모시킨 결과 여진에게 세력을 확대할 수 있는 기회를 주어 명·청 교체의 계기가 되었다. 조선도 막대한 인명손실은 물론이고 농토가 황폐해져 재정이 극도로 악화되고 이로 인해 세제의 문란도 함께 발생하게 되었다.

　이와 같이 임진란은 당시 조선 사회의 국내외 모든 분야에 막대한 피해를 가져오게 하였으나 이러한 초유의 경험은 현실을 새롭게 인식하는 계기가 되었으며, 피폐해진 생활을 극복하려는 의지는 사회 전반의 변화를 초

---

1) 『전쟁의 기억, 역사와 문학』, 동국대 한국문학연구소, 월인, 2005, 서문.

래하였다. 문학적인 면에서도 가족과의 이산을 비롯하여 지금껏 느껴보지
못했던 슬픔과 고통을 체험함으로써 다양한 문학작품을 생산하는 원인을
제공해 주었다.[2] 문학 작품을 통해 민족의 비극적 수난과 투쟁을 기록하고
전란으로 초토화된 국면을 직시하는 다양한 방식을 모색함으로써 문학의
새로운 기풍이 형성되었던 것이다.

　본 장에서는 이안눌의 전란 체험 한시에 대한 분석을 통하여, 그가 미증
유의 전쟁 속에서 겪은 구체적 체험의 참상을 어떻게 형상화하였으며, 당
대 전쟁으로 인한 사회 제도적 모순과 백성들의 수난을 어떠한 방식으로
효과적으로 드러냈는지 살피고자 한다.

1. 참상의 고발과 침울의 미의식

　문학과 시대상의 상관성은 주지의 사실로 이안눌의 생애 중 가장 큰 사
건이라면 말할 것도 없이 임·병 양란이다. 그는 혼란한 나라를 바로잡고
백성을 구제하기 위하여 위로는 지배 계층의 비리를 폭로하였으며, 아래로
는 전란으로 말미암아 황폐해진 국토와, 궁핍에서 헤어 나오지 못하는 일
반 백성들의 삶을 직시하고 이에 따른 비판적 문제의식을 표출하였다.

　이안눌은 22세의 나이로 임진란을 체험하였고, 그 이후에도 크고 작은
북쪽 오랑캐의 침입을 목도하고, 병자호란 중에 국왕을 호종하다 죽음을
맞는다. 특히, 임진란이 발발했을 때, 함경도로 피란 가는 절박한 기간에

---

2) 이에 비해 일본문학은 사회적 관심이 부족하여 사실적인 작품이 드물고 작가는 누구
　나 자기 주위의 소재를 다루는 데 몰두하여 상하층의 생활을 통괄해서 다루는 시야가
　마련되어 있지 않는 것을 특질로 삼는다고 하였다. 岡岐義惠, 『日本의 文藝』(張南瑚외
　역, 서울 : 시사일본어사, 1991 ; 加藤周一, 『日本文學史序說』(동경 : 공마서방, 1991), 조
　동일, 「허균세대의 임진란 체험과 한시의 변모」, p.143 재인용.

일기를 적듯이 자신의 비극적 체험을 시로 적었으며, 이후에도 왜란의 참상을 되돌아보며 그때의 일을 시화한 작품도 상당하다. 이러한 점에서 국란의 상황에 대한 핍진한 문학적 형상화라는 측면에서 그의 시를 주목할 수 있다.

임진난 당시의 피란 체험을 시화한 작품을 「속집」[3]에 다수 남기고 있는데, 이 시기 작품들을 통해 전장의 참혹한 광경을 생생히 전달한다. 피란 중에 죽음에 대한 극도의 불안과 심한 굶주림에 시달리고, 도중에 가족과 이별하는 자신의 실제 경험들을 구체적으로 시화하였던 것이다.

따라서 이러한 점에서 그의 전란 체험시는 본질적으로 저변에 침울의 정조를 띨 수밖에 없다. 자주 사용하는 '참(慚)', '괴(愧)' 등의 용어에서 드러나는 '자기반성'[4]의 태도는 우국애민에서 비롯된 울분이며 나라의 위기상황과 각종 재난에 시달리는 민생에 대한 근심에서 비롯된 것이라 하겠다.

'침울'의 시풍은 전란과 당쟁으로 얽혀진 혼란한 당시의 시대상과 관련지어 설명할 수 있다. 이안눌의 전란 체험시가 주목되는 것은 바로 이와 같은 사회에 대한 비판 의식이 체화된 사상으로 굳어져 평생 지방의 목민관으로서 실천되었기 때문이다. 침울의 시풍을 바탕으로 한 '우국애민'의 사상은 그가 평생 견지하는 바가 되었으며, 물론 이러한 자각과 실천의 동력으로 자신의 전란 체험이 작용하였음은 부언할 필요가 없을 것이다. 미증유의 전란은 그로 하여금 암울한 시대에 대한 자각과 자신에 대한 반성을 촉구하는 계기가 되었다. 이러한 의식은 전란의 참혹한 현장 경험, 이로 인한 수탈 관리의 제도적 민막(民瘼), 불가항력적인 풍, 우, 한, 설 등 자연재해의 요인들에서 연유하는 것으로 특히 대비하여 막을 수 있는 인재(人災)에 대한 가멸찬 비판과 풍자를 드러낸다.

---

3) 「續集」에는 이안눌의 과거급제 이전의 시작이 실려 있으며, 피란의 도중에서 지은 작품이 다수 실려 있다.
4) 김상일, 앞 책, p.87 참고.

이와 같이 침울한 우환의식을 기저로 하여, 전란의 참상을 구체적으로 형상화한 이안눌 전란 체험시의 양상은 첫째, 임진란 중에 왜구의 잔학상과 피란민으로서의 고충을 핍진하게 묘사하였다는 점과 둘째, 전쟁에 대처하는 지배층의 무능을 목도하고 지방 수령들의 가렴주구 등을 비롯한 체제 모순에 대하여 비판하였다는 점으로 나누어 고찰할 수 있다.

1) 왜구의 잔학상과 피란민으로서의 고충

(1) 피란 현장에서의 체험적 고발

임진란 당시 피란 중에 지은 것으로 보이는 상당수 작품은 자신이 직접 겪은 체험의 기록으로 전쟁을 통해 겪게 되는 슬픔과 고초가 생생하게 그려져 있어 임란을 현장에서 보고하는 작품들이 많다.

생존 자체가 절박한 시대에 작가들에게 그 현실을 고도의 문학적 표현으로 승화시키거나 역사의 방향성을 모색하고 구체적 전망을 제시하는 작품을 창작하기를 기대하는 일은 무리일 것이다. 이런 이유에서인지 전쟁 체험을 시화한 작품은 양 자체가 예상보다 많지 않으며, 그러한 작품들 또한 형식미 등의 미적 성취를 추구하거나 통찰력 있는 전망을 제시하기 보다는 개인적 감정을 여과 없이 표출하거나 사실을 기록하는 데 치중되어 있다. 이는 전쟁이란 상황이 문학의 내적 조건보다는 고발과 증언에 치우친 내용 위주의 시를 창작하도록 작용했기 때문일 것이다.[5]

이와 같은 이유로 「속집」에 실린, 피란 중에 쓴 이안눌의 전쟁 체험 시 또한 함축적 의미보다는 감정의 직선적 토로, 사실 고발적 성격을 강하게 띠고 있다. 전통적인 형식을 따르는 한시일지라도 비교적 많은 내용을 담지할 수 있는 고시의 형식[6]을 빌어 수난의 내용을 앞세웠다. 짧은 시의

---

5) 장미경, 「宣祖朝 전쟁 체험 한시 연구」, 고려대 박사학위논문, 2004, p.3.

형식으로는 민족 수난의 구체적 실상을 담을 수 없었던 까닭에, 장편 고시
의 형식으로 전 국토가 유린당하고 수많은 백성들이 죽임을 당하였던 끔찍
한 전쟁 중에 목도한 참상을 효과적으로 서술하였던 것이다.

當死死寧早	죽어야 할 바에야 차라리 빨리 죽기나 하지
我死何其遲	나의 죽음은 어찌 이리 더디냐
一日在人世	하루 인간 세상에 있으면
一日百慮滋	하루 백가지 근심 몰려드네
人世既如此	인간 세상 이미 이와 같으니
此生生奚爲	이 인생 산들 무엇하리
百慮只爲死	백가지 근심 단지 죽음 때문인데
一死寧復知	한 번 죽으면 어찌 이를 알리요
倘令昨日死	어제 죽었더라면
豈有今夕悲	어찌 오늘 저녁의 슬픔이 있었으랴
今夕海寇至	오늘 저녁 왜구가 이르러
鐵馬左右馳	철마는 좌우로 치달으며
殺人若草木	사람을 풀 베듯 죽여
所過恣芟夷	지나는 곳마다 멋대로 베고 자르네
原□變朱殷	언덕은 핏빛으로 변했고
黔蒼無一遺	백성은 하나도 살아남은 이 없구나
俯仰天地大	넓은 천지를 굽어보고 우러러봐도
茫茫無所之	아득하여 갈 데가 없도다
竄身荊棘中	가시덤불에 몸을 숨기니

---

6) 다수의 사회 비판시는 장편 고시 형식을 취하고 있다. 절구나 율시와 같은 근체시
양식은 정제되고 압축된 작가의 생각을 수용하는데 적합한 시형식이라 할 수 있으므로
이 양식이 지닌 엄격한 형식상의 제약 때문에 시상전개에는 어려움이 있다. 그러므로
이러한 시가 장편 고시가 다수를 차지한다는 사실은 자신이 직면했던 많은 사회현상들
을 자유분방하게 비판하고 산문적인 묘사를 통해 보다 곡진하게 나타내기 위한 것으로
볼 수 있다.

身上無完肌　　몸에는 완전한 살갖이 없도다
不飮不知渴　　물을 마시지 않아도 목마른 줄 모르고
不食不覺飢　　밥을 먹지 않아도 배고픔을 못 느낀다.
滿眼旌旗紅　　눈에는 붉은 깃발 가득하고
滿耳言侏離　　귀에는 오랑캐 소리 가득하네
不死亦何顔　　죽지 않은들 또한 무슨 낯이 있으랴
死無復生期　　죽게 되어 다시 살아날 기약 없도다
早識終不免　　일찍 면하지 못할 줄 알았더라면
甘作故山屍　　달게 고향 산에 시신을 묻었을 텐데
誰料萬里外　　누가 알았으리 만 리 밖에서
零落至於斯　　영락하여 이렇게 될 줄을
我身旣而已　　내 신세 이미 끝났지만
我母將依誰　　우리 어머니 장차 누구를 의지하랴
平生濟世策　　평소 세상을 구제할 계책은
鬱沒不得施　　파묻혀 베풀 길 없게 되었네
一寸憂君心　　한 조각 임금을 근심하는 마음은
斷斷猶未移　　변함없이 오히려 바뀌지 않는다
社稷莽丘墟　　사직은 구렁에 떨어졌으니
匡復當何時　　어느 때 다시 회복하리오
呑聲向白日　　울음을 삼키고 대낮에
所以歎咨咨　　이 때문에 탄식하노라
咨咨豈惜死　　탄식하며 어찌 죽음을 아깝게 여기랴
惜死非男兒　　죽음을 아낀다면 사나이가 아니리

<당死歎>, 「續集」, p.3

이안눌은 임진란 초기인 1592년 7월 8일 갑자기 왜적을 만나게 되는데,
이때의 절박한 상황을 <당사탄(當死歎)>에서 상세하고 구체적으로 표현
하고 있다. 특히 장편고시의 형식을 활용하여 전란 참상의 현장을 직설적

으로 묘사하고 있다.

놀라 당황하다 겨우 피하여 며칠간 산 속에 죽은 듯이 숨어 있는 상황으로 죽음을 목전에 둔 때인지라 자신의 비감이 강하게 토로된다. 피란 도중 적과 마주치게 된 극도로 불안한 상황 속에서 끓어오르는 분노와 격정을 이기지 못하고 탄식한다. 생사를 건 일촉즉발의 급박한 상황에서 죽음보다 못한 자신의 비참한 처지를 절절하게 묘사한다. "어제 죽었더라면 어찌 오늘 저녁의 슬픔이 있었으랴"라고 한 표현에서는 살아있음으로 해서 느끼는 죽음에 대한 극도의 공포가 처절하게 느껴진다.

11구부터 철마는 좌우로 치달으며 사람을 풀 베듯 멋대로 베고 잘라 모조리 백성을 죽이는 참혹한 현실을 묘사하는데 이러한 상황에서도 자신은 아무 것도 할 수 없는 무력한 처지이기에, 살아난 들 무슨 낯으로 사람들을 보겠는가라고 절규한다. 잔학무도한 왜구의 만행에 어찌할 수 없이 당하는 무력한 자신에 대한 자괴감으로 괴로워하는 것이다.

15구부터는 '언덕은 핏빛으로 변했고 백성은 하나도 살아남은 이 없는' 참담한 절망 속에서 넓은 천지를 둘러봐도 아득하여 갈 데가 없고 처절한 피란 생활로 인하여 성한 곳이 없어 '신상무완기(身上無完肌)'라며 탄식한다.

특히 반복과 대구의 수법이 두드러지는데, 시간 개념의 반복과 생생(生生), 단단(斷斷), 자자(孜孜) 등의 동음어 반복 등으로 묘사가 더욱 생동감 있게 표현된다. 또한 '물을 마시지 않아도 목마른 줄 모르고~죽게 되어 다시 살아날 기약 없도다7)라고 한 부분의 대구는 피란시의 불안하고 절망적인 상황을 효과적으로 드러낸다. 이안눌의 시가 당시(唐詩)의 유려(流麗)함을 겸하고 있다는 평이 바로 이러한 반복적 표현에서 나온 것으로 볼 수 있다.8)

---

7) '不飮不知渴 不食不覺飢 滿眼旌旗紅 滿耳言侏離 不死亦何顔 死無復生期'
8) 李鍾默은(앞 논문, p.218) 이에 대하여 이안눌의 시에서 느낄 수 있는 紀實의 정신과

그러나 마지막 부분에서 눈앞의 적을 피해 가시덤불 숲에 숨을 죽이고 있는 급박한 상황 속에서도 어머니와 임금을 떠올린다. 목마름과 배고픔도 잊을 정도로 죽음을 앞 둔 극한 절망의 상황 속에서도 아직 살아계실 어머니를 생각한다면 죽을 수가 없는 것이다. 대구의 표현으로 비장감을 더하고, 이러한 자괴감 속에서도 "죽음을 아낀다면 사나이가 아니리라"고 하면서 우국충정의 신념을 가다듬는 것으로 끝맺는다.

다음 해인 1593년에도 이안눌은 관서지방으로 피란 생활을 계속하는데, 이때 명의 원병이 1월에 평양을 수복하고, 북쪽의 왜구가 남으로 모두 철수하게 된다. 이안눌은 중형과 더불어 가족을 데리고 함경도의 덕원, 이성, 홍원, 단천 등을 진전하며 피란을 다녔는데, 이성에서 양모(養母)의 병으로 인해 친모(親母)를 모시고 있던 중형(仲兄) 일행과 이산하게 된다. 이때의 상황을 <모별자(母別子)>에서 자세히 적고 있다.

母別子	어머니가 아들을 이별하니
母撫子背悲無語	어머니는 아들의 등을 어루만지며 슬픔에 말이 없다
子別母	아들이 어머니를 이별하니
子拜母前淚如雨	아들은 어머니 앞에 절함에 눈물이 비오듯 한다
子兮少也養于人	아들은 어려서 남에게 길러져
謂他人母他人父	타인을 어미라 부르고 타인을 아비라 불렀다
自賊之亂遭飄蕩	왜란으로 떠도는 신세 되고부터
何幸行藏偕恀怙	부모 모시고 함께 움직이니 얼마나 다행인가
左提右挈東之北	왼손으로 끌고 오른손으로 잡고서 동으로 북으로
我與仲兄同雁序	나는 중형과 함께 줄지은 기러기처럼 함께 다녔지

奇異·雄渾의 미감이 시의 여운을 줄이는 한 폐단일 수 있다는 점을 지적하였다. 그의 시가 막혀 있다는 평은 이를 말한 것으로 이러한 단점을 극복하기 위하여 반복적 표현을 즐겨 썼으며, 이와 함께 고시에 자주 구사되는 隔句對를 근체시에서도 구사함으로써 강한 율동감을 확보하고 있다고 하였다.

豈知罠罠鞠我母　　어찌 알았으랴 고생스레 나를 키워준 어머니께서
一臥三旬嬰二竪　　한 번 눕자 한 달을 병마에 걸릴 줄을
伏枕不復登長途　　자리에 누워 다시 장도에 오르지 못하니
擬載扁舟竄孤嶼　　편주에 싣고 외딴 섬으로 달아나려 하네
海事吾兄誠不習　　바다는 내 형이 본디 익숙하지 않았기에
便奉晨昏別我去　　양친 봉양을 위해 나와 이별하였네…(後略)…

<母別子>, 「續集」, p.2

갑자기 닥친 전쟁을 피해 정신없이 몸을 숨기다 어머니와 헤어지게 된
당시를 회고하며 그때의 일9)을 자세히 설명하고 있다. 이때의 피란 체험은
일생에서 자주 회억되는 부분으로 특히 북방의 여러 고을을 부임하였을 때
나 그 지역을 지나면서 기억을 떠올린다.
　　서두 부분은 어릴 때 양자로 가서 친부모와 떨어져 생활하며 타인을 부
모라고 하였던 자신의 신세를 서술하고, 전쟁의 와중에 친모와 헤어지게
된 경위를 자세하게 설명하였다. 10구까지는 친모와 양모를 모시고 중형
(仲兄)과 함께 피란 다니는 정황을 묘사한다. 이 부분의 서술에서 어린 시

---

9) 작자는 1602년 단천군수로 배임하여 남긴 <二月初十日 入端川郡>(「端州錄」, p.2)은
단천 군수로 배임하면서 쓴 작품으로 난리를 만난 이후 맨몸으로 흩어져 도망 다니던
때에 단천, 이성, 홍원 등지의 민가에 의탁한 것을 떠올리며, 세 고을은 바로 우리 집안
의 병주와 같은 제 2의 고향인 셈이라고 언급한다. 이는 이안눌이 환로 중에 힘써 북방
의 관직을 수행하였던 것과 무관하지 않을 것이다.
　　註에서 이때의 피란 당시 상황에 대하여 다음과 같이 기록하고 있다. "임진년 난에
나는 중형과 북관으로 피란길에 나섰다. 행차가 이성에 이르렀을 때 우리 어머니께서
병이 심해져 길에 오를 수 없었다. 7월 7일 중형이 두 분을 모시고 먼저 단천에 도착하
셨는데 다음 날 왜적의 기병이 갑자기 들이닥쳐 온 집안이 황망하게 산골에 숨어 겨우
화를 면할 수 있었다. 며칠 후에 몰래 단천에 이르러 두루 중형을 찾았으나 만날 수
없었다. 이후로는 생사를 까마득히 몰랐다. 나는 어머니를 모시고 걸식하여 먹었다.(壬
辰海賊之亂 余與仲兄 奔竄北關 行到利城 我慈氏病劇不得登途 七月初七日 仲兄奉二親
先抵端川 翌日賊騎猝至 擧家蒼遑投匿山谷間 僅得脫免 居數日潛赴端川 遍訪仲兄 不得
相見 自是以後死生存歿 邈不相知 余扶侍慈氏 行乞以食)"

절, 후사를 위해 양자로 입양되어 "타인을 어미로 부르고 타인을 아비로 불렀던" 주어진 숙명에 대한 안타까운 감정이 여과 없이 표출된다. 그는 12세에 후사를 잇기 위하여 출계하여 양부모의 곁에서 살았으니 자신을 낳아준 친부모에 대한 사랑은 다른 이들보다 더욱 애틋할 수밖에 없었을 것이다.

제목에서 한유의 「모별자(母別子)」를 연상시키지만, 자신이 직접 겪은 전쟁의 급박한 실제 상황 속에서 어머니와 자식 간의 생이별을 생생하게 묘사하고 있다는 점에서 그 특별한 의의가 있다. 이러한 처절한 체험의 기록이기에 시의 마지막 부분에서 "죽는다면 볼 수 없는 것이지만, 살아남아도 상봉하기 어려울 진데, 만 리 길 함께 왔다가 갑자기 길이 나뉘니, 남이라도 측은하고 애처로울 것인데, 하물며 하늘 끝에 와서 헤어지는 모자간의 이별임에랴."[10]라는 작자의 표현이 더욱 실감나게 느껴진다. 병에 걸린 양모를 모시고 먼 길을 떠날 수 없어, 친모와 헤어져 가까운 섬으로 피신할 수밖에 없는 피난 당시의 절박한 상황을 고시의 형식으로 상세히 시화하고 있다.

이후, 이안눌은 양모를 모시고 걸식을 하며 다니게 되는데, 다음 작품은 이 시기 것으로 곤궁한 생활상을 핍진하게 묘사한다.

朝堀野田蔬	아침에 들녘에서 채소를 캐고
夕樵澤中藪	저녁에는 습지에서 나무를 한다
歸來漑瓦釜	돌아와 흙 솥에 물을 붓고서
乞火北里婦	북쪽 마을 부인네에게 불을 빌린다
根葉雜芳辛	뿌리와 잎은 단 것 쓴 것 뒤섞여
煮之奉老母	이를 끓여 노모를 봉양한다
母云味當肉	노모는 말하기를 "고기 맛이니

---

10) "死當不相見 生亦難相聚. 萬里同來忽分途 在於他人亦惻楚. 何況天涯子母別"

誠可悅我口   내 입에 맞도다" 하시네
豈是菜之美   어찌 이것이 채소의 맛이리오
爲憐母飢久   오래 굶주린 노모가 가엾다
却憶獻芹人   문득 옛날에 미나리 바친 사람 생각이 나네
王輦今安否   임금님은 지금 안부가 어떠신지

<食菜>, 「續集」, p.3

<식채(食菜)>라는 제목의 작품으로 "갑자기 이른 적을 만나 겨우 몸을 빼 달아나다가 행장을 중도에 던져버렸고 보따리는 급박해서 가져오지 못해 밥을 굶은 지 근 열흘이어서, 다만 들판의 채소로 배를 채웠다11)"라고 한 서(序)에서, 바로 적을 피해 도망 다니면서 겨우 목숨만 부지하였던 이안눌의 피란처에서의 궁핍상이 적나라하게 드러난다. 채소를 뜯어 뿌리와 잎, 꽃을 섞어 국을 끓이니 맛이 쓴데도 노모는 오래 굶은 까닭에 오히려 고기 맛을 느낀다고 했다. 작자는 이러한 노모의 말을 직접 인용의 방식으로 표현하여 보여줌으로써 강한 현장감을 준다. 굶주림에 시달리는 불안한 피란 생활의 고달픔이 형상화되어 있다. 그러면서도 채소를 끓여 모친을 봉양하면서 여기서 다시 헌장(獻芹)의 고사를 연상하고12) 이를 다시 충군의 마음으로 연결시킨다. 극한 상황의 고통 속에서도 임금을 떠올리며 충군에의 의지를 되새기는 것이다.

다음 작품인 <사월십오일(四月十五日)>13)은 현재 시점의 '곡(哭)'을 매개로 하여 과거 기억 속 사건을 끌어와 생생하게 재현하고 있는 시이다.

---

11) "値賊猝至 脫身奔竄 行裝實於中道 囊橐迫不及將 絶食餘十日 但以野蔬充飢"
12) 獻芹：獻芹은 『列子』 「楊朱」에 어떤 어리석은 사람이 미나리를 먹어보니 제 입에 맛있다고 여겨 높은 사람에게 바쳤는데, 남들에게는 매우 썼다는 고사.
13) 이 시에 대한 본고의 논의는 신현규의 논의(「壬·丙 兩亂을 소재로 한 한문 서사시」, 중앙대 박사논문, 1997)를 참고하였다.

四月十五日	4월 15일에
平明家家哭	날이 밝자 집집마다 우는 소리
天地變蕭瑟	천지는 쓸쓸하게 변하고
凄風振林木	처량한 바람이 숲을 흔드네
驚怪問老吏	놀라서 늙은 아전에게 묻기를
哭聲何慘怛	"통곡소리 어찌 저리 참혹한가?" 하니
壬辰海賊至	"임진년 왜구가 이르렀을 때
是日城陷沒	이날 성이 함락되었소
惟時宋使君	다만 그때 송부사만 있어
堅壁守忠節	진지 굳게 지키며 충절을 지키니
闔境驅入城	경내의 사람들이 성안으로 몰려들어
同時化爲血	동시에 피바다로 변했다오
投身積屍底	몸을 바쳐 주검을 쌓았으니
千百遺一二	천 명 중에 한 두 명만 살았지요
所以逢是日	이 때문에 이날은
設奠哭其死	술잔을 바치고 죽은 자를 곡한다오
父或哭其子	아버지가 자식 위해 곡하기도 하고
子或哭其父	자식이 아버지 위해 곡하기도 하고
祖或哭其孫	할아버지가 손자 위해 곡하기도 하고
孫或哭其祖	손자가 할아버지 위해 곡하기도 하고
亦有母哭女	또 어미는 딸 때문에 곡을 하고
亦有女哭母	또 딸은 어미 때문에 곡을 하고
亦有婦哭夫	또 아낙네는 남편 때문에 곡을 하고
亦有夫哭婦	또 남편은 아내 때문에 곡을 하고
兄弟與姊妹	형제와 자매까지
有生皆哭之	산 자는 모두 곡을 한다오"
蹙額聽未終	찡그린 채 차마 다 듣지 못하는데
涕泗忽交頤	눈물이 문득 턱을 타고 내리네
吏乃前致詞	아전이 앞에 나와 다시 말하기를

有哭猶未悲　　“곡할 이 있는 것은 그래도 슬프지 않지요
幾多白刀下　　얼마나 많은 데요 퍼런 칼날 아래
擧族無哭者　　온 가족 다 죽어 곡할 이 조차 없는 이가”
<四月十五日>, 「萊山錄」권8, p.7

시 속에 인물을 끌어들이고 대화형식을 빌어 이야기를 엮어 나가는 방식으로 쓴 작품으로, 형식은 오언고시의 160자 32구로 절실한 주제를 기발한 시상으로 표현하고 있다. 실제의 구체적 체험을 통해 일본에 의해 저질러진 전쟁이 백성 일반에게 얼마나 엄청난 고통을 끼쳤는가를 실감나게 그린 작품이다.

늙은 아전의 구술을 통해 현재의 곡성과 연관된, 그때의 비한에 찬 죽음의 사연들이 낱낱이 폭로된다. 16년 전의 사건을 술회하는 셈이지만 생생한 화폭처럼 펼쳐진다. 시의 무대는 현재의 동래성과 과거의 동래성으로 교차되고 있다. 도입부는 현재, 사건의 진행 부분은 과거, 다시 종결부는 현재의 3단 구성이다.

도입부인 1구에서 6구까지는 현재의 시점으로 전체 작품의 도입부이다. 전쟁 당시 동래 백성의 참혹한 죽음에 대한 이야기를 끌어오기 위한 도입으로 동네를 감도는 스산한 기후와 새벽부터 들리는 음산한 곡소리에 화자는 아전에게 그 까닭을 묻는다. 내부이야기는 과거 사건을 들려주는 아전의 구술에 의해 진행되는 과거 시점이며, 외부 이야기는 작자와 아전의 대화로 현재 시점이다. 사건의 시제는 과거의 서사구조로, 작자의 물음에 대한 아전의 대답으로 이루어져 있다. 과거 시점의 사건을 말해주는 내부 이야기의 말을 누군가가 옮겨야 하는데 그 역할을 작자가 하고 있다. 참혹한 상황이 일어난 때는 1592년이지만 시의 현재는 작자가 동래부사로 역임하고 있을 때의 일이다.

4월 15일은 현재에도 과거에도 곡(哭)하는 날이다. 천지가 소슬하게 변한다는 분위기 묘사로 과거와 현재의 이러한 흐름을 이어준다. 과거 속의 참사가 일어나던 그때와 같이 전쟁이 끝난 후 10년 정도가 흐른 지금까지도 역시 그 날은 암울한 분위기임을 암시하는 것이다.

특히 쓸쓸한 바람이 숲을 흔든다는 것은 곡(哭)하는 모양새를 형상화한 표현으로 슬픔에 못 이겨 통곡하는 사람의 몸이 마치 나무가 바람에 흔들이는 것처럼 들썩 들썩거린다는 것이다. 동래성이 함락된 1592년 4월 15일 새벽, 집집마다 울리는 곡소리가 천지가 울리니 놀라고 기괴하여 "통곡소리 어찌 저리 참혹한가?"하고 물으니, 아전은 임란 당시 동래부사 송상현과 백성들이 왜구와 싸워 거의 몰살당하였던 때를 이야기한다. "사이가도난(死易假道難)"라는 글귀를 적에게 남기고 전사한 동래부사 송상현과 그와 함께 성을 지키다 참혹하게 죽은 백성들의 이야기가 늙은 아전의 입을 통해 서술되는 것이다.

7구에서 26구까지는 '사건'을 서술하는 부분인 과거 시점으로 임진란 당시 동래성의 함락과 부민들의 전몰이라는 사건에 대해서 서술하고 있다. 늙은 아전은 "임진란이 시작된 4월 15일에 동래부사 송상현과 함께 장렬히 전사했던 백성들을 남은 가족들이 제사지내면서 통곡하는 것이다"라고 전언한다. 송사군의 방어에도 불구하고 아무런 방비를 하지 못한 채 수적 열세를 극복할 수 없었다. 성안의 백성들도 왜적에 의해 처참하게 살육을 당하게 되었다. 송상현의 애국충절을 높이면서도 관군과 민이 함께 나라를 위해 투신하였다 하면서, 영웅의 칭송으로 흐르는 것이 아닌 민의 참상에 대한 증언으로 이어간다. 그래서 이 날만 되면 모두 제사를 지내느라 통곡들을 하는 것이다. 더구나 늙은 아전의 구술이기에 지난 일에 대한 직접 체험의 현실감이 생생할 수밖에 없다.

'유시송사군(惟時宋使君)'이라는 표현은 송상현을 제외한 다른 관리들이 도망가기에 급급하였음을 시사하며, 이는 무능한 지배층에 대한 비판을 전제로 하고 있다. 충직한 송 부사를 따라 부민들이 목숨을 걸고 항전하였다는 점을 강조하면서 역으로 제 역할을 하지 못하였던 대다수의 관리들에 대하여 우회적으로 비판하는 것이다. 아전에게 들은 바를 가감 없이 서술하는 제3자의 진술로 그 시대의 뼈아픈 역사적 희생에 대한 진실을 드러내고 있는 것이다.

작자는 이처럼 시행마다 '곡'자를 반복하여 참혹한 상황을 더욱 극적으로 전달하다가 마지막에는 '유생개곡지(有生皆哭之)'라는 표현으로 비극의 극대화를 노린다. 반복은 수사적인 면에서 강조법의 일부이며, 다른 한편 운율을 생성시키기도 하기에 산문에서보다는 형태적으로 압축된 시문학에서 이러한 반복구조를 더 즐겨 사용한다. 반복법은 또한 주의력의 환기, 암시성의 농축, 감수성의 확대와 시의 여러 요소의 결합 및 의미의 형성, 특히 의미적 운율로까지 확대되는 효과가 있다. 그리하여 마치 눈앞에 펼쳐지는 상황으로 전개되게끔 한다는 점에서 뛰어난 사실성을 확보하기도 하는 것이다.

종결 부분인 27구에서 32구까지는 현재로 다시 돌아와 통곡 소리에 대하여 설명하면서 아전의 두 번째 대답이 이어진다. 앞서 아전의 대답이 과거의 구술이라면, 이 대답은 현재의 구술이다. 지금 들리는 저 울음소리가 끔찍했던 과거의 일을 떠오르게 하는데, 더욱 큰 비통은 울음조차 잠적해 있는 현실이라는 것이다. 곡할 이조차 없는 원혼들의 말을 아전이 대신하고 있어 섬뜩함을 더하고 있다.

그런데 내면을 살펴보면 체제의 동요를 엿볼 수가 있다. 울음조차 없는 '침묵'은 무언의 비판이기 때문이다. 체제의 모순과 불합리로 인한 민중의 비극은 현재에도 존속하고 있음을 무언으로 항변하고 있다는 말이다. 따라서 앞으로도 체제의 개혁이 없이는 이런 전란의 비극은 또다시 재현될 수 있다는 암시로 추론할 수 있다. 이처럼 아전의 입으로 진술된 간접 체험을 통하여 성 안의 비참한 참상을 주관이 개입되지 않은 서사시로 형상화된 것이 <사월십오일(四月十五日)>이다.

곡자와 사자를 환치시킨 단순한 반복 구조이지만 구가 거듭되면서 고조되는 슬픔의 감정으로 눈물을 쏟게 되는 상황이 된다. 다양한 상황을 제시하는 구의 진행에 따라 당시 참상의 장면 제시는 극대화된 효과를 거두는 것이다. 반복되는 구조의 이야기로 격한 감정이 고조되다가 눈물을 흘리며 감정이 이완되고 시를 끝맺는 듯하였다. 그런데, 마지막 부분인 "곡할 이 있는 것은 그래도 슬프지 않지요. 얼마나 많은데요. 퍼런 칼날 아래 온 가족 다 죽어 곡할 이 조차 없는 이가."라는 표현에서는 고조되는 긴장감의 반전으로 섬뜩함을 더한다. 예기치 못했던 이러한 결말은 감정의 극적 반전으로 강한 여운을 남기는 것이다.

임진란의 참상이 전란 후에도 여전히 민중에게는 큰 고통이 되어 육중한 삶의 무게로 짓누르고 있는 현실을 고발하고 있다. 실제로 있었던 일을 그대로 옮기기만 하고, 번잡한 수사적 기교를 부리지 않는 자연스러운 시상전개는 이 작품의 두드러진 특징이며 이로써 시적 감동은 고조된다. 즉, 시인이 뜻밖에 알게 된 놀라운 사연을 기록해서 전했을 따름이고, 재창조하기 위해 특별한 수사적 기교를 강구하지 않는다. 이는 사실 자체를 손상시키지 않았으면서도 스스로 인식한 것 이상의 의미를 부여했다 하겠다. 왜적을 막기 위해 관군과 민중이 함께 목숨을 바쳐 싸우고, 살아남은 사람은 노소를 가리지 않고 누구든지 죽은 이를 위해 곡을 한 것이 실제로 있었던 일이었다. 이는 현실을 근거로 한 구체적 정황을 들어 고도의 난해한 수사적 기법이 아닌 진실한 의경(意境)을 자연스럽게 드러내고자 한 것이다. 보통 이러한 장편고시는 장편이니 만큼 서사적 담론이 실리기 마련인데, 섬세한 감정을 전달을 위한 이와 같은 효과적 시상전개로 인하여 그

내용은 관념적 고사의 재생보다는 이 작품에서 보듯 생동감 넘치는 현실의
이야기를 효과적으로 드러내고 있다.

(2) 전란으로 인한 국토의 피폐상

전란 후 다시 돌아온 이안눌은 "……그 옛날의 골목 모두 기억하기 어려
워/ 문 앞에 이르러 다시 집을 묻는구나."14)라고 하면서 전쟁으로 황폐해
진 마을의 모습을 보고 도리어 자신의 집 위치를 묻는다는 아이러니한 상
황을 읊는다.15) 마을이 초토화되어 자신의 집도 알아볼 수 없는 실제 상황
을 보여줌으로써 전란으로 인한 국토의 피폐상은 더욱 실감나게 전달된다.
다음 작품에서도 7년이나 지속된 전란으로 인하여 훼손된 국토에 대한 작
자의 안타까운 심정이 표출된다.

七載天南海賊屯	7년 동안 남녘땅에서 해적들이 주둔하니
州居燒作一荒原	고을은 타버려 황량한 들판이 되었구나
春來乳燕巢無樹	봄에 온 어린 제비는 둥지 틀 나무가 없고
日暮殤魂哭幾村	해지자 요절한 혼백들이 마을마다 우는구나
衙吏僅存蠻語諜	아전들이 겨우 살아 오랑캐 말을 지껄이고
驛田都廢野流渾	역전은 모두 황폐하고 잡초만 무성하네
宋公忠烈新祠儼	송공의 충렬에 새로운 사당이 엄숙한데
毅魄惟應鎭國藩	오직 굳센 혼백만이 나라의 변방을 지키겠지

<二月十五日 入東萊府>, 「萊山錄」, p.5

1607년 12월 2일 동래부사로 자리를 옮겨 동래에 들어섰을 때 느낀 마을
전체의 황량함을 시화한 작품이다. 임진란이 종식된 지 10년이 가까워졌건

---

14) 「續集」, p.7, <甲午二月二十六日 過兄弟井舊宅遺墟>, "舊時閭巷渾難記 行到門前却問家"
15) 註, "余兒時種柳五株於宅邊 兵火之餘 摧殘殆盡"

만 전쟁의 상흔은 여전히 남아 있다. 계절은 봄이 왔지만 제비가 둥지를 틀수도 없이 다 타버린 나무, 황폐한 언덕만 남은 황량한 마을 정경, 마을마다 들리는 곡성은 참혹했던 임진란의 비극을 암시하고 있다. 소생하는 계절과 침울한 고을 분위기가 암울한 대조를 보인다. 이러한 점은 마지막 구 송상현의 충렬을 기려 새로 세운 사당이 새롭게 솟아 있는 모습과도 함께 비교된다. 겨우 살아남은 아전들이 오랑캐 말을 쓰는 현실 속에서 오직 송상현 장군의 굳센 혼백만이 변방을 지킬 것이라 하면서 그때까지도 여전히 나태한 위정자를 향한 준엄한 비판과 질책을 던진다. 이는 전란이 끝난 지 꽤 오랜 시간이 지났으나 전쟁의 상흔이나 시대는 나아지지 않은 상황 속에서 혼백만이 나라를 지킨다는 것은 아직도 전란에 대비할 수 있는 인물이나 계책이 없는 현실에 대한 자조 섞인 한탄인 것이다.

憂草蕭森古郭門	넝쿨풀은 낡은 성문 앞에 빽빽한데
燼殘閭井但頹垣	타다 남은 마을에는 무너진 담장 뿐
叢祠有鬼風烟暗	늘어선 사당에는 귀신 있어 풍경이 어둡고
疲市無人鳥雀喧	이틀마다 열리던 장터엔 사람 없어 새들만 시끄럽네
城底廢壕堆白骨	성 밑의 무너진 참호에는 백골이 쌓여있고
雨中寒燐昭黃昏	비속에 찬 인불은 으스름에 빛나네
傷心忍問龍蛇歲	마음 아파 전쟁 나던 해를 차마 물으리
遺老相看不堪言	살아남은 노인네를 보아도 감히 말 걸지 못하겠네

<題東軒壁上>, 「萊山錄」, p.5

이안눌이 동헌에 쓴 <제동헌벽상(題東軒壁上)>은 더욱 처절하다. 수련과 함련은 마을의 정경묘사로 빽빽한 넝쿨풀과 폐허로 무너진 담장뿐인 공허한 마을, 인적은 없고 바람과 새들만이 요란한 쓸쓸한 마을 분위기를 그리고 있다. 무성한 자연물과 빈터만 남은 마을의 분위기가 극명한 대조를

이루고 있음을 알 수 있다. 경련 또한 백골이 쌓여 인불만이 으스름에 빛나는 스산한 전쟁 후의 황폐한 모습을 그리며, 미련에서는 어쩌다 살아남은 노인네를 보아도 끔찍했던 기억을 떠올리게 될까 두려워 감히 말 걸지 못하는 작자의 심경을 표현한다. 임란 후 몇 년이 지난 후였지만 아직도 그 상흔은 여전히 복구되지 않고, 폐허와 시신만이 도성을 뒤덮은 상황이라 위로조차 할 수 없는 백성들의 참혹상에 이안눌은 더 이상 할 말을 잃는 것이다.

行尋殘郭入榛荊	남은 성곽을 찾아 잡목의 숲으로 드니
墟里無人野鹿驚	폐허에 사람은 없고 들의 사슴만 놀라네
白髮田翁故邑吏	백발의 늙은 농부는 옛 고을의 아전이었는데
獨扶藜杖馬前迎	홀로 명아주 지팡이 짚고 말 앞에서 맞이하네
破堞周遭古縣空	깨진 성가퀴 주위로 옛 현은 비었는데
蒺藜蓬藋蔓成叢	납가새와 쑥대가 덩굴지며 무리를 이루었네
千齡百代猶驚骨	천년 백대가 지나도록 뼈까지 놀라리니
況耐兵戈在目中	하물며 전쟁을 직접 겪었음에랴
喬木寒烟滿目悲	키 큰 나무에 차가운 안개 온통 슬프게 보이는데
邑中廬舍但荒基	고을의 집들엔 그저 황량한 기초뿐이네
逢人不敢詢前事	사람 만나도 이전의 일 감히 묻지 못하나니
恐說官軍陣沒時	관군이 패배한 때를 말할까 두려워
雀噪蟲鳴鴉亂啼	참새 지저귀고 벌레 울며 까마귀 어지러이 우는데
滿城秋草沒官蹊	성 가득 가을 풀은 관청의 길에 묻혀있네
蕭條百戰傷心地	온갖 전투를 치르던 상심의 땅 쓸쓸도 한데
日暮更堪風雨凄	해 저물고 비바람 처량하니 어이 견디랴

<題機張縣 絶句四首>, 「萊山錄」권8, p.13

1608년 동래부사로 재임할 때, 인근의 기장현을 둘러보고 지은 시로, 전란 후 기장현의 폐허가 된 모습을 그리고 있다. 이안눌은 동래 산하의 기장현이 임란 후, 호적에 세 호구도 남아 있지 않고 성과 연못도 한 언덕으로 변해버린 것을 목격하는데,16) 이 시도 그때 지은 듯하다. 1수는 마을의 정경을 그리고 있으며 깨어진 성첩, 무너진 성곽, 황폐한 고을의 집터를 대신해서 남아있는 것은 우거진 가시덤불과 잡초, 어지럽게 울어대는 참새 떼와 까마귀, 사람에게 익숙하지 못한 들사슴, 그리고 전쟁에서 살아남은 아전뿐이다.

2수의 1·2구에서는 전쟁으로 인해 잡풀만이 우거진 텅 빈 고을을 묘사하고, 3·4구에서는 눈앞에서 직접 겪은 전쟁의 처참한 참상은 뼈에 사무쳐 백대가 지나도록 잊을 수 없음을 표현한다. 깨진 성가퀴 주위로 옛 현이 비어 납가새와 쑥대가 덩굴지며 무리를 이루었다고 하면서, 전란 체험의 끔찍했던 기억은 천년이 지나도록 뼈까지 놀랄 일이라고 말한다. 전반부에서는 전란으로 황폐화된 경물에 대하여 묘사하고 후반부에서는 전쟁에 대한 자신의 심정을 드러낸다.

3수 역시 1·2구는 전쟁의 화마로 터만 남은 고을 모습을 그리고, 3·4구에서는 관군이 패한 그때를 말할까 두려워 옛 일을 차마 묻지 못하는 작자의 심경을 읊고 있다. 왜적의 침략에 속수무책으로 당할 수밖에 없었던 당시의 상황은 다시 떠올리고 싶지 않은 치욕스러운 기억으로 각인되어 있음을 알 수 있다.

4수에서는 성 가득 가을 풀도 무성한 관청의 길과 쓸쓸한 백전의 상심의 땅이 대조를 이루고 있다. 이 상심은 조선에서 전쟁으로 죽어간 수많은 사람들과 살아남은 자들이 살기 어려울 만큼 황폐해진 국토에 대한 가슴 아픔인 것이다. 따라서 일본의 침입에 속수무책으로 당하기만 했던 참혹한

---

16)「萊山錄」권8, p.12, <機張縣作>, "機張縣本小 兵後屬萊州 版籍無三戶 城池變一丘"

전쟁을 떠올리는 작자는 강개한 천성과 더불어 더욱 침울의 정조를 띨 수밖에 없었다.

丁酉春正月	정유년 봄 정월에
我行湖水東	내 호수의 동쪽에 갔었지
和親漢使返	화친을 위한 중국 사신 돌아왔는데
警急羽書通	경계를 알리는 격문을 보냈구나
一口四五役	한 사람이 네댓 부역을 나가니
十家八九空	열 가구에 팔구 가구는 비었구나
少陵天寶末	두보는 천보 말년에
猶見石壕翁	석호의 늙은이를 알았네

<發沔川……>, 「續集」, p.17

　이 시는 원제에서[17] 시를 짓는 당시 상황을 상세히 부기하였다. 중국의 화친 교섭이 무산된 후, 다시 전운이 감도는 정유재란 발발 직전의 흉흉한 세간의 사정을 시화한 작품으로 숫자와 간지의 사용이 특히 두드러진다. '호수동'의 지명과 일구, 사오, 십가, 팔구 등의 숫자가 쓰였고, 소릉, 석호옹 등의 인명을 나타내는 명칭이 쓰였다. 이러한 지명과 숫자의 사용으로 작자는 자신이 표현하고자 하는 시적 상황에서의 명료한 현재적 시간성과 공간성을 부여하고자 한다. 그가 목격한 사건의 현재성을 강조하는데 한층 효과적 수법인 것이다. 또 이와 함께 안사의 전란을 사실적인 표현으로 형상화한 두보의 작품인 '석호리'를 언급하면서 그때와 너무나도 유사한 당

---

17) <發沔川 歷洪州禮山溫陽等地 還京城 時日本策使還 倭奴聲言復大擧來寇 中外震懼 賦役繁興 人民流散 所經州郡 廬舍一空(홍주 예산 온양 등지를 지나 서울로 돌아왔다. 당시 일본의 책사가 돌아갔는데 왜놈들이 다시 대거 침입하겠다고 소리 높여 외치니 나라 안팎으로 두려워하였고 부역도 번다하게 일어나니 백성들이 흘러 다녀 지나는 고을마다 집들이 온통 비어 있었다.)>.

시의 황량하고 어수선한 상황을 적확하게 묘사하고자 한 것이다. 이와 같이 이안눌은 울울한 감정을 토로할 때에는 두보의 시가 그랬듯이 힘차면서도 가라앉은 감정의 충일을 중시하며 진정한 문제의식을 가지고 시대의 아픔을 함께 하고자 하였다.

2) 체제의 모순과 비판적 자성

이안눌은 임·병 양란의 전쟁을 겪으며 자신의 체험을 바탕으로 모순된 체제를 고발하고자 하였다. 가멸찬 비판의 시각이 더욱 돋보이는 것은 그가 조정의 중앙 관리로서의 관념적 비판이 아닌 지방의 목민관으로서 현장에서 경험한 철저한 반성을 토대로 하였기에 더욱 절실하게 와 닿는다. 이러한 계통의 작품은 첫째, 전쟁을 초래한 지배층의 무능에 대한 비판의 시와 둘째, 제도적 민막(民瘼)으로 인한 병폐와 민생고를 읊은 시로 나누어 볼 수 있다. 이를 통하여 전란의 비참한 현실 속에서 이 상황을 몰고 온 여러 요인들을 비판하고 문제점들을 인식하고 고발하고자 하였다. 전쟁으로 인한 백성들의 참상에 대한 근본적인 책임은 위정자들의 무능에서 찾을 수 있고, 이러한 인식은 체제의 모순과 여러 병폐에 대한 비판으로 이어졌다.

(1) 위정자에 대한 비판

이안눌은 전쟁의 가능성을 어느 정도 예견하였으면서도 효과적인 대응책을 강구하지 못하고, 전쟁 발발 후에도 적절한 대응을 하지 못했던 당시의 지배층에 대하여 자성의 목소리로 비판하고 있다. 이는 동일한 사대부 계층으로서 책임을 통감하며 비판 대상과 비판자가 완전히 분리될 수 없는 상황이었기 때문으로 볼 수 있다.

-(前略)-

惟厲階之所生兮	재난의 조짐이 생겨나는데
衆比周以蔽匿	사람들 떼 지어 감추는구나
忠寂寞而結舌兮	충신은 외로워 입을 닫고
賢遁逃避色	현인은 달아나 모습을 감추네
如瞽無相而倀倀兮	장님이 물체가 보이지 않는 듯 넘어져 버리니
夫孰可憑而可翼	누가 의지가 되고 날개가 되리
望北辰以攬涕兮	북두성 바라보며 눈물을 훔치나니
尙兵革之不息	아직 전쟁 끝나지 않았네
嗟布衣之賤遠兮	아아 포의는 천대를 받아 멀리 있으니
徒憤懣而悽惻	그저 분노하며 슬퍼하는구나
安得乘風而上征兮	어떻게 하면 바람을 타고 위로 올라가
叩閶闔余披臆	대궐문 두드리며 나의 마음 펴 보일까
致王道之正直兮	왕도가 바르고 곧도록 유도하여
庶無反而無側	뒤집고 기우는 일이 없기를 바라노라[18]

「부초(賦鈔)」에 실린 시로 1593년 계사년 봄에 성천의 강선루에 올라 지은 것이다. 임진란을 맞아 영북으로 달아났다가 다시 관서를 헤매었던 그때의 전란 체험에 대하여 전반부에서 "승냥이와 호랑이가 제멋대로 사람을 무니 쌓인 해골이 우뚝 언덕을 이루었네."[19]라고 하여 피란의 와중에서 목도한 처참한 광경을 표·호의 종횡을 통해 상징적으로 표현하고 있다. 두 해의 추위와 더위로 피란 생활을 보내고 지나는 길에 행차를 멈추고 동명성왕의 유적을 보고 고금의 흥망을 느끼면서 미증유의 고난 상황 속에서 역사 속 민족 시조를 떠올린다.[20]

---

18) 「賦鈔」권25, p.38, <次王粲登樓韻>.
19) "豹虎縱橫以咬人兮 積骸髐然而成丘"
20) "憫輟駕以遲留 訪東明之遺迹兮 感興廢於古今"

이어 당시의 세태에 대한 날카로운 비판이 잘 드러나는데, 국난을 당하였으나 감추는데 급급하고 충신은 외로워 입을 닫고 포의는 천대를 받아 멀리 있는 현실을 안타까워하고 있다. 재난의 조짐이 생겨나는 상황 속에서 사람들은 떼 지어 감추려하기만 한다. 장님이 물체가 보이지 않는 듯한 암흑의 세계에서 지표를 잃은 듯 넘어지는 상황 속에서 북두성을 바라보고 슬퍼한다. 의지할 곳 없는 상황에서 임금을 생각하며 눈물을 훔치며 근심하고 자신은 포의로 천대 받아 멀리 있다고 하면서 자신을 알아주지 않는 시대를 근심하고 분노를 표출한다. 그의 처지에서 국난을 맞아 어떻게 하면 대궐문을 두드려 포부를 펼칠 것인가 안타까워하는 것이다. 마지막으로 왕도가 바르고 곧기를 바라며 뒤집고 기우는 일이 없기를 걱정하면서 끝맺고 있다.

去歲倭奴亂東國	지난 해 왜놈들이 동국을 어지럽혔어도
維湖之南獨安宅	호남만은 오직 편안한 곳이었네
閑山自是賊咽喉	한산도는 본디 왜적의 목구멍인데
龜船將軍雄所扼	거북선 장군이 웅장하게 눌렀구나
豺狼相噬易爪牙	승냥이가 물어뜯으려 손톱과 이빨 바꾸니
屈指廟堂無長策	굴지의 재상들에겐 좋은 계책이 없구나
扶桑一炬趁東風	일본은 횃불 하나로 동풍을 좇아오니
夜牛烟焰燋空碧	한밤에 화염이 푸른 하늘 태웠네
熊羆十萬化爲魚	용맹한 병졸 10만이 물고기로 변하니
海水羣飛波盡赤	바닷물도 떼 지어 날고 파도는 모두 빨개졌네
脣缺齒寒勢固然	입술이 없으면 이빨 시린 것 형세가 본디 그러하니
死者已矣吾安適	죽은 사람은 끝났으나 나는 어디로 갈까

<七月二十六日作>, 「續集」, p.22

제목은 <팔월이십육일작(七月二十六日作)>으로 임진란 당시 조정의 대

응책이 미비하였음을 비판하고 조정의 무능을 예리하게 풍자하고 있는 작품이다. 「속집」의 편차로 볼 때, 정유재란이 일어났던 1597년에 지어진 것으로 보인다. 임진란을 맞아 사상 초유의 외침에 아무런 대비책을 내지 못하는 무능한 지배층에 대한 날카로운 비판의 시선을 드러낸다.

5년 전 처음 발생했던 임진란에서도 호남만은 오직 편안한 곳이었는데 이는 거북선 장군이 웅장하게 눌렀기 때문이었다. 이순신 장군의 한산대첩 승리를 가리키는 것으로 호, 한산, 구선 등의 실제 지명을 시 속에 직접 차용하고 있다. 이때는 전쟁이 진행 중이었던 시기였던 만큼 이안눌의 이러한 언급은 더욱 의미가 깊다. 이순신은 이안눌과 같은 덕수 이씨로 그의 치적에 대한 평가가 남달랐을 것이다. 1597년 명·일 간의 강화 회담이 깨지자 왜군이 다시 침입할 것이라는 소식을 듣자 이순신은 적을 궤멸할 시기가 왔음을 기뻐하였다. 수군통제사로 있던 그의 해군은 당시 화약은 4000근, 총통은 각 선적에 적재한 것을 제외하고도 300자루나 되어 만반의 준비를 하고 있었다.

그러나 해전에서의 그의 탁월한 지략과 무공에도 불구하고 당쟁의 이해관계로 인한 시기와 왜군의 모략으로 죄를 입게 되어 투옥된다. 시랑(豺狼)으로 비유되는 일본은 또 다시 물어뜯으려 손톱과 발톱을 바꾸는데도 굴지의 재상들에겐 아무런 좋은 계책이 없다. 서두에서 한산도가 원래 왜적의 목구멍인데 거북선 장군이 웅장하게 눌렀다고 한 이순신의 한산도 치적에 대한 칭송은 외침에 대한 아무런 대책이 없는 재상들에 대한 비판과 대조되어 그 의미가 더욱 부각된다.

이러한 정황 속에서 일본은 재침하고 10만의 병사는 모두 희생되고 변하고 만다. '순망치한(脣亡齒寒)'의 형세가 그러한 것이니 죽은 사람은 떠났지만 살아남은 작자는 암담한 현실 상황 속에서 몸 둘 바를 모르는 것이다. 작가는 당대 지배층의 무능을 이순신이라는 한 명의 뛰어난 인물과의 대비를 통해 질책하고 있다. 전쟁으로 인하여 유린된 국토와 백성들에 대한 처참한 실상을 목도하고 자신을 포함한 지배층에 대한 책임을 통감하는 것이다.

(2) 제도적 병폐와 민생고의 통감

전쟁 중에도 끊임없이 자행되었던 백성에 대한 관리의 수탈을 묘사한 작품은 이안눌이 관할 지역의 관리로 나갔거나 유배되어 직접 그들의 삶의 현장을 목도하였던 시기에 많이 지어졌다. 목민관으로서 제도적 민막(民瘼)으로 고충을 겪는 하층 백성들의 황폐한 삶과 비극적 상황을 직시하였던 이안눌의 애민의식을 형상화한 작품들을 살펴보고자 한다.

獨坐鈴齋寂　홀로 앉아있으니 관아는 고요한데
庭花又一春　뜰의 꽃은 다시 한 봄을 알린다
此身非疾病　이 몸이 병이 있는 것도 아닌데
何事輒嚬呻　무슨 일로 번번이 신음하는가
鬼戶煩徵布　죽은 사람에게 번다하게 포목을 징수하고
孀田急採銀　과부의 밭에도 은 채취를 독촉한다
更堪州牒至　더구나 상부의 문서가 내려와
公讌督時新　관아 잔치에 제 때의 새 것 독촉함을 감당할 수 있겠는가
<獨坐書事>, 「端州錄」권6, p.28

농민의 실제 삶을 통해서 당시 관의 과도한 수탈이 얼마나 가혹하고 혹독했던가를 단적으로 말해준다. 목민관의 입장에서 궁핍한 삶으로 인해 겪는 백성들의 고초와 그것을 바라보는 자신의 고뇌를 곡진하게 형상화한 작품으로 체제에 대한 비판적 시각이 노골적으로 표출된다. 죽은 사람에게 번다하게 포목을 징수하고 과부의 밭에도 은 채취를 독촉하는 상황을 묘사함으로써 전쟁의 와중에서도 끊임없이 자행되었던 관리의 악랄한 수

탈을 적나라하게 드러낸다.

세주를 달아 5구의 '징포'에 대하여 "국경 방어지역의 군정에게 마포 납부를 요구하였는데 이름이 수자리 장부에 있으면 비록 죽더라도 징수하였다"[21]라고 하였으며, 6구의 '채은(採銀)'에 대하여 "밭을 헤아려 인부를 내어 은광에 부역을 보내는데, 과부들도 벗어날 수 없었다."[22]라고 부연하여 설명하고 있다.

임진란 후에는 역법에 있어서 어린아이를 정(丁)으로 편입시켜 군포를 징수하는 황구첨정(黃口簽丁), 죽은 자에게도 여전히 군포를 징수하는 백골징포(白骨徵布), 도망한 자의 몫을 이웃집에서 받는 인징(隣徵) 또는 일족에게서 받는 족징(族徵) 등으로 인하여 유리걸식하는 백성들이 늘어만 갔으며 따라서 농촌은 더욱 피폐하여 갈 뿐이었다.[23] 따라서 백성은 황구첨정, 백골징포, 린징, 족징 등의 가렴주구로 인해 그들의 삶이 파탄에 이르고 결국 유리방랑하게 되는 정황은 체제의 기본 모순이라 할 수 있으며 그 자체로 중대한 위기인 것이다. 이에 이안눌은 백성들을 파탄으로 몰아가는 불합리한 제도의 개선과 무능한 목민관의 올바른 자각을 통한 지식인의 반성을 촉구하고 있는 것이다.

行逐東風到海濆	동풍 따라 해변에 갔다가
南轅轉野屬班春	남쪽 향하는 수레를 들로 돌리니 봄철이로구나
郊原雨霽鳩聲促	들판에 비 그치니 비둘기 소리 급하고
里落烟沈柳色均	마을에 안개 개니 버들 빛이 고르구나
吏畏按治先股栗	아전은 관찰사 두려워 무릎 먼저 떨고
民愁供給共眉顰	백성들은 세금 걱정하여 모두 미간 찡그리네

---

21) "防軍丁責納麻布 名在戍籍 雖死亦徵"
22) "計田出夫 輪役銀鑛 寡女孀婦並不得免"
23) 이기백, 『韓國史新論』, 일조각, 1994, pp.294-296.

腐儒自顧無佳政　　썩은 유생 자신을 돌아보아 좋은 정치 없으니
羞見陽和觸處新　　따스한 햇볕이 닿는 곳마다 새로운 것 부끄럽구나
　　　　　　　　　　　<題溫陽東軒>, 「湖營錄」권21, p.5

　1634년 충청도 관찰사로 있으면서 민생을 돌아보며 쓴 시이다. 경물(景物)과 인사(人事)로 확연히 두 부분으로 나누어져 수련과 함련은 주변 경물에 대한 묘사를 하고 경련과 미련은 백성들의 어려운 삶에 대하여 형상화하고 있다. 동풍을 따라 해변에 갔다 수레를 들로 돌리니 계절이 봄철임을 느끼게 된다. 함련은 자구마다 대를 이루고 있어, 비 그친 들판과 안개 갠 마을의 풍경을 진진히 그리고 있다.

　그러나 뒤 구의 내용은 앞의 시상과 대조적으로 관찰사인 자신을 보고 아전은 두려워 무릎을 먼저 떨고 백성들의 보는 시선은 세금 걱정하여 모두 미간을 찡그린다. 이러한 상황에서 따스한 햇볕이 비치는 곳 마다 새로워지는 것을 보니 자신의 정치 돌아보아도 좋은 정치가 없음에 더욱 부끄러워지는 것이다. 경련도 리(吏)와 민(民), 외(畏)와 수(愁), 안치(按治)와 공급(供給), 선(先)과 공(共), 고(股)와 미(眉), 율(栗)과 빈(矉)의 글자가 모두 대를 이루며 무거운 세금에 고생하는 민생을 보는 작자의 안타까움이 시각적 영상으로 형상화되었다. 봄을 맞는 계절적 변화 속에서 경물과 인사를 대조시킴으로써 관찰사로서 느끼는 자신의 자괴감을 효과적으로 표현하고 있다.

　<당진동헌용판상운(唐津東軒用板上韻)>에서는 "교활한 관리는 그저 명령만 따를 뿐이고 궁핍한 백성들이 어찌 하늘에 호소하리오. 세금과 요역이 지금 또 무거우니 그 시끄러움을 차마 볼 수가 없구나"[24]라고 한 것도

---

24) 「湖營錄」권21, p.4, <唐津東軒．用板上韻>, "點吏徒趨令 窮氓詎籲天 征徭今又重 不忍見騷然"

제도적 모순에 대한 비판과 백성을 향한 애민정신의 발로였다. 어려운 시대였으나 수탈관리들의 불합리한 착취는 계속되어 백성들의 삶은 더욱 피폐해질 수밖에 없었다.[25] 이처럼 사회적 혼란이 만연하자 흉흉해진 민심의 동요는 극에 달하게 되어 토지의 황폐, 거듭되는 흉년, 과중한 부역 등으로 사회경제는 극도로 궁핍해졌다.[26]

이에 단천군수 재직 시에 이안눌은 자신을 포함한 관리들이 처할 수 있는 물심(物心)에의 유혹에 대하여 <불역심당명(不易心堂銘)>에서 다음과 같이 경계하며 자신을 권면한다.

대저 광주의 샘물은 사람이 마시면 탐욕스럽게 하는데 하물며 단천군의 경우에 연못에는 구슬이 있고 산에는 옥이 있다. 마장이 앞에 있고 은광이 뒤에 있다. 이 지역에서 수령을 산 사람이 청렴할 수 없는 것은 당연한 일이다. 내 마침내 오은지의 시에서 '불역심(不易心)' 세 글자를 뽑아내어 아문의 동헌에 편액으로 쓰고 새김글을 지어 자신을 권면하는 바이다. 새김글에 말하길 :

마음을 바꾸지 말고 명성을 추구하지 말라
갈고 닦으면 정밀하고 하나가 되면 성실하리
사물에 잡히지 않으면 마음이 맑아지리라[27]

---

25) 이에 대하여 이수광도 『芝峰類說』에서 "이처럼 나라의 일이 극도로 어려운데도 언관들은 그 직분을 충실히 수행하지 못하니 민중의 고통을 형언할 수 없는 지경에까지 이르러 심지어는 논밭을 갈 소조차 없어 남자들은 집을 떠나버리고 부녀들만 남아 집을 지키는 경우가 허다하였다(頃歲壬辰倭變後 牛畜殆盡 婦子力耕 其功倍苦 舊傳讖說 云 十家共一牛 九女仰一夫至是驗焉)"라고 하면서 언관들의 직분 소홀을 탓하며 문제의 심각성을 지적하고 있다.

26) 『朝鮮王朝實錄』, 宣祖 41년, 戊申 正月 丁酉 條, "憲府啓曰……近來國家多事 民生艱苦 八道皆然而畿甸尤甚 守令之貽弊於民 有不暇論 至於營門 紙地之價多責於民間 而終歸於浪費 因循沿襲漸成痼"의 기록이 이러한 상황의 일단을 보여준다.

27) 권26, p.22, <不易心堂銘>, "……夫廣州之泉 能使人飲而貪 況端之爲郡 淵有珠而山有

그의 이러한 사고는 백성을 교화의 대상으로 보는 것이 아니라 목민관을 교화와 권면의 대상으로 삼고 있다는 점에서 주목된다. 여러 복합적인 제도적 모순에 노출된 백성들을 가까이에서 접하는 목민관으로서 자신을 포함한 관리들의 자각을 위해 마음을 다스리는 법을 가르치며 각성을 촉구하는 것이다.

단천은 옥과 은이 생산되는 곳으로 이 곳 수령은 물(物)의 유혹에 빠지기 쉬운 까닭에 청렴하기 어렵다고 전제한다. 그러나 명성을 추구하지 말고, 갈고 닦아 정밀하여 하나가 되면 '성(誠)'하게 되고, 물욕에 사로잡히지 않으면 청(淸)하게 된다는 것이다. 이러한 방법으로 관리들은 자신을 권면하여 '불역심(不易心)'을 길러야 한다는 점을 강조하는 것이다.

이와 같이 자신을 권면하며 청렴하였던 그였기에 어려움을 겪는 백성들에게는 존경 받았으나 그 지역의 토호들에게는 미움을 받기 일쑤였다. 「담주록(潭州錄)」에 실린 <이월초사일발담양환경성(二月初四日發潭陽還京城)>에는 이러한 관료사회의 타락, 제도적 모순과 이를 대처하는 강직한 성격의 일단이 잘 드러난다.

大戶推欲去	토호들은 밀면서 갔으면 하고
小戶挽欲留	작은 백성들은 당기며 머물렀으면 하네
強者謗交起	강한 이들 헐뜯음이 다투어 일고
弱者涕交流	약한 이들 눈물이 줄줄 흐르네
爾俗豈美惡	너희의 풍속에 어찌 미악이 있을까
我政有劣優	나의 정사에 우열이 있구나

玉 馬場在前 銀礦在後 倅于茲者 其不能廉也 宜也 余遂拈出隱之詩 不易心三字 扁諸衙軒銘以自礪云 銘曰 毋矯情 毋要名 礪乃精 一乃誠 不爲物攖 心以淸", 또 <午景甚熱 漱齒石泉 涼冷徹骨 喜而有賦>(「萊山錄」 권8, p.50)에서 "만약 세상의 탐욕스런 이에게 마시게 한다면 가슴이 마치 물과 거울처럼 맑아지리라(若敎世上貪夫飲 胸次還同水鏡澄)"고 표현하기도 하였다.

莫若兩忘好   차라리 서로 잊고서
歸臥春江頭   돌아가 봄 강가에나 눕는 것이 낫겠네[28]
　　　　　　　<二月初四日 發潭陽 還京城>, 「潭州錄」 p.24

　담양 부사를 마치고 떠날 때 지은 작품으로 원래 담양이란 고을은 지역에 호족이 많은 곳인데, 이안눌은 그의 청렴·강직한 성품으로 그들에게 미움을 샀던 것 같다. 스스로도 "나는 본디 성질이 어리석어 악을 원수처럼 미워하였다. 고을에 도착한 이래로 정사에 있어서 강한 자를 억누름을 우선으로 하고 다스림에 권선을 숭상하니, 대갓집들이 무척 원망하였고, 작은 백성들이 자못 기뻐하였다"라고 언급하고 있다. 떠날 때 백성들이 심지어 울면서 만류했다는 것에서 목민관으로서의 공정한 치적과 백성을 향한 애민정신이 특별했음을 확인할 수 있다.

　수련의 대호와 소호, 추과 만, 욕거와 욕류, 함련의 강자와 약자, 방과 체, 교기와 교류, 경련의 이속와 아정, 미악와 열우 등, 시 전체가 대구의 기법을 사용하여 시상을 전개하였다. 수련과 함련은 대호와 소호를 중심으로 대를 이루고 있으며, 경련은 이와 아를 중심으로 대를 이루고 있다. 이러한 대호와 소호의 대립으로 '너희의 풍속에 어찌 미악이 있을까 나의 정사에 우열이 있구나'라고 하면서 자신의 관리로서의 무능을 자책하며 돌아가 자연에 눕기를 희망한다. 백성들을 향한 그의 특별한 애민의식은 후에 그가 유배를 겪은 후 강화 유수로 재임될 때 대간들이 이의를 제기하였으나 강화

---

28) 詩序에서 "담양이란 고을은 지역에 호족이 많다. 나는 본디 성질이 어리석어 악을 원수처럼 미워하였다. 고을에 도착한 이래로 정사에 있어서 강한 자를 억누름을 우선으로 하고 다스림에 권선을 숭상하니, 대갓집들이 무척 원망하였고, 작은 백성들이 자못 기뻐하였다. 내가 휴가를 얻어 돌아가게 되었을 때, 백성의 부로들이 다 모여 청사를 에워싸고 관청의 문을 메웠다. 심지어 울면서 만류하기까지 하였다. 장난삼아 40자를 지어 고을 사람들에게 주었다(潭之爲邑 土多豪族 余本性戇 嫉惡如讐 自到府以來 政先抑强 治尙勸善 巨室甚怨 小氓頗悅 及余乞暇而歸也 民人父老 無不聚集 環擁衙舍 塡塞官門 至於涕泣 相與攀挽 戱占四十字 以示邑人)"라고 밝힌다.

도민들의 요구에 의해 받아들여졌던 사실과도 밀접하게 관련될 것이다.[29]

汝口則粥吾口食	그대는 죽을 먹고 나는 밥을 먹는데
田野何時似卽墨	들녘이 언제나 卽墨[30]과 같아질까
莫云使君飽	使君이여 많이 드소서 말하지 마오
其奈閭里飢	마을사람들 굶주리고 있지 않은가
寧出我身血	차라리 내 몸의 피를 빼내어
願滴爾家匙	그대의 숟가락에 떨어뜨려서
老幼各飮滿	늙은이 어린이 모두 맘껏 마시면
無飢亦無渴	배고픔도 없고 목마름도 없겠지

<奉次李判官汝涵 見貽二首韻>, 「江都後錄」, p.19

1629년 강화 유수 재임 시에 지은 시로 그의 애민정신이 잘 표현되어 있다. 판관 이여함의 시에 차운한 것으로 창작 배경에 대하여 "내가 일찍이 언문을 사용하여 <우민단가(憂民短歌)>를 지었는데 이판관이 한문으로 번역하여 <보살만(菩薩蠻)> 한 수를 지으니 마침내 그 운자를 써서 답한다[31]"라는 설명을 덧붙이고 있다. 관리인 자신의 식생활과 백성들의 궁핍한 식생활을 비교하여 굶주리는 민에 대한 지극한 안타까움을 표출하고 있다. 지방관의 시선에서 굶주림의 생활고에 시달리는 백성에 대한 애타는 마음을 드러낸 작품으로 어쩔 수 없는 자신에 대한 자책과 자성의 자세가 극단적 시상을 통해 효과적으로 표현되었다.

---

29) 「江都後錄」, <崇禎元年……>의 註, "江都留守闕 吏曹入啓 令備局議薦 初五日甲午 備邊司啓曰 江華留守擬望 別單書啓矣群議以爲李某 曾爲本府府尹 有能聲 吏民至今思 之 可合擬望云 而方在罪廢之中 自下不敢並議 而群議所係 亦不得不稟傳曰 李某敍用 除授……"

30) 卽墨 : 춘추 시대 齊나라 읍명. 지금의 산동성 평도현의 東南.(『史記』 <田單 列傳>)

31) "余嘗用俚語作憂民短歌 李判官翻以文字 演成菩薩蠻一章 遂用其韻而答之"

이러한 우국애민의 시정은 전체 문집 곳곳에서 볼 수 있는데, 비교적 젊은 시절 지은 시에서 "나라에 도움은 조금도 없고/ 백성들의 고혈을 축낸다/ 술상 위의 한 차례 향락은/ 밭가운데 몇 사람의 노고일런가"[32]라고 하면서 관리들의 한차례 향락을 위해 고생하는 백성들을 떠올려 자책하고, 만년에 강화에서 쓴 <신미원일(辛未元日)>에서도 "백발이 벗어진 건 일찍이 외적과 싸웠음이요/ 창안이 주름진 건 늘 백성을 근심함이라"[33]하면서 우국애민은 평생 중심사상이었음을 밝힌다.

당시의 일반 백성들의 삶에 가장 큰 영향을 준 것은 경제생활의 바탕인 농사의 풍흉 여부였으며, 이러한 점에서 전란으로 인한 토지의 황폐화는 큰 문제로 부각되었다. 국가의 경제는 농업에 있었고, 이에 따라 민생의 형편이 결정되었으므로 지나친 풍, 우, 설, 한 등의 자연재해와 병충해 등 농사에 영향을 주는 일에 상당한 관심을 두어야 했다. 따라서 이안눌의 시에서도 농사와 직접적으로 영향을 주는 자연 재해를 관련지어 시상을 전개하는 경우가 많다.

다음의 예시된 두 작품에서 이러한 의식은 두드러지는데 비교적 젊은 시절인 단천군수 시절 지어진 (가)의 시와 만년인 강화유수 시절 지어진 (나)의 시에 흐르는 작가의 의식 기저의 면면에는 공통적으로 불가항력의 자연력으로 인하여 고충을 겪는 민생을 보는 안타까움이 절실히 배어 있다.

   (가)

| 新晴憂旱雨憂霪 | 비개면 가뭄 걱정하고 비 오면 장마걱정 |
| 莅邑偏勞望歲心 | 고을 다스림에 그저 풍년을 기대하는 마음으로 고심하네 |

---

32) 「端州錄」, p.18, <郡居書懷 寄示金墍佐郎冠玉>, "補國亡毫髮 侵民及血膏 杯盤一餉樂 畎畝幾人勞"

33) 「江都後錄」, p.71, <辛未元日>, "白髮禿因曾禦魅 蒼顔皺爲每憂民"

去夏大蝗人轉壑　지난 여름 큰 병충해에 사람들 굶어죽은 이 많고
前秋早雪穀逾金　지난 가을 이른 눈에 곡식 값이 금값이었네
花飄山郭鷪聲滑　산성에 꽃 달리는데 꾀꼬리 소리 매끄럽고
水漾沙堤柳色深　물결 넘실대는 모래 언덕에 버들 색이 짙네
行遍里閭煩省俗　마을을 두루 돌며 백성들을 자세히 살피니
二年春事一悲吟　이년 농사에 한결같이 슬피 괴로워하네
　　　　　　　<春晚書懷>, 「端州錄」권6, p.27

(나)

人說官榮我慮深　사람들은 관직 영예롭다지만 나는 걱정이 깊어
夜無眠睡晝呻吟　밤엔 잠 못 이루고 낮이면 신음하네
春天乍霽偏憂旱　봄날이 잠깐 비 개어도 가뭄 들까 걱정이고
夏日仍霾旋懼霪　여름날 구름이 뭉치면 장마 질까 두렵구나
炎見野耘嫌廣廈　땡볕에 김매는 것 보면 넓은 집이 불안하고
凍聞村織愧重衾　엄동에 베 짜는 소리 들으면 금침이 부끄럽네
老身却記林居味　늙은이 전원생활의 맛을 기억하나니
飯煮山蔬愜素心　산채를 삶아 밥 먹으면 마음이 흡족하네
　　　　　　　<府舍書懷>, 「江都後錄」권18, p.61

(가)는 비교적 젊은 시기인 단천 군수 재직시에 지은 시로 백성을 향한
애정 어린 시선은 그 시절부터도 이미 의식의 바탕으로 자리 잡고 있었음
을 알 수 있다. 마을을 다스림에 있어 민의 생활에 직접적 영향을 주는 농
사의 풍흉은 중요 관건이다. 지난 여름 큰 병충해로 인한 피해도 안타깝고
지난 가을 이른 눈에 곡식들이 너무 누렇게 뜬 것도 걱정스럽다. 걸어서
마을의 근황을 돌아보며 백성들의 삶을 자세히 살피니 근래 이년 농사가
잘 안 되어 하나같이 슬퍼 괴로워한다. '우한'과 '우음', '대황'과 '조설' 모두
가 생업에 직접적인 영향을 주는 자연력으로서 생민을 위해 주시해야 할
사항으로 이에 대한 작가의 관심과 염려가 돋보인다.

(나)는 만년인 강화유수로 재직 시에 관아에 앉아 자신의 삶과 백성들의 고충을 돌아보며 쓴 작품이다. 관리로서의 책임감과 백성에 대한 근심으로 밤엔 잠 못 들고 낮에도 신음한다. 봄에 잠시 비가 안 와도 혹시 가뭄 들까 걱정하고, 여름엔 장마걱정, 엄동에 베 짜는 소리를 들으면 자신이 덮는 이불이 부끄러워 차라리 전원에서 먹던 산채를 먹으면 마음이 흡족하다. 이러한 걱정과 염려 속에 목민관로서의 위치는 무거운 직분과 책임을 맡은 자리로 이를 생각하면 광하와 금침이 오히려 부담스러워진다.

그는 지방관으로서의 자신의 위치는 민생을 위하여 심신을 다해 애쓰는 자리로 여긴 까닭에 자신을 '용인(傭人)'이라고까지 불렀던 것이다. 이러한 차원은 앞서 살핀 관리로서의 자세에 대한 권면과 연결되어 자신을 부리는 백성을 위해서 직분과 신명을 다해야 한다는 뜻을 담지하고 있으며, 이러한 생각은 그의 애민의 시정이 단순히 백성에 대한 염려나 동정의 차원을 뛰어넘는 것이라 할 수 있다.

<세모술회(歲暮述懷)>에서도 "평상시에 농사지어도 어려움 걱정하는데/ 하물며 금빛휘장을 차고 수령이 됨에랴/ 먹구름에 장마 질까 개면 가뭄 질까 두렵고/ 배부르면 남이 주릴까 따뜻하면 추울까 근심하네"[34]에서도 이와 같은 시상전개를 보이는데 민생을 책임지는 관리로서의 직임과 백성의 삶에 대한 염려와 걱정을 시로써 형상화하고 있다.

'재상안핵어사'[35]로 재난의 피해 정도를 은밀히 조사하는 암행어사로 민생을 둘러보며 쓴 <제맹산관삼수(題孟山館三首)>에서는 "고을 창고엔 남은 양식 없으니/ 민가는 몇 집이나 남았던가/ 누가 선정을 베푼 사람인가/ 부역에 차별이 없으리라"[36]라고 하면서 전란 후 피폐해진 민생과 직

---

34) 『江都後錄』권18, p.70, <歲暮述懷>, "平居稼穡念艱難 況佩金章忝府官 陰怕雨霖晴怕旱 飽憂人餓暖憂寒"

35) 災傷按覈御史 : 재난의 피해 정도를 은밀히 조사하는 암행어사.

임을 맡은 관리로서의 선정을 다짐한다. 또 <제안변관동헌(題安邊館東軒)>
에서는 "막 관사에 들어가 밥상의 반찬을 덜고/ 이윽고 손님 대접에 술잔
을 없앴구나/ 태수의 연회가 살풍경이라 원망하지 마시오/ 창생들이 고통
에 몸부림치니 정말 슬픈 일이라오"[37]라고 하여 굶주리는 백성의 고통을
생각하여 관아의 음식을 간소하게 하라는 조례를 내린 일에 대하여 시화
한다. 이러한 경향의 작품을 통하여 그가 목민관으로서 제도적 민막(民瘼)
으로 생활고에 시달리는 백성에 대한 책임 의식을 통감하고 자책하였음을
알 수 있다.

　이와 같은 애민의식의 단초는 이규보, 김극기, 이색 등 몇 몇의 고려 말
사대부에게서 볼 수 있으며, 이후에도 백성들의 삶을 시속에 담아내고자 하
였던 시도는 지속적인 한 국면을 이루어 왔다. 그럼에도 불구하고 이안눌의
이러한 시가 특히 주목되는 면은 이규보를 위시한 다른 시인이 남긴 이 계열
의 시는 우선 분량 면에서 그들 전체 작품 중 극히 일부분에 지나지 않는다.

　반면 이안눌이 남긴 이러한 경향의 작품 수는 상당하며, 특히 여러 지역
에서의 임지 체험을 바탕으로 직접 대면하는 현실 문제를 형상화시키는 방
식에 있어서 탁월하다는 점에서 의의가 있다. 가혹한 세금징수로 인한 백
성들의 극단적인 빈곤상태와 이러한 백성들을 구휼해 준다는 명분아래 혹
독한 수탈을 자행하는 관리들의 부도덕한 행위에 대한 문제 인식을 시를

---

36) 「關西錄」권5, p.6, <題孟山館三首>, "邑庫無餘粟 民居只數家 誰爲宣化者 科役可無差"
37) 「咸營錄」권19, p.3, <題安邊館東軒>, "初臨候館鐲餐案 旋向賓筵撤酒盃 莫怪朱轓殺風
　景 蒼生蹙頻正堪哀", 序에서 심한 무더위와 가뭄에 논밭이 모두 갈라진 상황에서 관사
　의 음식을 줄여 아침저녁의 밥상에 단지 몇 가지만 차리고 술은 엄히 금하여 쓸데없는
　소비를 줄이고 생활비를 절약하는 조례를 만들어 재난을 만난 백성들을 불쌍히 여기는
　뜻을 보이도록 한 일을 적고 있다.(辛未五月初六日己丑 車駕出郊禱雨天壇 厥翌日庚寅
　詣闕拜辭 而行及踰鐵嶺 炎旱增甚 田畝盡拆 農人釋鋤無不焦愁 乃於高山驛館 移牒各邑
　減損廚膳 十分從簡 朝夕飯案 只設數器 嚴禁酒醴一切勿用 省浮費節日供 別立科條 以
　示遇災恤民之意云)

통해 표출하고자 하였던 것이다. 이처럼 피지배 계층의 황폐한 삶이 지배
층의 혹독한 수탈에 근거한다는 인식은 침울한 비분강개의 어조로 시화되
었다. 즉, 당대 사회에 대한 문제 인식을 바탕으로 목민관으로서의 구체적
체험을 통해 얻은 현실적 모순들을 예리하게 지적하는 것이다.[38]

2. 충절의 표상과 현실에서의 갈등

1) 화친과 대의명분과의 간극

1602년에서 1603년까지 동래부사로 재임할 때 쓴 작품들을 엮은 「래산
록(萊山錄)」에는 임란의 상흔과 이를 일으킨 일본에 대한 적개심을 표출한
시가 다수 실려 있다. 특히, 당시 선위사(宣慰使)로 동래에 오게 된 두봉
이지완과 시를 주고받으며 일본에 대한 불편한 심기를 비유적으로 피력하
고 있다. 「래산록(萊山錄)」 안에 수록된 두봉과의 차운시는 40편 55수에 해
당하는 분량으로 임란(壬亂) 이후 조선과 일본의 관계 및 일본에 대한 생각
과 태도의 일면을 엿볼 수 있다.

조선 조정은 일본의 화친 요청에 대하여, 그들과의 적대 관계 해소를 치
욕으로 여겼으며, 또 명나라가 이 사실을 알까 두려워 국경지역에서 대접
할 것을 명령하였다. 그러나 일본 측은 상경하려는 뜻을 굽히지 않고 이에
어려운 상황에 놓이게 된다. 당시 동래부사로 있던 이안눌은 계책을 내어
비밀리에 역관에게 "화친의 일은 선대(선조) 조정 재상의 계책이다. 현재의

---

38) 그러나 이와 같은 사회 고발적 성향의 시가 지닌 시대에 대한 정확하고 투철한 문제인
식에도 불구하고 그러한 상황을 극복할 만한 대안이나 해결책을 제시하지 못했다는
점에서 조선 후기의 사회시와는 변별되는 한계를 지닌 것으로 생각된다. 하지만 이
점은 개인이 지닌 한계라기보다는 당대 17C 초 사회 현실의 역사적 여건이 가진 한계
라고 보는 것이 더욱 온당할 것이다.

대왕께서 정책을 크게 바꾸셨고 그때 재상도 죄를 받았으니, 당신들이 속
은 상하겠지만, 도리어 해를 입을까 두렵다"라고 알리게 하였다. 그들도 조
선 조정의 일(인조반정)을 알고 있던 상황에 이러한 소식을 접하자 겁을 먹
고 더 이상 상경하겠다는 말을 못하고 만다.[39] 대의명분과 상치되는 일본
과의 화친은 견디기 어려운 상황이었지만 이와 같은 외교상의 융통성을 발
휘하여 공인으로서의 업무를 제대로 수행하려는 모습을 보인다. 그러나 직
임과는 서로 어긋나 상충되는 그의 내면은 일본에 대한 적개심과 화친에의
수치심으로 갈등할 수밖에 없었다.

다음 시에서 작자는 이와 같은 간극의 상황을 불만으로 가득 찬 격한
어조로 시화하고 있다.

海中孤島賊咽喉	바다 속의 외로운 섬 도적의 목구멍인데
本是鷄林舊屬州	원래 계림의 속주였었지
忍與通和天共戴	어찌 화해하며 함께 하늘을 일 수 있을까
終須伐叛地全收	마침내 반란을 정벌하고 땅을 회수해야 하리
擒吳覇越平生計	오나라 잡고 월나라 패자됨이 평생의 계책이요
擧郢燒陵百代讐	수도를 치고 왕릉을 태웠으니 영원한 원수로다
杖劍高城向東望	높은 성에서 검을 짚고 동쪽을 바라보니
世無人解讀春秋	세상에 춘추를 바로 읽은 이 없구나

<釜山城上, 望對馬島>, 「萊山錄」권8, p.10

1608년 작으로 전쟁이 끝난 지 10여 년 밖에 되지 않은 시점에서 일본은
조선과의 교류를 요청하는 상황이다. 왜적에 대한 적개심에서 남방으로 정
벌하여 복속시키고 싶다고 하였고, 왜적이 임금의 능을 파헤친 극악무도한

---

39) <行狀>, "密令譯官宣言 和事本先朝相臣謀也 今王大更政化 相臣亦被誅 你雖煩惱恐
反有害也 蘇時已微聞朝廷有所變 置而疑之 得此諜 益憂懼自沮 不敢復言上京"

일을 상기시켰다. 이 시에서 작자는 대마도가 원래 신라의 땅이므로 정벌하는 것이 마땅한데도 조정에서 그렇게 하지 않음은 춘추대의에 어긋난다고 비판하기도 한다. 임진란에 대한 구체적 보상 없이 일본과의 통상을 허용한 것은 조선인으로서 수치스럽고 굴욕적일 수밖에 없었다. 실제 일본은 이때 우리 측 대표가 이른 날로부터 3개월이 지나도록 기상을 이유로 들어오지 않았다. 이에 이안눌은 두봉에게 병을 이유로 벼슬을 거두어 주도록 계(啓)를 올릴 것을 부탁했는데, 이는 자신의 모순된 처지에 대한 불만의 표시로 보인다. 강개한 성품의 이안눌로서 침략자인 오랑캐 일본과의 사신교류를 통한 화친은 대의명분과의 상치이자 견딜 수 없는 굴욕적 상황이었던 것이다.

禮義終難化貊蠻　　예절과 의리로 끝내 오랑캐 교화시키기 어려운데
廟謨常墮覬覦間　　조정의 계책은 늘 지나친 바램으로 떨어지네
閉關學取綢繆什　　문을 닫고 「綢繆」의 노래를 배우나니
國體還應重太山　　국가의 체통이 그래도 태산처럼 무겁구나
日東雲水渺津涯　　해뜨는 동쪽 구름과 물은 그 끝이 아득하고
蠻舶來遲滯使華　　오랑캐 선박 늦게 오니 대국 사신이 지체하네
飛盡北鴻萍又綠　　북쪽 기러기 다 날아가고 부평초도 푸른데
風吹旗脚向南斜　　바람에 흔들리는 깃발의 다리가 남으로 기울었네
　　　　　　　　　　　　(北風連吹 倭使不得出來 故云)
　　　　　　　　　　<次斗峯絶句韻>, 「萊山錄」권8, p.37

1609년 지은 시로 일본 사신을 기다리나 북풍으로 빨리 당도하지 못함을 언급한다. 불공대천의 원수이지만 일본에 대하여 '허이화호(許以和好)'라 표현함으로써 그 당시 조선의 중층적 상황을 드러낸다. 먼저 첫 구에서 '예의종난화맥만(禮義終難化貊蠻)'라 하여 일본을 무시하며 낮게 평가하려는 작자의 시각을 알 수 있다. 그럼에도 불구하고 오랑캐와 화친을

맺어야하는 상황이 유쾌하지 않음이 은연중에 드러난다. 예절과 의리로 끝내 오랑캐 교화시키기 어려우며 조정의 계책은 늘 지나친 바람으로 떨어진다고 하면서 관리로서의 현실적 어려움을 토로한다. 이는 당시 조선의 입장에서 취한 시각과 일치하는 부분으로 조선 사행의 진정한 목적은 일본과의 전쟁을 종식하고 평화를 유지하려는 데 있었으나 대의에 어긋나는 침략자 일본에 사행하는 명분을 확립하기 위해 매우 고심하였다. 그리하여 일본 사행이 일본의 간절한 요청에 응한 것임을 강조하면서 일본을 업신여겼던 것이다.[40] 2수에서는 오랑캐의 선박 늦게 오니 대국 사신이 지체한다고 하면서 이러한 시각을 노골적으로 표출한다. 그는 서(序)에서 당시의 심회를 다음과 같이 밝히고 있다.

> 일본은 우리나라에 있어서 불공대천의 원수이다. 강화를 허락한 것은 사실 무책에서 나온 것이다. 두봉 학사가 선위사의 명을 받들고 정월 11일에 동래에 도착하여 저들 사신을 기다린 지 이제 이미 3개월이 되었으나, 저들 사신은 바로 대마도의 왜인으로 임시 직책을 가진 사람들이다. 일찍이 섣달 말쯤에 부산에 당도하여 사람을 보내 알렸는데 단지 물 하나를 사이에 두고 있는데 역풍을 핑계 삼아 아직까지 오지 않음은 그 상황이 교활하고 속이는 것이라 정말 이상하다. 때는 기유년 3월 8일이다.[41]

4월 22일 사신의 접대를 위한 연회를 베풀 때 지은 시로 당시의 상황을 비유하여 "풍우가 일어봐야 근심할 것 없나니/ 밤이 되어 봉옥선이 물가에 정박하네/ 그저 한 잔의 술로도 서로 편하리니/ 바다의 나그네는 당시 갈매기와 잘 어울렸네"[42]라고 표현하였다. 작자는 비유적으로 쓴 이 시의 의

---

40) 이혜순, 『조선 통신사의 문학』, 이화여대 출판부, 1996, p.18.
41) "日本於我國 不共戴天讐也 許以和好 實出無策 斗峯學士承宣慰之命 正月十一日 來到 東萊 以待彼使之來者 今已三箇月 而彼使乃馬島倭假衝者也 曾以臘尾 當到釜山 遣人來 報 而只是一水之間 誘諸風逆 迄今不至 情形狡詐 良可怪也 時已西三月初八日"

미에 대하여 세주를 달아 다음과 같이 자세히 밝힌다.

　　풍우는 병란을 가리키고 한 잔의 술은 성실로써 화해함을 말한 것이다. 이날 선위사가 일본 사신과 약조에 대해 이야기하였는데 임진년에 일본이 이유 없이 군대를 일으켜 우리나라에 죄를 지었으니 해마다 보내는 배의 척수를 의당 줄여 정해야 한다고 주장하였다. 부관 평경직이 이에 크게 노하면서 말하길 "귀국이 이처럼 한다면 반드시 후환이 있으리라"등의 말을 하였는데, 거짓으로 위협하는 말이 많았기에 이로써 답한 것이다. 그 의미는 이러한 것이었다. 너희가 비록 전쟁의 재난으로써 위협한다고 하더라도 우리 스스로 대비가 있으니 이제 무엇을 더 두려워하겠는가. 차라리 성실로써 화해하고 그 의심하는 마음을 끊는 게 낫다. 마치 바다의 갈매기가 와서 사람과 놀듯이 말이다. 그 후에 협의하여 정할 적에 과연 세견선의 척수를 줄여 정하게 되었고, 저들 사신은 끝내 이를 거역하지 못하고 떠나갔다.[43]

　위에서 알 수 있듯이 당시는 그가 이유 없이 전쟁을 일으킨 일본은 우리에게 죄를 지었으니 마땅히 세견선의 척수를 줄여야 주장하였으나, 일본 측 사신은 노하여 후환이 있으리라 위협하는 상황이다. 비록 대의명분에는 맞지 않는 일본 측과의 통상이지만 동래부사로서의 직임을 맡은 그로서는 맡은 바 임무를 완수해야 할 것이다. 이에 이 시로 비유하여 갈매기가 와서 사람과 놀 듯 일본과 조선도 성실로써 화해하여 잘 지내자는 뜻을 밝히고 있는 것이다. 결과적으로 세견선의 척수를 줄이기로 협의한 것[44]을 볼 때 이러한 그의

---

42) 「萊山錄」권8, p.62, <卽席, 次玄蘇上人韻>, "風雨從他不足愁/ 夜來逢屋蟻沙頭/ 只應杯酒偏相適/ 海客當時好狎鷗"

43) <卽席, 次玄蘇上人韻>의 細註, "風雨 指兵火 杯酒 言以誠信通和也 是日 宣慰使 與倭使 語及約條 喩以壬辰日本無故動兵 得罪我國 歲遣舟隻 義當減定云云 副官平景直 乃大怒曰: 貴國若爾 必有後患云云 多發恐喝之言 故答之以此 其意猶言 爾雖以兵禍恐嚇我自有備 今夏何懼 不若以誠信通和 絶其疑畏之心 如海鷗之來狎人也 其後 約條講定時果減定歲船隻數 彼使等 終不敢違拒而去"

대일 외교적 능력은 인정받았던 것으로 보이며 이후 국경지역에서 일본 사신을 맞이하는 것이 관례가 되었다. 이와 같이 이안눌은 임무를 수행함에 있어 공인으로서 예를 갖추기는 하였지만 나름의 기지와 상황에 적확한 비유로써 일본에 대한 예리한 풍자의 시선을 드러내는 것이다.

<차두봉우음근체운(次斗峯偶吟近體韻)>, <차두봉학사재용소자운(次斗峯學士再用艘字韻> 등의 작품에서도 일본에 대한 분노와 경계심 등을 표출하며, 일본과의 사신 왕래를 통한 교류를 대하는 갈등의 상황을 시화하고 있다. 이를 통해 아직까지도 임란의 상처로 적대적인 감정을 가지고 있으나, 표면적으로는 우호국으로 상호교류가 이루어졌음을 알 수 있다.

다음의 작품에서도 동래 부사로서의 직임과 대의명분 사이에서 갈등하는 작자의 통탄이 비유적으로 표현된다.

憶昔鑾輿避賊鋒　　옛날을 생각하니 어가가 도적의 칼끝을 피했는데
儐筵誰料禮雍容　　사신을 맞는 잔치에 예절 갖출 줄 뉘 알았으리
包荒聖度恢天地　　오랑캐를 감싸는 성인의 아량 천지처럼 넓고
懷毒蠻心慘蠆蜂　　독심을 품는 오랑캐의 마음은 전갈처럼 참혹하네
謾欲羈縻甘示弱　　그저 달래려고 약한 모습 달갑게 보이니
那能激勵要除凶　　어떻게 격려하여 흉한 무리를 제거할까
二陵回首餘松栢　　두 능침을 고개 돌려서 보니 송백만이 남았는데
忠憤憤困萬甲胸　　충성스런 분노가 갑옷 입은 가슴에 가득하구나
　　<三月十九日 日本使臣來 翌日設茶禮 書以志感>, 「萊山錄」, p.43

1609년 지은 시로 서(序)에서 일본 사신행차의 규모와 이에 대한 당시 자신의 심경을 적는다.[45] 대마도가 선봉이 되어 팔도를 유린하고 수많은

---

44) <行狀>, "馬島歲遣貿易船四十隻 公費賜賚甚侈 公定爲十四隻"
45) "당시 현소당이 상관직이고 평경이 부관이며, 도선주 평지광, 이선주 평조선, 삼선주 평지차, 유선주 등영정, 진상압물 원지정, 북태압물 등조항, 상관시봉 숭창부, 부관시봉

백성을 죽이고 왕이 치욕을 당한 임진란을 일으킨 일본은 실로 조선에게는 실로 '백세지구(百世之仇)'이다. 아직 전쟁의 상흔이 곳곳에 산재에 있는 동래에서 지난날 끔찍했던 기억을 떠올린다. 그러나 현실에서의 동래부사로서의 직임은 이에 대한 복수도 하지 못한 상태에서 어쩔 수 없이 화해를 하려 하니 너무나 치욕스런 상황일 수밖에 없다.

수련은 전란 당시의 침략을 떠올리고, 얼마 지나지 않아 어쩔 수 없이 일본과 화친하려는 아이러니한 상황이 대조되고 함련에서는 오랑캐를 감싸는 성인과 같은 천지의 아량을 가진 조선의 마음과 독심을 품는 전갈처럼 참혹한 오랑캐의 마음을 대조시키고 있다. 경련과 미련에서도 겉으로는 그저 달래려고 약한 모습 달갑게 보이나 내면으로는 어떻게 흉한 무리를 제거할까하는 복수의 마음을 품고, 충성스런 분노로 충만한 기개를 드높인다. 여기에서도 대의명분과 어긋나는 오랑캐와의 화친을 어쩔 수 없이 행하려 하는 굴욕감을 극복하기 위해 조선이 가진 성인과 같은 넓은 아량을 강조하여 독심 품은 오랑캐의 마음과 대조를 이룬다.

결국 이안눌은 관리로서의 공무와 대의명분과의 반복되는 갈등 속에서 <여품성박직 불능교려(余稟性樸直 不能矯勵)>46)의 작품을 통해 '나는 품

등영망, 도주특송 규지정 및 반당 11인, 반종 12인, 선원 284인 총 324명이니 모두 대마도의 왜인이다. 지난 임진년에 일본이 우리에게 전쟁을 걸 때 대마도가 이의 선봉이 되어 팔도를 유린하고 백성을 어육으로 삼으니, 어가가 파천함에 이르고 선왕의 능침이 치욕을 당했으니, 이는 실로 우리나라의 영원한 원수이다. 지금 복수도 하지 못한 상태에서 이들과 화해를 하니 통탄할 일이 아닌가.(時玄蘇東堂爲上官 平景直爲副官 都船主平智廣 二船主平調宣 三船主平智次 留船主藤永正 進上押物源智政 卜馱押物藤調恒 上官侍奉僧 昌傳 副官侍奉藤永綱 島主特送橋智正 及伴倘十一 伴從十二 水手二百八十四 合三百二十四名 皆對馬島倭也 往歲壬辰日本兵于我 馬島爲之前驅 蹂躪八道 魚肉萬姓 至於車駕 播越 辱及先王陵寢 此實我國家百世之仇也 今者 旣不能復讎乃與之約和 不亦痛乎)"

46) 서(序)에서 당시의 심정을 다음과 같이 술회한다. "변방을 맡고 이제 이미 1년 남짓 되었다. 흠이 날마다 생기고 치욕이 교차한다. 자신을 굽히고 본성에 어긋나는데, 봉록을 따르고 돌아감을 잊으니 실로 고인들이 경계했던 바이다. 이에 자신을 어루만지고 울컥하며 평생에 돌아갈 것을 결심했음에 깊이 부끄러워 병을 핑계로 파직을 요구하니

성 질박하여 꾸미지를 못한다고' 밝히면서 동래부사를 사직하게 된다. 이 시에서 "몸은 모래사장의 새처럼 그물을 두려워하는데/ 세상의 길은 평지에서도 풍파가 이는구나……군자가 떠나고 머묾은 오직 의리에 따르나니/ 속되고 경박한 이가 나를 어찌하겠는가"[47]라고 하면서 의리에 부합되지 않는 자신의 삶을 더 이상 지속시키지 못하고 그만둔다. 여기에서 평지에서도 풍파가 인다고 한 것은 일본과 화친의 업무를 담당해야하는 동래부사로서의 직임을 말하는 것이며, 이와 같은 심정을 속세의 경박한 자들이 어찌 알겠느냐고 반문한다.

이때 신관의 교체를 위해 기다리면서 범어사로 거처를 옮겨 지내는데, 특히, <범어사 청계성이작(梵魚寺, 聽溪聲而作)>에서는 일본과의 화친을 도모해야 하는 직임에 대한 갈등 상황과 이에 대한 자신의 심정을 시화한다. "야성(野性)은 늘 공무 번잡함을 걱정했는데/ 파직되어 비로소 한가로운 행동을 얻어 기쁘네/ 2년 동안 치고 때리고 시끄럽게 보냈는데/ 선림에 와서 돌 시냇물 우는 소리를 듣는구나"[48]라고 하면서 강개한 성질에도 불구하고 공무에 얽혀 소신대로 하지 못하여 2년 동안 문제가 많았으나[49] 파직되어 직임의 부담에서 벗어나게 되어 한가로이 지낼 수 있음을 기뻐하는 것이다.[50]

고을의 여러 부로들이 서로 만류하는지라, 글을 이들에게 준다. 때는 기유년 5월 1일이다.(忝守邊疆 今已歲餘 瑕釁日生 詬辱交至 枉已違性 徇祿忘歸 寔古人所戒也 於是 撫躬慨然 深愧平生決意歸歟 告病乞罷 府中諸父老相與勤留書以示之 時己酉五)"

47) 「萊山錄」권8, p.48, <余稟性樸直 不能矯勵>, "身似沙禽畏網羅 世途平地起風波…… 君子去留唯義在 俗兒輕薄奈吾何"

48) 「萊山錄」권8, p.49, <梵魚寺, 聽溪聲而作>, "野性常愁吏事縈 罷官方喜得閑行 二年敲 扑喧闤地 來聽禪林石澗鳴"

49) 그러나 실제로 이안눌은 동래부사 당시 일본 사신과의 교섭에서 세견선 파견의 수를 반으로 줄여 조정의 부담을 덜어 공을 세웠으며, 후에 그 일본사신이 이안눌이 금산군수로 있음을 의아해 여겨 조정에서 경주부윤으로 다시 발령을 내렸다는 기록을 보면 사신과의 관계에 있어서도 상당히 그의 재능을 인정받았음을 추측할 수 있다.

50) <梵魚寺卽景>에서는 雨, 晴, 朝, 夕, 晝, 夜로 항목화하여 복잡한 직임에서 벗어나

2) 吏隱으로서의 流落의식

이안눌은 16세 때 이미 선조에게 알려진 바 있는 자신의 문재(文才)에 대한 자긍심과 지속적으로 산견되는 혁혁한 가문에 대한 자부심에서 보이듯, 그의 궁극적 지향은 관리로서 자신의 포부를 실현시키는 데 있었다.51) <갑산도중(甲山道中)>의 "일찍이 홀 잡고 임금님 모셔보지 못하고 말에 안장 얹고 해마다 변방에 나와 있다 두만강 머리에서 깊이 눈 온 밤을 지냈고 의주성 가에서 꽃 지는 철을 겪었다"52)라고 한탄하는 부분에서도 그의 지향이 어디에 있었는지 짐작할 수 있다.

그러나 뜻을 펼칠 수 없었던 시대적 요인으로 인하여 차선으로 선택한 길이 바로 리은(吏隱)으로서의 삶이다. 그에게 리은의 의미는 '관리 겸 은자'의 뜻으로 세속을 떠나 지방의 낮은 관리로 재직하며 은자로서의 삶을 누리는 인물로 볼 수 있다.53) 다음의 <효백락천(效白樂天)>에서는 '잠조(簪組)'와 '운림(雲林)'의 사이를 '중은(中隱)'이라 하여 이러한 처세는 그런대로 그 마땅함을 얻는다고 말한다.

> 昔我居漢京   옛날 내가 서울에 살 때
> 汩沒心如醒   골몰하여 마음이 술에 취한 듯하였네
> 朝見流俗態   아침에는 세속의 모습을 보고

근처 자연 경관에 대한 담담한 시정을 읊고 있다.

51) <九月九日, 題孟山館>의 "已占人間好重九 寸心還自戀天閣"라고 한 부분에서도 이러한 의식이 드러난다.

52) 「端州錄」, p.10, <甲山道中>, "未曾端笏侍天墀 鞍馬年年出塞陲 豆滿江頭深雪夜 義州城畔落花時"

53) 두보의 시에 "완화계 속에 꽃이 사뭇 웃으니/ 이은을 겸한 나를 믿어줄는지(浣花溪裏花饒笑/ 肯信吾兼吏隱名)"라고 한 표현은 '官吏 兼 隱者'와 같은 의미로 볼 수 있을 것이다. 그러나 '吏隱'은 흔히 '부득이 벼슬을 하고는 있으나 본마음은 은거하고자 하는 사람'을 뜻하는 경우로 사용되기도 한다.

夕聞囂塵聲　　저녁에는 시끄러운 소리를 들었지
出亦非吾往　　나감도 내가 감이 아니고
入亦非吾止　　들어옴도 또한 내가 그친 게 아니었네
哭亦非吾哀　　울어도 내가 슬퍼함이 아니고
笑亦非吾喜　　웃어도 내가 기뻐함이 아니었네
今我來錦城　　지금 내가 금성에 와서
寂寞心自醒　　적막하니 마음이 깨인듯하네
坐對山嵬嵬　　앉아서 높은 산을 마주하고
臥聽水冷冷　　누워서 시원한 물소리를 듣네
春若日益長　　봄에는 날이 더욱 긴 듯하고
夏若風益凉　　여름에는 바람이 더욱 서늘한 듯하네
冬若雪益白　　겨울에는 눈이 더욱 흰 듯하고
秋若菊益黃　　가을에는 국화가 더욱 노란 듯하네
大隱隱朝市　　큰 은거는 조정이나 저자에 숨는 것이나
朝市形迹卑　　조정이나 저자에서는 자취가 낮다네
小隱隱陵藪　　작은 은거는 산이나 숲에 숨는 것이나
陵藪生事微　　산이나 숲은 일이 적게 일어나네
不及簪組身　　벼슬하는 몸이 되지 못하면
仍作雲林客　　그저 구름이나 숲의 객이 되는 것을
簪組有官俸　　벼슬에는 녹이 있되
雲林無吏役　　구름과 숲이라 일이 없다네
此之謂中隱　　이를 일러 중간 은거라 하니
俯仰得其宜　　그럭저럭 그 마땅함을 얻는구나
寄言白太傅　　백태부에게 말을 부치나니
誰羨留司時　　누가 관직에 머묾을 부러워할까

<效白樂天>, 「錦溪錄」권10, p.33

　　호남의 금산 군수로 있을 때 지은 시이다. 그가 조정이 있는 서울을 싫어
하는 이유는 세간 속류의 양태 때문으로 관리들의 속류 행태가 벌어지는

공간을 두고 하는 말이다. 만약 중앙 관계에 속한다면 그 또한 아침 저녁으로 그들을 만나거나 지나칠 수밖에 없다. 그때 그들이 만들어 놓은 속류의 질서 속에서 희노애락을 표현함에 가면을 쓴 듯 거짓으로 해야 함은 자신에게 참을 수 없는 일이었다. 5구에서 8구까지의 구절은 바로 이러한 이안눌의 불편한 심기를 드러내는 표현이다. 그들의 거짓된 양태를 알고도 자신의 의취를 지키고자 하니 늘 술에 취한 듯 멍멍할 수밖에 없고, 그 답답함을 견딜 수 없는 것이다. 그러므로 그는 관리로서의 삶 자체를 싫어했던 것이 아니라 벼슬을 둘러싸고 벌어지는 속류의 행태를 싫어한 것이라 하겠다. 권력을 둘러싼 영합과 모함의 틈새를 벗어나 지금 금성에서의 적막한 생활에 마음이 깨인 듯하다는 표현에서 혼탁한 시류에 대한 비판적 의식이 드러난다. 17구부터는 대은(大隱)과 소은(小隱)을 차례로 설명한 후, '잠조(簪組)'와 '운림(雲林)'의 사이로 관리로서 녹은 있지만 운림(雲林)에 있으며 일이 없는 삶을 '중은(中隱)'이라 이른다. 이것이 '리은(吏隱)'의 의미이며 운림(雲林)의 관리로서 가지는 '중은(中隱)'의 소박한 삶에 그럭저럭 그 마땅함이 있다고 한다.

또 같은 시절 지은 <제리은당(題吏隱堂)>에서는 이러한 이안눌의 출처관을 더욱 자세히 쓰고 있다. 서(序)에서 "군아의 서쪽 누대는 옛날에 명칭이 없었는데, 이은이라는 편액을 달고 장난삼아 21수의 절구를 지어 기록한다."[54]라고 하면서, 리은(吏隱)의 의미에 대하여 몇 가지로 언급한다.

松風起南崗   솔바람은 남쪽 등성에서 일고
石潤鳴西巷   돌 시내는 서쪽 골목에서 우네
吏隱縱有耳   관리 겸 은자가 비록 귀가 있으되
不聞城市鬧   도시의 시끄러움을 듣지 못하네

---

54) 詩序 "郡衙西軒 舊無號 扁曰吏隱 戲題二十一絶以志之"

青山隔香土　　청산은 향긋한 땅과 떨어지니
白雲生郭門　　흰 구름이 성곽 문에 이는구나
吏隱縱有眼　　관리 겸 은자가 비록 눈이 있어도
不見爭奪繁　　번잡하게 빼앗는 것을 보지 못하네

此中宜飮酒　　이 가운데서 술을 마시고
時讀古人書　　때로 고인의 책을 읽네
吏隱縱有口　　관리 겸 은자에게 비록 입이 있어도
不道人毀譽　　남의 毀譽를 말하지 않네

白日臥高枕　　대낮에 높이 베고 누우니
寄傲羲皇人　　세 멋내로 사는 복희 시대의 백성이로다
吏隱縱有脚　　관리 겸 은자에게 다리가 있어도
不踏東華塵　　서울의 먼지를 밟지 않네

吏隱眞堪樂　　관리 겸 은자는 진정 즐길 만하나니
山深客到稀　　산이 깊어 나그네 드물게 이르네
李君兄弟好　　이군의 형과 아우가 좋으니
一榻可論詩　　같은 책상에서 시를 논할 만하네

<題吏隱堂>16首-20首, 「錦溪錄」권10, p.67

　　1수에서는 "관리라고 하기엔 몸에 일이 없고/ 은자라고 하기엔 몸에 관직이 있네/ 관리와 은자를 겸하는 까닭은/ 배불리 먹고 구름 낀 산을 마주하기에"[55]라고 하면서 리(吏)·은(隱)을 나누고 그 각각의 성격을 언급한다. 이를 바꾸어 말하면, 관리라 하면 일이 많아 몸이 바빠야 할 것이고 그렇다고 은자라고 하면 관리라는 직임이 없이 할 일이 없어야 한다는 것이다. 그러나 작자가 리은(吏隱)이라 한 것은 관리이지만 은자(隱者)처럼

---

55) "謂吏身無事 謂隱身有官 所以兼吏隱 飽飯對雲巒"

몸에 일이 없고, 은자(隱者)라 하기에는 관리라는 직책이 있으니 일이 전혀 없는 것은 아니다. 이러한 관리와 은자로서의 중간적 입장에 처하는 이유를 배불리 먹으면서도 자연을 대하며 구름 낀 산을 마주하여 즐길 수 있기 때문이라고 말한다.

전체 20수인 이 작품은 이후, 리은(吏隱)의 미(味)를 그린 후56), 마지막 16수부터 20수까지는 리은(吏隱)으로서 누릴 수 있는 여러 장점을 열거하여 그가 견지하는 참된 의미가 표현된다.

16수에서는 자연 속에 은거하는 관리로서의 삶은 귀가 있어도 도시에서처럼 중앙 정계에서 벌어지는 야합과 시비에 휘말려 번잡스레 시끄럽지 않아서 좋다는 점을 든다. 17수에서도 리은(吏隱)의 삶이어서 역시 비록 눈이 있어도 남의 것을 함부로 빼앗는 협잡과 갈취를 목격하지 않을 수 있어 좋다는 점을 든다. 18수에서도 리은(吏隱)의 삶으로 고인의 책을 읽으며 소일하니 비록 입이 있으나 헛되이 남의 훼예를 말하며 비방을 일삼지 않을 수 있어 즐겁다는 점을 든다. 19수에서는 한가로운 대낮을 즐기는 삶을 이야기하고 비록 다리가 있어도 번거로운 세속의 먼지를 밟지 않아도 되니 즐겁다는 점을 든다. 마지막 20수에서는 산이 깊어 이르는 나그네 적지만 시를 논할 수 있어 즐길 만 하다고 하면서 끝맺는다.

리은(吏隱)의 장점은 비록 귀, 눈, 입과 다리가 있어도 시끄럽지 않아 좋고, 빼앗는 바를 보지 않을 수 있어 좋고, 남의 폄훼를 말하지 않고, 먼지 낀 속세를 밟지 않을 수 있어 진정 즐길 만한 것이다. 그러나 이러한 자족적 자세는 당시의 혼란한 시대적 상황 속에서 어쩔 수없이 택한 차선의 선택에 불과한 것이라는 점을 간과해서는 안 될 것이다. 이안눌의 이러한 자세는 다음의 언급에서도 규견된다.

---

56) 細注, "德裕山 號廬山 有青玉紫玉演蔬等菜 甚美"

나는 본성이 게을러 세상과 소원하였다. 뜻은 오직 벼슬에 있으니, 그 일
이 은거와는 다르다. 한가로움을 찾는 것이 분수이나, 일 않고 먹는 것은 내
마음이 아니다. 일찍이 단천군수의 명을 받고, 속으로 무성의 가르침을 흠모
하였다. 재주는 쓸모가 없으며, 일은 마음에 어긋나는 경우가 많았다. 1년
남짓 힘썼는데, 불상사가 날로 일어나니, 할 수 없으면 그만 두는 것이 현명
함을 알았기에, 이에 고인들이 한가하게 살면서 '졸(拙)'을 길렀다는 사실을
생각하고, 마침내 통렬하게 느낀 바가 있어서 벼슬을 그만두고 돌아왔다. 이
에 도정절 선생의 '귀거래사'에 차운하고, 또 귀거래사의 글자를 써서 신체
시 46수를 지어서 일을 노래하고 회포를 서술하였다.[57)

1604년 8월 1일 단천의 관사에서 지은 집자체(集字體)의 <귀거래사(歸去
來辭) 6수>의 말미에 붙인 말이다. 작자는 천성이 게을러 세상과 소원하였
지만, 뜻은 오직 벼슬에 있으니 이는 은거와는 다른 것이다. 여유로움을
찾기는 하지만 일을 않고 먹는 것은 자신이 지향하는 바가 아니다. 백성들에
대한 시혜로 자신의 포부를 바르게 펼치는 것을 꿈꾸지만 재주는 쓸모가
없고 일은 마음에 어긋나는 경우가 많아 불상사가 날로 일어난다. 그래서
할 수 없다는 것을 알면 그만두는 것이 현명하기에 고인들이 한가한 삶을
누리며 졸(拙)을 길렀음을 떠올리며 벼슬을 그만두고자 하는 것이다.

그가 궁극적으로 지향했던 바는 유자(儒者)로서의 이상을 시혜하는 것이
었던 만큼 이러한 현실에서의 불만과 좌절감은 불가피한 것이었다. 36살
때인 1606년 5언 고시 형식으로 지은 시에서 "얼마나 한스러운가 맑은 가슴
을 안고/ 해 저물도록 갈옷을 걸치고 있는 것이/ 웅장한 분노로 때로 속이
격하고/ 우레처럼 질타를 꺾는구나/ 누가 장차 외로운 봉황의 울음으로/

---

57) "余性懶散 與世闊踈 志專捧檄 仕異彈冠 投閑是分 素食非心曾忝端州之命 竊慕武城之
教 才不適用 事多違意 黽勉歲餘 庇孼日起 不能則止 自知爲命 爰念古人 閑居養拙 遂慨
然有感 解綬而歸 因次陶靖節先生歸去來辭韻 又用歸去來辭字 作新體詩四十六首 以歌
事述懷云 時萬曆三十二年 甲辰之歲 八月初吉 德水後人東岳晩隱李子敏 書于端州衙舍"

개구리들의 시끄러움을 싹 씻어낼까"58)라고 하면서 붕당의 이해관계로 얽힌 현실 속에서 자신의 포부를 실현시킬 수 없는 암울한 시대인식과 이에 대한 격한 울분을 표출한다. 이와 같이 변방에 소외된 채, 포부에 부응하지 못하는 위축된 입지에서 오는 좌절감59)은 자신의 처지를 유락(流落)한 신세로 인식하게 하는 것이다. '리은(吏隱)'의 처세는 어디까지나 뜻을 펼 수 없는 시대 환경에 기인한 것이므로 자신의 처지는 불만족스러울 수밖에 없으며 이러한 삶에 수반되는 갈등과 고뇌는 침울(沈鬱)의 어조로 시화된다.

---

58) 「拾遺錄」 권22, p.18, "······何恨握明月 歲晏尙被褐 壯憤時內激 霹靂摧叱喝 誰將孤鳳鳴 一洗群蛙聒······"

59) 「端州錄」 권6, p.82, <疊用前韻寄許端甫>에서도 "敢云官序屈 只是吏情踈 仰看南歸雁 吾生愧不如"라고 하면서 시대 현실에 대한 불만과 자괴감을 표출한다.

제4장

사행 체험과 명·청에 대한 인식
: 대중국관

16세기 말부터 17세기 전반기는 청이 만주를 무대로 국가로 발전하여 명 대신 중국 본토를 지배하게 되는 ·새로운 세력으로 등장한 시기이다. 청은 대명, 대조선 관계에서 압력과 영향을 미치면서 명과 조선을 상호대립 견제시키고 긴밀한 유대를 소원하게 만들면서, 동아시아의 국제 질서에 중심세력으로 등장하였다.[1] 이러한 정세 속에서 이안눌은 1601년 진하사 서장관으로, 1632년 주청부사(奏請副使)로 중국사행을 하게 되는데, 그때의 체험을 「조천록(朝天錄)」과 「조천후록(朝天後錄)」에 남겼다.

이 시기 중국은 1616년 청이 흥기하여 쇠약해진 명을 위협하던 때로 이 안눌의 사행시를 통해 17세기 초 조선인의 중국에 대한 인식을 고찰할 수 있다. 즉, 조선 중기 대명 사행 문학의 양상을 볼 수 있거니와 호란의 역사적 변환을 겪으며 드러나는 인식의 전개와 변모를 고찰할 수 있을 것이다.

또한 두 번의 사행은 30여 년의 시간적 차이가 나며, 그 사이 중국과의

---

1) 최소자, 「淸과 朝鮮」-明·淸交替期 동아시아의 國際 秩序에서」,(『中國과 東아시아 世界』, 국학자료원, 1997, p.137 참고. 이 글에서는 명청교체기를 청으로서는 누르하치의 건국으로부터 태종 연간, 즉 입관이전의 시기, 조선은 선조, 광해군, 인조의 통치년간이고, 명은 만력년간 후기로부터 쇠망의 숭정시기까지로 보고 있다.

대외 관계에 있어서 조선은 정묘호란이라는 일대 사건을 겪었다. 이와 관련하여 사행의 경로도 전자는 육로로, 후자는 해로로 간 까닭에 개별 행록에 나타난 특성도 함께 비교하여 살펴볼 수 있을 것이다. 이는 사행록에 수록된 시들이 날짜별로 순차적으로 일록화되어 이안눌의 사행 여정과 밀접하게 관계된다는 점에서 그 의의가 더욱 부각된다.

조선 중기의 사행시에 관한 논의는 이 시기 '대명 사행시'에 대한 선행연구가 척박하였던 가운데, 사행문학 속의 사행시를 특화하여 한 개념범주로 다룬 선행연구인 엄경흠의 「한국 사행시 연구」[2]가 있으며, 한 작가의 사행시에 주목하여 그 작가의식의 기저와 특성을 상세히 살핀 연구로 「간이 최립의 사행시 연구」[3]가 있다. 이외에도 대명사행시의 범주는 아니지만, 이 시기 명사신과 조선 문사 간의 수창 양상을 고찰한 김덕수의 「조선문사와 명사신의 수창과 그 양상」[4] 등이 있다.

1. 육로를 통한 사행 : 「朝天錄」(1601)

역대 중국과의 외교관계는 나라의 안위와 직결되는 문제였으며, 중국의 왕조교체 및 정국의 변화는 우리나라에 있어서는 존립이 결부된 중요한 문

---

2) 엄경흠, 『한국 사행시 연구』(동아대 박사학위논문, 1994). 이 논문에서는 명 건국 후 사행록이 본격적으로 지어지기 시작한 14세기에서 17세기까지의 사행문학 중에서도 중심장르인 시를 사행시라는 이름 하에 묶어 그 특성을 일반화시켜 서술하고, 사행시가 나오게 된 역사적 배경을 소재한 후 '개인적 서정성'과 '교린적 효용성'이라는 항목으로 사행시의 내용적 특성을 소개한다. 그리고 작시 상황에 따른 유형분류와 사실적 기법, 관각적 풍격 긴장의 이완이라는 표현상의 특성을 밝혀 대명 사행시의 성격을 일반적으로 밝히고 있다.
3) 김현미, 「간이 최립의 사행시 연구」, 이화여대 석사학위논문, 1998.
4) 김덕수, 「조선문사와 明 사신의 수창과 그 양상」, 한국한문학회, 『한국한문학연구』27집, 2001.

제였음을 감안할 때, 외교의 임무를 맡은 사신의 역할과 책임은 그만큼 강조
될 수밖에 없었다. 특히 조선 사신이 원·명·청에 사행한 총 횟수는 579회
로5) 그것을 시대별로 살펴본다면 원대(1271-1368)에 1회, 명대(1368-1636)에
82회, 청대(1637-1912)에 497회이다.6)

이안눌은 1601년 진하사(進賀使) 서장관으로, 1632년 주청부사로 두 번
의 중국사행을 하게 되는데, 그때의 해외 체험을 「조천록(朝天錄)」에 157
제, 「조천후록(朝天後錄)」에 180제의 시로 남겼다. 「조천후록(朝天後錄)」의
부록으로 <공제독수창록(孔提督酬唱錄)>이 실렸는데, 이는 공자의 62대
손 공문표와 65대손인 공윤식과의 수창을 모은 것이다.7) 이안눌의 묘지명
에서 송시열은 이에 내하여 "중국에 사신으로 갔을 때, 공자 성인의 후예
두 분이 공의 의로움을 사모하고 공의 시에 탄복하여 공을 더욱 손님으로
대접하였고 공 주사의 주선으로 사신의 일을 마칠 수 있었으니 정말로 시
가 외교적인 교섭에 쓸모가 있는 것이다"8)라고 언급하면서 이안눌 사행시
의 가치를 높이 인정하고 있다.

---

5) 임기중, 『연행록 연구』(일지사, 2002) 참고. 조선은 매년 명나라와 청나라에 정례사행
   (冬至, 正朝, 聖節. 千秋)과 부정례사행(王薨,嗣位,冊妃, 建儲, 先王追崇)을 보냈으며 이
   들 사행은 대개 정사, 부사, 서장관 등 정관이 30여 명으로 구성되나 실제의 인원은
   이보다 훨씬 더 많은 200여명에서부터 500여 명이나 되었다. 그들 중 고사의 기록을
   많이 남긴 것은 書狀官, 質問從事官, 寫字官, 畵員, 伴尙, 書者, 醫人 등의 신분을 가진
   이들이다.

6) 임기중, 『한국 고전 문학과 세계인식』, 역락, 2003, p.489 참고. 이 글에서 필자는 이러
   한 통계로 본다면 연행록은 최소 579종 이상이 전승되고 있어야 할 것이며, 자신이
   최근까지 찾아본 독립성을 가진 연행록 418건과 별다른 특색이 없는 이본 성격의 것
   20여종을 더하여 대략 440여건의 연행록을 살펴보았다고 하였다. 이는 작자확인 418건,
   미상 18건이며, 시대별로 보면 원대가 1건, 명대가 141건, 청대가 294건이다.

7) 金相洪, 「朝鮮 士大夫의 孔子 後裔와 交遊」(동아시아 삼국의 상호 교류와 소통의 양
   면성, 미발표문, 2011)의 주22), 주34) 참고.

8) 「續集, 附錄」, p.41, "朝天日 孔聖後二人者 慕公義 服其詩 甚相與客 習於主事 使事賴
   竣 信乎詩之有用於專對矣 然此公之餘事 而世之稱公者 只以此 是可歎也"

「조천록(朝天錄)」에 실린 사행시에 대한 논의에 앞서, 육로를 통한 사행의 배경과 여정을 살펴보고자 한다. 이안눌은 1599년 등제 후, 1601년 진하사 서장관으로 명나라를 가게 되는데 이때의 사행 체험에 대하여 다음과 같이 기록하고 있다.

"오시에 진하표에 배례하였다. -양응룡을 토평(討平)한데 대한 진하사는 정광적이고 서장관은 이안눌이다"[9]

"만력 29년 황조토평파적양응룡진하사(皇朝討平播賊楊應龍進賀使)로 동지중추부사 정광적께서 중국으로 행차할 때 서장관으로 연경에 갔다. 여름 4월 28일, 조정에 하직인사를 드리고 6월 초이튿날 압록강을 건너 서쪽으로 갔다가 10월 10일 의주로 돌아왔으며, 11월 4일에 명령 받은 일을 처리한 사항과 그 결과를 보고하였다. 하직 인사를 드린 날부터 조정으로 돌아온 날까지는 도합 184일이었다"[10]

1601년, 이안눌은 양응룡을 토벌한 것에 대한 축하의 사신으로 서장관의 임무를 맡아 중국행을 수행하였다. 서장관은 사행기록, 공문서 작성, 중국 문인과의 창화 및 일행 감독의 책임을 지는데 대개 문필에 능한 견식 있는 장년이 충임되었던[11] 직책이었다. 이안눌의 1차 사행은 1601년 4월 28일에 출발하여 11월 초에 도착한 총 184일의 여정으로 육로를 통한 당시의 노정을 「조천록(朝天錄)」의 시제를 중심으로 재구하여 보면 다음과 같다.

◉ 모화관 전송(4/28) → 파주 마산역 → 황주(5/5) → 중화 → 평양관 → 곽산(5/16) → 의주(5/21) → 용만관 → 통군정 → 압록도강(6/2)

9) 『朝鮮王朝實錄』 DB, 宣祖 34년 4월 28일(乙未) 條, "午時 上拜進賀表(賀討平楊應龍使鄭光績 書狀李安訥)"

10) 「朝天錄」권2, p.1, "萬曆二十九年辛丑 皇朝討平播賊楊應龍進賀使 鄭同知光績之行也 以書狀官赴燕京 夏四月二十八日乙未 拜辭 六月初二日戊辰 渡鴨綠江而西 十月初十日 甲戌 還到義州 十一月初四日戊戌 復命 自拜辭至還朝 凡一百八十四日"

11) 高柄翊, 「외국에 대한 이조 한국인의 관념」, 『白山學報 8』, 1970, p.236.

→ 탕참 도중(6/3) → 봉황산(6/4) → 사초하 → 연산관(아골관 6/5)
→ 분수령 → 낭자산(6/6) → 고령 → 요동(회원관) → 안산(6/12) →
해주(6/14) → 우가장(6/15) → 사령(6/16) → 고평(6/17) → 광녕
(6/20) → 어양역(6/21) → 관왕묘 → 십삼산역(6/22) → 대릉하소
(6/23) → 행산(6/24) → 사하역(6/29) → 고령역(7/1) → 산해관(7/3)
→ 망해정 → 이제묘(7/6) → 청절사 → 통주(7/14) → 북경(7/16) →
대명관 → 옥화관 → 대궐(8/17)
* 체류 총 45일

● 출발(9/2) → 통주(9/3) → 삼하역(9/14) → 계주(9/5) → 옥전(9/6) →
산해관(9/13) → 고령(9/16) → 사하역(9/17) → 연산(9/20) → 행산
(9/21) → 어양(9/23) → 광녕(9/24) → 반산(9/26) → 사령(9/27) →
요동(10/1) → 하고령(10/6) → 분수령 → 세천(10/9) → 압록강(10/10)

15세기 들면서 육로로 정착된 사행노정은 압록강을 건너 요동과 산해관
을 거쳐 북경을 잇는 이른바 중원진공로(中原進貢路)였다.12)

이안눌이 거쳐간 사행길은 압록강을 건너 봉황성13)과 아골관, 요동 등
동팔참을 거쳐 '아골대로'14)를 통해 산해관과 북경으로 이어지는 2천 49리
의 동북 사행로를 택하였던 것으로 보인다. 요양에서 산해관까지는 명나라

---

12) 김태준, <연행노정, 그 세계로 향한 길>, p.52 참고. "『故事撮要』에 따르면 1409(태종
   9, 명 영락 기축)년에 육로로 이 중원 진공로가 시작된 연원을 밝혀주고 있다. 곧 광록경
   권영균이 부경하였다가 돌아오는 때에 영락제가 해로가 아닌 육로로 통하도록 하고
   조선의 사절도 이 육로를 이용하도록 했다."

13) 책문은 청나라가 만주족의 한화를 막고 만주 귀족의 특권을 보호하기 위해 설치한
   유조변의 동쪽 마지막 문인데 봉황성 부근의 유조변과 책문은 청태종 숭덕 3년(1638)부
   터 만들기 시작했다고 한다. 따라서 연행 노정으로 책문이 등장하는 것은 1638년 이후
   이므로 이안눌의 조천 기록에는 나타나지 않는다.

14) 심양에서 산해관을 거쳐 북경에 이르는 간선대로를 '北大路'라고 하였는데, 시대에
   따라 사행로는 아골관(연산관)에서 심양을 지나지 않고 요양·광녕·전둔을 지나 산
   해관으로 드는 지름길인 '아골대로'를 택하기도 하였다. 김태준, 앞 책, pp.53-54 참고

초기 홍무 연간(1370년대)부터 다음과 같은 총 14개의 역참이 설치되어 있었는데, 이 역로는 바로 명대에 요양에서 산해관까지의 사행로였다.

요양 → 안산 → 해주 → 우가장 → 사령 → 판교 → 십삼산 → 소릉하 → 행산 → 연산도 → 조장 → 동관 → 사하 → 고령 → 산해관(총 960리)

이는 1601년 이안눌이 거쳐 간 사행노정과 거의 일치하는 것으로 그들의 사행이 압록강을 건너 아골대로를 통해 산해관과 북경으로 이어지는 길을 택하였음을 알 수 있다.[15]

1) 조선 사신으로서의 자괴와 자부

이안눌이 명에 도착하여 느끼는 감회는 조선인으로서의 자괴와 자부가 교차되어 나타남을 알 수 있다. 오언 고시의 형식으로 지어진 <아생탄(我生歎)>[16]의 서(序)에서 "옥하관의 출입 통제가 심히 엄하여 사람이 드나들 수 없었다. 이른 가을 더위를 괴로워하고 답답함을 몹시 번거로워하며 장난삼아 이 시를 지어 스스로를 달래본다"[17]라고 하여 그 작시 배경을 설명하고 있다.

我生隘三韓   나는 좁디좁은 삼한에서 태어났는데
況乃鎖一館   게다가 한 객관에 갇히는 꼴이 되었네

---

15) 본래 조선 초 사절의 중국행 정규 통로는 서울 → 평양 → 의주 → 압록강 渡河 → 九連城(鎭江城) → 鳳凰城 → 盛京(瀋陽) → 산해관 → 북경에 이르는 北大路를 통한 육로 코스로서 약 28일이 소요되었다. 『通文館志』제3권(세종대왕기념사업회, 1998), pp.144-145.

16) 「朝天錄」, p.29, 原題는 <我生歎玉河館門禁甚嚴人莫得出入早秋苦熱鬱鬱煩酷戲書> 이다.

17) "玉河館門禁甚嚴 人莫得出入 早秋苦熱 鬱鬱煩酷 戲書此自遣云"

重扉壯扃鐍　　육중한 문짝에는 단단히 빗장이 걸려있고
圜堵切星漢　　두른 담 안에는 별마저 차단되었네
防衛限表裏　　안팎을 제한하여 지키니
閉蟄閱昏旦　　칩거하면서 아침과 저녁을 보내네
是時火用事　　이때 화기가 기승을 부리고
孟秋天又旱　　초가을에 날은 또 가물었네
太陽曝寰宇　　태양이 천하를 쬐어 말리니
谷蓏俱已嘆　　골짜기의 익모초까지도 이미 말라버렸네
亭午炎氣蒸　　한 낮이면 뜨거운 기운이 찌는 듯하여
直恐沙石爛　　어쩌면 모래와 돌도 바로 익어버릴 것만 같네
深居正墻面　　깊숙이 있으면서 바로 담벼락을 마주히여
躶體仍不冠　　벌거벗은 몸에 관도 쓰지 않았는데도
呀喙若牛喘　　입을 떡 벌리고서 소처럼 헐떡거리고
縮頭學鼠竄　　머리를 집어넣고 쥐처럼 숨는 것을 흉내내네
彷徨起遶壁　　일어나 벽을 두르며 어정거려도 보지만
堂奧甚熾炭　　깊은 방은 이글거리는 숯보다도 심하네
僵臥要一寢　　빳빳이 누워 잠이라도 청할 양이면
氣蹙佇踈散　　기운이 오그라들어 멍하니 흩어지고 마네
蒼蠅撲我頰　　파리는 내 턱을 치고
白鳥咂我腕　　모기는 내 팔뚝을 무네
膚肉困爬搔　　살가죽을 지치도록 긁어대는데
垢膩難漑灌　　기름 낀 때는 씻어내기 어렵네
坐待隆景仄　　앉아서 높은 해 기울기를 기다리고
轉輾宵未半　　밤에는 뒤척이느라 잠을 반도 이루지 못하네

　장편 고시의 형식으로 쓴 작품의 전반부(1구~26구)로 경사(京師)에 도착하였으나 사신으로서의 임무를 제대로 수행하지 못하고 한여름 객관에 갇혀 무더위에 시달리고 있는 자신의 처지를 토로하고 있다. 중국 사행의 사신들은 요동을 거치고 산해관을 거쳐 명경으로 들어가게 되는데, 명경으로

들어가서는 일단 사신들의 객관인 회동관(會同館)이나 또는 북경 외곽의 옥하관(玉河館) 등에서 황제의 입조 허가가 내리길 기다리게 된다.

황제의 선유(宣諭)가 내리기 이전, 옥하관 안의 지루하고 갑갑한 상황에서 지어진 작품으로 갇혀진 공간에서 자신의 내밀한 의식의 추이를 그려내고 있다. 특히 15, 16구의 "입을 떡 벌리고서 소처럼 헐떡거리고 머리를 집어넣고 쥐처럼 숨는 것을 흉내내네"라고 한 부분이나 "파리는 내 턱을 치고 모기는 내 팔뚝을 무네. 살가죽을 지치도록 긁어대는데 기름 낀 때는 씻어내기 어렵네"라고 한 부분은 사신의 직분으로 멀리 중국에까지 와서 무더위 속에서 헛되이 시간만 보내고 있는 무력한 자신에 대한 묘사에 지나치게 집착하고 있음을 알 수 있다. 비록 황경에 들어오긴 하였으나 포부를 펴지 못하고 폭염 속에서 옥하관에 갇힌 채, 임무를 수행하지 못하는 것에 대하여 괴로워하는 자신의 모습을 표현하고 있다. 이안눌은 사신으로서 책임을 다하지 못하는 지금의 비참한 상황과 그로 인한 자괴감으로 고통스러워하는 것이다.

이어 이안눌은 다음 부분에서 자신의 폭염 속 열악한 상황과는 대조되는 황경의 번화한 시정에 대하여 비교적 상세히 묘사한다.

綺陌連狹斜	번화한 거리에는 좁고 꼬불꼬불한 골목이 연이어지고
玉河淸且澳	옥과 같은 강은 맑고도 깊은데
朱甍聳疊樹	붉은 용마루가 포개진 집들은 우뚝우뚝 솟아있고
綠樹交脩幹	푸른 나무의 긴 줄기는 이리저리 겹쳐져 있네
迎風拂珍簟	바람 쐬고자 진귀한 대자리를 떨고
礙日結綵幔	해 가리고자 비단 천막을 묶어두었는데
文軒競過從	화려한 수레들이 다투듯이 지나가
廣廈留讌衎	광대한 집에 머물며 잔치 열고 즐기네
金章映繡袍	수놓은 도포에 금실로 아로새긴 휘장이 비치니

四座光凌亂	사방에 빛이 어질하네
新粧奪花艷	새로 꾸민 화장은 꽃의 아름다움을 뺏을 듯하고
姸唱弄珠貫	고운 노래는 꿰어진 구슬을 가지고 노는 듯한데
鷗絃響如雷	거문고 소리는 우레처럼 울리고
鳳管吹不斷	생황을 불어 그치지 않네

그러나 이안눌의 인식은 임무 수행이 지연되는 갇혀진 현 상황에 대한 자괴감에 그치지 않는다. 29구에서 42구까지는 화려하고 시끌벅적한 거리를 비롯한 경사 문명에 대한 비교적 상세한 묘사를 통해 황경의 거리를 표현한다. 특히 주맹(朱甍), 녹수(綠樹), 금장(金章) 등으로 형형색색의 색채 이미지와 기맥(綺陌), 문헌(文軒), 황하(廣廈) 등으로 건축물의 웅장한 규모와 번화하고 발전된 황경의 거리 모습을 형용하고 있다. 이 외에도 "황제의 도성이라 문물 성하니 나라의 위용이 빛나고도 밝으리. 견고한 성은 높이 솟아있고 궁궐도 장대하고 화려하게 우뚝할 터이라. 아홉 저자에는 구름처럼 비단이 쌓여있고 온갖 가게는 휘황한 것들이 전시되어 있으리. 열두 거리를 말로 달리노라면 눈 다하도록 기묘한 물건을 실컷 볼 수도 있으리"[18] 라고 하면서 견고한 성, 웅장한 궁궐의 규모와 황경의 눈부신 문물에 대한 찬미를 아끼지 않고 있다.[19]

---

18) 같은 시 73구～80구, "皇都盛文物 國容赫以煥 金城起峨峨 鳳闕屹輪奐 九市雲錦堆 百肆騈璀璨 走馬十二街 縱目窮奇玩"

19) <七月十六日入北京>(「朝天錄」, p.28)에서도 여러 가지 난관과 외로움을 견디고 목적지인 京師로 들어서서 그 웅장함과 화려함을 묘사한다.

薊門煙樹遶居庸	북경 관문께 안개 낀 나무들이 거용관을 에우고 있는데
北極神都壯國容	지극하신 황제의 도성 장대히 나라 위용을 드러내누나
撲地閭塵靑海近	곳곳마다 펼쳐지는 마을이며 가게는 동해에 가까운데
隱天宮闕紫雲重	하늘을 가린 궁궐에는 자줏빛 구름이 짙어라
詩書禮樂周風俗	시·서·예·악은 주나라 풍속 그대로이고
道德皇王漢朝宗	도덕과 황실의 제도는 한나라를 조종으로 삼은 것인데
萬曆太平端拱日	만력황제께서 태평성대의 정사를 펼치시는 시절이니

이러한 중국의 휘황한 선진 문화를 접한 이안눌은 <아생탄(我生歎)>의 후반부에서 넓고 새로운 세계를 접하게 된 자신에 대한 강한 자부심을 표출한다. 다시금 자신의 모습으로 눈을 돌리지만 바라보는 시선은 그 전과 사뭇 다르다.

我本窮巷士	나는 본디 궁벽한 시골 선비로
遠在天東畔	멀리 하늘 동쪽 가에 살았는데
南臨阻漲海	남쪽에 임하자니 넓은 바다로 가로막혔고
北走界溟澥	북쪽으로 가자니 북해가 경계인지라
所見數百里	둘러본 것이 수 백리에 지나지 않으며
與遊止里閈	더불어 논 것도 마을 안에 그칠 뿐이네
斷編與敗冊	터진 책과 망가진 책으로 공부한답시고
朝暮對几案	아침저녁으로 책상과 마주하여
跳梁井底蛙	날뛰어봐야 우물 안 개구리일 뿐이니
何路跨汗漫	무슨 수로 넓은 곳을 뛰어 넘으리
甕天三十載	견문이 없던 서른 살에
逸志若羈絆	방탕하던 뜻에 굴레가 씌워지고 끈이 매여진 듯하였는데
適丞季札聘	때마침 오나라의 계찰처럼 초빙되어
喜得子長觀	기쁘게도 사마천처럼 세상을 살필 기회를 얻게 되었네
駟騎度鴨水	역마를 타고 와 압록강을 건너보니

廣庭駕鷺綴夔龍   넓은 대궐 뜰 朝官들은 舜의 이름난 신하 이으리라
이 시도 전체적인 표현이 대단히 화려하며, 京師를 비롯한 명에 대한 찬미일색이다. 그런데, 실제로 이안눌이 사행하던 1601년 당시의 명은 이미 정치적으로 부패하고, 경제적으로 침체가 극심하던 때이며 萬曆帝는 거의 정사를 돌보지 않고 있던 시기로 태평의 시대와는 어울리지 않는 시기였다. 그런데도 경사를 읊은 시에서 일관되게 태평성대로 읊고 있으니 이것은 사행시의 의례적이고 공식적 성격과도 관련되기도 하지만, 그보다 漢의 임금인 明皇統에 대해 한족으로서의 정통성을 인정하고 있기 때문이라고 보아야 할 것이다.(* 駕鷺：①朝官之班次也 (劉禹錫 寄朗州溫右史曹長詩) 暫別瑤池駕鷺行 彩旗雙引到沅湘 (沈亞之勤政樓下觀百官獻壽詩) 獻壽皆駕鷺 瞻天在冕旒 (和凝宮詞) 金殿香高初喚仗 數行駕鷺各趨班 ②駕鴦與鷺鷥也 皆鳥名 (『中文大事典』十, p.730) 이 작품에서는 ①의 뜻으로 조정의 관리를 뜻하는 것으로 보아야 한다.)

鴻濛劃剖判	흐릿하던 것이 확연히 쪼개져 열린 듯하였네
豈意入帝城	어찌 생각이나 했으랴, 황제의 도성에 들어와
局束類狗狂	개와 마찬가지로 갇히어 묶여지게 될 줄을
方今化無外	바야흐로 지금에 교화가 안팎을 가리지 않는데
率土流澳汗	온 천하가 더운 땀을 흘리고 있네
四海一家內	사해가 한 집안이니
不宜置崖岸	차별을 두어서는 되지 않으리
誰能叩閶闔	누가 궁궐의 대문을 두드려
下令去堤埠	명령을 내려 장애물을 제거하게 할까
關鑰洞然開	빗장과 자물쇠가 뺑하니 열린다면
浮遊莫我捍	둥실둥실 떠다니며 놀더라도 니를 막지 못하리라

<我生歎>, 「朝天錄」, p.29

후반부인 47구에서 72구까지는 그동안 우물 안 개구리의 좁은 식견이었으나 압록강을 건너 중국에 오니 흐릿하던 것이 열린 듯하다고 하면서 대국을 접한 개안의 기쁨을 읊고 있다. 비록 황경에 들어와 갇혀 지내는 답답한 상황이지만 사해는 한 집안으로 차별을 두어서는 안 된다는 전제하에서 빗장과 자물쇠가 열린다면 자신을 막지 못하리라고 하면서 조선인으로서의 자신감을 표출하고 있다.

특히 49구와 50구에서는 자신의 사행 체험에 대하여 "때마침 오나라의 계찰처럼 초빙되어, 기쁘게도 사마천처럼 세상을 살필 기회를 얻게 되었네"라고 표현하고 있다. 이는 계찰과 같은 사신으로서 역할보다는 문인으로서 여러 경험을 많이 하였던 사마천과 같이 세상을 두루 돌아볼 수 있는 자신의 특수한 경험에 더욱 감격하고 있음이 드러나는 부분이다.

1차 사행 당시, 압록강을 건너면서 읊은 <도강가 오수(渡江歌 五首)>에서도 "지난해 동해에서 일출을 보았더니 오늘 서로 와 옥경에 조회하네.

적성 현포 어디쯤에 있나? 나 이곳에서 바람타고 가려하네"[20]라고 하면서 동해에서 일출을 보던 자신이 미처 경험하지 못한 중국 땅까지 천자(天子)에게 조회(朝會)한다는 것에 대한 기쁨을 마치 자신이 신선의 땅으로 떠나고 있는 듯한 도취로 빠져들고 있음을 볼 수 있다. 그는 이러한 도취를 '옥경(玉京)', '적성(赤城)', '현포(玄圃)'라는 지명들로 구체화하고 있는데 적성(赤城)은 원대(元代)에는 '적성참(赤城站)'으로 명대에는 '적성보(赤城堡)'로 불렸던 북경 서북쪽의 실제 지명이다. 그러나 옥경(玉京)은 도가에서 적성(赤城)의 서쪽에 있는 골짜기로, 현포(玄圃)는 선인들이 사는 곳으로 곤륜산 위에 있는 것으로 설명되고 있으므로 여기에서의 지명들은 모두 신선 세계에 존재하는 것으로 보아야 할 것이다.[21]

이와 같이 사행의 노정 중 접하게 되는 지역을 신선 세계의 지명으로 환치시키는 표현에서 이안눌의 중국 기행 및 중국 조정에의 조회에 대한 기대감과 이에 대한 자부심이 대단하였음을 확인할 수 있다.

2) 사적을 통한 유교 이념의 확인

사신들은 사행 도중 이국의 많은 역사적 현장에 접하게 된다. 특히 중국으로의 사행 길은 고금의 문헌에서 얻은 해박한 역사적 지식을 바탕으로, 과거의 역사에 대하여 비판하고 현재의 삶을 돌아보거나, 또는 사라져 버린 영웅 등에 대한 비감어린 슬픔에 잠기기도 한다.

이안눌의 사행시 중에서도 청절사(淸節祠 : 夷齊廟), 만리장성, 관왕묘, 의무려산, 어양교 등과 같이 역사적인 사건 혹은 인물과 관련되는 장소에서 그 사건, 인물에 관해 읊는 역사 회고시에서 특히 잘 드러난다.

---

20) 「朝天錄」, p.7, <渡江歌 五首>, "去年東海省日出 今日西來朝玉京 赤城玄圃在何許 我欲從此乘風行"

21) 엄경흠, 앞 논문, p.78 참고.

먼저, 역사 회고시 중에서 고죽성(孤竹城)을 중심으로 한 백이(伯夷)·숙제(叔齊)의 소재는 자주 차용되었다. 고죽성은 하북성(河北省) 조양현(朝陽縣)일대에 이르는 지역으로 이안눌의 작품 중에도 역시 이제묘(夷齊廟)를 읊은 시가 「조천록(朝天錄)」에 다수 실려 있다. 1601년 7월 6일 영평부에 들어간 후, 7월 7일과 8일 지은 것으로 보이는 <알이제묘(謁夷齊廟)>, <이제묘작(夷齊廟作)>, <청절사오언장구십사운(淸節祠, 五言長句十四韻)>, <제이제묘(題夷齊廟)> 등이 이때 지어진 것이다.

이제묘(夷齊廟)에 대한 시는 천여 년 이래 유학자의 사표로 존경받아 온 백이, 숙제의 사당을 찾은 감회를 읊은 작품으로 주자학적 이념을 확인하고자 하는 작자의 의도가 뚜렷하며, 고사를 바탕으로 한 이제(夷齊)에 대한 평가는 대체로 세 가지 정도로 나타나고 있다. 첫째는 그들의 위국충절(爲國忠節)과 춘추의리(春秋義理)에 대한 높은 평가이며, 둘째는 그들이 죽음으로써 적극적인 충절을 보이지 않고 주(周) 땅인 수양산의 미나리를 캐먹으며 연명했던 소극적인 충절이었다는데[22] 대한 비판이며, 셋째는 그들의 세계 변화를 보는 눈이 지나치게 근시안적이라는데[23] 대한 비판이다.[24]

작품을 통해 본다면, 이제(夷齊)에 대한 이안눌의 평가는 이 세 가지 평가를 기준으로 한다면 대체로 첫 번째로 든 이제(夷齊)의 위국충절과 춘추

---

22) 성삼문은 <夷齊廟>(成三問, 成謹甫集)에서 "초목 또한 周의 비와 이슬에 적셨으니 부끄럽네 그대들 오히려 수양산 고비 먹었으니(草木亦霑周雨露 愧君獨食首陽薇)"라고 하면서 결국은 주의 땅에서 나는 고비를 먹고 연명한 것은 죽음으로써 충절을 보이지 못했기에 그들의 행동은 부끄러운 것이라 하였다.

23) 이안눌의 증조부 이행은 1507년 사행시에 쓴 <永平道傍有石刻曰孤竹君古城>(容齋先生集, 권4 朝天錄)에서 "부역과 천륜은 경중이 없으니 백이 숙제 그때 어찌 이름을 구했던가 세상 변하여 요순덕화 회복될 줄 일찍 알았다면 도리어 후회했으니 전날 말 잡아 간했던 일을(父命天倫莫重輕 夷齊當日豈干名 早知世變唐虞復 却悔從前叩馬爭)"이라고 하면서 왕위를 물려주려한 아버지의 뜻을 거역한 夷齊가 절개를 지켰다는 명성은 헛된 것이며, 세상의 변화를 읽지 못한 그들의 근시안적인 태도에 대하여 안타까워한다.

24) 엄경흠, 앞 논문, p.40.

의리에 대한 존숭의 기림이다. "역대 역사에서 칭찬하여 기림이 빛나고 황제의 조정에서도 의전을 성대히 하며 쓸쓸히 햇살과 나란히 하여 말을 달리노라니 하늘의 도는 치우치지 않는 것이네[25]"라고 하면서 그들의 충절과 의리를 높이 평가한 것도 그들이 유교 윤리를 실천함으로서 고금의 사표가 되었다는 점에서 기인한 것으로 해석할 수 있을 것이다.

그런데, 여기에서 확인할 것은 사마천에 대한 이안눌의 생각이다. 먼저, 사마천이 백이에 대해 내린 평가는 두 가지로 정리할 수 있는데, 첫째, 그들의 강한 절개와 실천력을 높이 평가하고, 천도라는 것은 후대까지 인정을 받는 사람이 되는 것으로 바로 이것이 이제(夷齊)가 바르게 산 것에 대한 실질적인 보응이라고 해석한다. 결국 천도라는 것은 물질적인 풍요나 안락이 아닌, 좀 더 고차원적인 것임을 말하는 것이다. 둘째, 그들이 후대까지 인정을 받고 있는 것을 부각시키면서 똑같은 일을 했어도 그들이 이름도 없는 여항의 사람들이었다면 이렇게 이름을 남기지 못했으리라 말하고 있다. 그들도 공자 같은 청운지사가 인정하고 알렸기에 이렇게 지금까지 그 절개를 인정받고 이렇게 사는 것이 아니겠느냐고 하면서, 성인의 인정 또한 절개를 지키는 것과 함께 중요하다는 뜻을 표현한다.

그러나 <제이제묘(題夷齊廟)>에서 "굶주린 자들은 오늘에 이르도록 칭송하나니 은혜를 갚아 베푸는 것은 여기에 있네. 사마천이 의론을 좋아하였지만 하늘의 뜻을 어찌 엿볼 수 있었으랴. 오직 공자님의 말씀이 있어 밝게 해와 별과 더불어 드리워져 있네"[26]라고 한 15-20구의 표현을 보면 이안눌은 <사기>의 백이 열전에 보인 사마천의 두 번째 평가에 대하여

---

25)「朝天錄」, p.22, <淸節祠, 五言長句十四韻>, "列史光褒典 皇朝盛祀儀 寂寥齊景駟 天道不參差"

26)「朝天錄」, p.23, <題夷齊廟>, "餓夫到今稱 報施其在玆 太史好議論 天意焉得窺 唯有夫子語 炳與日星垂"

부정적인 의견을 보이고 있는 듯하다. 백이와 숙제라는 절의의 인물을 기리며, 그들이 후대의 명성을 보고 그러한 일을 의식적으로 한 것은 아니라는 것이다. 이제(夷齊)의 행동은 유교적 덕목을 지킨 것으로 인정하고 평가해주는 것이며 그렇기에 그 정신이 가치가 있고 영원할 것이라고 한다. 즉, 백이숙제를 크게 평가한 이유는 '강상(綱常)도 이제(夷齊)의 맑은 절개로 인해 무너지지 않았다'는 것에서도 볼 수 있듯, 그들의 행동이 실질적인 보상에 관계없이 삼강의 원칙을 중히 여기고 그 원칙을 고수하려는 순수한 생각에서 비롯되었기 때문이었다. 그것이 반대로 구사된다면 명성만을 바라고 훌륭하고 지조 있는 일들을 했다고 볼 수 있는데 이는 그들이 높게 여긴 바가 아니었다.

이러한 까닭에 <알이제묘(謁夷齊廟)>의 27, 28구에서 "산 우뚝한 곳 고죽성에는 만고의 세월이 흐른다하여도 맑은 바람이 불리라"[27]고 하였고, <제이제묘(題夷齊廟)>에서 "고상한 풍채는 둘 다 사라지지 않아 천년의 세월을 지나 넘치는 맑은 기운에 절을 하네"[28] 하면서 백이와 숙제의 고상한 자취와 우뚝한 절개에 숙연함을 표하는 것이다. 그들의 고결한 성품과 굳은 절개를 유난히 맑고 상쾌한 청풍에 비유하여, 절의에 대한 흠양의 마음을 나타내는 것이다. 즉, 이안눌은 순수하게 유교적 정통성을 지킨 사람들에 대한 지극한 존숭과 경모의 의식을 강하게 표하고 있는 것이다.

또한 특기할 만한 것으로 이안눌은 <제이제묘(題夷齊廟)>의 말미에 주를 달아 "영평부의 대란하의 가에 고죽성이 있으니 바로 고죽국이다. 성안에 백이와 숙제의 사당이 있다"[29]고 하면서 이제묘(夷齊廟)의 지역적 위치와 기원, 명칭 등을 설명하고 이에 대한 의견을 개진하고 있다.

---

27) "崣崣孤竹城 萬古淸風吹"

28) "高風兩不泯 千載揖餘淸"

29) "永平府西大灤河之上 孤竹城在焉 乃古孤竹國也 城中有夷齊廟"

…(중략)…다만 가만히 사당의 비석을 보니, 백이를 소의청혜공이라 하고 숙제를 숭양인혜공이라 하였는데, 이는 바로 원세조가 추봉한 것이다. 저 두 사람은 옛날의 은군자로 나라를 양보하여 인을 지켰고, 정벌을 간언하여 의를 이뤘으며, 악인과 얘기를 하지 않고 악인의 조정에 서지 않았고 제후도 친구로 삼을 수 없었고 천자도 신하로 삼을 수 없었으니, 천지에 우뚝 서서 일월과 빛이 다르니 영원토록 그 풍모를 들으면, 탐욕스런 이가 청렴해진다. 비록 주무왕의 성스러움으로도 그 아사를 구할 수 없었으니 하물며 저 구구한 오랑캐 원나라의 작위야 어떻게 그 절개에 비린내를 풍길 수 있겠는가? 구천에서 어둡지 않다면 두 신령이 알지니, 마땅히 겸연쩍어하면서 귀를 씻기에 여가가 없을 것이니, 어찌 하루라도 그들의 몸을 더럽힐 수 있겠는가? 명조에 이르러 여전히 존속시킨 것은 왜인가? 오랑캐의 임금조차도 공경하고 사모할 줄 아니, 장차 내세를 격발시키고 인심을 감동시켜 두 분의 현명함을 알게 함이라. 높이 받들어 모시는 전례가 그 아름다움을 다 했으니 또 한 사람 때문에 말을 무시함이 아니니 우리 위대한 명나라의 지극히 크고 사심이 없는 마음일 것이다. 본인이 무식하여 커다란 법도에 통달하지는 못했으되, 가만히 두 분을 대신하여 도탄에 앉은 듯하여, 미천한 의견을 개진하여 세상의 독실한 군자가 이를 따져주기를 기다린다"[30]

원나라 세조가 백이와 숙제를 추봉한 것을 두고 이안눌은 "구구한 오랑캐 원나라의 작위가 어떻게 그 절개에 비린내를 풍길 수 있겠는가"라고 하면서 그들의 절개에 비린내를 풍겨 이제(夷齊)가 구천에서 귀를 씻기에 여가가 없을 것이라 언급하고 있다. 천자의 나라인 명이 여전히 이를 존속시킨 것은 지극히 크고 사심 없는 마음에서 비롯된 것이나, 이안눌은 그 커다

---

30) 「朝天錄」, p.23, "……但竊觀廟碑 伯夷曰昭義清惠公 叔弟曰崇讓仁惠公 此乃元世祖所追封也 夫二子者 古之逸民 遜國以全仁 諫伐以成義 不與惡人言 不立惡人朝諸侯不得友 天子不得臣 窮天地而特立 與日月而爭光 百世聞風 貪夫亦廉 雖以周武王之聖 旣不能粟其餓死 況彼區區胡元之爵 烏得以羶其介哉 九泉不昧 二靈有知 當復憮然 洗耳不暇 豈忍一日加諸其身 至于皇朝 仍而存之 何也 夷狄之君 尙知敬慕 其將以激來世感人心 使明知二子之賢乎 褒崇之典 能盡其美 其亦不以人廢言 以示我皇明至大無私之意乎 護聞寡識 未達鴻規 竊爲二子若坐塗炭 因書鄙見 以俟世之篤論君子者辨焉"

란 법도에 도달하지 못한 탓으로 자신이 도탄에 앉은 듯하다는 것이다. 이는 1601년 사행 당시 이안눌의 극명한 화이관을 대변하는 것이라 하겠다. 명나라가 커다란 법도에 통달하여 오랑캐까지 포용하려는 넓은 도량을 가졌다고 칭송하기는 하지만 내심은 엄연히 화이가 구분되는데 원세조의 추봉은 이제(夷齊)의 고결한 풍모에 누를 끼치게 된다고 여긴 것이다.

이제묘(夷齊廟)의 참배는 이후에도 중국 방문의 중요 일정으로 거의 굳어졌다. 청나라를 방문한 홍대용은 『담헌서(湛軒書)』에서 이제묘(夷齊廟)에 관한 기록[31]을 통하여 청나라의 건륭황제가 문무를 겸비한 제왕이라고 높이 평가하였으며, 박지원은 『열하일기(熱河日記)』에서 이제(夷齊)의 고사에 대한 풍자[32]를 통하여 세계의 변화를 모르는 지나치게 근시안적인 사고방식을 비판했다. 이들은 각기 다른 시대정신을 이제(夷齊)에 대한 평가에서 나타냈다고 할 수 있는데, 즉 17세기 초의 이안눌은 백이와 숙제를 통해 주자학적 이념을 다졌고, 후대의 홍대용은 청을 긍정했고, 박지원은 당대 현실을 외면하는 맹목적인 존명주의를 비판하였던 것이다.

사적을 읊은 다른 작품으로 만리장성에 관한 오언고시 <장성편(長城篇)>[33]에서는 진시황을 무리한 토목공사로 인해 백성들의 고통을 가중시킨 인물로 보아 진의 멸망은 하늘이 내린 것이지 오랑캐가 가져온 것이

---

31) 홍대용, 『湛軒書』外集 9권 燕記, p.3, <夷齊廟>, "정당 좌우로 지금 황제와 화친왕의 글씨들이 있는데 모두 뛰어난 것들이었다.……송도군·원순제와 같이 재주가 남달리 뛰어나 있으면서 필경 천하를 잃어버리게 되지 않았는가! 지금 세상에 이 같은 문화를 가지고도 국내가 태평한 걸 보면 그의 재주와 역량이 남달리 뛰어나 있는 것으로 여겨진다.(正堂左右 有今王及和親王詩筆俱絕佳……如宋道君元順帝 皆才藝高妙 終以失天下 今世有如此文藻 而域內豫安 想其才力亦 必大過人也)"

32) 박지원, 『熱河日記』(민족문화추진회, 1981, pp.252-255), "아무리 무왕인들 패해서 죽었다면 아득한 천 년 뒤에 주왕에겐 역적이 되올 것을 여망이 어이하여 백이를 구했던고 춘추의 큰 의리를 이제껏 떠들건만 되놈으로 간주하면 그들에겐 역적일걸(武王若敗崩 千載爲紂賊 望乃扶夷去 何不爲護逆 今日春秋義 胡看爲胡賊)"

33) 「朝天錄」, p.17, <長城篇>

아니라는 점을 강조한다.

　전반부인 1-12구에서는 "주나라도 한 천하요 진나라도 한 천하였는데 주나라는 면면히 8백 년을 이어갔고 진나라는 2세에 종묘사직을 뒤엎고 말았네. 편안함과 위태로움, 흥하고 망하는 것은 그저 취사를 살피는데 있을 뿐이고 오랑캐는 예로부터 있었으되 어찌 유독 중원을 어지럽혔던고 진시황이 6국을 병탄하고서 불쌍한 백성들을 보살피는 데는 힘쓰지 않고 만여 리에 걸치는 성을 쌓아 죽은 시체가 들판에 널렸던 것"[34]이라고 하였다. 통일 왕조였던 주나라와 진나라를 대조하는 수법을 통해, 두 나라 모두 한 천하였으나 백성들을 귀하게 여기지 않고 혹사시킨 까닭에 바로 멸망하고만 진나라의 허점에 대하여 비판하는 것이다. 진나라의 형세를 "밖을 방비하느라 안이 이미 소모되어 나라 전체가 흩어진 기왓장과 같았네"[35]라고 하면서 외환을 대비하기 위해 내부의 우환을 다스리지 못했던 어리석음을 지적하면서 부정적인 평가를 보인다. 따라서 이안눌이 중히 생각했던 것은 백성을 불쌍히 여길 줄 아는 유가적 덕치였으며, 이를 갖추지 못했던 진(秦)이였기에 그 사직을 일찍 마감할 수밖에 없었던 것이다.

　특히 마지막 부분에서 "누가 진을 멸망시킨 자이랴. 변방의 성채에 올라 지난 일을 짚어보노라니 애석한 뜻 그려내기 어렵구나. 이제야 알겠나니, 쓸쓸한 성벽의 화는 하늘이 내린 것이지 오랑캐가 가져온 것이 아니리라"[36]라고 한 표현은 진의 멸망은 포악한 정치로 천도(天道)를 무시한 내부적 원인의 결과이지 오랑캐의 침입이라는 외부적 요인만의 결과가 아니라는 날카로운 비판의식이 잘 드러난다.

---

34) "周亦一天下 秦亦一天下 綿綿八白年 二世覆宗社 安危與興減 只在審取舍 夷狄自古有
　　豈獨亂諸夏 始皇吞六國 不務存孤寡 築城萬餘里 僵屍遍原野"

35) "備外內已耗 率土如解瓦"

36) "誰是亡秦者 登障撫往事 扼腕意難寫 乃知蕭墻禍 天也非胡也"

2. 해로를 통한 사행 : 「朝天後錄」(1632)

이안눌은 1632년 6월 1일 주청부사로서 명으로의 두 번째 사행을 떠나게 되는데, 이때의 상황에 대하여 인조 행장에 다음과 같이 적혀 있다.

> 숭정 임신년(인조 10, 1632년) 여름 부왕을 추존하여 태종대왕(元宗大王)이라 하고 모비를 인헌왕후(仁獻王后)라 하였다. 배신, 홍보, 이안눌 등을 경사에 보내어 추봉을 청하니, 황제가 칙서를 내려 고명(誥命)을 하사하고 공량(恭良)이라는 시호를 하사하였는데, 그 칙서에 이르기를 생각건대, 그대는 대대로 동번(東藩)을 지켜 왔거니와 그대의 아버지 부(琈)는 습작 받지 못하고 일찍 죽었는데 이제 추봉을 주청하니 효사를 알만하다. 특별히 해부의 의논을 윤허하여 그대의 아버지 휘를 추봉하여 조선국왕으로 삼고 어머니 구씨를 조선국왕비로 삼아 고명을 내리고 시호를 주니, 그대는 이 영총을 입어 번복을 빛내고 오히려 성절을 더욱 굳혀 전의 아름다움을 변하지 말라'고 하였다[37)

1632년 사행의 목적은 인조의 아버지인 정원군(定遠君)이 일찍 죽어 습작을 받지 못하였으므로 그의 추봉을 주청하기 위해서였다. 인조 10년, 주청부사(奏請副使)로 두 번째로 간 이안눌의 중국 사행길에서 정원군의 추존을 허락받고 돌아왔는데, 시호는 원종(元宗)이었으며 그곳에서 이안눌 시에 감복한 제독관(提督館)인 국공(局公)이 예부상서에게 도움을 청해 추증을 허락받았기 때문에 그의 공로가 컸다.

당시의 사행은 중국의 형세가 명청 교체기로 혼란하였던 만큼 더욱 위험할 수밖에 없었고, 1627년 정묘호란을 겪은 조선으로서는 창궐하는 오랑

---

37) 『朝鮮王朝實錄』 仁祖 行狀, "崇禎壬申夏 追尊父王爲元宗大王 母妃爲仁獻王后. 遣陪臣 洪寶 李安訥 等 如京請追封 皇帝降勅 錫以誥命 賜謚恭良. 其勅書 曰:惟爾世守東藩夙秉 忠順 爾父諱未脣襲爵 蚤已云亡 玆者奏請追封 孝思可念. 特允部議 追封爾父諱爲朝鮮國王 母具氏爲朝鮮國王妃 錫之誥命 予以謚號 爾被玆榮寵 光昭藩腹 尙其益堅誠節 勿替前休."

캐의 세력을 더욱 주시해야 했으므로 인조는 이들의 사행 이후, 홍보 등을 불러 중국의 사정에 대하여 다음과 같이 묻고 있다.

> 상이 홍보 등에게 묻기를 "중국의 형세가 전과 비교하여 어떠하던가?" 하니 홍보가 아뢰기를 "역관 등이 말하기를 '물력은 옛날의 성대하던 때만 못한데 사대부들의 탐욕스런 풍조가 크게 일고 있다'고 합니다" 하였다. 상이이르기를 "登州의 적은 패전하여 도망쳤는가, 스스로 물러갔는가?"하니 홍보가 아뢰기를 "祖大壽의 아우 大樂이 격파하였다고 합니다. 또 山西 지방에 도둑떼가 일어나 州縣을 노략하고 있으나 조정에서 금하지 못한다고 합니다" 하였다.[38]

1632년 당시의 명은 외적으로도 등주에서의 전쟁으로 인해 사행로를 바꾸어야 할 만큼 혼란한 시기였으며, 내적으로도 사대부들의 탐욕으로 인한 부정부패가 극심하였던 시기였음을 알 수 있다. 여진족이 이미 명의 안전까지 위협할 정도로 북방의 형세가 심각했다는 것으로 이러한 지경에 이르게 된 것은 여진족의 성장이 한 가지 원인이고 명나라 자체의 몰락이 중요한 원인의 하나이다. 관리 사회에 만연되어 있는 부정부패, 과중하고 잡다한 세금에 시달리는 백성들의 고통, 상층의 치열한 권력 싸움 등이 명의 위기를 자초했던 것이다. 북방지역의 엄중한 형세는 명이 여러 가지 내적원인 때문에 이미 몰락의 길에 접어들었다는 것을 실제적으로 확인해 주었다. 물론 조선의 조정이 명의 정세에 촉각을 세웠던 것은 이미 1627년 정묘호란을 겪은 조선으로서 여진족의 세력이 명의 존망을 위협하는 존재가 될뿐 아니라 조선에 대해서도 큰 위협이라는 위기감이 깔려 있었기 때문이다.

---

38) 『朝鮮王朝實錄』 DB, 仁祖 11년 5월 11일(壬寅) 條, "上問於寶等曰 : "中朝形勢 比前如何?" 寶曰 : 皆言 物力不如昔日之全盛 而士大夫貪風 大振云矣." 上曰 : "登賊戰敗而走耶?自退而去耶?" 寶曰 : "祖大壽之弟大樂之云矣. 且山西群盜大起 攻掠州縣 而朝廷不能禁云矣."

이러한 정치·사회적 배경 속에서 이안눌은 환갑이 넘은 나이인 1632년 6월 1일, 주청부사로서 경덕궁에 나아가 표전을 받들고 당시로서는 특수한 상황인 해로를 통하여 명으로의 사신행을 떠나게 된다. 해로를 통한[39] 당시의 여정을 「조천후록(朝天後錄)」의 시제를 중심으로 재구하여 보면 다음과 같다.

● 벽제(6/2) → 파주(6/3) → 임진강(6/4) → 송도(6/5) → 황주 → 연광정 → 대동강 → 평양 출발(7/5) → 증산현 → 석다산, 삼신제 지냄(7/16) → 가도(7/20) → 거우도(7/26) → 녹도(8/1) → 석성도(8/3) → 장산도 (8/5) → 광록도(8/16) → 삼산 → 해성도 → ※평도(8/17) → 여순항 (8/19) → 철산자(8/27) → 양두요(8/29) → 저모도 → 남신구(9/1) → ※가화도(9/5) : 7월 16일 식나산 출발하여 9월 5일 영원위 각화도 도착. 총 51일을 승선.
→ 사하소 → 전둔위(9/20) → 나성(9/21) → 영평부 → 진자진 → 옥전현 → 방균점(9/29) → 삼하연(10/1) → 통주(10/2) → 옥하관(10/4) → 대궐
* 10월 4일 옥하관 도착하여 2월 26일 떠남 : 140일 체류

● 출발(2/26) → 통주(2/27) → 노하, 하점, 삼하현 → 초하, 방균점, 계주 → 별산점(2/29) → 채정교, 옥전현, 고려포(3/1) → 고려포 출발, 풍윤현, 진자점, 야계타 → 무녕현(3/4) → 산해관(3/5) → 고령역, 전둔위 (3/22) → 구아하, 사하소(3/23) → 용궁사 → 배오금(3/30) → 각화도 → 남신구, 철산자 → 증산현(4/12) → 평산의 옥류천

조선은 1409년(태종 9, 기축)부터 육로를 따라서 중국에 조회하였으나, 1621년(광해군 13, 신유)에 이르러 명·청의 세력이 충돌하여 요양·심양의

---

39) 해로를 이용한 조천 사행은 17세기 초 외에도 元明交替期인 14세기 말에도 이루어졌다. 명태조 洪武年間(1368-1398)에 고려와 조선의 사신들은 배를 타고 산동반도와 登州 水門(蓬萊)과 요동반도의 旅順口를 왕래하였다. 그러나 1419년(永樂 19) 成祖가 수도를 북경으로 천도하면서부터 육로가 使行路로 規例化되었다.

길이 막히자 다시 해로를 따라서 등주로로 바꾸었다.[40]

명과 조선 사이에 2백년을 닦아온 사행로가 차단된 이후 개척된 해로 사행은 두 코스가 있었다. 하나는 요동반도 동쪽의 도서들을 따라 항해하다가 여순구(旅順口)에서 곧장 남하하여 등주로 상륙, 산동성을 경유해서 북경에 이르는 노정이다. 다른 하나는 여순구까지는 같고 거기서 돌아 발해만(渤海灣)으로 들어가서 각화도(覺華島)를 거쳐 영원(寧遠)으로 상륙, 산해관을 통과하여 북경에 이르는 노정이다. 당시 조선의 선박규모나 항해술로 해로 사행은 결코 쉽지 않아서 사행선이 전복되어 대소인원이 몽땅 수장(水葬)을 당한 일도 한두 번이 아니었다 한다. 그럼에도 1622부터 1637년까지 해로사행은 이어졌다.[41]

본래의 항해 노정은 풍천 밖, 평안도의 선사포(宣沙浦, 혹은 咸從)나 안주의 노강진에서 배를 띄워 가도(60리)와 거우도(140리)를 거쳐 대련만의 평도와 황성도와 등주로 이어지는 먼 뱃길이었다. 이상은 해로이고, 육지에 올라서는 등주를 떠나 제남에서 황하를 건너 북상하여 북경에 이르는 먼 길을 돌았는데, 총 수로가 3천 7백 60리이고 육로가 1천 9백 리였다.

그런데, 1629(인조 7, 숭정 기사)년에 가도수(椵島帥)인 명말의 무장 모문룡(1576-1629)을 견제하기 위하여 영원위 원숭환(?-1630)이 사행로를 바꾸게 되는데, 평도에서 여순구와 철산자를 돌아 북신구에서 1천리 각화도에 이르는 뱃길로 영원위에 이르는 길이다.[42] 이곳에서부터 육지로 올라가서

---

40) 특수한 시대적 상황 속에서 이루어진 17세기 초 해로 사행은 1636년 병자호란 전에 북경에 갔다가 호란 후 귀국한 金墳(1580-1656) 일행의 사행까지 계속 이어졌다.

41) 林熒澤, 「朝鮮使行의 海路 燕行錄 : 17세기 東北亞의 歷史轉換과 實學」, 『韓國實學研究』9호, 2005, pp.6-7.

42) 곧 평도에서 길을 나누어 40리를 가면 여순구에 이르렀고, 여기에서 철산자(40리) → 양도(80리) → 쌍도(40리) → 남신구(500리) → 북신구(170리) → 각화도(1000리)에 이르고, 여기에서 10리를 가면 영원위가 된다(『通文館志』권3).

북경에 이르렀는데, 사행로가 바뀐 뒤에 각화도의 수로는 등주로 보다 갑절이나 멀었으며, 문제의 인물인 모문룡이 죽고[43] 원숭환도 또한 주살당한 뒤인 1632(인조 10, 임신)년 다시 등주로를 따르도록 하였다.[44]

이안눌의 2차 사행시기는 1632년 6월로 등주 지역 전투가 한창이던 시기로 등주로가 막혀 각화도의 수로를 이용하였다. 이안눌은 환갑이 넘은 나이에 등주로 보다 두 배나 먼 각화도의 해로를 통해 힘겨운 사행의 임무를 수행해야 했던 것이다.[45]

---

43) 조선 사신들은 해로를 통해 명으로 가는 도중 모문룡(1576-1629)이 머문 椵島를 거쳐야만 했다. 조선은 모문룡의 군량 공급 및 조선으로 몰려드는 요동지역 난민들의 약탈로 폐해가 컸으며 결국 1629년 6월 5일 명은 모문룡의 폐해를 심각하게 받아들여 영원순무 袁崇煥에게 그를 참수토록 하였다. 그 후 椵島의 鎭은 부총병 陳繼盛이 수령하였다.

44) 임기중, 앞의 책, p.66 참고.

45) 시를 통한 사행 여정의 일록화의 경향은 특히 1632년의 사행의 기록인 「朝天後錄」에서 더욱 두드러지는데, 제목부분에서 날짜별로 길게 설명을 가하는 것이 특징이다. 시제나 시서를 활용하여 사행 당시의 상황을 일기를 쓰듯 상세히 기록하고 있어 자연히 시의 제목이 길어지게 된다. 예를 들어 <崇禎五年歲在壬申 六月初一日丁卯 以奏請副使 晨詣景德宮 祗奉表箋而行>(「朝天後錄」, p.1)"로 시작하여 6월 초 2일로 이어지고 3일에는 자신이 이 사행을 하게 되기까지의 이유를 밝히고 다시 4일로 이어지는 완전한 일기체의 체제를 취하여 편년체의 형식이 뚜렷하다. 157제 「朝天錄」과 180제의 「朝天後錄」에 실린 작품들을 시제와 그 배경을 설명한 詩序를 참고로 하여 주요 사행노정에 따라 그 분포를 살펴보면 다음과 같다.
　1. 「朝天錄」(1601년)
　　◉ 출발 → 압록강 : 20제 → 요동 : 11제 → 산해관 : 26제 → 북경 : 27제 → 입궁(8/17), 체류 중 25제
　　◉ 출발(9/2) → 산해관 : 16제 → 요동 : 19제 → 탕참 : 10제 → 압록도강 : 3제
　2. 「朝天後錄」(1632년)
　　◉ 출발 → 석다산 : 35제 → 평도 : 35제 → 각화도 : 20제 → 옥하관 : 20제 → 체류 28제
　　◉ 출발 → 산해관 : 14제 → 각화도 : 5제 → 평산 : 5제, 부록 7제

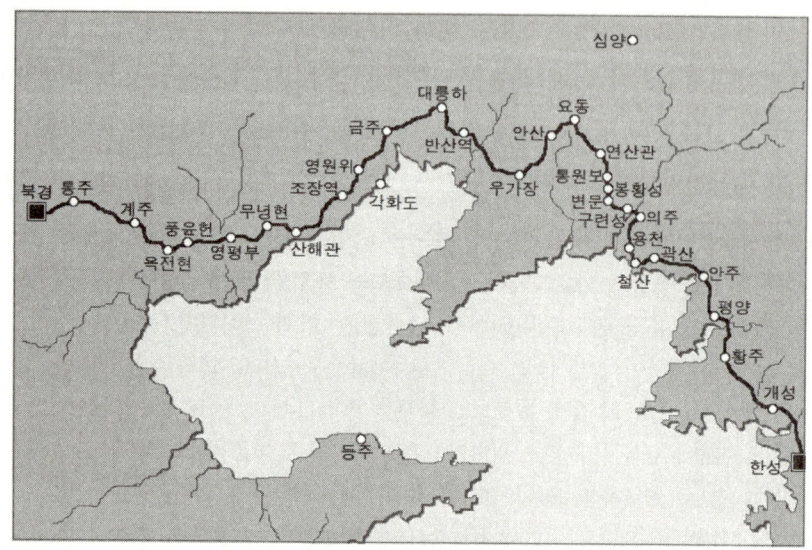

[지도 1] 이안눌의 대명 육로 사행로(1601년)

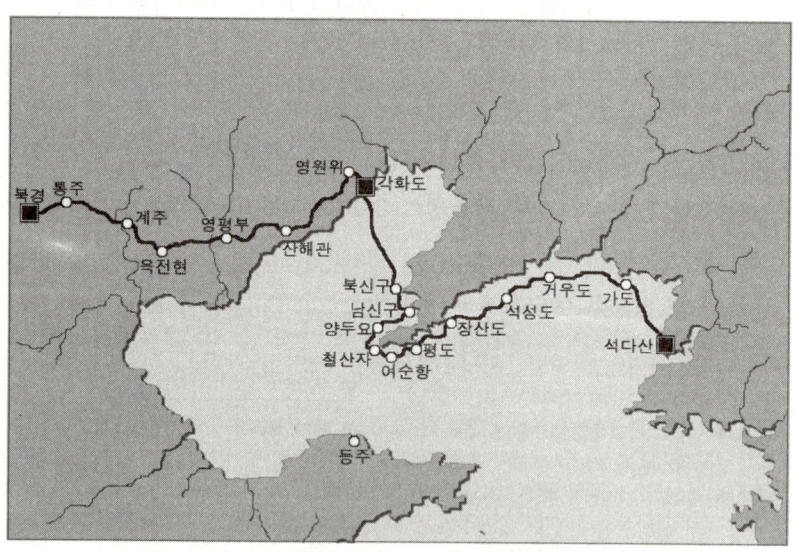

[지도 2] 이안눌의 대명 해로 사행로(1632년)

1) 중국 정세 변동에 대한 위기의식

후금은 천명 4년(1619) 6월과 7월에 걸쳐 개원과 철령을 함락시켰고, 천명 6년 3월에는 심양과 요양이 함락시킴으로써 기세가 등등하였다. 누르하치는 천명 10년 (1625) 수도를 요양에서 심양으로 옮기고 성경(盛京)이라 하였으며 계속 요서지방으로 진격하여 산해관을 공격 목표로 삼았다.

이러한 상황 속에서 이안눌이 환갑의 나이에 수행한 1632년의 사행에서는 쇠락한 명을 위협하는 청에 대한 위기감이 노골적으로 표출된다. "듣자니 등주가 함락되고 봉래성 또한 포위되었네. 요동의 백성도 반역하여 명나라 장수는 위세 펴지 못했네. 열도의 인정도 변하고 중국의 투속도 예전과 달랐네. 물길이 언제 끝날 것인가. 위기를 피할 곳도 없다네"46)라고 하면서 명말의 혼란상과 예전과 다른 중국의 인정과 토속의 분위기를 표현한다.

당시의 여진족은 명의 북부 지역인 요동지역의 성지를 자주 공격하고 백성과 관원들을 살육하였다. 이안눌의 사신 일행은 여진족의 분탕(焚蕩)을 받아 황폐된 성지를 목격하게 되는데, <칠월이십오일신유 차거우도(七月二十五日辛酉 次車牛島)>에서 "강역이 축소되었다 어찌 요동을 이역으로 내치리오. 요기 얽히니 오랑캐와 함께 하늘 이는 것 부끄럽구나"47), "일찍이 요동 성문 기둥엔 신선 학이 돌아왔고 지금은 장자의 바다에서 큰 붕새 이는 것을 보는 구나. 옛 길은 아직까지 중국 땅으로 이어지는데 오랑캐 기마병이 날마다 발호함을 참지 못하겠네"48)라고 하면서 변화된 정세를 감지하고 이에 대한 불편한 심기를 표출한다.

---

46) 「朝天後錄」, p.28, <八月二十三日戊子 旅順口舟中>, "聞說登州破 萊城又被圍 遼民仍作逆 漢將未宣威 列島人情變 中和土俗非 水程何日盡 無地避危機"

47) "疆縮忍抛遼異域 祲纏差戴虜同天"

48) 「朝天後錄」, p.19, <七月二十九日乙丑朝 發車牛島 夕次鹿島 舟中北望義州有感口占>, "曾經遼柱歸仙鶴 會見莊溟起大鵬 古路至今連禹甸 不堪胡騎日憑凌"

다음 시에서도 폐허가 된 마을에 대하여 비교적 상세히 묘사하고 있다.

盧龍古縣北平城	오래된 노룡현의 북평성은
天府雄藩拱帝京	하늘의 웅대한 변방으로 황제 서울을 에워쌌네
絶漠羯奴穿漢塞	사막의 오랑캐가 한나라 변장 뚫으니
神州民物墮秦坑	중원 백성과 문물이 구덩이에 빠졌구나
中朝誤殺袁經畧	중국 조정에서 원경략49)을 죽였고
上將爭傳祖摠兵	빼어난 장수로 다투어 조총병50)을 전하는구나
幸賴皇靈同電掃	다행히 위대한 신령들 덕분에 번개처럼 쓸어버렸으나
丘墟滿目尙堪驚	눈 앞 가득한 폐허는 아직도 놀랄만하구나

<九月二十六日辛酉 午憩雙望舗 夕宿永平府>2首, 「朝天後錄」, p.36

이 시의 1수에서는 "가게들은 음악 소리 속에 닥지닥지 붙어 있었고, 주택은 멋진 경관 속에 하늘로 솟아 있었으나 오늘은 무너진 담장에 몇 사람의 마른 뼈다귀 쑥대에 덮였다"51)고 하면서 예전의 번화한 모습과 전쟁으로 폐허가 된 현재의 황량한 모습을 대조하여 그리고 있다.

위의 인용된 2수에서는 오랑캐가 한나라 변장 뚫으니 중원 백성과 문물이 구덩이에 빠졌다고 하면서 '구덩이에 빠진' 중원의 백성과 문물에 대하여 표현하기에 주저하지 않는다. 명의 존망을 위협하는 호적의 침입을 읊은 시에서, 천하를 지배하였던 천자의 나라 명이 이제 호적에 시달리는 쇠락한 피해자의 모습으로 비추어짐을 숨기지 않고 있다.

---

49) 袁經畧 : 명말의 저명한 군사전략가인 袁崇煥(1584-1630). 원숭환은 1619년 진사가 되어 영원성의 수비를 맡고 청 태조에게 중상을 입힌 공으로 요동 순무에 추천되었다. 압록강 부근의 모문룡과 의견이 맞지 않자 그를 살해했으나, 청의 反間策에 말려들어 참언을 믿었던 의종에게 붙잡혀 죽었다.

50) 祖摠兵 : 명의 요동 사람으로 숭정 연간에 유구열도를 평정하였고 벼슬이 영원위의 총병관에 이르렀던 祖寬.

51) "闤廛撲地笙歌裏 第宅連雲錦繡中 今日頹垣集鼬鼪 幾人枯骨掩蒿蓬"

원경략은 모문룡의 파행을 문제 삼아 그를 처형한 인물로 모문룡이 제거된 후 청태종의 공격을 받아 북경성 밖에서 방어하던 중, 청의 반간책(反間策)에 말려들어 참언을 믿었던 의종에게 붙잡혀 죽게 된다. 당시의 중국 백성은 여진족의 침입 뿐 아니라 혼란했던 명말의 치열한 세력다툼의 사이에서 그 고충을 더해갔던 것이다.

이러한 군대의 침습을 받아 폐허로 변한 도시들의 모습 이외에 "배안에서 두 번 그믐과 초하루가 바뀌었는데 해안은 중화와 오랑캐가 반반이구나"52)라고 하면서 당시의 심각한 상황과 긴장된 분위기를 전달하고, 한 편으로 여행 도중에도 계속 전해 듣는 명나라 대규모 군대의 빈번한 이동, 여진 군대의 침입소식과 위협53) 등의 견문들을 기록하고 있다.

2) 해로 상에서의 동요와 미신에 대한 조소

기존의 등주로에서 요동 형세의 변화로 인하여 바뀐 각화도를 경유하는 해로를 통한 사행의 험난한 여정은 거리상으로도 배나 멀었으며, 기후·기상의 상황도 평소에 비해 매우 악조건이었던 듯하다. 2차 사행시의 총수로는 바뀐 사행 노정으로 인하여 등주로의 수로 3천 7백 60리의 갑절이나 되는 거리를 다녀야 했는데, 이는 "물과 육지로 7천하고도 3백리, 7천 3백리 사이에 물엔 교룡과 악어가 뭍엔 뱀과 산돼지 득실득실 갈 때도 이와 같고 올 때도 이와 같다오54)"라고 한 이안눌의 표현에서도 확인된다.

---

52) 『朝天後錄』, p.31, <九月初一日丙申 南汛口 待風艤船>, "船中兩晦朔 岸上半華夷"

53) <三月二十二日癸丑 朝出山海關 過高嶺驛 午憩中前所 夕宿前屯衛> (『朝天後錄』, p.55)의 序에서 "복병이 몰래 발동하여 노략질함이 상당히 빈번하다는 소식을 듣고 수레와 노새를 사서 길을 서둘러 달려갔다(突騎竊發搶掠頗頻 故買轎雇騾 倍道馳行)"라고 하여 당시의 긴장된 상황을 묘사하고 있다.

54) <六月初二日戊辰 次碧蹄 翌日己巳 次坡州 戲贈追送諸君>, "水陸七千三百里 七千三百里中間 水多蛟鱷陸蛇豕 去亦如此來如此"

거리상의 긴 노정 외에도 "해로로 가면 가기는 가되 돌아오지 못하는 사람이 열 명 중 두 셋이다[55]"라고 한 것이나 "큰 물결이 찢을 듯이 급한데, 외로운 배는 자주 들어갔다 나왔다 하네. 사공들은 하던 대로 노래하고 웃더니 이 지경이 되자 울면서 신령께 기도하네. 오를 때 우레처럼 소리 크구나. 돛과 노가 흔들리니 완전히 기울고 종일 바람 속에서 이리 흔들 저리 흔들"이라고 한 표현을 볼 때, 바다에서의 기상 여건과 같은 예측치 못한 이변으로 인하여 해로를 통한 이안눌의 2차 사행 길은 더욱 어려운 여정이었다.

실제로 1621년 요동지방에서 명·청간의 치열한 전쟁이 청의 승리로 끝나면서 중국에 갔던 조선사절들은 귀국길이 막혀 선박으로 귀국하게 되는데 진위사 박이서(1561-1621), 유간(1554-1621), 서장관 정응두(?-1621) 등은 조난으로 최초의 희생자가 되었다.[56] 이러한 해로 상에서의 위험으로 인하여 대개 정사(正使), 부사(副使), 서장관(書狀官), 삼사(三使)는 다른 배를 탔으며 각각 1본의 표문(表文), 자문(咨文), 방물(方物)을 갖추어서 불의의 사고에 대비하였다고 한다.[57]

이와 같은 해로 상에서의 위험한 사행 여정에 대하여 작자는 다음과 같이 시화한다.

---

55) <贈別咸興驛子林德生>, "由海路而往 有往無還者 十常二三也"

56) 『光海君日記』 177권 14년 5월 14일 乙酉. 이러한 까닭에 사행에 대한 차출을 회피하려는 자들이 늘어나자 그들에 대한 罷職과 從軍으로 그러한 행태를 없애려 고심하였다. 『光海君日記』 186권, 광해군 15년 2월 14일 甲戌. 趙湍의 경우는 당시 사행을 회피하기 위한 수단으로 여종을 바치는 일도 서슴지 않았다. 『仁祖實錄』, 인조 2년 5월 28일 辛巳.

57) 싣고 가는 해당 물건은 앞의 문서 외에 명에 진헌하는 方物과 상하 員役의 口糧, 盤纏, 衣服 등이었다. 한 차례 보내는 배는 5척으로써 제한하였는데 배마다 사공이 30명이었고, 또 공수가 있어서 고장 난 곳을 보수하는 데에 대비하였다. 인조 2년에는 동지사와 주청사 등 두 사행이 바다를 건널 때에 드는 양곡이 거의 1천 여석이나 되고 格軍도 4백 명에 이르러 역원의 수가 많음을 지적한 점에서 당시 사행에서 항해의 위험과 중국의 정세 변화로 격군이 많이 증원되었음을 알 수 있다. 『仁祖實錄』 仁祖 2년 9월 15일 丙寅.

梧桐初落浿江城	오동잎 막 떨어지던 대동강가의 성이요
遼岸蝦蟆缺又盈	요동 해안은 이지러졌다 다시 찼네
鯨渤三千里潮汐	고래 같은 발해 3천리는 潮汐이 교차하고
鳧舟五十日陰晴	오리 같은 배는 50일을 흐렸다 개었다하네
怒霆擊水天關破	성난 우레가 물을 치니 하늘 문이 깨지고
狂飆衝山地軸傾	미친바람 산에 부딪치니 지축이 기우는구나
篙子今朝始相賀	사공들 오늘에야 비로소 축하하니
玆行恐懼冠平生	이번 행차의 공포는 평생에 으뜸이리

<覺華島舟中書事>, 「朝天後錄」, p.32

이 작품의 시두에 "7월 16일 임사일에 평양성 석다산을 출발하여 9월 5일 경자일에 영원위 각화도에 이르렀고, 8일 계묘일에 육지에 올라 성에 들어갔으니, 배에 있은 것은 총 51일이었다"[58]라고 하여 자신이 행한 해로의 여정을 밝히고 있다. '패강성(浿江城)', '요안(遼岸)', '발삼천리(渤三千里)' 등 사행로에서의 지명을 사용하여 시의 현장감과 사실감을 높이고 있다. 수련에서는 출발 즈음의 낙엽 지던 대동강가와 요동 해안의 모습을 묘사하였다. 이지러졌다 다시 찼다하는 요동해안의 모습에서 '하마(蝦蟆)'의 몸이 부풀었다 내뱉는 모습을 연상한 묘사는 생동감을 느끼게 한다. 이러한 역동적 묘사는 함련의 '경발(鯨渤)'이나 '부주(鳧舟)'에서도 표현되며 특히 삼천리와 오십일 등 구체적 지명을 통한 현장성과 함께 구체적 숫자를 통한 시간성까지 함께 담고 있어 해로에서의 어려움이 더욱 실감나게 표현되는 것이다. 경련에서는 험난한 노정에 대한 묘사의 강도는 더욱 고조되어 성난 우레와 미친바람으로 인하여 하늘 문이 깨지고, 지축이 기운다고 표현함으로써 바닷길에서 부딪치는 예측불허의 상황들에 대한 두려움과 공포

---

58) 「朝天後錄」, p.32, <覺華島舟中書事>, "七月十六日壬子 發平壤石多山 九月初五日庚子 到寧遠衛覺華島 初八日癸卯 登陸入城 在舟中凡五十一日"

의 감정을 다소 과장되게 묘사한다. 미련에서는 험난한 해로를 거쳐 비로소 무사히 육지에 도착한 것을 축하하며, 이번 행차의 공포는 평생 으뜸이라고 하면서 행로상의 고충을 드러낸다.

그런데 이러한 기상으로 인한 해로상의 이변을 대하는 이안눌의 태도는 다른 이들과 변별된다는 점에서 특기할 만하다. 다음의 예에서 볼 수 있듯이 그는 쓸데없이 삶에 연연하여 기상을 주재하는 신적인 존재에 대하여 비는 행위 자체를 우습게 여기며, 이에 초탈한 모습을 보이고 있다.

> "나는 이미 생사를 잊었는데 그대는 어찌하여 가고 머무름을 묻는가? 번거롭게 기도할 필요 없나니 인간 세상은 본디 길고 긴 것을"59)
> "인생이란 각기 운명이 있나니 바다의 신에게 제사 필요 없다네"60)
> "바람이 세 척 배 보내어 일시에 떠났는데 한배는 어찌 빠르고 두 배는 느린가 여러분은 신령에게 비는 힘을 낭비했으니 아둔하고 완고하여 일을 알지 못하는 사람만 못하구려"61)

<희증홍참찬홍장령(戱贈洪參贊洪掌令)>는 8월 16일, 참찬과 장령, 이안눌이 탄 배가 일시에 삼산동 동쪽의 바다를 일제히 출발하였으나 이안눌의 배는 17일 새벽에 먼저 평도에 도착하고 참찬과 장령의 배는 광풍과 큰비를 만나 18일 저녁에야 도착한 일을 두고 읊은 시이다. 이에 대하여 이안눌은 "참찬과 장령은 모두 빌기를 좋아하여 누차 제사를 차렸으나 나는 하지 않아 사람들은 일을 알지 못한다고 탓하였다. 지금 두 분이 탄 배가 도리어 내 배의 뒤에 오니 험한 풍랑을 지나올 수 있었던 것은 진실로 크게

---

59) 「朝天後錄」, p.22, <留泊長山島 北風連日不止 舟人禱于三官廟 戱示同行諸君>, "我已忘生死 君何問去留 不須煩禱祀 人世本悠悠"

60) 「朝天後錄」, p.22, <八月初十日乙亥 朝起作>, "人生各有命 不必祭波神"

61) 「朝天後錄」, p.26, <戱贈洪參贊洪掌令>, "風送三船赴一時 一帆何疾兩帆遲 諸公枉費祈神力 不及癡頑事不知"

웃을만한 일이었다. 그래서 장난삼아 절구를 지어 후일에 볼거리로 삼는
다"라고 하면서 당시 상황에 대한 자신의 생각과 느낌을 적고 있다.

이러한 이안눌의 자세는 다른 사람들이 정성스런 마음을 다하여 제사를
지내며 신의 절대적인 힘에 의지하고자 하는 자세와 비교되는데, 이는 허황
한 미신에 의지하여 헛되이 힘을 낭비하기 보다는 자신의 마음을 다스리며
실질에 충실하려는 현실적인 성향을 드러내는 것으로 볼 수 있을 것이다.

3) 정묘호란을 기점으로 한 인식의 변모

먼저 조선 중기의 정묘·병자호란을 전후로 한 명·청·조선의 관계[62]
를 간략히 살펴보고 격변의 시기를 살았던 작가의 인식 변모 양상을 살펴
보고자 한다.

1619년, 명·청 교체의 분수령이 되는 이른 바 '사르후(薩爾滸)' 전투가
일어나게 되는데 이때 조선도 강홍립 휘하 13,000명의 군사를 파견하였다.
그러나 당시 광해군은 명의 국력이 후금을 상대할 수 없음을 꿰뚫어 보았
고 동시에 조선의 출병이 결정적으로 불리하기 때문에 양면작전을 고집하
였다.[63]

그러나 왕의 이러한 노력에도 불구하고 조선과 후금의 관계는 갈수록
악화되었다. 후금의 누르하치는 1619년 개원과 철령을 함락시키고, 1621년
3월에는 심양과 요양을 함락시킴으로써[64] 중국을 향한 대명전을 확대해갔
으나 영원성을 공격하다가 원숭환(袁崇煥)의 강한 저항을 받아 중상을 입

---

62) 『한국사』29, 조선 중기의 외침과 그 대응, 국사편찬위원회, pp. 231-236 참고.
63) 『光海君日記』권137, 광해군 11년 2월 丁巳, 조선군의 총사령관인 강홍립에게 "쓸데없
   이 천장(명장)의 말을 좇으려고 하지 말고 오직 스스로 패하지 않을 곳에 있도록 힘쓰
   라"라고 한 것이 그 예이다.
64) 이후 수도를 흥경에서 요양(1621-1625), 심양(1625-1644)으로 옮기게 된다.

고 그 이듬해 죽게 된다. 그런데 요양이 함락된 다음에도 조선의 태도는 별로 변함이 없었고, 오히려 모문룡(毛文龍)의 등장이 사태를 악화시켰다. 그는 평안도 철산 앞에 진을 치고 동강진(東江鎭)이라 하였으며 분진(分鎭)을 철산·사량·신미 등에 두고 명과 조선으로부터 식량, 병기, 병졸을 공급받고 후금에 대한 견제작전을 펴, 후금의 요서진출에 큰 장애물이 되었다. 이러한 상황 속에서 청의 태종은 인조 5년(1627), 3만 명을 거느리고 조선을 침입하여 정묘호란을 일으킨다.

호란의 원인은 첫째 대조선 강경론자인 청태종의 등장, 둘째 즉위년인 천총(天聰) 원년(1627)의 대기근과 한인의 도망 및 반란으로 말미암아 일어나는 사회문제, 셋째 모문룡의 등장으로 후금의 요서진출에 방해가 되었던 점 등을 들 수 있다. 모문룡을 비호하고 그의 활동을 돕기 위해 병사 병기 및 식량을 공급하는 것이 조선이었기 때문에 조선 정벌을 단행하기에 이르러 압록강을 건너고 13일 의주를 공격하였다.

정묘호란 이후 조선은 청과 형제의 맹약[65]을 맺게 되는데, 양국이 맹약을 맺고 평화를 유지할 것을 약속했으나 두 나라는 다 같이 이 화약에 만족하지 못하였다. 조선은 불의의 오랑캐의 침입으로 국토는 유린되고 농토가 황폐화한 것은 말할 것도 없고 무수한 사상자와 엄청난 수의 피랍된 포로가 있었고, 전화(戰禍)로 인한 피해 또한 컸다. 또한 당시 지배층에는 명을 숭배하고 후금을 얕보는 사상이 짙게 깔려 있어서 굴욕적인 강화는 견디기 힘든 것이었다.

이와 같은 격변의 시기를 겪었던 이안눌은 1601년 진하사 서장관으로, 1632년 주청부사로 중국사행을 하게 되는데, 두 사행은 30여 년의 시간차

---

65) 최소자, 앞 글, p.153, "1차 조선 정벌에서 후금은 강화도회맹 그 후 평양맹약을 통해 이후 압록강을 경계로 하고 俘虜의 刷還, 형제의 맹약, 세폐는 인조 스스로 정할 것, 상호 적대 행위 금지, 월경자의 소환, 金使의 대우 문제 등이 결정되었다."

가 있으며, 이 시기는 정묘호란을 겪은 후 급변하는 정세를 감지하고 이에 발 빠르게 대처해야 하는 중요한 시점이라 할 수 있다.

두 사행록에서 드러난 인식의 차이는 크게 세 가지 정도로 정리할 수 있다. 첫째, 1차 사행에서 보여준 명 문물과 경사(京師)에 대한 집중적 조명과 찬탄에서 오랑캐의 침략에 참담히 무너져 폐허가 된 쇠락한 명의 모습을 그려냄으로써 17세기 초 정세의 중심축이 옮겨가고 있음을 드러내고 있다는 점이다. 전술한 바와 같이 「조천록(朝天錄)」에서는 문물이 성한 황제의 도성, 장대하고 화려한 궁궐, 휘황한 것들과 기묘한 물건들이 전시된 아홉 저자와 열두 거리 등, 견고한 성과 웅장한 궁궐의 규모와 황경의 눈부신 분물에 대한 찬미를 아끼지 않고 있다. 그러나 「조천후록(朝天後錄)」에서는 "사막의 오랑캐가 한나라 변장 뚫으니 중원 백성과 문물이 구덩이에 빠졌구나. 눈 앞 가득한 폐허는 아직도 놀랄만하구나"라고 하면서 '구덩이에 빠진' 중원의 백성과 문물에 대하여 적나라하게 표현한다.

둘째, 옥하관에서의 갈등을 비롯하여 강한 자의식으로 인한 감정의 등락을 보였던 1차 사행에 비하여, 험한 해로의 여정에도 불구하고 대체로 생사를 초탈한 원숙한 감정을 보여주고 있다는 점이다. 폭염에 시달리는 옥하관에서의 갑갑한 생활을 "홀로 항아리 안 천지를 지키는 움츠린 달팽이 같다"라고 묘사하면서 지나치리만큼 강한 자의식을 드러냈으나 2차 사행 중에 쓴 <십일월초일일을미 옥하관희음(十日月初一日乙未 玉河館戱吟)>에서는 "인간 세상 본래 좁나니 관사 문 잠겼다고 탄식하지 말게나. 마음이란 괴로움에서 즐거움 얻으며 귀는 고요할 때 시끄러움 생긴다. 영화와 초췌는 본디 외물이요 옳고 그름은 정해진 논거가 없구나. 떠나고 머무름에 늘 천명에 맡기면서 든든하게 앉아 아침과 저녁을 보낸다."[66]라고 하여 전과

---

66) "人世本來窄 莫嘆扃館門 心從苦得樂 耳向靜生喧 榮悴固外物 是非無定論 去留皆委命 堅坐了朝昏" 詩序에 "당시 관사의 문이 굳게 잠겨있고 방범이 날마다 엄하여 사람들이

는 확연히 다른 옥하관에서의 자세를 보여준다.[67] 1차 사행에서 황경에서
체류한 기간이 45일인 반면 2차 사행에서는 140일로 100여일이나 차이가
나지만 오히려 체류 중 남긴 작품 수는 2차 사행시가 훨씬 적다는 점에서
이러한 특징은 더욱 두드러진다. 2차 사행 중, 해로 상에서의 어려움을 대
처하는 자세에 있어서도 이안눌은 제사를 지내며 헛되이 힘을 낭비하는 뱃
사람들을 비웃고, 그보다는 자신의 마음을 다스리며 실질에 충실하려는 성
향을 보이는데 이러한 점도 같은 맥락으로 볼 수 있을 것이다.

셋째, 명에 대한 추숭으로 사적을 지나면서 역사 속의 인물과 그 이념을
되새기는 관념적 태도에서 명의 존망을 위협하는 청에 대한 강한 위기의식
을 드러내는 현실적 태도를 보인다는 것이다. 이경석이 쓴 <시장(諡狀)>에
는 2차 사행 이후인 1636년 병자호란을 당하여 어찌할 수 없는 대세에 대하
여 수긍할 수밖에 없다는 이안눌의 현실 인식이 다음과 같이 나타난다.[68]

만년에 중흥이 일어나 직책에 임하여 최선을 다했는데 불행히도 국사가
크게 어긋나자 분통해하며 눈물을 흘리고 아들과 조카들에게 "일을 이미 어

모두 울적하였고 그 괴로움을 참지 못했다.(時館門牢鎖 防範日嚴 人皆鬱鬱 不堪其苦)"
라고 덧붙여 작시 배경을 설명하였다.

67) <八月二十七日壬辰 舟中夜吟>(「朝天後錄」, p.29)에서 "젊을 적엔 미친 듯하였는데
늘그막엔 게을러지고/ 귀밑머리 부끄럼 없이 눈처럼 쌓였네/ 집안에서 몇 번이나 만금
의 재산을 없애고/ 세상에선 천호후의 책봉을 추구하지 않았네/ 사슴과 오리는 푸른
늪가에서 놀고/ 청라와 소나무는 백운봉에 있구나/ 지금은 철산자에서 배에 몸을 싣고/
3일 밤을 누워서 풍랑 치는 소리 듣네(少小猖狂晚放慵 鬢毛無愧雪鬞鬆 家中幾破萬金
産 世上不求千戶封 麋鹿鳧鷖滄澤岸 薜蘿松桂白雲峯 今來一艓鐵山觜 三夜臥聽風浪
舂)"라고 한 부분에서도 알 수 있다.

68) 「拾遺錄」에 실린 <次韻 奉贈八松尹德耀舍人>을 보면, 2차 사행 이전의 이안눌이
1627년 여름 양주 해촌의 농장에 있으면서, 당시 조정에서 병으로 사직하는 윤덕요에게
"주상을 간하는 여론이 비등하고/ 오랑캐에 화해하는 조정의 계책 궁하구나/ 명성이
하늘에 걸릴 것이나 몸은 물과 구름 사이로 물러나네(諫主興情奮 和戎廟算窮 名懸霄漢
上 身退水雲中)"라는 시를 증여하여 당시 정묘호란을 대처하는 조정에 대한 강한 불만
의 심회를 드러낸 것을 알 수 있다.

찌할 수 없다. 다만 화친을 주장하지 말고 명예와 절개를 지키면 된다"라고
말하였다.69)

청의 침략에 대한 이안눌의 이러한 태도는 적확한 상황 판단에 따른 다
소 유연한 현실인식이라고 할 수 있을 것이다.70) 지나친 명분론에 사로잡
힌 명에 대한 맹목적인 추숭에 얽매여 어찌할 수 없는 현실을 부정하고
돌이키려함은 의미 없는 일이라는 것이다. 즉, 정세의 축이 옮겨가고 있다
는 대세의 흐름을 읽어 청의 세력을 인정하고 다만 명예와 절개로서 명분
은 지켜야 한다고 자손들에게 당부하는 것이다.

그러나 두 행록 간의 이러한 변모의 측면과 함께 지속의 측면도 간과되
어서는 안 될 것이다. 주되게 읊었던 흐름은 첫째, 사친과 사군을 대상으로
이국 체험에 대한 기대와 객수의 감정을 표출하고자 하였던 것과 둘째, 천
자국의 나라인 명 황제에 대한 사신으로서의 관념적·의례적 칭송의 경향,
셋째, 사신이라는 공식적 임무에 대한 두려움과 긍지를 드러낸 시와 외교
적 임무 수행의 과정을 보고 형식으로 읊은 시 등은 두 행록에서 지속적으
로 나타나는 특징이라 하겠다.71)

---

69) 「續集, 附錄」, p.33, "晚際中興 苽職盡瘁 不幸國事大謬 慨然流涕 謂子姪輩曰 事已沒如
之何 但勿主和議 以全名節可也."
70) 「拾遺錄」下에 실린 <圍城中 次洪相鶴谷韻 口占示同寓諸君>은 정묘호란의 와중에
지은 이안눌의 마지막 작품으로 피란 중에 포위되어 있는 절박한 상태에서 자신의 충
절을 자부하고 있는 시이다.
　縱使孤城墮虜中　비록 외로운 성에서 오랑캐에 떨어져도
　君臣無愧守精忠　임금과 신하 정성 지켰으니 부끄럽지 않구나
　三韓自此名千古　삼한은 이로부터 천고에 명성이 남으리니
　白日昭昭照碧空　밝은 해가 밝디 밝게 벽공을 비추리라
71) 본 장은 필자의 「명·청 교체기 조선문사 이안눌의 명사행시 연구」(『비교문학』38집)
의 논의를 수정, 보완하여 서술한 것이다.

제5장

任地 체험과 인문 지리적 인식
: 대조선관

  각 지방의 경관은 지방민의 삶과 더불어 끊임없이 변모되어 왔다. 하지
만 그 경관을 한시로 표현하는 일은 중앙의 관리로서 지방에 부임하거나
여정 행로상 경유한 시인들, 혹은 유배된 시인에 의하여 '발견'되는 일이
많았다.[1]

  이안눌은 등제 이후 거의 외직으로 전전했던 특수한 관력으로 인하여
그 당시의 다른 문인과 달리 각 지역에서의 다양한 문화 체험을 할 수 있었
다. 그는 주로 지방관을 수행하거나 어사로 지역을 순찰하거나 감독하는
벼슬을 역임하여, 등제 이후 서울에서 기거하였던 기간을 모두 합하여도
겨우 2년 정도 밖에 안 된다. 재임하였던 지역은 함경도의 단천, 경성, 함흥,
경상도의 동래, 경주, 전라도의 금산, 담양, 경기도의 강화, 그리고 충청도
의 홍주의 지방관과 관찰사와 평안도의 재산안핵어사를 역임하였고 유배
지로 함경도 경성과 강원도 홍천에서 생활하였다. 이는 전국의 8도[2] 중,

  1) 심경호, <한시와 국토산하>, 『한국 한시의 이해』, 태학사, 2000, p.70.
  2) 조선 초기 1413년(태종 13년)에 전국을 경기·충청·전라·경상·강원·황해·평
    안·함경도의 8도로 나누었다. 훗날 1896년(고종 33년)에 13도로 개편하였다. 조선 팔
    도는 驛路와 水路로 연결되었다.(심경호의 앞 글 참고)

황해도를 제외한 7곳에 걸쳐 관리를 맡은 것으로 그가 겪은 여러 지역에서
의 다양한 경험은 당시로서 매우 특수한 경우였다. 정치적인 연유를 무시
할 수 없지만 인조반정 이후 중앙의 내직이 아닌 제주목사를 자청하였던
점도 각 지역의 특수한 문화 체험에 대한 관심을 반영한 것이라 할 수 있
다. 여러 지방을 다니면서 그 지역의 지형과 기후, 역사 등에 대하여 특별
한 관심을 가지고 이를 상세히 시화하면서 여지(輿地)에 대한 각별한 관심
을 표출하였으며, 스스로도 이를 '여지지체(輿地志體)'3)라고 하였다.

한시는 우리의 산수4)와 삶 속에서 자연스레 만들어져 나왔다. 그럼에도
불구하고 낯설게 어렵게 느껴지는 것은 한시 작품이 나온 시간과 공간을
파악하기 어려워 그 시적 체험을 생생하게 반추할 수 없기 때문이기도 하
다. 그러하기에 한시는 그것이 창작되어 나온 구체적인 시간과 공간을 제
대로 알지 못하면 시에 담긴 사상과 감정을 올바로 이해하기 어렵다. 시인
이 시를 지었던 그때의 심정을 잘 이해하고 또 시인이 담으려고 했던 역사
현실의 문제를 좀 더 정확하게 이해하기 위해서는 시 창작 배경이라고 할
지역 공간을 돌아 볼 필요가 있으며, 이러한 의미에서 지리의 공간과 한시
를 연결시키는 노력은 중요하다 하겠다.5)

본 장에서는 이러한 전제하에서, 이안눌 시세계의 한 측면을 다양한 임

---

3) <次使相韻效輿地志體>, "龍灣館裏逢寒食/ 鴨綠江邊多北風/ 忽憶去年麻浦月/ 一樽留
醉廣陵翁"

4) 심경호, 『한시 기행』, 이가서, 2005, p.16 참고. 우리의 山河는 민족사의 흐름이 줄기차
게 이루어진 생활공간으로 산하가 이루는 풍경이 민족 주체의 삶에 의하여 부단히 변
화해 왔다. 선인들은 국토 산하 속에 노닐어 평소의 불평불만을 털어버리고 새로운
감흥을 얻었으며 산하의 아름다움 자체를 형상화하였다. 그리고 산하가 지닌 '역사미'
를 재발견하였다. 자연 그대로만의 아름다움이 아니라 모두 생활 속의 경관으로서 혹은
생활이 조성한 풍경으로서 역사미를 지니고 있으며, 민족의 삶을 통해 재구성되고 재창
조되어 왔다.

5) 심경호, 앞 논문, p.484 참고.

지(任地)에서의 체험을 통한 인문 지리적 인식으로 보았다. 임지(任地)의 체험과 관련된 시세계에 대한 논의에서 지리에 대한 개념 규정은6) 동양적 의미의 개념이며 이는 "지리란 땅의 높낮이, 넓고 좁음의 상태, 인간이 거주하는 땅의 위치와 모양, 강과 바다와 산악의 소재, 도읍의 배치 등을 연구하는 학문"이라고 한 범주를 따른 것이다. 따라서 인문 지리적 인식이란 인간의 생활 문화와 관련된 각 지역의 역사와 지리적 특성, 풍토, 토지 이용 등과 관련된 제반 사항을 다룬 것으로 볼 수 있다.

---

6) 최영준, 「擇里志 : 한국적 인문지리서」,『震檀 學報』69, 1990. 6, pp.169-170 참고. 서양의 지리학은 자연지리학과 인문지리학으로 대별되는데, 인문지리학 사전을 보면 "인문지리학이란 인간에 의해 창조된 환경을 연구하는 학문으로서, 그 연구 분야에 따라 사회지리학, 인구 지리학, 도시지리학, 경제 지리학, 정치지리학, 문화지리학, 역사지리학 등으로 세분된다"고 정의하고 있다.(Johnston, R.J and Others, 1981 dictionary of Human Geography, New York The Free press, pp.153-155, 일본지리연구소, 1981, 지리학사전, 이궁서점, pp. 354-355) 그러나 동양의 전통지리 사상은 일찍이 천문학과 함께 고대 중국에서 발달해 왔다. 중국인들은 地理란 땅의 높낮이, 넓고 좁음의 상태, 인간이 거주하는 땅의 위치와 모양, 강과 바다와 산악의 소재, 도읍의 배치 등을 연구하는 학문"이라고 하였다. 한편 이중환은 택리지 卜居總論의 절 하나를 '地理'라 하여 "地理란 주로 지형을 연구하는 것(何以論地理 先看水口 次看野勢 次看山形 次看土色 次看水理 次看朝山朝水)"임을 밝히고 있다. 다시 말하면, 地理란 땅의 이치를 깨닫고 인간 생활과 관련된 주변 자연인 지형, 토색. 수리를 살펴 실생활에 도움을 얻을 수 있는 분야로 보았다. 그러므로 동양의 지리학에서는 자연지리와 인문 지리를 명확하게 구분 짓는 경우가 드물었다. 서양인들과 달리 우리 선조들은 땅을 동적인 존재로 인식하고 인간을 땅으로 대표되는 자연의 일부라고 생각해왔던 것이다. 따라서 이를 통하여, 인간 생활과 관련된 각 지역의 지형, 풍토, 역사 등에 관한 정보를 얻었으며, 인간과 자연환경과의 상관성을 어떻게 연결시키는지 파악할 수 있었던 것이다.

조선 시대에 세종실록지리지, 동국여지승람, 도별지리지 등 비교적 많은 수의 地理書가 편찬되고, 조선 후기 실학사상이 발달되면서 지리학에 관한 저서가 많이 출판되었는데, 대표적인 것이 "택리지"이다. 이 책은 지역의 역사와 지리적 특성, 토지 이용, 인간과 환경과의 상호작용 등 여러 가지 지리적 현상 들을 종합적으로 정리, 설명한 것으로 대표적 인문지리서로 볼 수 있다.

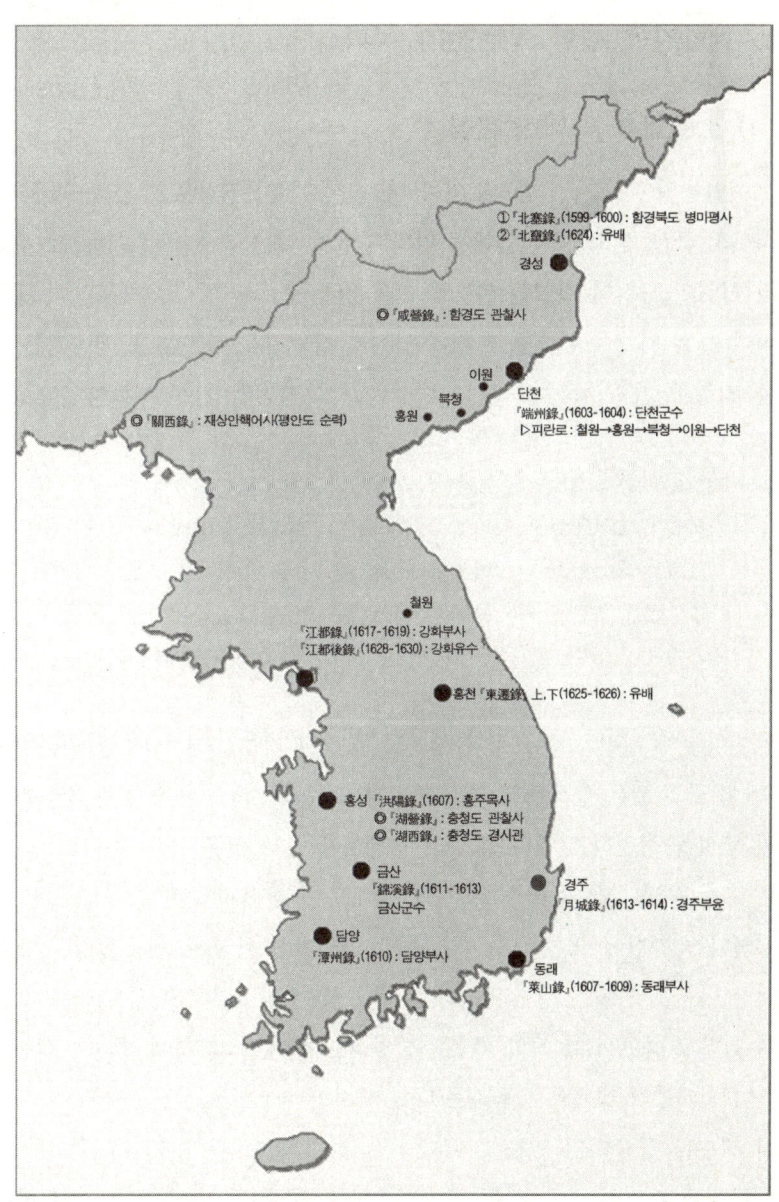

① 『北塞錄』(1599-1600) : 함경북도 병마평사
② 『北竄錄』(1624) : 유배

경성

◎ 『咸鏡錄』: 함경도 관찰사

이원
단천
북청
홍원
『端州錄』(1603-1604) : 단천군수
▷피란로 : 철원→홍원→북청→이원→단천

◎ 『關西錄』: 재상안핵어사(평안도 순력)

철원

『江都錄』(1617-1619) : 강화부사
『江都後錄』(1628-1630) : 강화유수

홍천 『東遷錄』上,下(1625-1626) : 유배

홍성 『洪陽錄』(1607) : 홍주목사
◎ 『湖鏡錄』: 충청도 관찰사
◎ 『湖西錄』: 충청도 경시관

금산
『錦溪錄』(1611-1613)
금산군수

경주
『月城錄』(1613-1614) : 경주부윤

담양
『潭州錄』(1610) : 담양부사

동래
『萊山錄』(1607-1609) : 동래부사

[지도 3] 이안눌의 任地 및 流配地

1. 관할지에 대한 輿地志的 성격

1) 土風民物에 대한 관심

이안눌의 부임지는 함경도의 단천, 경성, 함흥, 경상도의 동래, 경주, 전라도의 금산, 담양 등 한양에서 멀리 떨어져 있는 경우가 대부분으로 부임과 이임의 도정이 길었던 까닭에 그의 작품 중에는 지나치는 도정의 풍물이나 풍토 자체에 관심을 드러내는 시가 상당량을 차지한다. 서울과는 다른 지형과 기후, 풍경 등을 주목하여 그 특징적인 면을 시화하였다.

吉城形勢異秦中　　길주성은 형세가 서울과 달라
山頂平原不作峯　　산정이 평원하고 봉우리가 없네
二月北風掀地起　　이월인데 북풍은 땅을 까불 듯 불고
雪花如席黑雲重　　눈꽃은 방석같고 먹구름은 겹쳐있네

<吉州途中>, 「端州錄」, p.4

이안눌이 시관(試官)으로 함경북도 경성에 가는 도중 길주를 지나면서 7언 절구의 짧은 형식으로 지은 시이다. 길주의 지리·지형적 특색과 기후의 특성을 적절히 담았다. 길주의 형세가 한양과 같은 분지이면서도 한양은 도성 중의 산들이 뾰족뾰족한데 비해 길주는 횡으로 일자(一字)처럼 평평하다는 지형에 대한 묘사이다. 음력 이월이면 한양은 봄이 한창일 때이지만 이곳은 눈이 금방이라도 내릴 듯 눈꽃이 방석만하고 검은 구름이 겹쳐 있다고 하면서 그 곳의 기후를 말하기도 한다. 노정 중에 지나는 길주의 특이한 지형적 형세와 서울과는 다른 객지의 기후와 풍토를 제시하여 여정의 객수를 함축하고 있는 것이다.

동래에 부임한 다음 해인 1609년 3월 11일, 비가 많이 오고 세찬 바람이 샘물까지 얼어버릴 정도로 갑자기 추워지고 이틀간 낮에 해를 보지 못

할 정도의 악천후 속에서 지은 다음 시에는[7] 그 지역의 기후에 대한 묘사
가 자세하다.

嶺南風土本炎蒸   영남의 풍토는 본디 무더운데
瘴毒凌冬海霧凝   장독은 겨울이 지나도 바다 안개 엉기네
初怪仲春天大雪   처음에는 중춘 하늘 눈 오는 것을 괴이하게 여겼는데
却驚三月水微氷   도리어 삼월에도 얇은 얼음 어는 것에 놀라게 되네
靑陽慘凜乖常序   봄날 추위 혹독하니 계절의 질서에 어긋나고
白日幽陰表咎徵   한낮에도 어둑하니 천벌의 징조 나타나네
憂國感時心緖亂   나라와 시대를 근심하니 마음이 심란하여
小齋癡坐似寒蠅   자은 서제에 멍하게 앉았으니 겨울날 파리 같구나
                    <三月十一日曉大雨……>,「萊山錄」권8, p.41

　　동래부사로 재임할 때 쓴 작품으로 남단 끝에 위치한 동래에서 봄이 되
어 온 혹독한 추위에 대한 놀라움을 표현한 시이다. 수련과 함련에서 본래
는 무더운 영남이지만 중춘의 하늘에도 눈이 오고 삼월에도 얇은 얼음이
어는 특이한 동래의 기후에 대하여 놀라워한다. 추운 날씨에 관한 작자의
근심은 이에 그치지 않고 경련과 미련에서 인간사에 대한 근심으로 이어진
다. 봄날이 따뜻하지 않고 추운 것이 계절의 질서에 어긋나는 것처럼 나라
의 상황도 평화롭지 못하고 이에 따른 목민관으로서 백성을 근심하는 마음
으로 이어져 편하지 않은 심정이 된 것이다. 결국 어찌할 수 없는 자신의
나약한 처지를 돌아보고 '사한승(似寒蠅)'이라 표현한다.
　　이 시는 전체가 두 부분으로 확연히 나뉘어 수련과 함련은 남방의 풍토
와 특이한 기후에 대한 묘사이고 경련과 미련은 이러한 자연의 질서와 연
관된 인간 세상에 대한 근심을 표현한다. 동래의 풍토를 다루고 있으나 시

---

7) <三月十一日曉大雨 及午乍晴 北風振地 徹夜不止 十二日朝 天氣凜冽 泉水微凍 至十
　三十四日 雲陰晝暗 不得見日>,「萊山錄」권8, p.41.

상의 전개를 볼 때 그가 단순히 동래 기후에 대한 사실적 기록만을 의도한 것은 아니다. 전반부의 풍토경과 특이한 계절적 현상은 후반부에서 작자가 표현하고자 하는 우국감시의 심란한 마음과 자연스럽게 연결되는 것이다. 즉, 이러한 시상의 연결은 수련과 함련에서 보인 풍토경에 대한 기록이 단순한 서경에 그치는 것이 아니라 경련과 미련의 시사(時事)에 대한 예리한 비판을 드러내기 위한 작가의 의도에서 비롯된 것이라 하겠다. 특히 이와 같이 관할지의 인문 지리에 관한 제반사항을 자신의 심회와 정치하게 연결시킨 짜여진 시상의 구도는 젊은 시절 쓴 작품에서 더욱 돋보인다.

동래 지역의 습한 풍토와 기후에 대한 언급은 지리산을 유람하고 돌아온 인오상인을 맞으면서 지은 시인 <증인오상인(贈印悟上人)>에서 "동래 지방의 땅은 상주와 담주 같이 습해서/ 나쁜 기운 겨울에 아지랭이처럼 뿜어내네/ 병을 지녀 떨치지 못하니 자주 북쪽을 바라보는데/ 스님이 무슨 일로 또 남으로 오셨나"[8]라고 부분에서도 보이는데, 지역적 기후를 묘사하고 그로 인한 풍토병에 대하여 시화하고 있다. 다음의 <영영남풍토(詠嶺南風土)>에서도 영남의 풍토와 기질적 성향에 대하여 언급하고 있다.

嶺南文獻地	영남은 문화의 땅이라
民朴土風淳	백성 소박하고 풍토도 순하네
篁竹村村碧	대나무는 마을마다 푸르고
叢梅岸岸新	매화는 강 언덕마다 새롭네
野氓崇俎豆	농부는 제사를 받들고
鄕塾盛簪紳	시골 서당에선 사대부가 가득하네
曾擬閑居賦	「한거부」를 짓고서
移家托里仁	집을 옮겨 인의로운 마을에 기탁하려 했네

<詠嶺南風土>, 「萊山錄」 권8, p.5

---

8) 「萊山錄」 권8, p.23, <贈印悟上人>, "萊州地濕似湘潭/ 瘴氣玄冬噴作嵐/ 病守不堪頻望北/ 禪僧何事又來南"

작자가 1607년 2월 동래부사로 부임하면서 지은 첫인상을 읊은 시로 이
번에는 동래 지역의 풍토, 문화, 풍습에 대한 관심을 시화하고 있다. 수련에
서는 영남지역이 문화의 땅이며 풍토가 순박하고 백성이 질박하다고 하면
서, 사람들의 기질적 성향에 대하여 묘사하였다. 함련은 자연 경물에 대한
묘사로 푸른 대나무와 붉은 매화의 선명한 색채를 대비시키고 있다. 경련
과 미련에서는 다시 제례를 중시하고 향학열 높은 고을서당 분위기를 리인
(里仁)9)의 고사를 써서 그 곳의 인후한 풍속을 묘사한다.

이 시도 역시 전반부에서 영남의 풍토를 묘사한 것이나 죽(竹), 매(梅)에
대한 정경을 묘사한 것은 후반부에서 「한거부(閑居賦)」를 지을 만하니 집
을 옮겨 인의로운 마을에 기탁하고 싶다는 심정을 더욱 효과적으로 드러내
기 위한 의도에서 비롯된 것이다.

<식왜귤(食倭橘)>은 동래 지역의 풍물에 관한 것으로 귤이 자라는 과정
과 그 유래에 대하여 언급한 작품으로 쉽게 접할 수 없는 남방 기후의 정취
를 느끼게 한다.

金橘冬初熟　　금귤이 겨울에 처음으로 익으니
垂珠萬顆黃　　구슬을 드리운 듯 만 가지 알갱이 누렇네
遠隨蠻子舶　　멀리 오랑캐의 배를 따라와
寒着洞庭霜　　추위에 동정의 서리를 맞네
帶葉疑新摘　　잎 달려 있어 새로 딴 것 같은데
開筒認異香　　꼭지 여니 색다른 향기 알겠네
平生陵績意　　평생 릉적의 뜻
海上愧先嘗　　바닷가에서 부끄러이 먼저 맛보네

<食倭橘>, 「萊山錄」권8, p.22

---

9) 『論語』, 제四 <里仁> 편에 "공자가 말씀하시길 마을이 어짊이 아름다움이 된다고
하니, 가려서 어진 데에 가지 아니하면 어찌 지혜를 얻겠느냐?(子曰 里仁爲美 擇不處仁
焉得知)"라는 말이 있다.

이안눌이 동래부사로 재임 중에 그 지역의 의식주에 대한 내용을 시화한 작품으로 귤이 자라는 과정과 그 향기로움에 대하여 말하여 남쪽 기후의 특색을 보여준다. 왜귤을 먹으면서 느끼는 신비감에 대해 왜귤의 외형묘사와 색깔, 익는 시기, 가져온 장소 등을 상세히 설명하고 있다. 금귤이처음으로 익는 시기는 10월 중순으로 절기상 겨울에 속한다. 수련에서는나무에 귤이 맺힌 모습을 묘사하고 함련에서는 '원수만자박(遠隨蠻子舶)'라하여 귤이 일본에서 유래했음을 알 수 있다. 이는 해안지역의 특색을 나타내며, 또 일본과 인접한 지형적 특징으로 인해 접할 수 있는 새로운 경험이었을 것이다. 경련에서는 금귤의 모양을 자세히 살피며 껍질을 벗겨 귤의향기에 처음으로 경험하고 놀라는 모습을 상상할 수 있다.

다른 지역에서는 볼 수 없었던 금귤을 접한 색다른 산물을 맛보는 것에대한 작자의 기쁨과 놀라움이 배어 있다. 동래 지방이 해안에 인접한 지형적 조건으로 일본과 교류하였고 그로 인해 당시 다른 지방과는 다른 특이한 토산품이 있음을 보여주는 자료로서 가치를 지닌다. 인근의 자연풍토와생활풍속을 담은 작품으로 동래 지역이 갖는 특수한 지역적 배경과도 관련을 가지므로 지방의 색채가 두드러지는 특징을 가진다.

四塞千重巘	사방이 천 겹 산자락으로 막혀있고
中開百里郊	가운데 백 리의 들판이 열려 있네
水田皆種稻	무논에는 모두 벼를 심었고
山店半編茅	산 주막은 대개가 띠를 얽었네
異服同于越	특이한 복장은 于越族과 같고
淳風近有巢	순박한 풍속은 有巢氏와 가깝네
向來輿地錄	예전의 輿地의 기록에서
遺俗未曾鈔	이러한 遺俗을 적어두지 않았다네

<題安城倉>二首, 「錦溪錄」권10, p.6

금산군수 재임 초에 지은 이 시는 군내의 사창(社倉)이 있는 안성에 묵으
며 쓴 작품이다. 안성 근처의 세세한 풍토를 기록하고 앞에 긴 서문을 두어
서10) 지리적 위치와 지역적 특성, 풍속 등 작자의 지지적(地志的) 관심 사
항을 두루 기록하였다. 그 곳 지역의 사람들을 도연명의 「도화원기(桃花園
記)」의 피진민(避秦民)으로 비유한 것이 인상적인데, 작자가 살던 시대와
관련 속에서 표현된 것으로 여겨진다.

1수에서는 안성에 대하여 마을의 성은 주씨와 진씨로 풍속이 질박하고
의상도 고풍스러우며 조세가 평등하다는 점을 들어 '횡천리(橫川里)'를 진
의 학정을 피한 백성들이 사는 곳으로 비유하였다.11) 2수의 수련에서는 안
성의 지형적 형세를 묘사하여 이곳은 '사방이 막힌 첩첩 산중의 판 가운데
들판이 열린 지역'이라는 점을 언급한다. 함련과 경련에서는 이와 같이 사
방으로 막힌 궁벽한 지형 탓에 백성들은 순박한 풍속을 간직하며 산다는
점을 서술한다. 임란으로 국토가 모두 피폐화 되었기에 전쟁의 피해를 입지
않은 궁벽한 그 곳이 작자에겐 무척 인상적이었던 것 같다. 경련에서는 예
전의 여지(輿地)의 기록에도 안성의 이러한 풍속에 대한 언급은 없었다는
점을 강조하며 끝맺는다. 이안눌이 이러한 시상을 다루는 것은 바로 여지

---

10) "안성소는 군의 社倉이다. 군의 동남쪽 90리 남짓에 있으며, 영남 우도의 거창, 안음
등의 현과 접해 있으면서 경계가 나뉜다. 높은 등성이 우뚝 솟았고 겹겹의 산마루가
에워싸고 있고 산골이 깊고 길이 험한데, 가운데 평야가 있어 넓고 평탄하며, 논밭은
관개가 많아 홍수나 가뭄의 재해가 드물다. 백성들이 농업과 잠업에 힘써서 배고픔의
걱정이 없다. 땅이 비옥하고 세금이 가벼우며, 지역이 고요하고 토속이 순박하니 실로
호남과 영남 사이의 한 오지이다. 횡천리는 또 안성창의 동북쪽 30리쯤에 있는데, 땅은
같은 모양이지만 골짝이 더욱 외지고 백성이 더욱 순박한데 세상 사람들 가운데 아직
아는 사람이 없다.(安城所 郡之社倉也. 在郡東南九十餘里 與嶺南右道居昌安陰等縣 接
壤分疆 崇岡峭竪 疊嶂環擁 山谷深邃 道里幽險 中有原野 平曠夷衍 田多灌漑 罕水旱之
災 民務農桑 無凍餒之患 土沃而稅輕 境閴而俗淳 實湖嶺之間一奧區也 橫川里 又在倉
東北三十里許 地皆一狀 洞益僻 民益朴 世未嘗知焉)"
11) "村姓認朱陳 俗朴衣裳古 徭平畎畝新 橫川里更僻 眞作避秦民"

(興地)에도 기록되지 않은 민생과 풍속을 알리고자 함이다. 전체의 시가 감정의 개입 없이 사실의 전달에 치중하고12) 있으며, 이는 풍속이나 민간의 삶에 대한 관심을 드러내고 시로써 담고자 하는 의도에서 비롯된 것이다.

이안눌은 새로운 임지에 도착할 때마다 동헌의 벽에 제(題)하는 형식으로 그 고을의 지리적 특징을 확인하는 습관을 보인다. 이러한 작품은 그 지역의 형세를 조감하듯 펼쳐 보이고, 목민관으로서의 다짐을 기록하는 형식을 취하고 있다.

<제부관동헌벽상(題府館東軒壁上)>은 강화부사로 부임하여 동헌 벽에 제한 7언 율시로 강화의 지리적 특성과 역사적인 내력을 적고, 전고(典故)를 써서 작자의 다짐을 드러낸다. "기내의 관방으로 섬 위의 고을/ 해문과 강구로 싸인 고리의 형세/ 고려가 도읍 옮겨 사십년……청평검을 손에 쥐며 옛 누각에 기댄다"13)라고 하면서 강화의 지형과 관리로 임하는 마음자세와 다짐을 시화하고 있다. 특히 미련에서 한 마을의 수장으로서 직임에 나아가는 이의 겸손함과 아울러 검을 당겨 쥐며 정자에 기대서서 강화 일주를 내려다보는 화자의 굳센 의지와 웅혼한 모습을 연상할 수 있다. 강화도의 국가 요충지로서의 특징적인 면을 부각시키며, 수세(守勢)의지를 담아 웅건한 기상을 느끼게 한다.

<호영금중풍토(戱詠錦中風土)>에서도 금산 고을의 명칭, 경치, 풍물 등에 관하여 자세히 서술하고 있다.

---

12) 「錦溪錄」권10, p.16, <三月十七日 與石陽正灘隱 聯轡而行自召爾津 乘小舠 沿流而下宿反浦村 翌日遊羊嶺 宿南島 又翌日 至圓山 騎馬還郡 舟中紀行五首>에도 4백여 자에 이르는 서문과 7언 율시와 5언 율시가 각 1首, 7언 절구 3首의 연작으로 구성되어 있는데, 서문에는 각 지역 간의 거리와 지리적 위치, 지역명칭과 細注에 그 당시 우리말로 부르던 명칭을 밝혀 표시하고 있어 그의 이러한 의식을 보여준다.

13) 「江都錄」권12, p.2, <題府館東軒壁上>, "畿內關防島上州 海門江口勢環周 國朝置鎭三千戶 王氏移都四十秋……手握靑萍倚古樓"

錦名山水已堪誇	이름에 금자가 있는 산수는 이미 자랑할 만한데
公舍還如峒客家	관청은 오히려 산골 나그네의 집과 같구나
野圃日供蘆菔荣	들녘의 채소밭에선 날마다 무나물을 공급하고
邑田秋課木綿花	고을 밭에서 가을 과세라야 목면이로구나
漁丁護椮呈新簿	어부들은 어망을 지켜 공물을 내고
蜜戶收箭趁早衙	꿀 키우는 집에선 통을 거두어 일찍 바치네
松菌蕨芽蒸更美	송이와 고사리는 찌면 더욱 맛나니
不嫌高臥度年華	높이 누워 좋은 시절 보내도 괜찮으리

<戱詠錦中風土>, 「錦溪錄」 권10, p.66

시서(詩序)에서 "금산이라는 고을은 비록 호남에 예속되어 있어도 땅은 영남에 접하고 깊은 산골짜기 속에 끼어있어 고을이 쓸쓸하고 관청의 사정도 박하다. 기뻐할만한 것은 오직 천내(川內)[14]의 무와 관전(官田)[15]의 목화, 둥지를 넣어[16] 고기 잡기, 벌통에 꿀 담기, 송이 고사리 등이 있을 뿐이다.[17]"라고 하여 금산의 지리적 위치를 설명하고 토산품을 일일이 나열하고 세주를 붙여 채취하는 방법이나 나는 시기 어원 등을 해설하고 본 시에서도 각주를 붙여 전적을 인용해서 그 어원을 설명하고 있다.

수련에서는 지명의 금자(錦字)에 주목하여 산수가 자랑할 만하며 공사(公舍)는 오히려 산골 나그네의 집과 같다고 하였다. 함련과 경련은 그 곳

---

14) 川內 : 천내는 지명으로 군의 동쪽에 있고 땅이 무 재배에 알맞다(川內地名 在郡東面 土宜蕪菁)

15) 官田 : 관청의 둔전이 고을 안에 있는데 목면의 재배에 알맞다(官屯田在邑中 宜種木棉)

16) 沈巢 : 냇가의 주민들은 가을에서 겨울로 옮겨 갈 때 땔감을 물속에 쌓아두었다가 물고기를 잡아 관청에 바치는데 '침소'라 하며 관청에 장부가 있다. 그 물이 얕아 고기가 춥기 때문에 땔감 안으로 모여들어 숨어 쉬는데, 토속에선 '둥지'라 한다. 「爾雅」에서 말하길 椮을 涔이라고 하는데 바로 이것이다. 또 「小爾雅」에서 말하길 물고기가 쉬는 곳은 '木替'라 하는데, 木替는 椮인 것이다.

17) "錦之爲郡 雖隷湖南而地接嶺右 介於深山窮峽之中 邑居蕭然 官況甚薄 所可喜者 惟川內菁根 官田木花 沈巢捉魚 蜂桶納蜜 及松菌蕨芽等物而已"

의 특산물에 대한 언급으로 들에서는 복채(蔔菜)를 공급하고 고을 밭에서
는 가을 과세로 금화(綿花)를 걷으며, 어정(漁丁)은 어망을 지켜 공물을 내
고 밀호(密戶)는 통을 거두어 바치는 형세에 대하여 언급한다. 미련에서는
송균(松菌)과 궐아(蕨芽)는 찌면 더욱 맛있다고 하면서 한가로이 누워 좋은
시절을 보내도 좋을 듯하다고 한다. 금산의 토산물을 제재로 하여 그곳에
서의 여유롭고 자락적인 자신의 심정을 읊고 있다. 이렇듯 한 고을의 지리
적 여건이나 특산물 등 제반 사항을 기록한 것은 그가 토풍민물(土風民物)
의 향토적 특색을 시화하는 데 남다른 관심이 있었음을 의미한다. 노정에
서 만나는 새로운 풍물, 풍토, 백성들의 삶에 관심을 보여 국토의 구체적
사항을 시의 형식으로 드러내고자 했던 것이다.

또한 이안눌은 단오, 한식, 중양절, 추석 등 민족 고유의 세시풍속을 소
재로 한 작품을 상당수 남기고 있는데, 다음은 임진란의 혼란 중에 정월
대보름을 맞아 느끼는 감회를 적은 <상원(上元)>이다.

元夕人間節本嘉	대보름은 세상에서 본디 좋은 명절이라
海東風俗最繁華	해동의 풍속에서 제일 번화하였지
醫聲酒味偏宜冷	귀밝이 술은 오로지 차게 해야 제 맛인 법
賣暑兒曹謾自譁	더위 파는 아이들 소리는 요란하다네
糯飯乞來知幾處	나반을 구하러 오는 것이 몇 집이던가
紙鳶飛去落誰家	종이연이 날아가 누구 집엔가 떨어졌지
可憐今日干戈裏	슬프다 오늘 난리 통에
往事凄凉只獨嗟	처량한 지난 일을 탄식하노라
大東千載泰階平	동방은 천년토록 태평한 시절이면
元夜年年樂事幷	정월 보름밤은 해마다 즐거웠네
望歲老農占月出	풍년 바라는 늙은 농부 월출을 점치고
及時遊客踏橋行	때맞춰 놀러온 사람들 다리 밟고 가는 구나

香凝紫陌羅紈過　　향기 어린 붉은 거리 때때옷 지나가고
響徹丹霄鼓笛鳴　　소리 뚫는 붉은 하늘에 북 피리 우는 구나
節序不殊人事改　　계절은 다르지 않은데 인사만 변하니
萬方豹虎尙縱橫　　온갖 승냥이 호랑이가 아직도 발호하네
<上元>, 「續集」, p.6

　　1593년 정월 대보름날 지은 것으로 명절을 맞아 지난날 태평시절의 때
를 떠올린다. 어른들이 귀밝이술을 마시고 아이들이 더위 사라며 소리치던
풍습, 그리고 병자가 병을 낫게 하려고 나반을 빌려오는 습속과 연날리기
풍속 등 대보름의 민속이 소상하게 그려져 있다. 정월 대보름을 맞이 행하
는 풍속을 세주를 달아 자세히 보충 설명하고 있다.

　　1수 함련에서는 귀밝이술에 대하여 "세상의 처방에 찬 술을 마시면 귀머
거리를 고칠 수 있다"[18]라고 하고, "아이들이 이날 서로 나의 더위를 사가
라고 서로 외친다"[19]는 풍습을, 경련에서는 정월 대보름날에 찰밥을 먹는
풍습에 대하여 "찰밥은 신라에서 유래되었는데 병든 사람이 스물 한 집의
찰밥을 얻어먹으면 병이 낫는다"[20]라고 하고, "세상에서 종이로 연을 만들
어 실을 매달아 바람의 형세에 따라 날림으로써 오락으로 삼는다"[21]라고
하여 정월 대보름의 고유 풍습에 대하여 상세히 설명하고 있다. 미련은 지
금 병화의 난리를 맞아 지난 일을 떠올리며 탄식하는 안타까운 심정을 토
로한다. 현재 전란의 어지러운 와중에 시대를 탄식하며 시를 읊고 있는 자
신의 모습은 평안했던 과거 정월 대보름을 맞아 여러 민간의 풍습을 행하
였던 정겨운 모습과 대비되어 더욱 처량하게 느껴진다.

---

18) "俗方飮冷酒則可治耳聾"
19) "兒輩是日相呼曰　買我暑"
20) "糯飯出新羅　病者乞三七家糯飯　喫則瘳"
21) "俚俗以紙爲鳶　以絲繫之　因風勢放之　以爲戲"

2수에서도 농부들이 달을 보며 풍년이 들 것인가를 점치던 풍속과 일년의 재앙을 물리치기 위해 십이석교(十二石橋)를 밟던 풍속을 묘사한다. 함련에서는 "이날 저녁 농가에서는 월출을 보고 홍수 가뭄 풍년 흉년을 점친다"[22]라고 하고, "세상에 전해지길 열 두 개의 돌다리를 밟으면 1년 12개월의 재앙을 떨쳐버린다 했다"[23]라는 세주를 달아 고유의 명절을 맞아 행하는 풍습을 자세히 그리고 있다. 역시 2수에서도 미련은 전구(前句)의 시상과 달리 계절은 다르지 않은데 인사만 변한다고 하면서 만방에 표호(豹虎)가 발호하는 현 상황을 개탄하는 것으로 끝맺고 있다.

1수와 2수 모두 수·함·경련에서는 상원(上元)을 맞아 행하는 고유의 여러 풍속을 제재로 하여 상세히 시화하고, 미련에서는 과거의 모습과는 판이하게 다른 현재 전란의 와중에 맞는 참담한 자신의 심정을 읊고 있다. 이러한 대비적 시상 전개는 철저히 의도된 것으로, 시간의 흐름에 따라 반복되어 돌아오는 명절이지만 전란을 겪고 있는 인사(人事)의 특수성으로 인하여 과거의 편안할 때를 떠올리는 작자의 처량한 심회는 더욱 부각되는 것이다.

南指伽藍海北滸	남쪽에서 절을 향해 북쪽 물가에 오니
紫霞飛散碧嶒峋	검붉은 안개 흩어지고 푸르름이 깊구나
三韓俗節流頭日	삼한의 세속절기로 유두일인데
萬卷書床刺股人	만권의 책을 놓고 송곳으로 정강이를 찌르네
舊醅剩燒消瘴毒	묵은 술 거른 김에 습한 독 제거하고
小鷄初炙備時珍	어린 닭을 막 구웠으니 때에 맞는 별미이리
未能相訪徒相問	방문하여 그저 안부를 물을 수 없으니
符竹深慙誤此身	수령이라 이 몸 그르친 게 무척 부끄럽구나

<六月十五日寄崔進士(有淵)弟>, 「江都錄」권12, p.47

---

22) "是夕田家觀月出 卜水旱豊凶"
23) "俗傳踏十二石橋 則可禳一年十二朔之灾"

강화 부사 재직 시에 지은 시로 삼한의 세속 절기인 유두일을 맞아 절에서 공부하는 최유연의 동생에게 닭을 주면서 읊은 시이다. 수련은 자(紫)·청(靑)의 색채 대비로 주변 경물을 묘사하고 함련은 유두일인 명절에도 송곳으로 정강이를 찔러 가면서 만 권의 책과 씨름하는 최진사 동생의 모습을 생동감 있게 묘사하였다. 경련에서는 유두일에 닭과 술을 먹는 습속을 시화하고 어린 닭을 막 구웠기에 때에 맞는 별미라고 한다. 미련에서는 방문하여 안부를 물으며 담소를 나누고 싶지만 수령으로 몸담고 있는 공인인 까닭에 쉽게 내방하지 못하는 아쉬움을 드러낸다. 특히 '만 권의 책을 쌓아 놓고 정강이를 찌른다'는 구어적 표현을 사용한 기발한 묘사로 시상의 전개가 더욱 생동감 있고 자연스럽게 느껴진다.

2) 用事를 통한 국토의 주체적 인식

한시에서는 인명이나 지명 등 조선의 고유명사를 중국의 것으로 바꾸어 부르는 경우가 많았다. 자국(自國)의 고유한 관직명이나 지명을 중국 것으로 대치하는 관행에서 판서(判書)라 부르는 것을 상서(尙書)로 바꾸고 서울을 장안으로 표현하였다. 방언의 사용을 금기시한 규범 때문이기도 하지만 미적 감각에 우리의 것은 속되다고 느낀 까닭이기도 하였다. 이안눌과 비슷한 시기에 활동하던 삼당시인들은 전라도 강진을 '금릉(金陵)'으로, 황해도 백천(白川)을 '백제(白帝)'로, 강원도 강릉을 '예주(蘂珠)'로 충청도 충주를 '예성(蘂城)'으로, 경기도 광주를 '황릉(廣陵)'으로 바꾸어 부른다든지, 환락적인 지역이나 다시는 돌아오지 못하는 한스러운 곳의 대명사로 '강남(江南)' 등의 지명을 자주 차용하였다.

조선의 고유명사를 중국의 것으로 바꾸어 부른 이유는 "우리나라 지명은 중국에 미치지 못하기 때문에", "중국의 지명은 모두 문자여서 시에 들어가면 모두 아름답지만", "우리 동방은 모두 방언으로 지명이 되어있어

시에 들어가면 우아하지 못하다"는 것이었다.[24] 즉, 우리의 지명은 속되기 때문에 한시에서는 생경한 조선의 지명 대신 자주 쓰여 왔던 중국의 지명을 씀으로써 시의 분위기를 아화(雅化)시킬 수 있다는 것이다. 여기에는 음운의 평측과 같은 한시의 격식과 관련된 문제도 있을 것이나 그것은 어디까지 운용의 문제로 역시 하나의 편견임을 부인할 수 없을 것이다.[25]

일반적으로 조선의 고유명사를 쓰게 되면 현실성을 확보하는 동시에 억색한 어감의 시어를 사용하여 강건한 의경을 창출하게 된다. 특히 중국이 아닌 조선의 지명이나 인명을 씀으로써 중국시의 모방이나 답습에 머물지 않고 한국적인 한시를 정립할 수 있게 된다. 이색의 <부벽루(浮碧樓)>에서 그 단초를 볼 수 있는데, 이는 성당(盛唐)의 시풍을 수용한 것이다.[26]

이안눌의 작품에서 보이는 조선의 지명이나 인명을 차용한 고유명사 활용은 지금 이 땅에서 불리는 그 명칭 그대로 사실에 입각하여 불러야 한다는 생각에서 비롯되었던 듯하다. 이는 사실을 충실히 기술하려는 의미로 시가 주는 느낌이 흥취유발이라든가 기발하고 생경한 인상을 주는 것과는 거리가 있다. 실제적 경물 묘사를 중요시 했던 까닭에[27] 산과 강,

---

24) 『鶴山樵談』, "崔孤竹輩嘗曰 我國地名 不及中原 故作詩不得使地名 每以爲恨"
   『惺叟詩話』, "趙持世常曰 我國地名 入詩不雅"
   『小華詩評』, "世謂中國地名皆文字 入詩便佳⋯⋯我東皆以方言成地名不合於詩"

25) 임형택, 「실학사상과 현실주의문학」, 『한국문학사의 논리와 체계』, 창작과 비평사, 2002, p.382. 19세기 정약용은 우리가 일상으로 쓰는 말인데도 중국 측에 일단 기록이 되어 말하자면 한자문화권 종주국에 인정을 받아야만 하는 것에 대하여 비판하고 "土語일지라도 雅한 말은 골라서 써야 한다"(『雅言覺非』권2, <水出兩峽條>, 『與猶堂全書』1집, 권24, 장20)라고 하였다.
   박지원도 이런 식의 표현법에 대해 "땔나무를 지고 '소금 사려!' 외치는 격이니 그러고는 종일 돌아 다녀봤자 나무 한 단도 못 팔 것이다"라고 신랄하게 비판하고, 사물의 객관적 실정에 부합하는 언어를 선택해서 표현해야 옳으며 "그런고로 글을 쓰는 사람은 더럽다고 그 이름을 숨기지 않으며 속되다고 실제의 자취를 덮어버리지 않는다"(「答蒼厓」, 『燕巖集』권5, 장4)고 하였다.

26) 여운필, 「牧隱詩의 唐詩收容에 관한 硏究」, 『한국한시연구 2』, 태학사, 1994.

마을의 이름을 포함한 고유 지명을 비롯하여 호나 벼슬 이름 등 사람을
지칭하는 고유명사 등을 거리낌 없이 시 속에 삽입하였던 것이다. 이는
앞 선 시대의 해동강서시파(海東江西詩派)에서 보여주었던 시에 있어서
어떠한 시적 기교나 단련에서 비롯된 것이 아닌 사실 그대로를 묘사하고
자 하는 의도에서이다. 따라서 이안눌의 이러한 태도는 생경한 어감이라
든가 흥취라기보다는 시의 내용상 사실성과 구체성 확보의 차원으로 해석
될 수 있다.

실제로 그는 작품에 자신의 이름을 비롯한 지명, 인명, 날짜, 장소 등을
구체적으로 명시하는 작법을 자주 구사하고 있다. 이러한 작품들을 통해
알 수 있듯이 이안눌은 작자가 처한 관할지의 고유명사와 그 곳과 연고가
있는 사람들의 성씨나 호, 벼슬 이름을 과감하게 시어로 차용하여 지역의
향토적 특색을 드러내는 것이다.

命新州號設高麗　錦州로 새로 명한 것은 고려 때라 하는데
參政榮生晝錦時　참정어른 晝錦의 영광에서 생긴 것
郡本濟疆傳進乃　군은 본래 백제의 진내 땅이었다 하고
縣幷羅代廢尸伊　신라 땐 시이현을 폐해서 부속시켰네
栗亭冶隱先賢里　율정·야은 두 선현의 옛 마을로
直學監門孝子碑　직학·감문 두 분의 효자비가 서 있네
荒峽一區多古蹟　황량한 골짜기 한 구석에 옛 자취 많은데
兩峯忠血最堪悲　제봉·중봉 두 어른 충성스런 피 슬프기만 하네
　　　　〈十月二十日 入錦山郡作〉, 「錦溪錄」 권10, p.4

---

27) 이종묵, 「해동강서시파 연구」, 태학사, 1995, pp.308-309 참고. "해동강서시파 시인들
도 조선의 고유명사를 수용하여 시를 지었는데, 그들의 시는 조선의 고유명사가 실제
경물의 묘사와 어우러져 흥취를 유발하거나, 생경하고 기이한 느낌을 주어 참신한 의경
을 창출함으로써 진부한 시어와 의경에 식상해 있던 독자들에게 신선한 충격을 주고자
하는 의도에서 비롯된 것이다."

금산 군수로 명을 받아 금산군에 부임하는 날 지은 것으로 금산의 역사를 시대별 인물의 활동에 따라 시화하고 있다. 새로 부임하는 목민관으로서 치정을 다짐하는 주제를 담은 시편이다. 구마다 뒤에 작은 주를 붙여 사용된 고유명사를 설명하고 있는데, 출전은 밝히지 않고 있지만 금산의 군지(郡志)나 『동국여지승람(東國輿地勝覽)』 등을 인용한 흔적이 역력하다. 이렇게 주를 붙인 것은 글자 수에 제한을 받는 형식에 시의 대상과 관련된 고유명사를 다 넣을 수 없는 경우를 보충하기 위함이고, 또 그 고유명사만으로는 시적 문맥이 정확하게 전달되지 않는 우려 때문이었을 것이다. 여덟 줄 중 한 줄에만 고유명사가 빠졌을 뿐인 이 시는 종결구가 아니라면 하나의 기술물에 불과한 시라 하겠다.

그러나 지명뿐만 아니라 조대명(祖代名), 유명인의 호, 벼슬이름 등을 다양하게 사용하여 금산의 명칭 변화와 그곳 출신이거나 관련 인물들의 활약을 56자 안에 넣어 금산의 역사적 특수성을 살리려고 한 점이 특별히 주목된다. 이렇듯 한 고을의 제반 사항을 자세히 기록한 것은 그가 향토적 특색을 시화하는데 남다른 관심이 있었음을 의미하는 것이며, 특히 지명과 그리고 그곳에 사는 이들의 성씨를 기록한 것은 바로 시적 지지화(地志化)가 극대화 된 것이다. 부임한 지역의 새로운 풍물과 관련 지역의 풍토를 주목하고 그곳에 사는 이들, 특히 민간 백성들의 삶에 관심을 보였다. 따라서 각 지역에서의 특수한 여정과 풍토, 풍물, 습속 등을 형상화한 이안눌의 이러한 시편은 시를 통한 '여지지화(輿地志化)'라고 할 수 있을 것이다.[28]

또한 작품의 서두에 제작의 날짜를 적은 것은 이루 열거하기 어려울 정도이다. 예를 들어 "대명천계 6년 봄, 달은 경인월이요 해는 병인년이라 덕수 이씨 늙은이가 성세를 만났는데 화산의 궁벽한 골짜기에서 거추장스런

신하 되었구나"29), "임진년 여름에는 솔가하여 도적을 피했고 기해년 가을
에는 왕명으로 갑옷을 입었노라"30) 등이다. 이러한 구체적 열거의 수법은
성씨에도 나타나는데, 다음의 작품에서도 볼 수 있다.

座中無主亦無賓　　좌중에 주인도 없고 손님도 없으니
北陌東阡左右隣　　북쪽 거리 동쪽 거리 좌우가 이웃일세
崔李徐姜車馬姓　　최씨, 이씨, 서씨, 강씨, 차씨, 마씨요
祖孫兄弟舅甥親　　조손에 형제에다 외삼촌과 외조카일세
時平頗怪人情冷　　시대 태평한데 인정이 차가워 의아했는데
塞遠偏憐里俗淳　　변방 멀어 마을의 풍속 순박하니 애틋하구나
爛醉欲歸頻被肘　　거나하게 취하여 돌아가고자 하여도 자주 덜미 잡
　　　　　　　　히니
便忘孤客寄天垠　　곧 외로운 객이 하늘가에 깃들임을 잊는구나
　　　　　　　　　<七月初四日 里中諸人邀飮草山東臺>, 「北竄錄」, p.16

　성씨의 나열로 별다를 것 없는 일상을 술회하고 있는 시이다. 이러한 작
법은 바로 두시(杜詩)에서 배운 것31)으로 이안눌은 이러한 구법을 애용하
여 "삼백일 아침, 저녁 한 해는 저물었는데/ 일찍이 스물 네 명의 사람 집에
거처했었지/ 할아비와 손자, 아버지와 아들에다 동생들/ 최씨, 박씨, 강씨,
지씨, 이씨, 서씨까지/ 동서남북 거리가 아직도 생각나는데/ 다시 차씨, 송
씨, 마씨, 홍씨, 노씨를 보게 되었네32)라 하여 성을 11종이나 들고 있다.

---

29) 「東遷錄 下」권17, p.1, <正朝贈片雲上人>, "大明天啓六年春 月建庚寅歲丙寅 德水老
　　翁遭聖世 花山窮谷作累臣"
30) 「端州錄」권6, p.2, <奉贈德源姜府使>, "携家避賊壬辰夏 草檄從戎己亥秋"
31) 이종묵, 앞 논문, p.211 참고. 연구자는 杜甫의 <橋陵詩三十韻因呈縣內諸官>에서 "王
　　劉美竹潤 裵李春蘭馨 鄭氏才振古 唊侯筆不停"라고 한 부분을 예로 들어 설명하였다.
32) 「東遷錄 下」권17, p.25, <寄簡鏡城漁郞里中諸君>, "三百朝昌歲一除 曾低四十四君居
　　祖孫父子兄兼弟 崔朴姜池李及徐 尙記東西南北巷 更瞻車宋馬洪盧"

그가 두시의 전례를 이렇게 활용한 것은 실제의 현장성을 확보하는 의미로 사실을 구체적으로 그대로 적기 위한 것으로 볼 수 있다.

또한 자신의 일생을 숫자와 지명을 넣어 회고하는 형식도 자주 취하고 있는데, 다음은 생애에 대한 전기적 회고로 이루어진 시이다.

二十二歲老書生	22세엔 나이든 서생이었는데
磨雲嶺下來避兵	마운령 아래로 병난을 피했었네
二十九歲新釋褐	29세에 겨우 갈옷을 벗고
豆滿江上從軍行	두만강 가에서 군무에 종사했었지
三十三歲守端郡	33세에 단천 군수 되었다가
五十四歲流鏡城	54세에 경성으로 유배 왔었지
擁節如今六十一	부절을 가지고 온 지금은 61세
仰天大笑天日明	우러러 하늘의 해가 밝다고 크게 웃네

<題豊沛館壁上>, 「咸營錄」권19, p.5

이 시의 구체적 상황에 대하여 서(序)에서 설명을 덧붙여 자신의 이력을 자세히 쓰고 있다.[33] 자신의 관력이나 이력을 열거하여 서술하면서 시상을 전개하는 성향은 그의 시에서 자주 쓰이는 작법으로 숫자를 시어로 차용하여 이력을 나타내고 있다. 이십이(二十二), 이십구병(二十九兵), 삼십삼난(三十三難), 오십사(五十四), 육십일(六十一), 마운령(磨雲嶺), 두만강(豆滿江), 수단군(守端郡) 등 숫자와 지명, 직명 등의 나열로 시 전체를 구성하고 미련

---

33) "만력 임진년 여름 바다의 도적이 난리를 치니 우리 집안은 달아나 利城에 깃들어 살았다. 당시 내 나이 22세였다. 기해년(1599) 여름에 과거에 급제하고 가을에 北道評事에 임명되었는데 당시 내 나이 29세였다. 임인년 겨울에 단천 군수에 임명되었고 계묘년 봄에 부임하니 당시 내 나이 33세였다. 천계 갑자년 봄에 경성으로 귀양 오니 당시 내 나이 54세였다. 지금은 내 나이 61세이다. 그러므로 장난삼아 56자를 엮어 이를 기록한다.(萬曆壬辰夏 海賊之亂 余家奔竄 來寓利城 時余年二十二歲 己亥夏擢第 秋拜北道評事 時余年二十九歲 壬寅冬 除端川郡守 癸卯春 上任 時余年三十三歲 天啓甲子春 竄鏡城 時余年五十四歲 今則余年六十一歲 故戲綴五十六字而志之)"

에서 자신의 심정을 간단히 밝히고 있다. 이러한 수법을 통하여 일생 동안 함경도 지방과 맺은 자신의 특별한 인연을 강조하고 있으며, 61세의 나이로 부절을 가지고 온 자신의 심회를 드러내는 마지막 미련을 제외하면 나이와 관력에 대한 구체적 언급으로 점철되어 있는 작품이다. 시에서 구체적 지명과 숫자로 비교적 자세히 밝힌 자신의 생애에 관한 전기적이고 회고적인 표현에도 만족스럽지 못했는지 더 자세한 사항들을 시서(詩序)를 통해 상세하게 밝히고 있다.

이안눌은 만당(晩唐)의 위약한 기세를 극복하기 위한 방편의 하나로 이와 같이 고유명사와 숫자, 간지 등을 직접 시어로 차용하면서[34] 호방한 기상을 견지하였다. 소선적 용사(用事)를 사용하여 구체성을 확보하였을 뿐 아니라 나아가 시의 미감을 강건하게 만들어 웅장하고 장대한 스케일을 만들어냈던 것이다.

다음 작품에서 작자는 우리 고유의 지명인 '두만(豆滿)'을 시어로 사용하여 웅혼(雄渾)의 시상을 더욱 효과적으로 드러낸다.

> 豆滿之江出自白頭山　　두만강은 백두산에서 발원하여
> 其源瀄汨流淙淙　　빠른 물살로 나와서 끝없이 흘러내리네
> 東馳千里入于海　　동으로 천리를 달려 바다에 이르니
> 溶溶瀁瀁無濤瀧　　굼실굼실 파도조차 일지 않는구나
> …(下略)…
>
> 　　　　　　　　　<豆滿江歌爲節度使李令公作>,「北塞錄」권1, p.13

---

34)『芝峯類說 上』, 을유문화사, p.390 참고. 李睟光이 '百歲無多時壯健, 一春能幾日晴明'(백락천), '一千年際會 三萬里農桑'(두목), '四百年炎漢 三十代宗周 二三里遺堵 八九所高丘'(두목), '永安宮收詔 籌筆驛沈思'(두목)라 한 것은 變體 중의 變體로 中唐 이상 사람들은 하지 않았다"라고 한 언급을 볼 때 그는 일반적인 구식의 파괴나 숫자어, 지명을 시속에 끌어들이는 것을 좋지 않게 본 것 같다.

이 작품은 두만강의 거대한 물줄기를 형용한 것으로 고유명사의 활용이 어기(語氣)를 강하게 하여 시의 웅장함과 강건한 기세를 더욱 돋보이게 한다. "중국의 요동 광녕 등지는 당시 모두 오랑캐가 버티고 있었다. 백두산 위에 한 연못이 있는데, 나뉘어 흘러 강이 된 것이 모두 네 줄기이다"35)라는 비교적 자세한 주를 붙여 지형적 특성에 대한 그의 각별한 관심을 보여준다. 북평사로 종군하고 있던 때 지은 시로 의성어와 의태어인 '종종(淙淙)', '용용(溶溶)', '양양(瀁瀁)' 등을 사용하여 시의 리듬감을 살리고 웅혼(雄渾)한 기상과 함께 더욱 생동감 있는 묘사를 한다. 특히 명승고적에서 읊은 회고시에서는 단군을 비롯하여36) 혁거세, 온조왕, 동명왕 등 전대의 우리 역사 속 인물들을 자주 차용하였다.

落日鷄林國	해지는 계림국이요
傷心鮑石亭	가슴 아픈 포석정이로다
一州仍六部	한 고을에 6부가 있었고
三姓了千齡	세 성씨가 천년을 지냈네
苑廢川雲黑	정원 허물어지고 시냇가 구름 검으며
城空野草靑	성은 비고 들풀이 푸르구나
山河又經戰	산천이 다시 전쟁을 겪으니
玉笛不堪聽	옥피리 소리를 차마 듣지 못하겠네

<慶州館作>, 「萊山錄」권8, p.53

이안눌은 1607년 동래부사로 있다가 대마도와 화평하는데에 불만을 품고 관직을 그만두고자 하였다. 그러나 후임이 이르지 않아 기다리는 동안

---

35) "上國遼東 廣寧等地 時皆爲奴賊所據 白頭山上有一潭 分流爲江者凡四派"

36) 「東槎錄」권3, p.30, <次顧天使平壤行韻>에서 "평양은 예로부터 삼한의 척추라(西京自是三韓背)"고 하면서 "나라 세워 서울로 삼은 것은 단군 임금부터요/ 우리 조선에 이르러 웅장한 대호부가 세워졌네/ 뜻하지 않게도 왜구가 멋대로 노략질하여/ 푸른 언덕 골짜기 기울어져 누런 먼지에 휩싸였다(建都肇自檀君來/ 逮我朝鮮雄府開/ 不圖海寇恣呑噬/ 靑丘傾洞迷黃埃)"라고 하였는데 단군을 민족의 시조로 보았다는 점에서 특별하다.

근처의 고적지인 경주를 여행하였는데 이 작품은 그때 지은 시이다. 수련
에서는 해질녘 계림의 포석정을 지나면서 역사에 대한 무상감을 느끼며 함
련에서는 '신라의 육부(六部)와 삼씨(三氏)의 시조'에 대한 과거 역사를 약
술하고 경련에서는 현재 폐허가 된 황량한 주변 모습을 묘사하였다. 미련
은 만파식적(萬波息笛)의 고사를 떠올리며 현재로 돌아와 폐허가 된 고도
경주에 대한 비애를 말하였다.

과거 역사 속에 묻힌 옛 왕조에 대한 회억은 그 자체로 고색창연한 우아
함의 미감이 창출되는 제재이다. 더구나 미증유(未曾有)의 전란을 겪고 피폐
해진 산하와 고적을 접하여, 해질 무렵 과거 화려했던 포석정을 지나는 자가
는 더욱 애상어린 상심에 젖게 되는 것이다. 같은 시기의 작품인 <차영남루
구운(次嶺南樓舊韻)>에서도 "화려한 누각은 중흥의 때에 중건되었는데 새
노래가 어느 것이 고려보다 뛰어날 수 있으랴? 가야의 여러 산이 모두 아래
에 있는데 혁거세의 옛 나라는 이곳을 변방으로 하고 있도다"[37]라 표현하면
서 혁거세의 나라인 신라뿐만 아니라 과거의 멸망 왕조인 고려와 가야까지
제재로 차용하여 고풍스러운 시상 전개를 효과적으로 보여준다.

1613년 이안눌은 금산군수에서 다시 경주부윤으로 자리를 옮기게 되어
6년 후 다시 경주를 찾아 지나간 역사에 대하여 회고하게 되는데, 다음 시
는 이때의 감회를 적은 작품으로 이전보다 시상의 전개에 있어 우리의 역
사 전고(典故) 차용이 더욱 빈번하고 상세해지는 경향을 보인다.

北嶽連雲起　　북악에는 구름이 연이어 일어나고
西川繞郭來　　서천은 성곽을 둘러 흘러 들어오네
城荒塔孤立　　성은 묵어 탑은 외로이 서 있고

---

37) 「萊山錄」권8, p.56, <次嶺南樓舊韻>, "華樓重建重興天 新詠誰凌麗代前 駕洛諸山皆在
下 赫居故國此爲邊"

野曠鳥雙回   들은 비어 새들만 쌍쌍이 돌아온다
馬井基神異   마정에는 신이함이 깃들었고
魚亭醉景哀   어정은 경애왕이 취한 곳
無憑問三姓   세 성 물을 데 없는데
九聖但空臺   다만 아홉 명의 성인 놀던 누대는 비어 있구나

        <題迎春軒三首用板上五峯李相公金藏袋韻>, 「月城錄」권11, p.5

먼저 경주의 지형을 말한 다음 오랜 역사가 지나고, 전란까지 겪어 황량해
진 옛 도읍의 모습을 그렸다. 수련과 함련에서는 황폐한 성에 탑만이 외로이
서 있고 빈들엔 새들만 돌아오는 주변 경관에 대한 묘사이다. 경련에서 마정
과 어정의 지명은 장소를 구체적으로 들어 그 지역적 특수성이 의미하는
바를 되새기고자 한 것으로 보인다. 혁거세의 탄생신화와 경애왕이 포석정
에서 국정을 돌보지 않고 놀던 사실을 시로 수용하여, 신라의 건국과 멸망의
역사를 그린다. 또 미련에서도 옛 시조의 자취는 찾을 수 없고 성인이 놀던
누대는 텅 비어 있다고 하면서 세월 속에 묻혀진 신라의 역사를 회고한다.
   다음 제시된 작품은 신라에 이어 이번에는 백제의 지난 아픈 역사에 대
한 회고의 정감을 읊는다. 백제의 멸망에 대한 상당히 자세하면서도 다양
한 역사적 사실들이 시 속에 차용되어 표현된다.

西窮大海北浿河   서쪽은 큰 바다로 이르고 북은 패강에 이르는 곳
紇骨扶餘爲一家   흘골과 부여가 한 나라가 되었네
是時三國若鼎峙   이때는 삼국이 솥발처럼 대치했으나
溫祖建邦奇端多   온조왕의 건국에 기이한 기운이 많았네
霸業綿綿七百祠   왕업이 면면히 700년에 이어져
倂呑馬韓開耽羅   마한을 병탄하고 탐라를 개척했다
泗沘新都壯且麗   사비성 새 서울은 장대하고 화려한데
前築叢臺後章華   앞에는 누대를 뒤에는 궁궐을 연이어 세웠지

成忠不食義慈醉	성충이 단식해도 의자왕은 취해있어
滿江風雨飛宮花	강 가득 비바람에 궁녀들이 꽃처럼 날렸지
旅墳何處傍歸命	나그네 봉분은 어딘가 귀순한 곳에 있겠지
故城荊棘暗銅駝	옛 성에는 가시나무로 동타가 어둡구나
大唐將軍蘇定方	당나라 장군 소정방의
斷碑至今傳凱歌	끊어진 비석이 지금도 개선가를 전하네
客來弔古春日暮	나그네로 옛일을 조문하니 봄날이 저무는데
白馬江空生綠波	백마강엔 공허하게 푸른 물결 이는구나

<夫餘縣用板上諸公韻>, 「潭州錄」 권9, p.4

1610년 2월 21일 이안눌은 담양부사가 되어 다시 외직으로 나갔다. 담양에서 지은 다음 작품 역시 백제의 유적지를 돌아보며 자신의 역사의식을 작품에 투영한다. 백마강을 건너면서 백제의 시조를 떠올리고 자연의 영속성과 대비되는 역사의 흥망성쇠에 대한 무상함과 그에 따른 비애감을 읊고 있다.

1수에서는 먼저 백제의 지형적 형세와 온조왕의 건국을 언급한 후, 패업을 이어 마한과 탐라를 병합하고 새 도읍지인 사비로 천도한 백제의 700여년 역사를 정리하였다. 수련에서는 서쪽은 바다를 연하고 북쪽으로는 대동강에 연하여 있는 백제의 위치와 홀골과 부여가 통합되어 한나라가 되었음을 말한다. 함련에서는 온조왕이 백제를 세웠음을, 경련에서는 왕업이 면면히 이어져 마한과 탐라까지 병합한 성과를 거두었음을 말한다. 미련에서는 사비성으로의 천도를 언급하면서 화려했던 백제 시절의 왕업을 떠올린다.

2수에서는 앞서 다루었던 온조의 건국과 왕업의 성과와는 대조적으로 백제 왕조의 멸망을 묘사하면서 충신인 성충과 방탕했던 마지막 왕인 의자왕, 그리고 당나라 소정방의 개선가를 떠올린다. 지금은 공허한 물결만이 일렁이는 백마강을 보면서 백제 멸망의 순간을 회상하고, 폐허가 된 옛 도읍의 모습에서 흥망성쇠의 무상감을 느끼는 것이다. 당시의 상황에 대하여

"당 고종 때 대총관 소정방을 보내어 수륙군 13만 명을 이끌고 바다를 건너와서 백제를 정벌하고 의자왕과 태자 대신들을 사로잡아 갔다. 백제가 망하자 의자왕은 당나라에서 병사하니 황제는 손호, 진숙보의 묘 옆에 장사지내라 명령하였다"[38]라는 세주(細註)를 달아 나당(羅唐) 연합군에 의해 백제가 망하였던 때를 보충 설명하고 있다. 수련에서는 성충의 충정에도 불구하고 의자왕의 방탕으로 인하여 낙화암에서 산화한 궁녀들을 떠올리고 함련에서는 옛 성터의 쇠락함과 황량함을 그린다. 경련에서는 백제 멸망 당시의 소정방의 개선가를 생각하고 미련에서는 백마강의 푸른 물결을 보며 느끼는 역사에 대한 무상감을 느끼는 자신의 모습을 형상화한다.

　백제 멸망의 원인을 생각하고 슬픈 애상의 감회를 적은 시이다. 백제의 건국과 멸망에 얽힌 옛 일을 회상하고 무상감을 토로하지만, 애상적인 감정의 토로 이면에 멸망에 대한 자신의 역사인식을 함께 드러내고 있다는 점에서 주목된다. 특히, 2수의 수련은 아무리 충직한 신하가 있다 하더라도 군주의 문란한 행락은 왕조의 멸망을 막을 수 없다는 점을 시사하고 있다. 백마강을 마주 대하여 백제 왕조의 흥망을 다루면서 말미에 당나라 소정방의 개선가를 떠올리는 것은 어쩌면 백제가 한 낱 당나라 장군에게 유린당한 역사적 사실에 대한 상심일 수도 있을 것이다. 이는 과거 왕조의 역사를 통해서 현실의 문제를 암암리에 비판한 태도로 볼 수 있으며, 그때가 광해의 폭정이 횡행하였던 시대였다는 점에서 더욱 의미심장하다. 즉, 과거 역사 속 백제 왕조의 흥망성쇠에 관한 이야기를 쓰고 있지만 이는 바로 지금 현재 조선 왕조의 존립에 관한 심각한 규계의 의미를 담지한 것이다. 이를 통해 작자는 '옛 일을 제시함으로써 지금 일을 비판한다(以古刺今)'는 한시 미학의 원리를 효과적으로 구현한 것이다.

---

38) "唐高宗朝 遣大總管蘇定方 帥水陸兵十三萬 渡海而來 伐百濟 虜義慈王及太子·大臣等
　　而去 百濟亡 義慈王在唐病死 帝命葬孫皓陳叔寶墓側"

3) 邊塞 風光의 형상화와 雄渾의 미의식

이안눌은 29세 때 함경도[39] 북평사에 임명되어 그 곳을 오가며 목격한 풍물과 주변 지역의 생활 습속 등을 시화한 변새시[40]를 「북새록(北塞錄)」에 남기고 있다. 구체적으로 「북새록(北塞錄)」은 1599년 8월 21일 북평사에 임명되어, 9월 4일 서울을 떠나 임지(任地)인 경성에 도착하기까지의 여정과 이듬해 3월 21일 임기를 마치고 5월 5일 서울에 돌아오기까지의 여정, 그리고 북새(北塞)에서의 막부 생활을 읊은 시편들이다. 이 시기 작품은 주로 북관 변새의 진보(鎭堡)를 순행하면서 접하는 이국적 풍물을 시화하거나 자신의 막부에서의 생활을 묘사한다.[41]

또 그는 만년에 해당하는 1631부터 1632년까지 함경도관찰사를 지낸 바 있는데 이 시기에 지은 변새시도 「함영록(咸營錄)」에 실려 있어, 젊은 시절 의기 넘치는 시기에 남긴 「북새록(北塞錄)」의 시편들과의 비교가 가능하다. 그는 변새에서 남긴 두 편록의 작품들을 통해 북관 산하의 기굴한 형상과 거친 풍토, 그 곳 사람들이 누리는 이향의 삶을 그려내고자 하였다.

우선, 북관에서의 특이한 풍물 체험을 시화한 이안눌의 변새 작품들을

---

39) 함경도는 관북이라고 불렀다. 철령관 북쪽 땅이라는 뜻이다. 8도 중 가장 넓으며 험준한 산악과 무성한 삼림, 추운 기후, 여진족의 내습, 부족한 농토 때문에 인구가 정착하기 어려웠다.(심경호, 앞 책, p.23)

40) 이안눌 변새시에 대한 본고의 논의는 김상일의 논문(「조선조 邊塞문학의 한 국면-이안눌의 『北塞錄』을 중심으로」, 『동국어문학』 13집, 2001)과 구본현의 논문(「李安訥 邊塞詩의 研究」, 『韓國漢詩研究』 12집, 2004)을 참고하였다.

41) 남쪽 지역과 다른 변새 산야의 풍관과 풍물, 풍토를 노래한 시들로 「함관령」, 「홍원역」, 「북청부」, 「이성현」, 「마천령」, 「韻委院」, 「수성도중」 등의 경성막부로 가는 노정을 노래한 시, 그리고 「회령부」, 「고령진」, 「종성부」, 「潼關鎭」, 「온성부」, 「訓戎鎭」, 「경원부」, 「阿山堡」, 「경흥부」, 「안원도중」, 「題撫夷堡」 등 북쪽 변경에 있는 縣邑이나 鎭堡를 노래한 연작시 등이 있으며, 운위원, 아산보, 무이보 등의 지명도 다른 지역에서는 볼 수 없는 특이한 이름이다. 이러한 북방의 거친 자연환경을 비롯한 풍토와 풍물은 이향에서 온 이에게는 커다란 볼거리였으며, 좋은 시적 소재가 되었다.

논의하기에 앞서 '변새시'의 개념과 갈래적 성격을 살펴보고자 한다. '변새'라는 단어는 변새가 나누고 있는 두 장소, 중심과 그 너머라는 개념과 짝을 이루어야 한다. 즉, 중심과는 이질적인 영역과 중심이 서로 경계를 이루는 곳이 변새라고 할 수 있다. 경계너머의 영역과 중심은 서로 대립적인 의미를 지닌다. 중심이란 작자가 변새에 이르기 전까지의 생활공간을 가리키며 중심은 시적 화자의 머릿속에 질서와 안정, 평화의 이미지로 각인된 공간이다. 중심의 가장 큰 뜻은 문명이다. 중심은 화(華)이자 문명의 세계이고, 변새 너머는 리(夷)이자 야만의 세계이다. 그러므로 변새는 야만적인 저 너머의 공간으로부터 위협받는 중심의 가장자리를 의미하며 문명에 익숙했던 작자의 입장에서 볼 때, 더할 나위 없이 낯설고 불안한 공간으로 인식되는 것이다.[42]

변새시의 출발은 한위의 민가를 모의한 위진 문인들의 창작 경향이 변새시를 하나의 갈래로 정착시켰으며, 당(唐)에 이르러 높은 수준의 변새시가 다수 창작됨으로써 후대에 큰 영향을 미쳤다. 원래 변새시는 중국의 변방 특히 북서 변방의 이국적 풍물, 풍토와 풍정 등을 그린 한시의 한 갈래인 것이다. 따라서 자연히 중국 변새의 지명과 기후, 그리고 그와 관련된 고유명사가 시속에 자연스럽게 끼어든다.

그런데 조선의 경우 15·16세기에 이르러 당풍(唐風)과 의고(擬古)에 대한 관심이 높아짐에 따라 한위와 남북조, 당(唐)의 변새시들이 큰 영향을 미쳤으며, 변새풍의 시를 조선 작가들이 지을 때도 역시 그 풍정을 그대로 따르는 경향이 있었다. 조선에서 변방이라면 의주 압록강 유역의 서관(西關)과 마천령 넘어 두만강 유역의 북관(北關)을 이른다. 서관과 북관지역은 여진족이 거주하고 있던 만주와 맞대고 있었던 곳이다. 이곳의 자연환경은 황토 빛 사막으로 이어지는 중국 북서부의 그것과는 다르다. 그럼에도 불구하고 조선

---

42) 崔康鎭, 「邊塞詩의 淵源과 發展」, 『中國語文論集』9, 대한중국학회, 1994, p.154 참조.

의 작가들은 변새시풍으로 시를 짓게 되면 으레 이미 중국 변새시에서 마련
된 의경과 중국 변방지역의 지명이나 고유명사를 그대로 차용하여 허경(虛
景)을 상상하여 쓰는 경향이 강하였으며, 이안눌도 이에서 자유로울 수 없었
다. 변새시란 갈래 자체가 그 어떤 경우보다도 전범(典範)으로부터의 영향이
강하기 때문에 이안눌의 변새시에서도 의고의 흔적이 강하게 발견된다.

　그의 변새시에 나타나는 시어들 중에는 중국의 변새시로부터 차용한 것
들이 많다. 지리적 배경인 천산(天山), 음산(陰山), 유관(楡關), 장성(長城),
사적(沙磧) 등과 계절적 배경인 설(雪), 풍(風), 상(霜), 한(寒) 등의 시어 등
은 여타 변새시에서 흔히 찾아 볼 수 있는 것들이다. 종군과 관련되는 검
(劍), 기(旗), 적(笛), 마(馬) 등도 마찬가지다. 이러한 시어들은 대부분 한과
흉노의 대립을 노래한 한위(漢魏)의 민가(民歌)에서 비롯된 것이며 이후에
수없이 반복적으로 사용되었던 것들이다. 시어뿐만 아니라 의경(意境)을
만들어내는 수법도 전통적인 변새시들과 크게 다르지 않은 경우가 많다.
수졸(戍卒)의 고충과 애환을 읊거나 출정하는 장수의 기개를 칭송한 작품
들에 보이는 수법은 전통적인 변새시들과 크게 다르지 않다.

　그러나 직접 경험한 바를 시화하는 경향이 강하였던 그는 변새시 역시
독서와 상상만으로 이루어진 단순한 의고에 의해서 창작하지는 않았다. 그
의 변새시에도 의고의 흔적이 드러나기는 하지만 의고를 목적으로 몰개성
한 면모를 보여주는 경우는 여타 작가에 비해 적다. 특히 이안눌 변새시의
두드러진 특징은 종군에 대한 자신의 직접적인 체험의 결과로 제작되었다
는 점이다. 임지(任地)에서의 오랜 변방 체험으로 인하여 시적 화자와 작자
를 일치시켜 종군의 경험을 시화하려는 경향이 매우 강하다. 이안눌 변새
시에 등장하는 시적 화자는 대부분 종군객(從軍客)으로 형상화되는데 이는
곧 작자 자신을 가리킨다. 예를 들어 문무를 모두 갖춘 반초(班超)·제갈량
(諸葛亮)이나 문인이지만 종군의 경험을 통해 이름을 얻은 맹교, 진림, 손초

등의 인물에 자신을 견주는 경우가 많다.[43) 역사적 인물에 자신을 견주는 것은 관각 문인들에게서 흔히 볼 수 있는 특징이기는 하지만, 종군객이라는 정체성에 대한 확고한 인식 아래 이상적인 인물에 대한 동경을 표현한다는 점에서 다른 특징을 보여준다.

따라서 이안눌의 변새시는 시어의 선택과 비유의 수법에서는 전통에의 구속을 보여주지만 경험을 바탕으로 실상에 맞게 의경을 배치함으로써 사실적인 시상을 만들어내는 특징을 보여준다. 실제로 이안눌은 군사 방면에 대한 이해가 남달랐다. 변새에서의 체험 덕분에 의고를 표방하면서도 사실성을 확보한 변새시를 창작할 수 있었던 것으로 보인다. 실제의 경험을 바탕으로 기존의 의경을 조직하여 새로운 시상을 창출해내는 특징을 보이는 것이다. 따라서 작품에서의 시적 화자와 작자를 일치시켜 시상을 전개하는 경향이 두드러지기 때문에 작품 속에 자신 이외의 다른 인물을 허구적으로 설정하는 경우가 드물다. 예를 들어 정부(征婦)를 소재로 삼은 변새시가 거의 보이지 않는다.[44) 이안눌 변새시의 사실성은 현실 속에서 작자의 처지를 드러내고자 하는 의도를 성실히 실행한다는 점이며, 깊은 공감을 느낄 수 있게끔 평범한 의경을 조직적으로 배치하는 탁월한 능력을 보여주는 것이다.

이와 같이 그의 변새시는 단순한 의고에 그치지 않고, 자신의 종군 체험을 바탕으로 사실(寫實)에 충실한 경향을 보인다. 독서와 상상만으로 이루어진 허경(虛景)의 변새시는 실질적인 미감을 확보해내는 의경이 공허하거

---

43) 「北塞錄」권1, p.6, <金化柏谷 謁車明宰>, "我如幕府參軍孟 公作田園處士陶" ; 「北塞錄」권1, p.11, <幕府述懷>, "陳琳魏記室 孫楚晉參軍"

44) 征婦를 소재로 한 작품은 <長相思, 效古作>, 『北塞錄』권1, "長相思 白雲飛度鴈門關 長相思 明月碾出燕志山 燕志山下人未還 鴈門關外路漫漫 雲飛月出無盡時 朝朝暮暮長 相思"가 유일하다. 제목에서 이미 擬古임을 밝히고 있지만 시체와 의경, 시어들을 보면 한위 민가를 본받아 지은 의고작임을 알 수 있다. 『樂府詩集·雜曲歌辭』에 실린 <長相思> 여러 작품과 비교해보면 수법이나 의경, 풍격 등이 대동소이하다. 구본현, 앞 논문, p.316 참조

나 몰개성에 가까운 경우가 많다. 그러나 이안눌의 변새시는 실제의 종군 경험에서 비롯된 시상의 전개를 통해 사실성을 확보함으로써 개성적인 면모를 보여준다. 비슷한 시기에 이수광이나 권필, 정두경 등이 현실을 초월한 영웅과 호협(豪俠)의 이미지를 형상화한 것과는 달리 이안눌 변새시에 등장하는 인물들은 매우 현실적이다. 즉, 시어의 선택과 비유의 수법에서는 전통에의 구속을 보여주지만 경험을 바탕으로 실상에 맞게 의경을 배치함으로써 사실적인 시상을 만들어내는 특징을 보여준다. 변새에서의 경험 덕분에 의고를 표방하면서도 사실성을 확보한 변새시를 창작할 수 있었던 것으로 보인다. 실제의 경험을 바탕으로 기존의 의경을 조직하여 새로운 시상을 창출해내는 특징을 보이는 것이다.

다음은 변방 산하의 광활한 경관과 북관 변새 특유의 풍토와 풍물을 그린 <임명관(臨溟館)>이라는 제목의 시이다.

山椒孤館俯滄溟	산마루에 외로이 선 객관은 푸른 바다 굽어보는데
秋水長空一樣靑	가을 물이며 넓은 창공은 한 빛으로 푸르네
人帶夕煙歸古驛	사람들은 저녁연기 두르고 옛 역으로 돌아가고
鴈驅寒雨過遙汀	기러기는 찬비를 몰고 먼 물가를 지나가니
邑氓半作胡兒語	고을 백성들은 반 넘어 오랑캐 말을 하건만
關嶺多非漢地形	관문의 고갯마루, 우리의 지형은 아니라네
回首神京幾千里	고개 돌려 바라보니 한양은 몇 천 리런가
塞天霜角不堪聽	변새의 하늘에 울려 퍼지는 호각 소리는 차마 듣기 어려워라

<臨溟館>, 「北塞錄」 권1, p.6

수련은 길주성에서 육십 리 못 미친 임명관에서 굽어본 바다의 모습이다. 하늘빛과 바다 빛이 구별할 수 없을 정도로 하나 같이 푸르다고 하여 하늘과 바다가 맞닿은 광활한 광경이 상상되는 구절이다. 무엇보다 이 시에서 함경도

의 풍토를 특색 있게 드러낸 구절은 경련으로 고을의 백성들의 말소리가 반은
오랑캐, 곧 여진족의 말씨라는 것이다. 하늘을 손으로 만질 만큼 높은 고개라
는 뜻의 마천령은 '이판령(伊板嶺)'이라고도 한다. '이판(伊板)'은 여진족이
소를 가르켜 이판(伊板)이라 한데서 그렇게 부른다고 한다.45) 그 곳 말씨의
반이 오랑캐 말이라고 한 것도 이와 같은 예를 들어 한 말일 것이다. 이향의
풍물을 접한 작자의 경탄과 신기함, 그리고 그로 인해 촉발된 객수의 정조가
주조를 이루고 있는 작품이다. 수련에서의 넓고 웅장한 자연 경관에서 안(鴈)
과 인(人)을 통하여 작자의 시선은 가까운 데로 좁혀져 미련에서 이향의 상각
소리를 매개로 한양을 그리는 애잔한 비애감에 젖는다. 이 작품에서도 '임명
관(臨溟館)'이라는 당시 조선의 구체적 지명을 제목으로 하여 그 곳에서의
풍토와 풍습이라는 실제적 모습을 담아 생동감 있게 표현하였다.

다음의 <운두성(雲頭城)> 작품 또한 북변경에 대한 관심과 호방한 기상
과 애국적 충정을 시화하고 있다.

> 矗矗雲頭城   우뚝 솟은 운두성46)
> 下枕長河灣   그 아래로 긴 하만을 누이고

---

45) 영조 때 柳義養(1718-?)이 북관에 유배를 당해 오가면서 쓴 기록인 『北關路程錄』에
  의하면 마천령에 관한 유래가 하나 소개 되어 있는데 마천령을 이판령으로도 부른다는
  것이다. 옛적에 어떤 사람이 송아지를 이 고개 너머에 와서 팔았더니 밤에 어미 소가
  송아지를 찾아 고개를 넘어와 소임자가 그 발자국을 따라 왔기 때문에 고갯길이 난
  까닭에 이 고개를 伊板嶺으로 부르는데 '伊板'은 소의 여진 말이라고 한다.(柳義養 原
  著, 崔康賢 譯註, 『北關路程錄』, 일지사, 1976 참고), 심경호의 앞 책 p.37에도 "함경도의
  남부와 북부를 이어주는 험준한 고갯길이 마천령이다. 마천령을 넘어 명천을 거쳐 북쪽
  으로 향하면 귀문관이 있다. 사방 벽이 모두 검고 바위에는 벌집 같은 구멍이 나 있으며
  하도 음산해서 이승 같지가 않았다. 옛날에는 마천령에서 귀문관을 거치면 인간세계를
  벗어나는 느낌이 들었던 듯하다. 마천령은 해발 873미터로 겨울이면 눈이 늘 덮여 있었
  다. 옛 이름은 이판령이다."라고 하였다.

46) 『新增 東國與地勝覽』, 會寧都護府, 古跡條 "在府西五十里 石城周一萬七千四十尺 內
  有一川三井 今廢"

巖崖幾千丈　　깎아지른 절벽은 몇 천 장일런가
嶵絶不可攀　　가파르게 끊어져 잡을 수 없어라
下馬步躊躇　　말을 내려 머뭇머뭇 걸어가서는
顧眄開愁顏　　돌아보며 수심의 얼굴을 펴노라
玄冬天地肅　　한 겨울이라 천지가 엄숙한데
朔風振枯菅　　북풍은 마른 왕골에 불고
單于古臺上　　선우의 옛 누대 위에는
慘淡雲氣頑　　참담한 구름기운 서려있다
杖劒背落日　　칼 짚고서 지는 해를 뒤로하며
笑指閼氏山　　연지⁴⁷⁾산을 가리키며 웃노라
手撚鐵絲箭　　손에 철사의 화살을 쥐어 잡고
弓如明月彎　　활을 밝은 달처럼 굽혀서는
仰落雙雁飛　　우러러 나는 한 쌍의 기러기를 떨어뜨리며
俯殪雉子斑　　허리 구부려 얼룩점의 꿩을 쏜다.
從軍良所樂　　종군의 일은 실로 즐길만하여
浩歌心自閑　　호쾌한 노래에 마음은 절로 한가롭네
丈夫四方志　　사방에 장부의 큰 뜻 두었으니
何問夷與蠻　　어찌 오랑캐와 왜적을 물으랴
揮鞭出門去　　채찍을 휘갈기며 관문을 나설때는
有去無思還　　가서 살아 돌아올 생각 없어야 하는 법
馳鶩及少壯　　말을 치달리는 기운 젊은이와 다름없으니
不復數險艱　　다시는 험난함 따위 헤아리지 않다가
終當披介胄　　마침내 갑옷을 벗고는
沒身沙磧間　　모래벌에 몸을 묻어야 하리
誰如班定遠　　뉘라서 반초처럼
生入玉門關　　살아서 옥문관을 들어올 수 있을까

　　　　　　　　　　　　〈雲頭城〉, 「北塞錄」권1, p.8

---

47) 閼氏 : 흉노의 선우나 제왕의 妻를 가리키는데 연지산은 곧 燕支山이다.

함경도 병마절도사의 문관 막료인 북평사가 되어 부임지인 경성에 도착하여 근처에 있는 운두성을 돌아보며 기개를 토로한 작품이다. 고시 형식을 취한 이 시는 크게 세 부분으로 나뉜다. 첫 단락은 처음부터 10구까지로 변방 지형과 기후의 험난함을 묘사하고 있다. 둘째 단락은 11구부터 18구까지로 변방의 종군 실상을 묘사한 후, 마지막 단락은 19구부터 끝까지로 종군객으로서의 다짐과 의지를 밝히고 있다. 전반부에서 '암애(巖崖)', '참절(巉絶)' 등의 묘사로 운두성의 웅장하고 기험(崎險)한 경관을 제시하고, 이어서 그 곳에서 종군하는 자로서의 기상과 자세를 그린 후, 후반부에서는 변방의 방비를 위한 장부로서의 기백을 '반초(班超)'의 전고를 사용하여 호기롭게 펼치고 있다. 전반부는 주로 자연 경관의 광활한 풍광을 묘사하고 후반부에서는 목숨을 바쳐서라도 맡은 바 임무를 완수해야 한다는 의무를 강조함으로써 웅혼한 기상으로 시작된 시상이 비장함으로 연결되어 끝맺는다.

그런데 마지막 구에서 작자의 입장을 대변할 수 있는 소재로 선택된 '반초(班超)'라는 인물은 작품의 구체적 해석을 위해 시사해 주는 점이 크다. 반정원은 원래 서생 출신이었으나 봉후에 뜻을 두고 붓을 내던진 후 서역을 개척한 후한의 장군으로 변새시의 소재로 자주 등장하는 인물이다. 즉 이안눌이 이상적으로 설정한 인물은 문약(文弱)에 빠져 쓸데없이 붓이나 놀리는 서생이 아니라 무(武)를 겸비하여 천하를 평정하는 공을 세운 인물이라는 점이 부각되는 경우가 많다.

특히, 이안눌이 강조하고자 하는 반초의 면은 어려운 전란의 극한 상황 속에서 살아남은 그의 역량에 초점을 맞춘다. 이는 자신의 모습과 중첩되어 투영된 시적 자아가 맡고 있는 변방에서 종군 역할의 중요함을 역설하고자 한 것이다. 칼을 짚고 오랑캐 땅을 굽어보며, 활을 힘껏 당겨 천지에 노니는 새들을 겨누며 기개를 펼친 후, 자신은 서생으로 서역의 길을 텄던 반정원처럼 살아서 옥문관으로 다시 돌아오지는 않겠다는 의지를 되새기

는 것으로 웅혼과 비장의 시상을 잘 조화시켜 대장부다운 기상과 기백을
토하고 있는 작품이라 하겠다.

또 다음의 작품에서도 '황토령(黃土嶺)'이라는 우리의 고유지명을 배경
으로 하여 반초의 이러한 면을 부각시켜 형상화하면서 투영된 자신의 기개
를 펼치고 있다.

西登黃土嶺	서쪽으로 황토령에 오르니
北指白頭山	북쪽은 백두산을 가리키네
天地窮荒外	하늘과 땅 끝없는 밖이요
華夷咫尺間	중국과 오랑캐 지척사이이네
自憐班定遠	가련하도다. 班定遠이여
重入玉門關	어찌하여 玉門關을 거듭해 들어갔던가!
直欲提孤劒	곧바로 외로운 검을 치켜들고서
長驅去不還	길이 달려 들어가 돌아오지 않으리

<黃土嶺作>, 「端州錄」, p.9

단천 군수로 재직할 때 시관(試官)으로 경성에 다녀오다 황토령을 지나
면서 지은 시로 '황토령', '백두산' 등 우리 지명을 써서 변방이 우리 땅이라
는 점을 강조하고 외적을 막고자 하는 결연한 의지를 다지고 있는 작품이
다. 이 시에서도 물론 '옥문관', '반정원' 등의 중국의 지명과 인명을 쓰고
있기는 하지만 그것은 용사(用事)의 차원에서 비유적으로 처리된 것이기에
그 의미가 다르다.

말하자면 이 시의 중심어는 어디까지나 '황토령(黃土嶺)'이라는 조선 지
명으로, 작자는 '백두산(白頭山)'이라는 우리의 지명을 거듭 사용함으로써,
황토령이 국토 산하의 정점인 백두산과 연결되어 있음을 강하게 의도하는
것이다. 이를 통해 작자는 황토령을 지나며 그것이 변방의 우리 땅이며,

그러기에 마땅히 몸을 던져 지켜내야 한다는 의지를 드러내는 것이다. 나아가 반초의 역량에 초점을 맞추어 변방 종군의 중요함을 역설하고 의로운 검을 들고 죽음을 불사하고 달려 들어가 반정원처럼 살아서 옥문관으로 다시 돌아오지는 않겠다는 의지를 되새긴다. 이렇듯 중국의 전고(典故)를 사용하지만 그가 시상을 통해 의도하는 바는 북방의 변새를 지키는 조선인으로서의 호방한 포부와 의지를 되새기는 것이다.

六月龍灣積雨晴　　6월의 용만에 장마가 개어
平明獨上統軍亭　　해 돋을 무렵에 혼자서 통군정에 오르네
茫茫大野浮天氣　　아득히 넓은 들은 하늘의 기운을 띄우고
曲曲長江裂地形　　굽이굽이 긴 강은 땅의 형체를 찢는구나
宇宙百年人似蟻　　우주에서 백 년 삶의 인간은 개미와 같고
山河萬里國如萍　　산하에서 만 리 땅의 나라는 부평초 같구나
忽看白鶴西飛去　　문득 흰 학이 서쪽으로 날아가는 것을 보고
疑是遼東舊姓丁　　요동의 옛날 정령위가 아닌가 의심하였네
　　　　　　　　　　　　　　　　　<登統軍亭>, 「朝天錄」권2, p.5

　1601년 '통군정'에 오른 호쾌한 기상을 읊은 시로 역대 시화에서 '웅혼(雄渾)'의 풍격으로 높이 평가 받은 시이다. 시의 배경인 통군정은 당시 서북 방위의 거점이었던 의주성의 군사 지휘지로 쓰였던 곳으로 이 누정은 의주 서쪽 압록강 기슭 삼각산 위에 지은 정자로서 관서팔경(關西八景) 중의 하나다. 정자에 오르면 멀리 만주의 구연성(九連城)과 오룡산(五龍山)이 마주 보인다고[48] 할 정도로 중국과는 인접한 곳이다. 수련은 비갠 후 새벽녘, 홀로 등람하는 상황을 서술하고 함련은 웅장한 경관의 대야(大野)와 장강(長杠)은 하늘과 땅의 형세를 가를 수 있을 만큼 그 기세가 뛰어남을 묘

48) 평안북도지편찬위원회, 『平安北道誌』, 대한 공론사, 1973, p.585.

사한다. 경련에서는 앞에서 묘사한 자연 경관의 웅장함과는 대조적인 인간
사를 그리며, 세사의 덧없음을 말하고자 한다. '우주', '산하'으로 대변되는
자연이 가진 영원불변의 의구한 모습에 비하여 인간의 삶과 나라의 영토는
모두 허망하다는 것이다. 이러한 작자의 의도는 함련에서 보이는 '망망(茫
茫)'과 '곡곡(曲曲)'의 첩어의 대와 야(野)와 강(江), 천(天)과 지(地)의 대를
통한 표현으로 더욱 선명하게 드러난다. 미련에서도 역시 영원에 대한 선
망을 바탕으로 하여 인사(人事)의 덧없음을 우회적으로 그린다. 망망한 들
을 날고 있는 한 마리 백학은 무한한 우주의 유한한 존재의 의미이며 백학
과 천지가 상징하는 영원한 시간 속의 무한한 공간인 산하에서 사는 점렵
뒤의 모습은 개미와 부평초로 묘사되는 유한한 인간의 모습과 겹쳐지면서
더욱 선명하게 대조된다. 자연의 의구성과 인간의 유한성을 대조시킴으로
써 호방한 기상과 동시에 나약한 인간으로서 가질 수밖에 없는 숙명적 비
감을 담아내고 있는 것이다.

천지(天地), 고금(古今) 등 구체적인 묘사를 피하고 광활한 스케일의 풍
광을 펼쳐놓는다는 점이나 결말에 이르러 유장한 느낌을 불러일으키는 의
경을 배치하여 호방함 속에 비애의 여운을 엮어 함께 표출한다. 이러한 수
법을 통해 웅장한 경관에 대한 묘사로 호방함을 담아내는 한편 이와는 대
조적인 인사의 덧없음을 대비시킨다. 이로써 인간과 자연 사이에 존재하는
유한과 무한, 영원과 순간에 대한 시인의 통찰을 제시하며 비장의 미감을
함께 보여주는 것이다. 이러한 이안눌 변새시의 이면에 작용하는 호방과
비장이 혼융된 복합적 미학의 표출 양상은 당대의 다른 시인의 작품과 비
교할 때 더욱 두드러진다.

統軍亭前江作池　　통군정 앞 강물은 연못이 되었는데
統軍亭上角聲悲　　통군정 위 뿔피리 소리 구슬프구나

使君五馬靑絲絡　使君의 다섯 말 푸른 고삐 매어 있고
都督千夫赤羽旗　都督의 일천 장부 붉은 깃발 들고 있네
塞垣兒童盡華語　변방 땅의 아이들은 중국말만 떠드니
遼東山川非昔時　요동의 산천도 옛날이 아니구나
自是單于事田獵　선우가 사냥을 하는 것뿐이니
城頭夜火不須疑　성 머리의 밤불은 의심할 필요없네

　　1626년 동명 정두경이 28세의 나이로 중국의 사신을 맞아 원접사인 김류를 따라 포의로 제술에 종사하였을 때 지은 것이다. 의주에서 부윤인 이완과 함께 통군정에 모여서 술을 마시다가 명나라 도독 모문룡의 군대가 지나가는 것을 보게 되었는데, 이때 지은 시이다.[49] 수련에서는 통군정 밑으로 흐르는 압록강이 연못처럼 작게 보인다고 함으로써 통군정이 그만큼 높이 솟아 있음을 다소 과장되게 묘사한다. 더구나 그들이 접대하러 왔던 사신들의 나라이자, 조선인이 섬겨온 명은 이제 쇠락해가는 운명이라는 사실에 작자는 더욱 착잡해진다.

　　그러나 함련(頷聯)에서는 모문룡 군대의 장대한 광경을 감탄의 눈길로 바라보고 이러한 굳센 기상을 청(靑)과 적(赤)의 선명한 색채 대조로 표출한다. 경련에서는 주변의 상황 묘사로 변방 사람들의 말은 모두 중국말로 당시 이곳은 후금의 침략을 받은 후 명나라의 피란 세력들이 거주하였으며 요동은 이미 후금에게 함락되어 그 이전의 평화롭던 모습이 아니었다. 미련에서는 선우의 사냥과 봉화를 대비시켜 무사 평온함을 말하고 있는데, 성머리의 밤불이 전쟁을 알리는 봉화불이 아니니 긴장할 필요가 없다는 것

---

49) 洪萬宗,『小華詩評』, "姜·王二詔使之來 北渚金相公爲遠接使 鄭東溟 以白衣從事 至義州與府尹李莞會飮統軍亭 遙見毛都督軍兵過去 賦詩一律曰…(中略)…氣格遒健彷佛老杜 眞所謂不二門中正法眼藏 非野孤小品 可等論也"(남은경,『東溟 鄭斗卿 文學의 硏究』, 이화여대 박사학위논문, 1998 재인용) 본고의 정두경 시에 대한 분석은 이 글의 논의를 참고하였다.

이다. 원래 오랑캐족은 밤에도 불을 피워놓고 사냥하길 즐겼기 때문이다.
이 구절은 어찌 보면 당시 군대의 대치 상황 속에서 너무 낙천적이고 안이
한 말을 하는 듯이 보이지만 이 시가 명나라의 조사를 맞으러 간 사절단의
시였던 점을 감안한다면, 명에게 국방의 문제를 안심시키려는 의도로써 이
렇게 표현되었다고 할 수 있다. 변새의 풍경을 집약적으로 보여주면서 작
품 전체의 주된 의미는 사군과 도독의 훌륭한 치적과 무공으로 변방이 평
화롭다는 것이다. 고향을 그리는 뿔피리 소리만 들릴 뿐, 아이도 교화를
입어 화어(華語)를 말할 줄 안다는 표현에서 팽팽한 대치와 긴장감은 찾아
볼 수 없으며 봉화도 선우의 사냥을 알리는 것일 뿐 위급함을 의미하는
것은 아니다.

정두경의 이 시는 창작 배경의 특수성을 고려해야 하겠지만 전체적으로
상대를 칭송하기 위한 호방의 미감이 주를 이루고 있다는 점에서 앞서 살
펴본 웅혼과 비장이 조화된 이안눌의 미감과는 변별된다. 즉 이안눌은 웅
혼한 기상을 표출하면서도 의경의 이면적 의미를 통해 비장의 미감을 이끌
어내는데 있어 탁월한 표현의 묘미를 살렸다. 이러한 호방과 비장의 복합
적 미감은 종군객으로서 가지는 자신의 처지를 강조함으로써 다른 영웅적
인물을 끌어들이는 경우50)가 적다는 점에서도 설명될 수 있다.

또한 정두경의 시에서 무인에 대한 묘사에 있어서도 죽음 이미지와 병
치되는 경우가 많은데, "장군께서 백마를 타고/ 장성 아래에서 크게 사냥하

---

50) 남은경, 앞 논문, pp.66~72 참고. 정두경은 과장법과 강조법 등의 다양한 수법을 바탕
으로 민족의 영웅이나 당대의 명장에 큰 애착을 가지고 豪俠의 영웅적 인물을 숭상하
는 尙武의 정신을 표출하였다. 특히 名將들의 이름과 업적을 시속에 담고 싶어 하여
'을지문덕 장군의 薩水大捷 (『東溟集』권7 <夜登百祥樓>, "乙支於此破隋兵", 권9 <紀
行述懷贈北評事朴德一吉應>, "三韓國雖小 自古士馬麤 安市唐不拔 薩水隋爲魚')'이나
'尹瓘의 여진 정벌(권2, <送尹而遠鳴殷諭鏡城 4수>, "尹瓘功成大漠開 至今遺廟長蒼
苔", 권9 <紀行述懷贈北評事朴德一吉應> "前朝尹元帥 關地驍悍誅 斯人去已遠 古臺空
寒蕪")' 등을 단편적인 시구 속에서 등장시키곤 하였다.

시네/ 활 당겨 오랑캐 죽이시니/ 과연 수리 잡던 활이라네"[51])에서 보이듯
호방이 극단으로 치우쳐 섬뜩하리만큼 잔혹한 살육에 대한 시화로 강한 인
상을 주고 있다. 여타 변새시에 등장하는 무장과 영웅의 모습은 무기에 대
한 자세한 묘사나 오랑캐를 베는 행위의 형상화 등이 나타나며 종국에 이
르러 혈(血)·살(殺)·사(死) 등이 중요한 이미지로 사용된다.

그러나 정두경과 달리 이안눌은 군사적 대치의 긴장감 속에서 변새시를
창작하였음에도 불구하고 다소 과장된 살인과 죽음 등의 잔혹 이미지를 극
단적으로 보이지 않는다. 다음의 작품에서 나타나는 무인에 대한 묘사에서
도 검의 이미지는 뛰어난 무공의 과시라기보다 현실의 직임에 충실한 호기
롭고 여유로운 인물의 형상으로 표출된다.

自作三軍佐	삼군의 보좌관이 되어서야,
仍成萬里遊	머나먼 변방에 노닐게 되었네
風生白羽扇	바람은 하얀 부채에서 일고
雪擁黑貂裘	눈보라 검은 갑옷에 쌓인다.
教陣臨河泮	병사 훈련시켜 물가 언덕에 대고
移營出壟頭	군영을 옮겨 언덕 머리를 나선다.
小儒君莫笑	겁쟁이 선비라고 비웃지 말라
行取義陽候	이래뵈도 행동은 의로운 양후라네
歲暮居延路	한해가 저무는 변방의 길
嚴風透戰袍	살을 애는 바람 전포를 뚫고 스민다.
馬跑關雪暗	말은 어둑한 북관의 눈을 허비고
雕放積雲高	수리는 사막의 구름 위에 높이 떴다.
保國身方健	나라 위한 몸 튼튼하니,
臨邊氣益豪	변방의 선 기개 더욱 커지네

---

51) "將軍騎白馬 大獵長城下 彎弓殺胡兒 果是射鵰者"

長歌塞下曲   길이 새하곡을 부르며
含笑看霜刀   서릿발 칼날을 웃으며 보노라
<從軍行>二·三首, 「北塞錄」권1, p.11

「북새록(北塞錄)」에 실린 <종군행(從軍行)> 3수 중 뒤의 두 수이다. 눈보라가 전포를 뚫고 스며드는 북새의 엄혹한 추위 속을 걸어가는 행군, 군막을 이리저리 옮겨가며 훈련을 해야 하는 거친 군영 생활은 한가롭게 정자에 앉아 자연을 완상하던 유자의 생활과는 딴 판이다. 혹독한 자연환경과 병영 생활에 익숙하지 못한 유생이지만 의로운 기개만은 양후처럼 할 것이며 군가를 부르며 의기를 고취하고 서릿발 칼날을 응시하며 약한 유생의 티를 벗어나 호기를 기르겠다는 다짐이 전편에 넘친다.

그러나 이 시에서 보이는 무장(武將)의 모습은 정두경의 시에서 본 것처럼 상상을 동원한 흔적도 없으며 영웅의 호방한 기개가 극단적으로 표현되어 있지도 않다. 전반부에서는 험한 변방의 모습과 그에 따른 고충을 말한 후 이를 이겨내고자 하는 굳센 모습을 보여주고 있다. 경련에서 나라를 훌륭히 방비하고자 하는 임무를 완수하기 위해서 갖추어야 할 조건이 건장한 몸과 호쾌한 기상임을 들고, 미련에서는 <새하곡(塞下曲)>을 부르고 웃으며 칼을 바라보는 여유와 호방함을 표출하고 있다. 이안눌의 변새시에 등장하는 무장의 모습은 스스로의 호방한 기개를 보여주는데 그칠 뿐, 과장이나 역동적인 묘사를 통해 형상화되지 않으며 또한 초월적인 영웅의 면모도 나타나지 않는다. 변새에서 누리는 평범한 의경을 담담히 기술하면서 오히려 평이하지 않은 시상을 만들어냄으로써 인물을 형상화하는 수법을 보여주고 있는 것이다.

북쪽 변경의 마을은 군사적 방어시설들이 있는 요충지이다. 다음 시는 병마평사의 막료로 종군하고 있는 처지에서 예사롭지 않은 군사적 풍물들에 대하여 그리고 있다.

兵車曉出聲轔轔　　병거가 새벽에 나서니 바퀴소리 삐걱 삐걱
鐵騎蹴踏氷河裂　　무장한 기병 밟으며 지나니 얼어붙은 강 갈라지네
龍旗焰焰半空赤　　용의 깃발, 불타오르는 듯 허공에 붉고
金甲寒光照玉雪　　철갑옷 차가운 빛, 옥 같은 눈에 비치네
將軍號令肅如霜　　장군의 호령은 엄숙하기 서리 같아
邊草蕭條飛鳥絶　　변방의 풀 시들고 나는 새는 자취조차 끊어졌네
陰風欻起吼大漠　　서늘한 바람 문득 일어 큰 사막을 울리더니
掃盡天山雲氣黑　　천산을 쓸어버릴 듯 구름이 시커멓구나
枯樟煙滅北落明　　봉화 연기52) 끊어지고 북락53)이 밝아오는데
燕支婦女無顔色　　연지 땅 부녀자는 안색이 창백하네

〈出塞曲〉, 「北塞錄」 권1, p.12

새벽에 출정하기 위해 진영을 나서는 전차와 전마의 천지를 진동하는 위용과 잘 다스려진 병사, 당당한 장군의 위엄을 핍진하게 그리고 있다. 그 위용과 기세에 변방의 자연 경관도 순응하는 듯 나는 새도 쥐 죽은 듯이 오간데 없고, 큰 사막에 불어오는 겨울 찬바람, 천산을 휘감은 듯한 검은 구름은 전장의 음산한 분위기를 더욱 돋군다. 이때 봉화연기마저 끊어지니 저 오랑캐의 부녀자들 남편과 아버지를 잃을까봐 얼굴빛이 검어진다는 것이다. 출정의 모습을 제시하는 전대의 다른 변새시에 흔히 나타나는 상투적인 시어와 수식어구가 많이 쓰이고 있어, 시어 선택이나 수사 기법 면에서 종래의 변새시들과 크게 다르지 않은 듯이 보인다.

　그러나 출정의 긴장된 순간을 표현하기 위해 객관적인 시선을 통해 시

---

52) 『史記·魏公子列傳』에 "公子與魏王博, 而北境傳擧烽"이라 하였다. 裴駰의 集解에 『文穎』을 인용하여 "作高木櫓 櫓上作桔橰 桔橰頭兜零 以薪置其中 謂之烽 常低之 有寇 卽火然擧之以相告"라 하였다. 이후 烽火臺를 '桔橰烽'이라 하였다.

53) 남쪽 하늘의 큰 별인 北落師門을 가리킨다. 『晋書·天文志上』에 "北落師門日星 在羽 林西南 北者, 宿在北方也：落, 天之藩落也：師, 衆也：師門, 猶軍門也"라 하였다. 당 이 백의 〈司馬將軍歌〉에 "北落明星動光彩, 南征猛將如雲雷"라 하였다.

적 화자는 겉으로 드러나 있지 않지만 시상의 전개를 따라 살펴보면 직접
적 체험에서 비롯된 작자 자신과 중첩되어 있음을 알 수 있다.

1구에서 4구까지는 새벽에 나서는 출병의 웅장한 장면을 병거(兵車), 철
기(鐵騎), 용기(龍旗), 금갑(金甲) 등에 대한 세밀한 묘사를 통해 표출하고
있다. 새벽녘 비로소 떠오른 해가 용이 그려진 깃발과 갑옷을 비추는 아침
광경을 빙하(氷河), 반공(半空), 옥설(玉雪) 등의 이미지를 사용하여 북관 변
새 지역의 추위를 형상화하고 있다.

5, 6구는 변방의 풀 쓸쓸하고 새는 자취조차 끊어진 황량한 분위기에 대
하여 묘사한다. 이러한 표현은 앞서 살펴본 <등통군정(登統軍亭)>에서와
같이 인사와 성불을 공교롭게 배치하여 앞 구의 시어가 지닌 심상을 이용
하여 뒷 구의 시상을 연 솜씨가 돋보인다.

7, 8구는 적막한 분위기 가운데 갑자기 음풍(陰風)이 문득 일어 비바람을
몰고 오는 검은, 구름이 하늘을 메우기 시작하는 모습을 그렸다. 천산을
쓸어버릴 듯 시커먼 구름은 표면적으로는 진군을 가로막는 자연의 시련을
의미하지만, 그 내포하는 바는 팽팽한 긴장감 속에서 목숨을 걸고 싸워야
하는 교전에 대한 두려움을 암시하는 것으로 볼 수 있다.

9, 10구는 출병한 군대가 목적지에 도착하여 바라본 광경을 그린 것으로
그곳의 장정들이 몸을 피한 것인지 아니면 사냥을 떠난 것인지 연지 땅의
마을에는 오직 부녀자들만이 보인다. '무안색(無顔色)'이란 표현은 창백한
안색을 말하기도 하고 화장을 하지 않은 모습이란 이중의 뜻을 지니며, 이
는 '연지(臙脂)'의 출전인 '연지(燕支)'를 이용한 관습적 표현[54]과도 연결된
다. 표현의 측면에 있어 관습성을 내재하지만 시상의 전개에 있어서 출병

---

54) 燕支 : 원래 여자들이 화장할 때 양쪽 뺨에 찍는 紅粉인 '臙脂'와 같다. 燕支草가 나는
   흉노의 燕支山에서 유래하였다. 흉노가 이 산을 잃었을 때 "失我燕支山 使我婦女無顔
   色"이라는 노래를 지어 불렀다고 한다.

의 엄숙함과 지휘관의 호기, 이를 둘러싼 변방의 황량한 주변 환경에 대한 세밀한 상황 배치로 인하여 마지막 구는 두려움에 떨고 있는 변새 지역 부녀자들의 자연스러운 실제 모습을 잘 포착한 것으로 파악된다.

이안눌은 이와 같이 소재적 차원에서 상투적인 시어와 관습적인 의경을 사용하였으나 순차적인 시간의 흐름에 따라 실제 종군 상황에 대한 적절한 의경을 배치하여 출정의 처음과 끝 사이의 중요한 대목들을 자세히 표현한다. 군사적 풍물과 변새의 여러 풍광들이 자연스러운 시간 구성과 서로 어울려 출진하는 군대의 위엄과 긴장감이 효과적으로 형상화된다.

출정의 과정 중에 포착할 수 있는 극적 긴장을 감정의 심한 등락 없이 표현해내는 조직은 의고에 의존한 허경(虛景)의 상상만으로는 체득하기 어려운 것으로 출정 당시 한 순간만의 위용을 화려하게 묘사하기에 힘쓰는 다른 변새시들과 사뭇 변별된다. 이안눌 변새시에서 두드러지는 이러한 평이하면서도 자연스러운 시상 전개의 특징은 자신의 종군 체험이 작품 창작의 과정에 녹아들었기 때문에 가능해진 것으로 보인다.

白龍堆上曉雲空	백룡퇴[55] 위로 환한 구름 걷히자
一片塞月光如水	한 조각 변방의 달은 물처럼 밝네.
朔風蕭蕭動枯草	북풍은 쓸쓸히 마른 풀을 바스락거리게 하고
烏鳶飛集單于疊	까마귀와 솔개는 선우족의 보루 위에 날아 모이네
日暮撓金征馬回	해 떨어지자 쇠북 두드리며 길 나섰던 말 돌아오는데
紅旗半捲淸霜裏	붉은 깃발은 맑은 서리 속에서 반쯤 말렸구나
陣前齊唱破陣曲	진영 앞에서 일제히 '파진곡'[56] 부르니
壯士歡聲四面起	장병들의 탄성이 사방에서 일어나네

---

55) 白龍堆 : 흉노가 살던 사막의 이름.

56) 破陣曲 : 破陣樂. 당태종이 秦王일적에 劉武周를 정벌할 때 군중에서 지은 음악 이름, 즉위 후 연회 때 반드시 이 음악을 연주하였다.

劒花秋蓮鎖玉匣   가을날 연밥 같은 칼 빛을 옥갑에 감춰두니
長城屹立三千里   긴 성은 삼천리에 우뚝 솟았구나.
<入塞曲>, 「北塞錄」권1, p.13

출정을 마치고 군막으로 돌아오는 장면을 그린 작품으로 백룡퇴(白龍堆), 선우첩(單于疊), 파진곡(破陣曲) 등은 흔히 나오는 시어로 변경의 풍경과 군대의 위용을 묘사한 부분에도 의고의 흔적이 강하지만. 이 작품 역시 시상의 추이를 살펴보면 직접적 체험의 흔적이 보인다.

1구에서 4구까지는 해질녘의 풍경을 묘사하는 것으로 어스름한 저녁 한 조각 뜬 달과 마른 풀에 부는 스산한 바람은 황량한 광경뿐으로 다소 불안한 긴장감이 감돈다.

5구에서 8구까지는 임무를 마치고 돌아오는 군대의 상황묘사로 임무를 무사히 마치고 귀환하는 성취감과 안도감이 파진곡(破陣曲)의 노랫소리에 묻어난다.

9, 10구에서는 병사로서의 직임을 완수한 감격을 풍경으로 치환시켜 표현하였는데 갑 속의 칼은 작자 자신의 용맹함과 임무에 대한 의지를 내포하고 있다. 갑 속에서 빛나는 칼은 다음에 맡겨지는 임무를 기다리는 자신의 모습을 상징하고 삼천리에 우뚝 솟은 성은 오랑캐의 침입에 끄덕 없는 견고한 국방을 의미하는 것으로 볼 수 있다. 단순히 풍경을 읊는 듯이 보이지만, 그 속에 종군하는 자신의 소명의식을 표출하고 나라의 안위를 소망하는 마음을 형상화한다.

이안눌에게 있어 변새는 삶과 밀접한 공간이었기 때문에 변새의 풍경과 군영의 실상을 단순한 호기심과 흥미만으로 바라보는 시선은 존재하지 않는다. 대신 종군에 임하는 작자의 처지를 성실하게 드러냄으로써 변새시의 사실성이 담보되는 것이다. 깊은 공감을 느낄 수 있게, 평이한 의경을 치밀하고 조직적으로 배치하는 능력을 보여주는 것이다. 다소 평범한 듯이 보

이는 자연스러운 시상 전개를 통해 자신의 종군 체험을 작품 속에 충실히 반영하여 담아내는 시적 성취를 보여주는 것이다.

그런데 이안눌 변새시의 양상은 젊은 시절 남긴 「북새록(北塞錄)」과 만년에 쓴 「함영록(咸營錄)」의 두 편록 사이에 두드러진 차이점이 몇 가지 보인다. 우선 체제에 있어서 자신의 심사를 절절히 고백하던 가행체 등 고시에 대한 관심은 사라지고 대부분 칠언율시를 선택하고 있다. 젊은 시절 이안눌은 자신의 처지와 심사를 표출하고자 할 때에는 장편 고시를 자주 지었으며 의고를 염두에 둔 경우나 거리를 두고 대상물을 객관화하여 시화하는 경우에는 절구나 율시를 썼다. 이런 경향은 노년에 이르러 상당히 감쇄되어 칠언율시라는 고정된 형태의 변새시만을 제작하는 모습을 보여준다.

한편 작품 수에 있어서도 변화가 보인다. 이안눌 변새시의 대부분은 젊은 시절에 지어진 것이다. 예순이 넘은 나이에 함경도 관찰사를 지내면서 지은 작품들은 변새시의 수가 초기에 비해 확연히 적어졌음을 알 수 있다. 다만 변방을 다스리는 책임자로서의 민생에 대한 문제의식이나 관리로서의 충의를 다짐하는 모습을 보여주는 작품이 있다. 다음 작품에서는 변방의 민생을 관할하는 관찰사로서의 문제의식이 표출된다.

誰築關城此海津　　누가 이 바닷가에 관문을 지었는가
吏民驅石至今嚬　　관리와 백성들이 돌을 굴려 아직껏 화가 나있네
雖云地勢遮三面　　비록 지세로는 삼면이 막혀있으나
頗奈人居絶四隣　　민가가 사방으로 막혔음을 어찌하랴
突騎若教彌曠野　　기습부대가 만약 넓은 들에 가득 찬다면
孤軍那敢守重闉　　외로운 군사가 어찌 중요한 진지를 지키리요
況聞近水困倉潤　　하물며 듣자니 물이 가까워 창고에 습기 차서
萬斛終難貯一春　　만 섬의 곡식을 끝내 한 봄 쌓아놓기도 어렵다나
<辛未八月初十日辛亥……>57), <咸營錄>권19, p.11

함경도 관찰사로 있을 때인 1631년에 지은 작품으로 변경지역의 지세에 관한 남다른 관심이 돋보인다. 관리와 백성들을 동원하여 바닷가에 관문을 지었으나 민가가 사방으로 막혀 있어 비록 삼면이 막혀있는 지세라 할지라도 기습부대가 공격한다면 중요한 진지를 지키기 어렵다는 작자의 분석이다. 총괄적인 책임자인 관찰사로서의 직임에 충실한 예리한 문제의식이 돋보인다. 물이 가까워 습한 까닭에 창고가 가득하여도 많은 곡식을 한 봄 쌓아놓기도 어려운 상황을 말하면서 바닷가에 관문을 지은 일에 대하여 지세에 대한 정확한 판단을 근거로 문제를 제기하고 있다.

이러한 편록 간의 차이점은 패기에 찬 젊은 시절과 노쇠한 시절이라는 차이, 종군객과 관찰사라는 현실적 지위의 차이와 함께 후기시에서 보이는 시풍의 변모와도 그 맥락을 같이 하는 것으로도 볼 수 있다. 즉, 젊은 시절 쓴 작품은 변방의 종군객으로서 북변의 특이한 풍물에 대한 관심을 웅혼한 시풍을 바탕으로 짜여진 의경과 의고적 표현 수법을 통해 정교하게 묘사한다. 이에 반하여 노년에는 관찰사의 자격으로 변방을 다스리는 책임자로서의 의무감을 보여주는 다소 평이한 작품들을 남기고 있다.

2. 任地 및 流配地에서의 일상사 표출

1) 주변 세사에 대한 일기적 기록

이안눌은 평소 사소한 주변 일상에 대한 세심한 관심을 통하여 다양한 경험들을 한시 작품에 용이하게 담아내었다. 그에게 있어 시를 짓는다는 행위자체는 이미 일상화되어 있었던 듯한데, 시를 통해 생활을 반영한 일

---

57) <咸營錄>, p.11, <辛未八月初十日辛亥 踰磨天嶺 次吉州城津鎭 題朝日軒 用板上參議
    姪植韻>.

상의 세계를 읊는 것이다.

이러한 경향은 젊은 시절부터 보이는 특성이지만 특히 유배기를 포함한 만년의 시에서 더욱 두드러지게 나타난다. 감정의 고양된 한 순간이나 특별한 일만이 아닌 일상 활동이 시의 소재가 되어 일시적 삶의 단면과 그에 따른 생활 정감을 표출한다. 이에 생활 문학으로서의 의미를 지닌 이안눌 시에 나타난 일기적 표지를 몇 가지로 나누어 살펴보고자 한다.

첫째, 제목의 표기법에서 일기의 성격을 유추할 수 있다는 점이다. 그 예로 1624년 6, 7월의 시제만을 차례에 따라 살펴보면, <생일작 유월이십일일(生日作, 六月二十一日)>, <칠월초일일계축(七月初一日癸丑)>, <칠월초이일갑인(七月初二日甲寅)>, <칠월토삼일 우중(七月初三日 雨中)>, <칠월이십팔일 신사(七月二十八日 辛巳)>과 같이 날짜에 따라 일록화하였음을 알 수 있다.

이러한 예에서 확인할 수 있듯이 그는 특기할 만한 일이 있었던 날, 가령 형의 임명소식이나, 누구에게 무슨 선물을 받고, 누구의 방문이나 문안을 받거나 초대를 받거나 했을 때, 시의 제목을 통해 이를 상세히 쓴다. 반면에 일상의 반복으로 특별한 일이 없을 때, 날짜만을 쓰거나 기후를 쓰거나 즉사(卽事), 우제(偶題), 희서(戲書) 등의 불분명한 제목을 달고 날짜를 쓰기도 한다. 그의 작품에는 유난히 긴 서술적 문장형의 제목이 많은데 이는 시의 일상화 경향과 관련이 있다. 무엇보다 시의 제목이 서술적이라 제목만 보아도 무슨 일이 있었는지 그의 생각과 느낌이 어땠었는지 알 수 있을 만큼 세세하게 일상의 삶을 기록하는 것이다.

둘째, 시의 구성이나 내용면에서도 일기와 닮은 구성을 지닌다는 점인데, 시를 통해 날씨, 주변 경물, 사람의 행위 등으로 관한 시선을 옮겨 가며 삶의 어느 순간에 대한 일화를 적는 듯한 시상 전개를 보여준다.

老屋寒多透弊衣　　집이 낡아 추위가 해진 옷을 마구 꿰뚫는데
隔窓踈雪撲簷飛　　창밖엔 성긴 눈이 처마를 때리며 날리네
朝聞野井初墳逕　　아침에 들녘 우물로 가는 길이 막혔다 들었는데
晚說山廬漸擁扉　　저녁에는 점점 산 속의 집 사립문을 (눈이) 둘러싼
　　　　　　　　　다고 하네
壓重正愁茅棟折　　무겁게 눌러 기둥이 부러질까 걱정인데
埋深誰護枳籬圍　　깊이 파묻히면 탱자 울타리를 누가 돌볼까?
樵僮共識炊烟絶　　나무하는 아이도 밥 짓는 연기 끊긴 줄 알지만
不敢生嗔且忍饑　　감히 화를 내지 못하고 또한 배고픔을 참는구나
　　　　　　　　　　　<鏡城雪中作>三首,「北竄錄」권15, p.40

　　1624년 이안눌은 이괄의 난이 일어났을 때 적절치 못한 말과 행동을 하
였다는 죄목으로 경성에 유배되었는데, 그 당시 작품에는 곤궁한 생활상이
평이하면서도 솔직하게 형상화되어 있다. 이때 지어진 작품으로 눈이 많이
내려 우물의 물도 긷지 못하고 눈이 많이 내려 집이 무너질까 근심스러워
하는 모습을 담고 있다. 눈 내리는 날의 한 장면을 묘사한 시로 날씨와 기
후, 주변 사물, 정경에 대한 소소한 관심을 표출한다. 시상에 따라 차례로
시선이 이동하는데, 이러한 장면은 생활의 현장에서 흔히 볼 수 있는 것으
로 날씨와 기후는 일기적 속성을 표지해주는 근거로 볼 수 있다. 일기에서
날씨와 기후에 대하여 묘사한 후 흔히 사람과 그와 관련된 활동에 대한
서술이 뒤따르는데, 이 시에서도 역시 날씨에 대하여 쓴 다음 인간과 관련
된 활동을 적어 이에 대응된다.

　　궁핍한 살림에 눈마저 쌓여 촌가에는 밥 짓는 연기가 끊기고 나무하는
아이는 배가 고파 투정을 부리고 싶지만 차마 말을 꺼내지 못하고 굶주린
배를 움켜쥘 뿐이다. 폭설로 인해 무너질 것이 두려울 만큼 허름한 산간
마을의 노옥(老屋)을 배경으로 눈 내리는 어느 날의 일상적 삶을 담담한
필치로 생동감 있게 그려낸다. 유배의 삶에 대한 자신의 심회나 정취를 드

러내는 표현은 찾을 수 없으나 주변의 경물 묘사나 타인에 대한 행동을 있는 그대로 드러내는 수법을 통해 시 속에 투영된 작자의 유배의 삶과 이에 임하는 생활의 자세가 자연스럽게 묻어난다.

凍靄冥濛欲雪時　겨울 안개 흐릿흐릿 눈 내리려 하더니
雪晴林麓玉參差　눈 개인 숲에는 옥빛 눈이 들쭉날쭉
平原有店孤烟直　평평한 들의 주점에선 한 줄기 연기 피어오르고
亂嶂無雲薄日欷　어지러운 숲, 구름도 없는데 해는 기우네
老犬獨眠依壞礎　늙은 개는 홀로 자려 무너진 주춧돌에 기대고
飢鴉相叫聚疏籬　주린 까마귀 서로 우짖으며 성긴 울타리에 모여 있네
一冬淸景誰能會　한 겨울의 맑은 경치 누가 알 수 있으랴
都入幽人七字詩　모두 유인의 칠언시에 들어오네
　　＜十一月二十四日陰 翌朝雪霽 獨坐口占＞, 「東遷錄 上」권16, p.25

1625년 유배지를 경성에서 홍천으로 옮기게 되는데 그 시기에 지어진 작품이다. 한겨울 한적한 산골의 정경을 시화한 것으로 특별한 계기에 의한 것이라기보다 눈 내린 뒤 펼쳐진 일상적 모습을 담담하게 시의 편폭 안에 들여 놓는다. 피어오르는 한 줄기 연기, 숲 너머로 뉘엿뉘엿 저무는 해, 주춧돌 옆에서 졸고 있는 개, 울타리에 모여든 까마귀 모두가 한겨울의 애상을 더하는 친숙한 풍경이다. 이 시 역시 주변 경물을 보는 여러 정황에 대한 객관적 묘사일 뿐 작자 자신의 감정 처리는 배제된 상태이지만 생활의 한 단면이 효과적으로 그려진다.

셋째, 소재상의 신변잡기적 다양성으로 그 중에서도 의식주와 관련하여 음식과 그 재료 등을 시어로 쓴 시는 비일비재하다. "내 나이 고기를 먹을 때가 되었는데/ 객지 생활에 채소국으로 곤궁 당하네/ 봄 들어 뼈만 남은 게 근심이라 종일 곤죽이 되도록 취하는구나……"58)라고 한 ＜교생남궁적 (校生南宮績)＞은 교생 남궁적이 술 3병, 소다리 1개, 소위 등의 물건을 가

지고 한 턱 낸 것에 대한 감사의 시이다. 가을에서 봄까지 매월 꿩 수십
마리를 준 것에 대해 "하물며 산의 송아지를 나누어 주고 일찍이 꿩을 보
내 주었음에랴 무거운 은혜 어떻게 갚을까 깊이 읊조리되 감히 짓지를 못
하겠네"[59]라고 하면서 보내온 선물의 종류와 수량까지 일일이 시어화한다.

비교적 이른 시기인 1607년에 쓰인 작품에서도 산겨자와 김치를 보내준
것에 감사하며, "상위에 비린내 가득해도 바닷고기 싫어했더니 지금은 산
림에서 진실로 입맛이 좋네. 항아리 가득 봄빛이니 늙은 중의 김치로다"[60]
라고 하고, 하인이 성안에 들어가 땔감을 팔아 물고기와 채소를 얻어 돌아
온 일화를 쓰면서 "쟁반의 생선조림은 푸른 땔나무 덕분일세"[61]이라고 하
면서 김치와 생선 등을 소재로 하여 17세기 초 음식문화를 통한 생활의
다양한 측면을 보여준다.[62]

다음의 시는 무우를 재료로 잘게 썰어 담근 나박김치를 소재로 하여 쓴
작품이다.

春來蘿葍欲抽芽	봄이 오니 무가 싹을 티우려 하는데
細斫沈缸味更嘉	잘게 썰어 항아리에 담그니 맛이 더욱 좋아라
石潤帶氷偏貯冷	돌 틈의 시내 얼음이 붙어 냉기 머금고 있고
海鹽熬雪乍添醝	눈 같은 바다소금 볶으니 더욱 짜게 되었구나

---

58) 「東遷錄」권17, p.5, <校生南宮續>, "吾年垂食肉 旅次困羹藜 入春愁只骨 終日醉如
泥……"

59) "況見分山犢 曾蒙送野谿 重惠何由謝 沈吟未敢題"

60) 「拾遺錄」上 권22, p.31, <謝仁圓頭陀 餽山芥沈菜>, "滿案膻葷厭海魚 林下如今眞有味
一缸春色老僧菹"

61) 「拾遺錄」上 권22, p.31, <奴楠入城中 賣薪得魚菜而還>, "一盤鮭菜賴樵靑"

62) 「北竄錄」권15, p.45, <卽事>에서도 "빙설과 풍우를 모두 겪었고/ 게, 생선, 노루, 꿩의
진미를 각기 나누었지/ 가장 어여쁜 건 이씨의 여러 형제인데/ 떡에 죽에 술과 음료수
가 새로웠지(氷雪雨風俱見過/ 蟹魚獐雉各分珍/ 最憐李氏諸昆弟/ 餅粥還隨酒醬新)"
라고 하여 다양한 음식과 그 재료를 시어로 사용하였다.

盤中頓覺生顔色　　쟁반 위에선 더욱 때깔을 이니
酒後尤宜瑩齒牙　　술 마신 뒤에 치아 빛내기에 더욱 좋구나
報道明公煩下箸　　어르신에게 젓가락을 들어보라 권하노니
野人多意不須呵　　야인의 이 정성 꾸짖지는 마오
　　　　　　<蘿薄沈菜 呈官人>(進退格 代人作),「續集」

나박김치를 관리에게 드리는 어떤 사람을 대신하여 지어준 시로 의식주
와 관련하여 '나박김치'라는 생활의 소재를 택하여 시화함으로써 17세기
초 음식 문화의 일면을 보여주고 있다는 점에서 주목할 만하다. 음식과 관
련하여 그 재료들에 대한 상세한 묘사와 그 효용, 이를 대하는 사람의 반응
까지 상세히 그려내고 있다. '나복(蘿葍)'은 무우의 한자 표기로, 무우를 재
료로 한 나박김치에 대하여 마치 생명을 불어넣은 듯한 생기 있는 묘사와
이와 관련된 여러 소소한 소재를 택하여 생활의 일면을 보여주는 것이다.
　'침채(沈菜)'란 말 그대로 채소를 수분에 담갔다는 뜻으로 최세진(崔世
珍 : ?-1542)이 쓴 『훈몽자회(訓蒙字會)』에는 "저(菹 : 딤채조)"[63]라는 해석
이 나오는데 '저(菹)'란 소금, 장, 식초 등에 절인 채소, 혹은 젓갈, 장조림
등을 두루 일컫는 한자라는 것이다. 이 시대까지는 무우를 나박나박 썰어
옅은 소금물에 담근 것을 '침채(沈菜)'로 하였으니[64], 위의 시 이해가 더욱
자연스럽다.

---

63) 주영하, 「짠지, 장아찌, 침채, 그리고 김치」, 『문헌과 해석』통권 18, 2002 참고. "沈菜에
　대한 문헌상 기록은 고려말 이색(1328-1396)이 지은 글의 제목인 <개성사람 유순이
　우엉·파·무와 함께 '침채장'을 보내왔다(柳開城珣送牛蒡蔥蘿葍幷沈菜醬)>에 쓰인
　기록이 최초의 것으로 보인다. 국어학자들에 의하면 『訓蒙字會』의 '딤채'가 오늘날 김
　치의 어원이라고 하는데, 즉 딤채-침채-짐치-김치로 시대를 따라 음운이 변화했다는
　것이다. 그렇다면 菹는 곧 김치를 뜻한다."
64) 주영하, 앞 논문, p.65 참고. "18세기 이전까지의 김치는 짠지·장아찌와 함께 물김치
　인 침채가 주류를 이루었을 가능성이 많다. 18세기부터 고추가 김치 양념으로 쓰이면서
　주재료에 양념을 버무린 김치가 등장했으며, 배추는 19세기 말에야 도입되었으니 19세
　기 말에야 오늘날의 배추김치의 모습이 갖추어졌다."

七月雙鷄子　　7월에 닭 두 마리를 보내더니
三冬五鯽魚　　삼동에 붕어 다섯 마리로구나
病喉妨苦藥　　목에 병들어 쓴 약이 맞지 않고
衰胃怯寒葅　　위가 약하여 찬 김치가 겁이 나네
味儁初加飯　　맛이 빼어나 비로소 밥을 더하고
情親舊接閭　　마음 가까우니 옛날엔 마을을 이웃했네
吟哦翻自愧　　읊조리면서도 스스로 부끄럽나니
不得報瓊琚　　좋은 선물에 보답할 수 없기에

　　　　　　<廣州許明府(徽) 以鮒魚五尾見餉>, 「拾遺錄」, p.75

　　1636년 지은 작품으로 광주 수령 허휘가 붕어 다섯 마리를 보낸 것에 대하여 감사의 마음을 적은 것이다. 시 전체가 칠월, 삼동 등의 날짜와 관련된 시어와 계자(鷄子), 즉어(鯽魚), 한저(寒葅), 반(飯) 등의 생활과 관련된 음식과 그 재료 등을 시의 소재로 취택하여 평이한 구법을 통해 시상을 전개하고 있다. 닭 두 마리와 붕어 다섯 마리에 감사하고 목이 아파 쓴 약이 싫으며, 위가 약하여 찬 김치가 두렵지만, 그 맛이 좋아 밥 한 그릇을 더 먹게 된다는 지극히 일상적인 보통의 삶을 일기 쓰듯 자연스럽게 써 내려 가는 것이다.

　　"물어보노라 잉어 두 마리 삶은 것이 닭 두 마리 잡는 것보다 못한지를"[65], "닭 잡아 삶으니 가장 연하고/ 기장 술 담아 거르니 몹시 맑구나/ 주림과 갈증에 좋을 뿐만 아니라/ 모두 생사를 기탁할 만하구나"[66], "스물 세 마리의 푸른 껍질에 붉은 기름이 만금에 당하는구나"[67], "육순의 늙은 이 3년 동안 병들었는데, 귤 다섯 개에 연어 한 마리로다"[68], "우스워라

---

65) 「拾遺錄」, "試問烹雙鯉 何如殺兩鷄"
66) 「北竄錄」, p.14, (十日再還往 一家三弟兄), "殺鷄蒸最軟 釀黍漉方淸 不獨供飢渴 俱堪託死生"
67) 「拾遺錄」, p.73, "二十三靑殼 紅膏敵萬金"

호서 지역의 늙은 감사는 면천의 향리에서 순채와 농어를 포식했다오"[69) 라고 한 표현은 모두 같은 맥락으로 파악할 수 있으며, 이 외에도 음식과 관련된 일상적 소재의 시화 양상은 이루 다 열거할 수 없이 흔하게 나온다.

넷째, 시상 전개에 있어서 현장감과 현재성이 두드러진다는 점이다.

少奴嗔喝老奴唏	어린 하인 화가 나 소리 지르고 늙은 하인은 탄식하며
婢對空爐手捧頤	하녀는 빈 화로 바라보며 손으로 턱을 괴고 있구나
共說北槽多滓汁	모두들 "북쪽 집의 구유에 쌀뜨물 많다"고 말하더니
却看西甑盛蒸炘	오히려 서쪽 집의 시루에 떡 가득하구나
異鄕久住終何樂	타향에 오래 있어봐야 종내 무슨 즐거움이 있을까
元日新經亦苦飢	원일을 새로 보내면서 또 주림에 괴롭네
我聽此言無所答	내 이 말을 듣고 답할 말이 없어서
撚髭空復細吟詩	수염을 비틀며 그저 낮은 소리로 시를 읊조릴 뿐

<正月初十日>, 「東遷錄 下」, p.2

1624년 경성에서 지어진 이 시는 적소에서 신년을 맞이하는 초라한 삶의 한 단면을 그려냄으로써 자신의 정회를 우회적으로 드러낸 작품이다. 유배지에서 쓴 작품에는 자신의 생활상이 평이하면서도 솔직하게 형상화되어 있는데, 이 시에서도 하인들의 행태를 묘사하면서 적소에서의 곤궁한 상황을 순간의 포착된 장면을 통해 실감나게 제시하고 여종의 말을 직접 인용하여 현실감을 돋우고 있다. 대화체를 구사하여 더욱 생동감 있는 묘사로 시적 정황을 보여주는데, 화가 나 소리 지르는 어린 하인과 한숨 내쉬는 늙은 하인, 빈 화로를 보며 턱 괴고 있는 하녀의 모습이 극적이다. 신년을 맞이하여도 하등의 즐거움이 없고 타향에서 주림에 괴롭다는 하녀의 한

---

68) "六旬白叟三年病 五箇黃柑一尾鱸"

69) 「湖營錄」, p.21, "堪笑湖西老巡察 沔陽鄕郡飽蓴鱸"

숨 섞인 넋두리에 무안하고 할 말 없어 공연히 애꿎은 수염만 비틀면서
낮은 소리로 시를 읊조리는 작자의 모습이 영상처럼 떠오른다.

默坐看人事	묵묵히 앉아 人事를 살피니
天工用意深	조물주의 마음 씀이 깊기도 하구나
應知連日雪	알겠구나 날마다 눈이 오니
要試逐臣心	쫓긴 신하의 마음을 시험하고 있음을
腹飽非無飯	배가 부르니 밥이 있기 때문이요
身寒且有衾	몸이 춥지만 이불이 있구나
浮生如此足	뜬 인생이 이처럼 족하니
不必較榮沈	영광과 영락을 비교할 필요 없지

<十二月初二日丙子 大雪 至戊寅始晴>, 「東遷錄 上」, p.25

큰 눈이 내린 어느 날, 작자가 느끼는 유배지에서의 정회를 담담한 필치
로 그려낸 시이다. 묵묵히 앉아 세상사를 돌아보니 조물주의 깊은 마음 씀
을 알 수 있다고 하면서 날마다 오는 눈은 축신(逐臣)의 마음을 시험하고자
하는 의도에서 비롯된 것이라 생각한다. 생각이 여기에 이르니 유배지에서
의 여러 정황들을 대하는 시선이 달라질 수밖에 없다. 비록 쫓겨나 적소에
묶여 있는 몸이지만 밥이 있어 배부르고 매서운 추위가 괴롭긴 하지만 그
래도 이불이 있어 참을 만하다. 뜬 인생이지만 주변을 둘러싼 일상에 대한
애정 어린 시선은 그의 긍정적인 자족적 태도와 이어져 이처럼 족하니 영
광과 영락을 비교하는 것은 부질없다는 생각에 이르게 된다.
　이와 같이 주변세사의 일상적 삶을 읊은 작품은 어떤 특별한 문제의식
을 전제하기보다는 계절의 변화에서 오는 감흥이나 정회, 마음속에 순간적
으로 떠오른 생각, 날씨나 그 밖의 대상에서 촉발되는 자연스러운 정서를
담담한 시상으로 진솔하게 펼쳐낸 것들이다.

2) 事親·戀友를 비롯한 常情의 진솔한 表白

이안눌은 등제 후 외직 관리로서의 재임기간이 대부분이었던 까닭에 고향을 떠나 있어야 하는 시기가 많았으며, 자연히 고향의 어머니와 형제, 뜻을 같이 하는 지기에 대한 그리움의 정서를 진솔하게 드러낸 형상성이 뛰어난 작품이 많다.

행장류 기록이나 『조선왕조실록』70)에서 어머니를 향한 그의 효행에 대하여 부각시켜 언급한다. 어릴 때 양자로 들어간 이안눌은 친모와 양모가 세상을 떴을 때 꼬박 6년을 여묘했으며, 큰형과 둘째형 살림이 어려웠을 때 가산을 팔아 집을 마련해주거나 그들 자녀의 양육과 혼사까지도 도맡아 했다는 기록이 전한다. 어찌 보면 혈육에 대한 애틋함은 인지상정이겠으나 그의 사친과 우애의 정이 남달랐음은 평탄치 않은 삶 속에서 그것을 곡진하게 형상화한 많은 시편들이 증명하고 있다. 다음 작품에서도 작자는 여러 세시풍속을 거론하면서 명절을 맞아 더욱 가족을 그리는 애틋한 정을 읊고 있다.

七夕中元幾斷腸	칠석 백중에 얼마나 애닲았던가
中秋纔過又重陽	중추절 지나자 또 중양절이네
從今却恐逢佳節	이제는 도리어 명절을 맞을까 두려우니
佳節天涯倍憶鄕	하늘 끝에서 맞는 명절 고향 생각 배가 되네
中秋對月盈襟淚	추석날 달맞이 때 가슴 가득 흘린 눈물
九日登山滿眼愁	중양절 산에 오르니 눈에 가득 수심이네
兄與弟今身已老	형과 아우 이제는 늙은 몸이 되었으니
幾年佳節也同遊	몇 년이나 명절을 함께 맞아 노닐까?

<九月九日>, 「北竄錄」 권15, p.26

---

70) 『仁祖實錄』, 仁祖 2년 12월 17일 條.

이 작품은 1624년 이괄의 난에 연루되어 함경도 경성에 유배되었을 때 지은 것이다. 수련과 함련에서는 유배지인 타향에서 명절을 연이어 맞는 상황에서 향수로 인한 화자의 단장의 아픔을 형상화하고, 경련과 미련에서는 이와 같이 가슴 아픈 이유에 대하여 말하고 있다. 즉, 이 명절을 형과 함께 하지 못하고 있거니와 이제 늙은이가 다 된 형이나 유배중인 자신의 처지로 보아 앞으로도 함께 하지 못할 것 같은 생각 때문이다. 해마다 거듭되는 명절이지만 일반적으로 이 날은 가족들 간의 정을 돈독히 하고 확인하는 날이 된다. 그러므로 명절을 맞아 고향 생각이 더욱 절실한 것은 당연한 일이며, 가족의 일원으로서 함께할 수 없는 자신은 더욱 초라해질 수밖에 없다. '기(幾)', '우(又)' 등의 회수를 나타내는 허사와 '재(纔)' 등의 부사는 향수로 인한 가슴 아픔을 더욱 절실하게 드러내어 준다. 이와 같이 가족에 대한 그리움 특히 형에 대한 그리움이 강하게 표출된 것은 유배 중이라는 그 자신의 처지도 작용했겠지만 형과 더불어 겪은 임란 때 피란의 기억이 크게 작용했기 때문으로 보인다.

앞서 살핀 바와 같이 그때 중형과 함께 가족을 데리고 함경도 평안도로 피란하면서 어쩔 수 없이 중형과 헤어져 친모와 이별해야 했던 생사를 기약할 수 없었던 경험을 한 적이 있었다. 피란의 극한 상황 속에서 가족에 대한 그리움은 더할 수 없이 배가 되는데 다음 작품에서도 이동하는 '기러기'를 매개로 하여 향수의 정감을 읊는다.

天末鄕書絶　　하늘 끝에 고향 편지 끊어지고
懷兄淚滿床　　형 생각에 안상엔 눈물이 가득
那堪對秋月　　어찌 가을 달을 마주할 수 있으리
歸鴈各成行　　돌아가는 기러기 줄을 이루네

征鴈何時盡　　가는 기러기 어느 때나 그치려나

行行度夕陽　　줄줄이 석양빛을 건너 간다
天淸好相叫　　하늘 맑아 그 소리 더욱 정다워
一聽一思鄕　　한 번 들릴 때 한 번의 고향 생각
<見歸鴈有感 2, 3首>, 「北竄錄」권15, p.20

　　이 시 역시 유배 시기인 1624년 8월 12일에 지은 작품으로 기러기가 날
아가는 모습을 매개로 하여 촉발된 향수로 인하여 어머니와 형을 생각하며
눈물짓는다. 기러기는 고향에 돌아가지 못하는 작자에게는 객수를 한층 더
하게 하는 매체로 유배지에 묶여 있어 돌아갈 기약 없는 자신의 처지를
더욱 궁하게 하는 것이다. 2수에서는 고향으로부터 오는 편지가 끊어지고
형 생각이 절실하기에 달을 차마 볼 수가 없고 의좋게 줄지어 가는 기러기
로 인하여 형이 더욱 그립고 그에 대한 간절한 생각에 급기야 눈물에 책상
이 범벅이 되는 상황이 된다. 3수에서는 시각과 청각을 동원하여 줄지어
가는 기러기를 한 폭의 그림을 연상시켜 그리움에 괴로워하는 자신의 모습
을 투영시키는 것이다. 줄지어 날아가는 기러기의 모습을 보고 형 생각이
촉발되어 눈물 적시는 작자의 모습이 극적으로 그려지는 시이다.
　　다음의 작품 또한 감각적 시상을 이용한 극적인 단상으로 아내에 대한
절절한 그리움을 효과적으로 드러낸 시이다.

絶塞從軍久未還　　궁벽한 변경에서 종군하는 몸 오래도록 돌아가지
　　　　　　　　　　못하였는데
鄕書雖到隔年看　　고향에서 보낸 편지 도착해도 해를 넘겨 보는구나
家人不解征人瘦　　집사람은 집 떠나온 내가 마른 것을 알지 못하여
裁出寒衣抵舊寬　　겨울 옷 마름질 하면서 옛 옷처럼 헐렁하게 하였네
<得家書>, 「北塞錄」권1, p.18

아내가 보내준 옷과 편지를 받아본 후 느끼는 자신의 심정을 담담히 서
술한 작품으로 북방의 변경에서 북평사로 종군하는 작자의 신고(辛苦)가
효과적으로 형상화되었다. 이 시의 탁월한 묘미는 담담히 묘사된 단상 속
에서 표면적으로 드러나지 않은 애틋한 아내의 마음까지도 그려지는 의경
의 창조와 배치에 있다. 시상의 전개는 편지에 동봉한 옷을 입어본 내용을
사실대로 기술하고 있을 뿐, 자신의 반응은 문면에 드러내지 않고 있다.
그러나 예전의 치수대로 마름질한 옷이 헐렁해질 만큼 파리하게 마른 몸은
타향에서의 객고(客苦)를 의미하고, 작자의 처한 곳은 고향에서 보낸 편지
를 해를 넘겨야 볼 수 있을 만큼 멀리 떨어진 변경이다. 그곳에서 지내는
남편의 실상을 짐작하기 어려운 아내는 그렇기 때문에 평상시 남편의 옷과
같이 마름질하여 보낸 것이다. 비록 아내의 마음이 직접적으로 드러나지는
않았으나 어떠한 화려한 수식보다도 더한 애절한 서글픔이 절절하게 묻어
난다. 꾸밈을 의도하거나 다른 기교와 재주를 부린 흔적도 보이지 않는다.
변경의 외지에서 오래도록 돌아가지 못하는 상황에서 어느 겨울날 아내가
보내온 옷과 서신을 받은 일상적 사연을 담담히 서술하고 있을 뿐이지만
그 어떤 표현보다도 슬픈 미감을 훌륭히 만들어내고 있다.

欲作家書說苦辛	종군의 辛苦 적어 보내고 싶지만
恐敎愁殺白頭親	백두의 노친 걱정시키는 일될까 두려워
陰山積雪深千丈	변경의 산에 천길 깊이로 눈이 쌓였어도
却報今冬暖似春	도리어 이 겨울이 봄처럼 따뜻하다 써 보내네
塞遠山長道路難	변경은 멀고 산 길게 이어진데다 길도 험난하니
番人入洛歲應闌	변방 사람 서울에 들어가려면 한해가 저물겠지
春天寄信題秋日	봄에 부치는 편지에 가을날을 적어 답하는 것은
要遣家親作近看	가친께서 최근에 받아보았다 믿게 함이네

<寄家書>, 「北塞錄」권1, p.19

앞서 살펴본 <득가서(得家書)>에 대한 답으로 집에 부치는 편지로 쓴 시이다. 동일한 시상의 전개 방식으로 자신의 객고(客苦)를 절절이 담아 종군의 어려움과 모친에 대한 염려를 표현하고 있다. 변경에서 종군하고 있는 생활의 어려움을 있는 그대로 써 보낼 수 없는 것이 가족에 대한 배려와 사랑의 마음이며, 특히 백발의 노친이 계시므로 더욱 그렇다. 1수와 2수에서 모두 변새 지역의 자연 경물은 작자의 애절한 심회를 효과적으로 드러내주는 장치가 된다.

1수는 변경의 산에 쌓인 눈이 천 길이나 되어도 노모를 걱정 끼칠까 두려워 오히려 봄처럼 따뜻하다고 하는 깊은 배려가 배어 있다. 2수에서도 산은 길고 길도 험난한 머나먼 변방이기에 시일이 많이 걸릴 것을 예상하고 집으로 보내는 편지에 봄인데도 가을 날짜를 적는 것이다. 역시 시어의 조탁이나 신기(新奇)를 추구하려는 의경의 설정은 보이지 않지만 애절한 상황을 재현하여 있는 그대로 형상화하여 전달하는 시적 능력이 돋보인다. 작자의 처지와 심회를 진솔하게 드러내기 위해서는 시어의 조탁이나 생경한 시어의 사용보다는 오히려 억지로 꾸미지 않고 있는 상황을 담담하게 그려내는 수법이 더욱 큰 감동을 줄 수 있다. 지나치게 꾸미거나 대상에 감정을 실어 의탁하는 방식은 오히려 역효과를 낳을 수도 있으며 이해하기 쉬운 시어와 자연스런 시상 전개로 보다 큰 흡입력을 가질 수 있다. 깊은 공감을 느낄 수 있게끔 일상의 평범한 의경을 조직적으로 배치하여 가족에 대한 애틋한 정을 효과적으로 표출하는 것이다. 같은 맥락에서 아비로서 적자인 아들을 잃은 단장의 아픔을 읊은 <제망아동한묘문(祭亡兒東韓墓文)>71)을 함께 논할 수 있다.

---

71) 「雜著」, 권26, p.7. 墓文의 제작 배경에 대하여 "아들은 무신년 2월 23일에 태어났는데 이름을 동한이라 지은 것은 창려 한유(시호가 文이기에 문공이라 했다)와 태어난 해가 같으면서 동방에 태어났기 때문이다. 이듬해 기유년 12월 18일에 역질에 걸려 요절하니

모년 모월 모일 아비가 술과 과일로써 죽은 아들 동한의 묘에 제를 지낸다.
네가 태어남에 네가 아들로서 아비 있었고 나는 아비로서 아들이 있었다.
네가 죽으니 너는 땅속에서 외롭고 나는 세상에 외롭구나.
너는 겨우 1년이 지난 때이니 무엇을 알았을까
나는 이미 40이 넘었으니 다시 다른 희망이 없구나.
너의 요절을 생각하니 이는 나의 죄로다.
너의 목숨 어찌 그리 짧고 나의 슬픔 어찌 그리 긴가
아이의 웃음 눈앞에 있고 우는 소리 귀에 쟁쟁하네.
세월이 가더라도 어찌 잊을 수 있겠는가.
아아 슬프구나.
나의 생이 끝날 때까지 너를 그리워하리라.

年月日阿爺 以酒果 祭于亡兒東韓之墓
爾生也 爾爲子而有父 我爲父而有子
爾歿矣 爾則孤於地中 我則孤於人間
爾纔周歲 抑有何知 我已四十 無復他望
念爾之夭 寔我之罪 爾命何短 我悲何長
孩笑在目 啼號在耳 日往月來 曷維其忘
嗚呼哀哉 終吾生而 惟汝之思

문종의 대를 잇기 위하여 어린 나이로 양자로 들어가야 했던 이안눌이
었기에 그의 후사를 이을 아들의 탄생은 그 어떤 다른 것과 바꿀 수 없는
기쁨이었을 것이다. 그러나 그 아들은 태어 난지 1년도 채 안되어 죽고 말
았으니, "나의 생이 끝날 때까지 너를 그리워하리라"라는 이안눌의 절규가
결코 과장이 아닐 것이다. 짧은 글이지만 부(父)와 자(子), 생(生)과 몰(歿),

양주의 해촌에 있는 조부의 묘 옆에 묻었다가 올해 3월 13일에 개장하면서 제를 지낸
다.(兒生於戊申二月二十三日 名曰東韓 謂與昌黎韓文公所生歲同 而生於東方也 越明年
己酉十二月十八日 患大疫夭歿 殯於楊州海村先祖考墓側 今年三月十三日改窆而祭之)

지중(地中)과 인간(人間), 해소(孩笑)와 제호(帝號), 장(長)과 단(短), 등이 교묘히 대를 이루며 작자의 더할 수 없는 슬픔을 잘 형상화하고 있다. 아비와 자식이라는 숙명적 관계를 서술하고 "네가 죽으니 너는 땅 속에서 외롭고 나는 세상에 외롭구나"라는 표현으로 아들이 없는 참담한 정황을 가감 없이 드러낸다. 이로써 과장된 수식은 없지만 아들의 죽음을 받아들이지 못하고 자신의 탓으로 돌려 자책하는 아비로서의 오열이 더욱 선명하게 부각되는 것이다.

또한 이안눌은 지인들과의 교유시를 통해 자신의 평소 생각이나 일상 등을 시화하여 나타내었는데 교유시만도 천 여수로 상당수를 차지한다. 특히 그 중에서도 석주 권필과는 젊은 시절 함께 공부하였던 동접(同接)으로 그와의 교유의 정은 특별한 것이었다. 한 때, 권필은 원접사인 이정구를 보필하여 이안눌과 함께 명 사신에 대한 접반사로 공무를 함께 수행하기도 하였다. 그러나 평생 외직의 관리로 다녔던 이안눌의 환로(宦路)와 방랑·은거를 반복하며 포의의 삶을 살았던 권필이었던 만큼 대부분 떨어져 지내며 서로를 그리워하는 시간들이 많았다.

이안눌 스스로도 29살에 등제한 이후, 1년 내내 서울에 있었던 해가 을묘(1615년)와 병진(1616년) 두 해 뿐이라 하였고[72] 이 시기는 이미 권필이 죽은 뒤였으므로 등제 이후 이들이 실제로 만날 기회는 많지 않았을 것이다. 이안눌은 을해(선조 32, 1599) 이후 대부분을 지방관으로 재임하였고 이 시기 권필은 대부분 강도(江都)에 우거하여 두문불출하거나 방랑으로 떠돌았으므로 서로 주고받은 시에는 떨어져 그리워하거나 만났다가 헤어지

---

[72] 「朝天後錄」, p.2, <六月初二日戊辰……>은 나이 예순 한 살에 자신의 宦路를 돌아보며 지은 시로 序에서 "余年六十有一歲 自登第以來 三十四年之間 十餘外職 六奉使事—중국으로의 두 번의 사행과 우리나라에 온 중국의 사신을 접반하는 행차를 받든 것이 네 번이었다—出入四方 凡二十四年前後 居廬共六年 謫居共四年 終一歲在京城 只乙卯丙辰兩年而已"라고 하였다.

며 지은 시가 많을 수밖에 없다. 특히 권필이 시안(詩案)에 걸려 죽은 뒤로
도 이안눌은 스물다섯 해나 더 살아 벗에 대한 그리움을 시로 담아 노래하
였다. 그는 권필의 기일(忌日)이나 그가 남긴 자취를 만나면 사무치는 연
우(戀友)의 정을 시로 읊었다. 두 사람의 문집에는 서로 주고받은 140수에
가까운 시들이 실려 있다.

四海一知己	사해에 하나 날 알아주는 벗
永嘉權夫子	永嘉 사람 權夫子라
夫子向南州	그대 남쪽고을로 향한다 하니
送別春山幽	헤어지는 봄 산은 그윽도 하여라
送別莫盡觴	헤어져도 술은 다 마시질 말게
酒後恐易忘	술 취하면 쉬 잊을까 두려우니
送別莫贈詩	헤어져도 시는 주고 받질 마세
詩成久益悲	시 지으면 슬픔 더욱 오래가리니
不飮亦不吟	마시지도 읊조리지도 않고
對此百花林	이 온갖 꽃들 바라보게나
百花開政早	온갖 꽃들 실로 일찍 핀 것은
不爲別時好	헤어짐의 때 좋음을 위함 아닐세
別時一掬淚	헤어질 제 손바닥 흥건한 눈물
別後無限思	헤어진 뒤엔 서로 한없는 생각
世情固難測	세상 인정 진실로 측량키 어렵고
交情最難知	사귐의 정은 가장 알기 어려워
莫論相逢處	서로 만난 곳을 말하지 말고
請觀相別時	서로 헤어질 때를 보길 청하네
相逢俱歡顔	만나선 모두 기쁜 낯빛이고
相別少愁思	헤어져선 근심스런 생각 드무네
莫取相別時	헤어질 때를 취하지 말고

且待相別後   헤어진 뒤를 기다리세나
別時惜別意   헤어질 제 이별을 아쉬워하는 마음이
別後詎能久   헤어진 뒤 어찌 능히 오래 가랴
惟有同心人   오직 같은 마음의 사람이 있어
心同終不移   마음이 같아 끝내 변치 않네
相逢樂莫樂   서로 만나 즐거워도 즐거워 말고
相別悲莫悲   서로 헤어져 슬퍼도 슬퍼 마세

<別權汝章>一·二首, 「續集」, p.9

1596년 권필은 호남을 내려가며 이안눌에게 들렀는데, 이에 그는 권필을 전송하며 전체 5수인 위의 시를 지어 전송하였다. 1수에서는 술 취하면 금방 잊을까 걱정이고 잊지 말자고 시를 짓게 되면 읽을 때마다 그리워지니 그러지 말고 온갖 꽃들 만발한 숲이나 바라보자 한다. 남쪽으로 간다고 하는 벗에게 술 취하면 쉬 잊을까 두렵고 시 지으면 슬픔 더욱 오래갈까 두렵다는 표현에서 서로를 생각하는 사무치는 정이 지극하여 가슴 뭉클한 시이다. 지기와의 이별에 대한 아쉬움으로 헤어질 때는 손바닥 가득 흥건한 눈물을 흘리고 헤어진 뒤에는 서로에 대한 한없는 그리움으로 서로를 생각한다. 오직 자기를 알아주는 벗과 그 벗과의 헤어짐이 다음 수에 가서는 "상봉(相逢)"에서 "상별(相別)"로, "상별(相別)"에서 "별후(別後)"로 점층적으로 치환되면서 고조되는 감정을 그대로 드러낸다. 세상의 인정과 교분의 정은 알기 어려움을 전제하고 헤어진 때를 취하지 말고 헤어진 뒤를 기다리자고 한다. 하지만 마음을 함께 하는 지우(知友)와 헤어지는 것은 몸뿐이요 마음이 아닌 탓에 서로 만나 즐거워도 너무 즐거워하지도 말고 서로 헤어져 슬퍼도 너무 슬퍼하지도 말자고 한다. 거듭된 반복과 대구가 점층적으로 확대되지만 이러한 수사상의 기법을 통해 과장된 감정의 지나친 확대로 치닫지 않고 감정을 갈무리하는 솜씨가 뛰어난 작품이다.

　다음은 권필의 죽음을 접하고 격한 울분과 슬픔을 시화한 작품으로 시
상의 전개가 감정에 따라 자연스럽게 형상화된다.

欲見復欲見	보고 싶고 또 보고 싶고
欲見吾所思	내 그리운 이를 보고 싶네
死去儻相見	죽어서 만날 수만 있다면
何用獨生爲	무엇 때문에 홀로 살까
雨蕭蕭	비는 쓸쓸하고
月皎皎	달은 밝아서
益使心傷悲	더욱 마음 슬프게 하네
昨夜明明月	어젯밤에 밝았던 밝은 달이
今夕又東來	오늘 밤에 다시 동으로 오네
可憐吾所思	가련하구나 내 그리워하는 이는
何日得重迴	어느 날에나 다시 돌아올까
執巵酒	한 잔 술을 잡고
懷舊事	옛 일을 회상하니
不覺涕泗灌	나도 모르게 눈물이 그렁그렁

<鳴呼謠 二関>, 「錦溪錄」권10, p.38

　권필의 객사 소식을 듣고 그로 인한 통한의 슬픔과 그리움의 정회를 표
출한 시이다. 생사로 갈리어 이제는 이승에서 다시 볼 수 없는 지기(知己)
를 그리워하며 2구에서 '욕견(欲見)'을 세 번이나 거듭 반복하여 강조한다.
죽어서 만날 수 있는 기약만 있다면 기꺼이 죽음을 택할 만큼 너무도 보고
싶은 절절한 연우(戀友)의 사무침으로 인하여 쓸쓸한 비와 밝은 달 아래에
서 더욱 상심하는 것이다. 지난 밤 밝았던 달은 오늘 밤에 다시 돋는데 한
번 떠난 그리운 이는 다시는 돌아올 기약이 없다. 술 한 잔 하며 옛 일을
떠올려 회상하니 나도 모르는 사이에 눈물이 그렁그렁 맺힌다.

반복과 대구의 수사적 기법 외에 별다른 기교를 부린 흔적 없이 자신의
심경을 자연스레 술회하고 있지만 시가 주는 감염력은 지기를 향한 사무치
는 그리움의 깊이를 충분히 감지하고도 남는다. 권필의 죽음과 관련하여
이안눌 시 속에 반영된 의식적 추이에 대하여서는 장을 달리하여 논의하고
자 한다.

3) 詩累를 의식한 내향적 독백의 태도

일상의 문학화 경향은 그의 평탄하지 않은 삶의 과정에서 겪은 여러 특
정 사건과 밀접한 관련을 가지고 있는 것으로 보인다. 광해의 폭정과 당쟁
의 이해관계 속에서 인조반정을 겪었던 그에게 있어 시 활동은 더욱 남다른
것이었다. 시의 문면에는 구체적 삶과 관련을 가지면서 격한 환경에 반응하
는 표현 형태가 확산되어 간다. 전형에 대한 의식이나 형식적 고려보다는,
많은 술회류 작품이 보여주듯 내면 정회 표출이 앞서게 되는 것이다.[73]

특히, 이안눌에게 있어 지기였던 권필의 시로 인한 죽음은 '시'의 의미를
다시 생각하게 하는 계기였던 것으로 보인다. 광해 4년 봄, 임숙영이 올린
시정(時政)을 힐난하는 내용의 대책이 광해의 비위를 거슬러 삭과(削科)의
명이 있었다. 이를 듣고 권필은 <궁류시(宮柳詩)> 한 편을 지었다. 그러나
이 시가 이른바 '김직재옥사(金直哉獄事)'와 연루되어 시안(詩案)에 걸리
니[74], 이때의 재상이었던 이항복과 이덕성, 최유원 등의 만류로 겨우 죽음
을 면하고 귀양길에 오르던 도중 동대문 밖 객사(客店)에서 죽으니 그 나이
44세였다. 권필은 그 죽음과 관련된 풍자시인으로서의 면모와 함께 생전에

---

73) 김창호, 앞 논문, p.144.
74) 정민, 앞 논문, p.82,『朝光』(1938년 1월 호, pp.120-126)에는 一聲生이란 이의 "詩人權
   石洲冤獄"이란 글이 실려 있다. 또한『光海君日記』권 52, 광해 4년 임자 4월 條에도
   광해의 문호와 권필의 供招, 그를 구하기 위한 諸公의 啓가 실려 있어 석주의 죽음을
   전후한 당시의 사정을 알 수 있다.

남긴 많은 작품 속에서 불의와 결코 타협하지 않는 꼿꼿한 포의의 시인으로
서의 처세가 강조되었다. 격동의 시대를 흔들리는 않는 지절(志節)로 스스
로 다스려 나간 인간적 면모와 결국 불의를 좌시하지 않고 시로 인하여
죽음에 이른 권필의 삶은 그 자체가 풍자 시인의 전형이었던 것이다.

　권필과 이안눌은 과거공부를 함께 한 동접이었으며, 안동 권문과 덕수
이씨의 혁혁한 가문이나 시로 가학을 이룬 내력도 비슷했고 함께 서인에
속했던지라 동인이 득세하던 당시 세상에서 많은 신고(辛苦)를 맛보아야
했다. 이안눌은 권필의 옥사 관련 소식을 접한 뒤 노심초사하였는데, 죽은
뒤 십이일이 지나 부음을 접하게 된다. 이 무렵의 작품들이 실린 「금계록
(錦溪錄)」에는 권필의 죽음과 관련되어 나타나는 그의 극단적 상흔(傷痕)을
볼 수 있다.[75] 다음 시는 제목에서부터 당시의 당혹스러운 상황을 쓰고 이
에 대한 안타까운 심정을 그대로 표출한 작품이다.

尙惜天涯謫	오히려 하늘 끝에 귀양감을 애석해 했는데
何言地下遊	어찌 알았으리 황천에 노닐 줄을
吾人且相戒	우리도 또한 경계해야 하리니
異代果誰尤	후대에 과연 누구를 탓할까
忽淚裾先濕	눈물 참아도 옷깃이 먼저 젖고
臨文筆欲投	글에 임하니 붓을 던지고 싶네
百身無處贖	온몸으로도 대속할 길이 없으니
遺怨在千秋	원한이 천추에 남으리라

---

75) 권10, p.56, <次學官李善竹 哭石洲韻>에서도 "……가의가 시대를 아파하여 굴원을
　애도했고/ 하물며 知己가 바른 말에 연루되어 있으니/ 읊는 혼백이 앎이 있다면 유감이
　없으리니/ 천고에 명성이요 하루의 억울함이로세(……賈誼傷時吊屈原/ 更堪知己坐危
　言/ 吟魂有識還無憾/ 千古名聲一日寃)"라고 하여 굴원을 애도하였던 '가의'의 고사를
　끌어와 시루에 의한 지기의 억울한 죽음에 대한 자신의 심경을 시화하였다.

死固人皆有	죽음이란 본디 사람이면 있으되
君應世所無	그대의 죽음 세상에 없는 바이리
誰知一箇字	뉘 알았으리 한 글자가
能喪百年軀	평생의 몸을 잃게 할 수 있음을
浩蕩神農藥	허망하기만한 신농씨의 약이요
蕭條大禹謨	쓸쓸하기만 한 위대한 우임금의 꾀로세
此生那更見	이승에서 어찌 다시 보리오
孤月照西湖	외로운 달이 서호를 비추네

<四月十九日 聞石洲 權汝章 以本日初七日
歿於京城東門外逆旅之家>, 「錦溪錄」, p.21

권필의 필화(筆禍)로 인한 억울한 사망 소식을 접하고 격한 심경을 토로한 시이다. 어처구니없는 친구의 갑작스런 죽음에 이승에서는 다시 볼 수 없다는 슬픔을 이기지 못하는 작자의 탄식이 그대로 드러난다. 시라기 보다는 가슴 깊은 곳에서부터 울려나오는 통곡의 조사이다. 별 다른 난해한 시어를 사용하지 않고 그저 슬픔에 못 이겨 무너지는 심정을 그대로 토로하는 것이다. 그러므로 시어가 구어에 가까우면서도 절실하다.

1수에서는 귀양 간 친구를 애석히 생각하였는데 그의 갑작스런 죽음에 당황하는 모습이 역력하다. 특히 "우리도 또한 경계해야 하리라 후대에 과연 누구를 탓할까"라고 한 표현에서는 당시 광해의 폭정이 횡행하였던 정국에 대한 이안눌의 불만과 원망의 감정이 여과 없이 그대로 표출되고 있으며 급기야 글에 임하니 붓을 던지고 싶다는데 이른다. 끝으로 이는 어떠한 것으로도 대속(代贖)할 수 없으니 그 원한이 천추에 남으리라고 하면서 시대를 책망한다.

2수에서는 권필의 죽음에 관한 자신의 심회를 더욱 직접적인 표현으로 드러낸다. 죽음이란 본래 인간이면 다 겪는 일이지만 권필의 억울한 죽음은 어디에도 없는 바라고 하면서 한낱 '일개자(一箇字)'로 인하여 시화(詩

禍)를 입고 유명을 달리한 지기(知己)를 애도한다. 특히 5, 6구는 신농의 약도 없고 대우(大禹)의 어진 꾀도 없는 지금의 상황에 대한 한탄이다. 이를 바꾸어 생각하면 대우(大禹)의 어진 꾀만 있었더라도 신농(神農)의 신묘한 약만 있었더라도 권필이 죽지는 않았을 텐데 하는 안타까움의 표현일 수도 있다. 8구의 서호에 걸린 외로운 달이 비추는 정경은 앞서의 격앙된 작자의 정회를 압축하여 듣는 이로 하여금 긴 여운을 느끼게 한다.

> 春到人何去 　 봄 왔지만 사람은 어디로 갔나
> 山空江自深 　 산은 텅 비고 강물은 절로 깊기만 하네
> 亦知詩有累 　 시에도 累가 있음을 알겠거니
> 愁極坐沈吟 　 더없는 시름에 침울히 읊조리네
>
> 今日春江色 　 오늘 봄 강물의 빛
> 還應綠淺深 　 도리어 푸르름이 옅은 듯 깊은 듯
> 傷心二十字 　 상심한 스무 개의 글자
> 不敢向人吟 　 감히 남을 향해 읊조리지 못하네
>
> <春日 復用權石洲韻 奉寄靈巖趙善述明宰 三首>, 「錦溪錄」, p.46

권필이 죽은 이듬해 봄에 지은 작품으로, 시 한 편에 연루된 친구의 죽음은 그에게 시의 의미를 다시금 생각하게 하였던 것 같다. 이러한 정황은 시속에 그대로 녹아 표현되는데 1수에서는 불변하는 자연의 영속성을 끌어와 인간으로서의 유한성과 대비한다. 봄은 또 다시 찾아왔지만, 시대를 함께 근심하며 논하였던[76] 시인은 어디로 갔나? 지금은 없는 그이 생각에 산천은 더욱 쓸쓸하게 느껴지고 시에도 루(累)가 있음을 아니, 더없는 시름으로 침울히 읊조릴 뿐이다. 암울한 시대로 인한 희생자로 죽음에까지 이

---

76) 「月城錄」, 권11, p.12, <奉和月沙相公歲朝垂寄之韻>에서 "괴롭게 시를 논하던 친우 기억하나니 시를 읊조리던 인재가 꺾이었구나(苦憶論詩友 吟魂玉樹摧)"라고 하였다.

른 권필의 죽음은 이안눌에게 극단적 상흔을 남기게 된다.

2수에서 이러한 상심은 더욱 구체적 태도로 드러난다. 봄 강물의 푸르름은 옅은 듯 깊은 듯한데 시루(詩累)로 인한 극심한 상처로 인하여, 상심한 스무 개의 글자 감히 사람을 향해 읊조리지 못한다. 시대적 난국 속에서 시를 통한 '풍(諷)'의 의미가 상실되고 도리어 시인이 화를 입는 정황에서 그는 더 이상 다른 사람을 향하여 시를 짓지 못하며 '침음(沈吟)'하는 내향적 독백의 형태를 띠게 된다.

<곡석주(哭石洲)>에서도 1수와 2수에서 나의 삶이 오램을 한하지는 않으나 내게 귀가 있다는 것이 한스럽고 내게 눈이 있다는 것이 한스럽다고 하면서[77] 시로 인해 화를 당한 권필에 대한 원통한 울분의 상심을 토로한다. 생사로 나뉘어져 다시는 볼 수 없는 친구이기에 작자는 위태로운 길에서 그저 눈물만 하염없이 흘릴 뿐이다. 4수에서는 "귀로는 듣지 못했던 일 눈으로 처음 보았는데/ 비록 헤어지더라도 말하긴 어렵겠지/ 아직까지 눈물 말랐으되 슬픔 다함이 없나니/ 신맛은 내장에 있고 쓴 맛은 간에 있구나"[78]라고 하면서 권필의 죽음과 관련된 비판적 독백을 애끊는 슬픔과 함께 형상화 하고 있다.

이에 이안눌은 눈과 귀로써 직접 확인한 시루(詩累)로 인한 상심(傷心)으로 "이 일 세상에 알릴만한데/ 그 누가 시로써 표현하랴/ 사림조차 이해에 닥치면/ 번복하니 옛날부터 기약하기 어려웠네"[79]라고 하거나 나아가 일년 삼백 육십 일을 같은 평상에서 얼얼하게 취하기도 하고, 벙어리와 귀머거리가 되고 싶어 하기도 하면서[80] 세상과의 단절을 시도하기도 한다.

---

77) 「錦溪錄」 권10, p.22, <哭石洲>, "不恨吾生晚 只恨吾有耳 萬山風雨時 聞着詩翁死 不恨吾生晚 只恨吾有眼 無復見斯人 危途涕空潸"

78) "耳不曾聞目始看 縱敎相訣語應難 至今淚盡悲無盡 酸在中腸苦在肝"

79) 「拾遺錄」 권23, p.63, <題天雲上人 '萬死傳衣詩卷' 爲五峯相公作>, "……事可鳴於世 人誰叙以詩 士林臨利害 翻覆古難期"

그러나 이러한 태도는 권필이 재야에서 시와 술로 세월을 보내고 임전이 도가적(道家的) 사유에 관심을 가졌던 것과는 다른 면모이다. 자신의 시대를 타락한 것으로 인식했지만, 세태에 대한 부정적 외면이나 도피의 성향으로 나아가기보다 내향적 사유 속에서 침울의 정감을 시화하거나 시선을 돌려 평상을 주목하고자 했던 것이다.

3. 李荇에서 李安訥로 이어지는 인문 지리적 전통

1) 이안눌의 인문 지리적 인식의 배경

지금까지 구체적 작품의 분석을 통하여 이안눌 시세계에서 보이는 인문 지리적 인식의 양상을 살펴보았다. 이에 이러한 인식의 토대가 어디에서 기인한 것인지 그 배경적인 측면을 몇 가지로 나누어 살펴보고자 한다.

첫째, 다른 문인과는 변별되는 자신의 생애와 관련된 특수한 경력을 들 수 있다. 그의 생은 등제 이후 거의 외직으로 전전했던 관리의 삶이었다. 관할지의 목민관을 수행하거나 어사로 지역을 순찰하거나 감독하는 벼슬을 역임하였다. 그가 재임하였던 지역을 구체적으로 살피면, 함경도의 단천·경성·함흥, 경상도의 동래·경주, 전라도의 금산·담양, 경기도의 강화, 그리고 충청도의 홍주의 지방관과 관찰사와 평안도의 재산안핵어사를 역임하였고 유배지로 함경도 경성과 강원도 홍천에서 생활하였다.

신경준의 『도로고(道路考)』에 따르면 조선 팔도는 6대로로 연결되었는데, 이는 의주 제1로(서울-昌城), 경흥 제2로(서울-三水), 평해 제3로(서울-정선), 동래 제4로(서울-기장), 제주 제5로(서울-남해-제주), 강화 제6로

---

80) 「錦溪錄」권10, p.51, <錦州> 二首, "……三百六十日 一榻醉兀兀……莫如太守懶 獨臥
松桂藂 三百六十日 長作啞與聾"

(서울-교동)의 여섯[81]이다. 이를 근거로 한다면, 그가 두 번의 사행 중에 의주로를 거쳐 중국에 간 것을 고려한다면 이안눌은 제주도를 제외하고 대로로 연결된 전국의 각 지역에 걸쳐 지방관을 역임하였음을 알 수 있다. 전국의 8도[82] 중, 황해도를 제외한 7곳에 걸쳐 관리를 맡은 것으로 이와 같이 목민관으로서 가진 각 지역에서의 다양한 경험은 당시로서는 특수한 상황이었음에 틀림없다. 이러한 점은 이안눌 문학 전반에 반영되어 다양한 임지(任地) 체험과 관련된 한시 작품의 저작 배경을 고려하여 범주화할 수 있는 가능성[83]을 열어주었다.

둘째, 전란 후 국토 산하와 민족 역사에 대한 관심의 고조를 들 수 있다. 이는 시대적 상황과 연결되어 장편고시의 확대와 차천로의 『악부신성(樂府新聲)』을 비롯한 악부시집의 편찬과 그 맥락을 같이 한다. 미증유(未曾有)의 전란 체험으로 인하여 촉발된 민족사와 국토에 대한 주체적 의식은 더욱 강화되어 이 시기는 지식인들 사이에서 민족사와 인문 지리에 대한 관심이 고조되었던 때였다. 임·병 양란, 광해의 폭정과 인조반정 등 지속되는 국내외의 불안한 정세 속에서 이제 단순한 관심의 차원을 넘어 비판적인 의식 하에서 역사를 주목하게 되었다. 이전 시대의 사찬 사서가 주로 훈육적인 목적 하에서 『동국통감(東國通鑑)』의 내용을 요약하는 사략(史

---

81) 심경호, 『한시기행』, 이가서, 2005, p.21.

82) 조선 초기 1413년(태종 13년)에 전국을 경기·충청·전라·경상·강원·황해·평안·함경도의 8도로 나누었다. 훗날 1896년(고종 33년)에 13도로 개편하였다. 조선 팔도는 驛路와 水路로 연결되었다. 조선 시대에는 특히 역이 발달하였다. 『世宗實錄』의 地理志에는 480여 개, 『經國大典』 吏典 外官職에는 540여 개로 나타난다.(심경호의 앞글 참고)

83) 예를 들어 관할지의 민풍에 대한 관심은 주로 「洪陽錄」, 「萊山錄」, 「潭州錄」, 「江都錄」 등을 중심으로, 민족 역사에 대한 회고는 주로 「錦溪錄」, 「月城錄」, 「東槎錄」을 중심으로, 북방 변새 풍광의 형상화는 「端州錄」, 「北塞錄」, 「咸營錄」 등을 중심으로 살필 수 있었다. 체험과 관련된 창작의 시·공간과 연계하여 인문 지리적 특성을 파악하고, 나아가 한시에 차용된 각 지역의 명소와 관련된 인문지도의 작성을 시도해 보는 것도 의미 있는 작업일 것이다.

略)형으로 이루어졌던 것에 비하여 17세기에는 사론을 확장함으로써 편찬자의 시각에 따라 역사를 재편성하려는 노력이 강조되었다.

또한 이 시기 한백겸(1550-1613)은『동국지리지(東國地理誌)』에서 고대로부터 고려 시대에 걸친 영토의 강역과 군사적 요충지인 관방의 소재 대외적 전투의 격전장 등에 대하여 연구하였다. 이는 역사와 지리에 대한 관심이 결합된 형태인 역사 지리서가 비로소 등장하였음을 보여주는 것이다.

이러한 사회적 배경 속에서 이안눌이 22세의 나이로 겪었던 전란으로 전국에 걸쳐 황폐화된 국토 산하를 대하는 태도는 다른 시대와 변별될 수밖에 없었을 것이다. 유린된 산하를 바라보는 비장한 시선은 남달랐으며, 민족의 생활공간에 대한 애착은 그것이 지닌 역사적 의미까지도 되새기게 하였던 것이다.

셋째, 지지(地志)를 치정의 한 방편으로 삼고자 하였던 작가 의식을 들 수 있다. 이 시기에 이르러 지방관이나 재야 사림에 의한 지방지의 편찬이 활발하게 이루어졌다. 이전 시기까지는 전국을 대상으로 한 지리지의 편찬이 활발하게 이루어졌으나 17세기 무렵에 이르러 각 군현별로 읍지가 편찬되어 조선 후기 지리학에 영향을 끼치게 된다.

조선의 지리지 편찬은 세종 때부터 시작되었다고 할 수 있다.『세종실록(世宗實錄)』의 지리지 편은 행정, 경제, 군사. 사회, 예속, 자연환경 등을 대상으로 하였으나 그 중에서도 행정, 경제, 군사 면에 큰 비중을 두어 왕조 초기의 통치 질서 확립의 기초 작업으로서 국가적 현실 파악에 역점을 두었다. 이어 성종 8년에 편찬된『팔도지리지(八道地理志)』와 성종 12년과 16년에 편찬된『동국여지승람(東國輿地勝覽)』은 연산군 5년에 개정 편찬되고 중종 26년 증보되어 전해지는데, 이안눌의 이러한 지지(地志)에 대한 관심은『증보동국여지승람(增補東國輿地勝覽)』[84]의 찬수를 맡았던 증조 이행이 끼친 가학의 전통과도 연결된다고 하겠다.

이후, 17세기 전반에 이르러『승람(勝覽)』의 소략을 지적하면서 이수광은『승평지(昇平志)』를 통해『승람(勝覽)』류의 편목에 세종대 지지류의 것을 크게 보강하는 형태의 지방지를 만드는데, 이는 지지사(地志史)에서 중요시 되어야 할 부분이다. 이외에도 이 시기 허목(1595-1682)의『척주지(陟州志)』, 이식의『수성지(水城志)』, 이준의『일선지(一善志)』, 정구의『함주지(咸州志)』등 20여 종의 읍지가 있는 것으로 보아 당시 지방지의 편찬이 활발히 이루어졌음을 알 수 있다. 읍지는 한 지역을 단위로 하여 작성되었으므로 정치·행정·경제·군사적인 성격과 인물·예속·시문 등 문화적인 성격을 모두 갖춘 종합적이고 상세한 기록이라는 특징을 지녔다. 이 시기 편찬되었던 읍지는 현전하는 조선 지방지 가운데서 내용이 충실한 것들로 전대 인문 지리적 전통의 발전적 계승이라 할 만하며, 이러한 지방지의 간행은 당시 고조되었던 지리에 대한 관심을 반영하고 있는 것이다.[85]

넷째, 여러 시화에서 기한범두(基韓範杜)의 시학과 두시(杜詩)를 만삼천독(萬三千讀)했다는 이안눌에게 있어 두시의 영향은 결코 무시할 수 없을 것이다. 안사의 난을 겪은 두보는 성당풍(盛唐風)의 변격으로 전통적인 시가의 울타리를 벗어나 그 소재를 널리 취하고자 하여 민간의 속어와 민가풍을 시 속에 넣는 시도를 하였다. 경사(經史)의 전문서적, 제자백가서, 도장불전(道藏佛典), 잡설필기에 보이는 제재, 일상생활, 민간 풍속, 시정잡회, 종교 신화 중에서 사람이 겪지 못했던 의상(意象), 변문(變文)과 속창(俗唱)의 변려문과 산문으로 엇섞인 기자경구(奇字警句), 연구창화(聯句唱和), 보운수답(步韻酬答)에 이르기까지 모두를 시가의 창작 속에 귀납하였다. 이것이 바로 후인들이 늘 '시가 아닌 시(不詩之爲詩)', '문장형식으로 시를 짓

---

84) 그러나 이러한 輿地志類는 人文面에서의 자료를 확충하였으나 경제와 군사 관련 내용이 상대적으로 격감한 단점을 드러내었으며, 이는 貢賦·課役 체계의 문란을 예고하는 것이기도 하였다.

85) 정구복, 「조선후기의 역사의식」, 『한국사상사대계』, 한국정신문화연구원, 1991.

는다(以文爲詩)'라고 말한 것들이다. 이문위시(以文爲詩)의 풍조는 송대에 성행했으나 그 발원은 바로 중당기였다.86) 이와 같은 언급에서 지적한 두보 시의 특징적인 면은 그의 시를 전범으로 삼았던 이안눌에게 큰 영향을 끼쳤음을 짐작할 수 있다.

또 이와 관련하여 명 복고파들은 두보의 웅장한 시를 흉내 내 기세를 강하게 하려 하였으니, 그때 가장 손쉬운 방안이 인명과 지명을 시어로 적극적으로 구사하는 것이었다. 성당의 시인들이 지명의 구사를 즐겨해 시의 기상을 높였는데, 명 의고파들이 성당의 시를 배울 때 이를 첩경으로 여겼던 것이다. 이른 바 "여지지지(輿地之志)", 혹은 "점귀지부(點鬼之簿)"가 이러한 시풍의 단적인 예이다.87) 우리나라에서도 명대의 복고파를 배운 시인들은 고유명사를 적극 구사하고 있음을 알 수 있는데,88) 이러한 당대의 여러 복합적 요인들이 작용하여 이안눌의 인문 지리적 관심이 촉발되었던 것으로 볼 수 있다.

2) 李荇으로부터의 전통 계승과 그 변용

이안눌은 금산군수 재임 시에 증조인 이행89)의 문집 『용재집(容齋集)』을 중간하였는데, 그의 시에는 곳곳에서 이행을 떠올리며 차운한 것이 많

---

86) 陳伯海, 『당시학의 이해』, 이종진 역, 2001, p.236 참고. 이 책의 저자는 두보를 안사의 난을 기준으로 그 이후 활동하였던 시인으로 보아 중당기에 속한 작가로 분류하여 논의하였다.

87) 이러한 설명은 錢鍾書의 『談藝錄』(중화서국, 1986) 도처에 보인다. 특히 <七律杜樣>, <詩中用人地名> 부분에 자세하다. 이종묵(「16-17세기 漢詩史 연구 : 詩風의 변화 양상을 중심으로, 2000 겨울호) 재인용, p.91.

88) 전종서의 앞 책에 따르면 강서시파는 이 같은 지명을 시어로 즐겨 구사하지 않았다고 했는데, 우리나라에서 강서시를 배운 해동강서시파는 지명이나 인명, 관명 등 고유명사를 즐겨 구사해 새로움을 추구했다는 점에서 차이가 있다.

89) 본 장에서의 李荇 시문학에 대한 논의는 김기림(『李荇의 詩世界 硏究』, 이화여대 박사학위논문, 1996)과 이종묵(『海東江西詩派硏究』, 태학사, 1995)의 연구를 참고하였다.

고, 또한 이행이 두율(杜律)을 만 번 읽어 입신(入神)의 경지에 이르렀다고 하면서 자신도 두시를 공부함에 게을리 하지 않아 두율을 만 삼천번을 읽었다[90]고 한 사실에서도 이행의 학시(學詩) 경향에 크게 영향을 받았음을 알 수 있다. 이안눌과 이행의 생애와 문학을 비교하여 살펴보면 놀라울 정도로 묘하게 닮아 있음에 새삼 감탄하게 된다.

우선, 시대적 상황에 있어서도 광해·인조 조를 살았던 이안눌의 삶은 연산·중종 조를 살았던 이행의 생과 매우 유사하여 불의와 타협하지 못하고 신고(辛苦)와 유락(流落)의 인생을 겪어야 하였다. 그들은 탁월한 문재(文才)로 당대의 정종으로 인정받았으나 혼란한 시대적 여건 속에서 그 능력과 포부를 제대로 펴지 못하고 유배를 비롯한 소외된 삶을 영위할 수밖에 없었던 것이다.

또한 이안눌과 동접인 권필과의 각별한 교우의 정은 전술한 바 있거니와 이행 역시 박은과의 돈독한 우정은 후대까지 흔하게 회자되었던 바이다. 특히 암울했던 정치적 소용돌이 속에서 그들 모두 당혹스런 지기(知己)의 죽음을 맞게 되고 평생 절절한 연우지정(戀友之情)을 시 속에 담아내었다는 점 또한 지극히 유사하다. 이와 같이 생애에 있어서 마치 증조 이행의 삶의 궤적을 따른 듯이 보이는 이안눌에게 있어 과연 이행의 시문학은 어떠한 의미였으며 그에게 어떠한 영향을 주었는지 궁금하지 않을 수 없다. 이에 본 장에서는 이행의 문학적 특징과 성과를 살피고 특히 인문 지리적 성격에 주목하여 이안눌과의 관련성에 대하여 고찰하고자 한다.

卷裏天磨色　책 속의 천마산 모습이
依依尙眼開　뚜렷이 아직도 눈앞에 열리네

---

90) 李植, <行狀>, "讀書必以千百番爲數 嘗聞金慕齋言 書必萬讀 文方入神 我朝惟容齋公萬讀故 其詩亦入神 公心服其說 及謫居無事 重讀杜律 有至萬三千偏者 其老而志篤又如此"

斯人今已矣	이 사람 지금 이미 가고 없는데
古道日悠哉	옛 길은 나날이 아득해지네
細雨靈通寺	가랑비 내리는 영통사
斜陽滿月臺	해 저무는 만월대
死生曾契闊	죽은 자와 산 자는 만날 수 없어
衰白獨徘徊	센 머리로 홀로 배회하노라

<題天磨錄後>91)

수련에서는 「천마록(天磨錄)」을 보니 벗과 함께 천마산에서 놀던 일이 기억에 생생하다고 하면서 상념에 젖는다. 상구(上句)와 하구(下句)의 주어로 되는 십자구(十字句)가 돌발적인 느낌을 주며 특히 하구(下句)의 마지막 글자인 "개(開)"가 더욱 역동성을 강화한 것이기도 하다. "개(開)"는 그 글자의 의미상 돌발적으로 눈앞에 나타나는 듯한 느낌을 준다. 이처럼 수련의 하구(下句)에서 운자(韻字)로 쓰이는 이 글자는 시상을 돌발적으로 제시하는 효과를 가지고 있다. 이행의 이 구절은 술어를 사용하지 않으면서 "천마(天磨)"라는 고유명사를 사용하여 돌발적인 느낌을 주고 있다. 조선의 지명을 수련의 상구에서 구사하여 직설적이면서도 강렬한 심상을 구축한 것이다.92) 이행의 시는 이러한 예에서처럼 시상을 일으키는 부분에 특징적인

---

91) 『容齋集』에 <題把翠軒遺稿後> 다음에 나오는 것으로 보아 1507년 정도의 작품으로 보이며 李荇, 李菪, 南袞 등 3인이 1502년 개성에 잇는 천마산에서 지은 시를 모은 「天磨錄」을 보면서 1503년 사화에 희생괸 박은을 그리워 한 작품이다. 李荇은 이시기 중종 반정으로 거제도 유배에서 풀려나 홍문관교리로 있었던 것으로 보인다.

92) 李荇의 이러한 시상 전개는 여러 작품에서 확인되는데 <追悼鄭淳夫用聞長老化去韻>의 起句 "허암거사는 진을 찾아 떠나가서, 아득한 세상일 새로워진 것 보지 못했네(虛菴居士去尋眞 不見悠悠世事新)"나 <讀翠軒詩用張湖南舊詩韻>의 "읍취헌 높은 누각 오래도록 주인 없어 지붕 위 밝은 달에 그 모습 생각하네(挹翠高軒久無主 屋樑明月想容姿)"라고 한 표현 등이 그러한 예가 된다. 이러한 예들과 함께 고려할 때 작품의 첫 부분에 구사되고 있는 고유명사는 상대에 대한 그리움을 강렬하게 표출해주는 효과를 가지고 있음을 확인할 수 있다.

인물이나 장소, 사물 등을 독특한 구법 속에 던져 두어 강건한 어세를 느끼게 한 것이 많다.[93]

경련은 이제 박은이 죽어 그곳으로 찾아 갈 길이 아득해졌다는 뜻으로 두보의 <기악주가사마육장파주엄팔사군양각노오십운(寄岳州賈司馬六丈巴州嚴八使君兩閣老五十韻)>에서 의경과 구법을 익힌 것이다. 두보는 "오도(吾道)"라고 하여 추상적인 심상을 창출했지만 이행은 이를 "고도(古道)"로 바꾸어 지난날 함께 노닐었던 천마산의 길이라는 의미를 부여하여 지난날의 추억이 눈에 가물거린다는 뜻을 말하고 있다.

물론 이행의 시에서 "고도(古道)"가 끊어졌다는 의미는 박은의 죽음으로 시단이 적막해졌다는 의미까지도 아울러 내포하고 있다. 옛 벗 박은의 죽음에 대하여 "이의(已矣)"라는 감탄의 시어 속에 탄식하고 있으며, 다시는 그를 만날 수 없는 안타까움이 "유재(悠哉)"라는 시어 속에 용해되어 있어 비장한 작품의 미감이 잘 나타난다. 추억을 더듬어 옛 놀던 곳으로 가는 과정을 보인 것으로 그 기억을 떠올리며 천마산으로 가고 있다는 말이다.

수련에서 "개(開)"자를 써서 천마산의 모습이 바로 눈앞에 전개되는 듯이 묘사하였다면 함련에서는 그 모습을 구체적으로 드러내는 것이 일반적인 의경의 구성이다. 그런데 이행은 수련의 빠른 템포를 함련에서 억제한 다음 경련에 이르러서야 비로소 이를 드러낸다. 이 점에서 함련과 경련은 일반적인 의경의 전개에 비추어볼 때 서로 바뀌어 있다는 느낌을 주며 이러한 의경의 조직과 안배가 오히려 해동강서시파의 특징이자 이행시의 특징이기도 하다. 평범한 것을 피하면서 의경의 반전을 꾀하고 있다. 이렇게 되면 시상이 비약된 듯한 인상을 주기 쉽지만 "고도(古道)"라는 표현을 통

---

93) <大興洞途中>의 首聯 "짚신에 명아주 지팡이와 목면옷, 내 생애 소원과 어긋났음을 알지 못하겠구나(芒鞋藜杖木綿衣 未覺吾生與願違)도 그러한 예이다. 상구는 술어나 부사어가 없는 순전한 實字로만 되어 있다. 여행에 필요한 장비를 술어 없이 나열하여 강건한 맛을 주고 있다.

해 비약이 교묘하게 연결되도록 하였다. 즉 옛날 함께 갔던 천마산으로 이
제는 홀로 아득해진 기억을 의존하여 찾아간다는 뜻이 된다.

경련은 천마산 주위의 경치를 쓴 것인데, 비 내리고 석양이 비치는 광경
을 묘사하여 더욱 비감을 돋우고 있다. 당시의 인상 깊던 경물을 그리면서
가랑비가 내리고 석양이 비친다고 하여 자신의 우울한 마음을 경물에 투영
하고 있다. 함련에서 정정(情)을 말하고 경련에서 경(景)을 말하면서 그 경
(景) 속에 정(情)을 담아 정경이 융화되고 있다. 옛 놀던 장소의 구체적 지명
을 그대로 노출하여 당시의 독자들도 가보았음직한 그곳의 경치를 상상하
면서 읽도록 하고 있다. 구체적 묘사보다 독자의 체험을 시상의 전개에 연결
시키는 것이 바로 이행이 조선의 지명을 시어로 활용하는 독특한 기법이다.
이 구절에 대하여 홍만종 역시 점철성금(點鐵成金)을 이룩한 높은 경지라고
칭찬한 바 있다.[94] 강서시파(江西詩派)의 작법을 수용하여 비속하게 인식되
었던 조선의 지명이 높은 미학을 창출하고 있음을 여기서도 확인할 수 있다.

미련은 이제 다시는 만날 수 없고 이 때문에 머리는 백발이 된 채 고독
감에 방황함을 말하는데 이제껏 극도로 자제되었던 감정이 한꺼번에 유로
되고 있어 더욱 처절한 미감을 만들어내고 있다. 상구(上句)에서 정(情)을
강하게 표출한 다음 하구(下句)에서는 강개(慷慨)하는 시인의 모습을 시각
적 심상으로 독자에게 제시하여 강한 여운을 남긴다.

이 작품은 전체 의경의 안배도 매우 특징적이다. 수련에서 박은의 시집을
보면서 옛 추억을 떠올리고 함련에서 추억의 장소로 찾아가는 과정을 보인
다음, 경련에서는 완전한 추억 속에 빠져 들고 잇다. 이어 미련의 상구(上句)
에서 강한 강개의 정을 돌발적으로 표출하면서 과거의 회상에서 돌연 깨어

---

94) 『小華詩評』, pp.69-70, "世謂 '中國地名皆文字 入詩便佳 如「九江春草外 三峽暮帆前」
「氣蒸雲夢澤 波撼岳陽城」 等句 只加數字 而能生色 我東皆以方言成地名 不合於詩'云
余以爲不然 李容齋天磨錄詩「細雨靈通寺 斜陽滿月臺」 盧蘇齋漢江詩「春深楮子島 月
出濟川亭」 詩豈不佳 唯在鑢錘之妙而已"

나게 하였고 다시 하구에서 현재 자신의 처량한 모습을 담아내고 있다. 이러한 분명한 의경의 단계적 전개는 황정견 시의 가장 독창적인 면모이며 이 또한 허균으로부터 '고아침후(古雅沈厚)'의 평을 받게 한 요소로 추정된다.

이 작품은 구법과 시어의 측면에서 매우 평이해 보인다. 그러나 작품의 내면을 천착하면 깊은 의미를 담고 있음을 알 수 있는데 화평속에 치밀한 조직미를 느낄 수 있는 것이 바로 이행 시의 가장 큰 특질이라 할 수 있다. 이행의 시 중에서 대표작으로 꼽히는 작품은 이처럼 죽은 벗을 그리워하면서 평이한 구법 속에 강렬한 강개의 정과 깊은 의경을 담고 있는 것이 많다. 평이하지만 전대 시의 장점을 완벽히 소화해서 그 부착(斧鑿)의 흔적을 드러내지 않는 것도 이행시의 큰 특징이다.

이행은 젊은 시절 박은 등과 활발하게 교유를 할 때는 기발하고 웅장한 시를 제작하였지만. 후기의 작품에는 화평한 미의식을 주로 하고 있다.[95] 이행의 작품들은 벗을 그리워한 것, 홀로 서재나 여로에서 감흥을 읊은 것이 많은데 인생의 의미를 담담하게 진술하고 있다. 이행의 작품은 시어의 측면이나 구법의 측면에서 지극히 평담하다. 속어나 구어체, 혹은 조자(助字), 조선 지명 등이 시에 구사되어 있지만, 평담(平淡) 속에 녹아 있어 생경한 맛을 전혀 느낄 수 없다. "이속위아(以俗爲雅)"의 논리를 수용하면서도 생경하거나 난삽하고 기괴한 표현보다는 일반의 시인들이 잘 쓰지 않는 평이하고 구어적인 용어를 사용하여 담박한 미감을 보이는 것이 이행 시의 특징이다. 이행시의 화평함은 외면으로 드러나는 미감을 지적한 말이고 그 내면을 천착하면 깊은 의미를 내포하고 있다. 이행의 화평(和平)은 쉽게 쓰여진 평이함이 아니라 지극한 단련과 조탁 끝에 이른 미감이다. 이행의 한시 작법에 있어 점화(點化)가 매우 중요한 위치에 있지만, 그의 점화(點化)는 흔적을

---

95) 이에 비해 황정욱의 시는 나이가 들수록 더욱 기가 드세어지는 특징이 있는데, 이 점은 李荇의 추이와 반대된다.

찾을 수 없는 높은 경지에 올라 있다는 점이 이를 말해주는 것이기도 하다.

화평(和平)한 이행 시의 깊이는 치밀한 의경의 조직적 안배에서도 드러난다. 이행의 시는 평이한 시어와 구법으로 되어 있지만, 그 이면에 각 시어나 연, 혹은 단락이 긴밀히 호응 관계를 이루고 있다는 점은 난삽함과 기발함을 위주로 하는 강서시파(江西詩派)의 외형이 아니라 치밀한 단련과 조직에 힘쓰는 시파 특유의 내면을 익힌 것이라 할 수 있다.

원래 황정견·진사도를 종주로 하는 중국의 강서시파(江西詩派)는 시를 '산문으로 시를 삼는(以文爲詩)' 경향을 띤다. 진부한 표현을 반대하면서 모든 시는 글자마다 그 유래가 있다는 기치 아래 기괴한 고사(故事)와 희귀한 전고(典故)의 남용, 요체(拗體)와 험운(險韻)에의 경도에 빠졌다. 결국 아무리 해박한 주석가라도 이해하기 어려운 난삽함과 신기 그 자체의 추구를 지향함으로써 시인의 자연스런 감정을 구속하고 시가 삶의 반영이며 정감의 표현이라는 원초적 의미와 충돌하게 되었다[96]는 한계를 가졌으며, 조선에서는 특히 정사룡이 험벽한 용사의 추구로 비판되었다.

그러나 이행에 있어서는 초기시나 박은과 관련된 작품에서 발견할 수 있는 강서시파(江西詩派)의 면모가 후기시에서 감쇄되면서 스스로 일가를 이루어 온화(溫和)하고 담박(淡泊)한 새로운 경지를 이룩하여 화평(和平)으로 대표되는 한국한시의 미감을 더욱 높은 수준으로 형상화할 수 있었던 것이다.

그렇다면 이와 같은 이행시의 특징은 이안눌 시에서 어떠한 양상으로 계승되었으며 변용되어 나타나는지 살펴보자. 우선 이안눌은 이행이 견지했던 바와 같이 두보시의 다독을 통한 시작의 연마로 단련하지만 그 흔적이 드러나지 않아야 하며, 단계상 치밀하게 짜여진 의경으로 정경의 조화로운

---

96) 中國文學史硏究委員會, 『新編 中國文學史』2, 臺灣 復文圖書出版社, pp.440-441.

융합을 꾀하고자 하였다. 특히 이행은 시어의 사용에 있어 조선의 고유지명을 차용하여 새로운 미감을 창출하고 있는데, 이러한 특징은 이안눌의 특징적 면모로 더욱 부각되어 나타난다. 인명이나 지명 등 기존의 시에서 쓰이지 않던 새로운 시어를 구사하여 새로운 시풍을 이끌었다는 점에서 이행을 비롯한 해동강서시파(海東江西詩派)와의 관련성을 말할 수 있을 것이다.

그러나 앞에서 이안눌의 구체적 작품 분석에서 보았듯 그 방법상 운용과 효과의 측면에서는 이들과 차이를 드러내는데 이것이 바로 변용의 측면이며 특징적인 면이라 할 것이다. 첫째, 이행은 고유명사를 시어로 구사하는 양상에 있어 시적 여운이나 상대에 대한 그리움, 박진감 넘치는 의경의 발전 등의 효과를 발휘하고 있으나 이안눌 시에 구사된 고유명사는 상상의 차원이 아닌 구체성을 담보하기 위한 수법으로 이해된다.[97] 이는 구체적 현장, 현재 기록으로서의 의미를 강조하는 것이며, 시 속에 역사와 풍물을 마치 지리지를 엮듯이 흔하게 차용하여 쓰는 효과는 공간의 구체성 확보를 위한 것이다. 이러한 면모는 조선 후기에 진경산수와 진실한 감정의 유로를 중시하는 경향의 단초가 되는 것으로도 볼 수 있으며 또한 '실(實)'을 중시하는 정신을 반영한 것이라 하겠다.

둘째, 이안눌은 효과적 시상 전개의 한 방편으로 조선의 인명과 지명을 사용하기도 하였다. 전란 후의 궁핍한 생활상에 대한 구체적 묘사나 역사적 공간에서의 회고를 통한 현실 비판을 형상화하기 위해, 앞부분인 수련과 함련에서 고유지명을 사용하여 의경을 환기하고 경련과 미련에서는 자

---

97) 이러한 점은 노수신이 자신의 이름이나 天干와 年號, 관직이름 등 기존의 시에서 시어로 쓰이기 힘들었던 고유명사를 시어로 수용하여 생경·기이하고도 참신한 의경을 창출하려는 점과도 변별된다. 노수신이 고유명사를 활용하고 있는 작품은 기괴함을 느낄 수 있을 만큼 생경하며, 속어의 구사. 전고의 활용이 매우 난해하다. "以俗爲雅"는 두보의 시를 배운 것이기도 한데, 이 점에서 노수신이 두보를 배웠지만 결국은 강서시파의 시풍과 유사해진 것이라 할 수 있다.

신이 드러내고자 하는 의미를 드러내는 수법을 쓰는 것이다. 이는 어떤 면
에서는 이행이나 박은이 정경융합의 일환으로 고유명사를 차용했던 면과
유사한 맥락으로 볼 수 있겠으나 이행은 상대를 위한 그리움의 감정 표출
을 위한 정경의 융합이었으며, 박은은 주변 경물을 통한 홍취의 고조를 위
해 택하였다는 점에서 변별된다. 따라서 이안눌은 구체성을 확보하고자 하
는 의도와 함께 시상전개에 있어서 의경을 보다 효과적으로 표현하기 위하
여 조선의 고유명사를 차용하였던 것으로 볼 수 있다.

셋째, 험벽한 고사나 형식적 기교주의에 대한 반감을 가지고 있었다는
점이다. 해동강서시파(海東江西詩派)가 형식적 측면에서의 난삽한 기교나
기괴한 고사 차용 등을 중시하였던 반면, 이안눌은 앞서 살핀 바와 같이
"시의 기교가 이에 이르면 결국 누가 해석할 것인가? 이사가 책을 불태운
것이 이상하지 않구나"[98]라고 하면서 해동강서시파의 지나친 기교주의와
험벽한 고사 사용에 대하여 상당히 비판적 태도를 취하고 있음을 알 수
있다. 이러한 점은 변용의 측면이 강한 것으로 오히려 이행의 후기시에서
부각되어 나타나는 시풍이 '화평(和平)'과 '평담(平淡)'이라는 점과 그 맥락
을 같이 할 수 있다.

---

98) 「東遷錄」下, p.4, <禮曹蔡佐郞(裕後)以詩稿寄示 因題卷末 用唐詩 '到處逢人說項斯'
韻>, "詩工到此終誰解 未怪焚書出李斯"

제6장

이안눌 한시의 문학적 특징과 의의

1. 체험을 기반으로 한 문학적 형상화 : 紀實

  기존의 한시 문학사에서 16C 말에서 17C 초를 살았던 동악 이안눌은 한문 사대가와 함께 언급되면서 인조반정 후 복고주의 문학을 구가하였던 인물로 언급되어왔다. 그러나 그의 시세계는 전란 후 해이하고 문란해진 사회 전반의 기풍을 바로 세우고자 하는 기치 하에 '고풍 전아'한 문풍을 추구하고자 했던 '한문사대가'의 문학 세계와는 변별되는 독특한 특성을 가진다.

  작품 분석을 통해 추출된 이안눌 시세계를 관류하는 특징은 전란과 사행, 임지와 유배지에서의 다양한 체험을 바탕으로 절실한 삶의 현실을 사실적이고 구체적으로 형상화하였다는 점이다. 이안눌 문학에 나타난 기실 (紀實)의 측면과 관련하여 시의 독창성을 개인의 구체적 삶과 연결시켜 논의한 허균의 언급을 주목할 수 있다. 그는 험난한 체험과 동시에 자연의 도움을 얻어야 문학의 오묘한 경지에 들어갈 수 있다고 하였는데[1] 체험을

---

1) 許筠, 「惺叟詩話」(『惺所覆瓿藁』25, 『韓國文集叢刊』74), "그(이산해)의 시는 초년에 당시를 본받았는데 만년에 平海에 유배간 후 비로소 極에 이르렀다…(中略)…여기서 문장은 부귀영화에 있는 것이 아니라 험난한 체험을 거치고 강산의 도움을 얻은 후에

강조한 데에는 두 가지의 의미가 있다. 하나는 우주와 삶에 대한 인식의 깊이이며 다른 하나는 개별적 체험을 지니는 시인의 정신에 대한 인식을 보여준다는 점이다.2)

이와 같은 관점에서 볼 때, 이안눌의 일생은 당시의 다른 문인들이 쉽게 접할 수 없었던 다양한 체험을 하였다는 점에서 각별한 의미를 가진다. 그가 겪은 특수한 체험은 이안눌 시문학의 주요한 밑바탕이자 원동력이 되었던 것이다. 문학 활동은 현실을 근거로 한 표현이어야 한다는 그의 인식은 참혹한 임진과 병자의 전란 체험에서도, 관리로서의 임지(任地) 체험과 적소(謫所)에서의 유배(流配) 체험에서도, 육로와 해로를 통한 명으로의 두 차례 사행(使行)에서도 공통적으로 나타나는 특징적 면모이다.

이러한 '기실(紀實)'의 양상은 작자가 처한 '현장성'과 '현재성'의 부각이라는 점에서 두드러지며 본 장에서는 '현장 견문 중심의 묘사'와 '일록화를 통한 일상의 문학화'라는 두 가지 측면에서 살펴보고자 한다.

1) 紀俗 취향과 현장 견문 중심의 묘사

이안눌은 '전란(戰亂)', '사행(使行)', '임지(任地)'라는 체험의 형상화 방식에 있어 두드러진 특징을 보이는데 이는 작자가 처한 현장에서의 견문을 중심으로 묘사하고 있다는 점이다.

16세기 말에서 17세기 초를 살았던 수많은 지식인들이 미증유(未曾有)의 전쟁을 겪었음에도 불구하고 허균의 <노객부원(老客婦怨)>을 제외하고 전란의 체험을 적실하게 시화한 이렇다 할 작품을 찾아볼 수 없는 것이 사실

야 비로소 오묘한 경지에 들어갈 수 있음을 알 수 있다(其詩 初年法唐 晩謫平海 始造其極…(中略)…乃知 文章 不在於富貴榮耀 而經歷險難 得江山之助 然後可以入妙)"

2) 안병학, 「朝鮮中期 唐詩風과 詩論의 展開 樣相」, 『한국문학연구 창간호』, 1998, p.137 참고.

이다. 이러한 점에서 이안눌이 피란의 절박한 행로에서 현장 보고의 형식
으로 자신의 체험을 묘사한 <당사탄(當死歎)>, <식채(食菜)>, <모별자(母
別子)> 등을 비롯한 「속집」의 시편들과 이후 <사월십오일(四月十五日)>,
<입동래부(入東萊府)>, <제기장현(題機張縣)>을 비롯한 여러 지역의 관리
로 임하여 참혹했던 전쟁을 떠올리며 읊은 시들은 주목할 만하다.

특히 <당사탄(當死歎)>에서 목하의 적에게 쫓기는 상황에서 차라리 죽
는 것이 낫다고 절규하는 부분이나 <식채(食菜)>에서 피란 생활의 굶주림
으로 인하여 풀뿌리와 잎을 씹지만 그 맛이 고기 맛이라고 형용한 부분
등은 전란 현장에서의 생생한 체험이기에 더욱 그 의미가 절절하다. <사월
십오일(四月十五日)>에서도 임진란 당시 동래성의 함락과 마을 사람들의
전몰이라는 사건을 늙은 아전의 말을 통해 현장감 있게 서술한다. 송상현
의 애국충절을 높이면서도 관군과 민이 함께 나라를 위해 투신하였다 하면
서 영웅의 칭송으로 흐르지는 것이 아닌 백성의 참상에 대한 증언으로 이
어간다. 그래서 이 날만 되면 현재까지도 모두 과거의 그 날을 떠올리며
통곡하는 것이다. 더구나 늙은 아전의 구술이기에 지난 일에 대한 직접 체
험의 현실감이 생생할 수밖에 없다. 아전에게 들은 바를 가감 없이 서술하
는 제 3자의 진술로 그 시대의 뼈아픈 역사적 희생에 대한 진실을 드러낸
다. 즉, 고도의 난해한 수사적 기법이 아닌 현실을 근거로 한 구체적이고
사실적인 정황을 들어 진실한 의경을 자연스러우면서도 효과적으로 드러
내는 것이다.

관서의 평안도로 피란 가서 강선루에 올라 지은 <차왕찬등루운(次王粲登
樓韻)>은 세태를 보는 작자의 침울한 정조와 강개한 어조가 효과적으로
드러나면서 시대에 대한 날카로운 비판이 돋보인다. 또한 1597년에 쓴 <칠
월이십일작(七月二十日作)>에서도 급박한 현장 묘사로 정유재란이 발발하
기 직전의 긴장된 상황을 그리고, <칠월이십육일작(七月二十六日作)>에서

도 사상 초유의 외침에 아무런 대비책을 내지 못하는 무능한 지배층에 대한 날카로운 비판의 시선을 드러낸다. 한산대첩 승리를 기리며 호(湖), 한산(閑山), 귀선(龜船) 등의 실제 지명이나 명칭을 시 속에 직접 차용하고 있다. 이때는 전쟁이 진행 중이었던 시기였던 만큼 이안눌의 이러한 언급은 더욱 의미 있다. 이순신의 한산도 치적에 대한 칭송은 외침에 대한 아무런 대비도 하지 않은 재상들에 대한 비판과 대조되며, 당시 벌어지고 있는 전장의 실상을 시화함으로써 무능한 지배층에 대한 비판이 더욱 실감나게 전달된다.

특히 이안눌의 이러한 작품은 체험을 바탕으로 직접 대면하는 현실 문제를 형상화시켜 나가는 방식에서 탁월함을 보여준다는 점에서 의의가 있다. <봉차이판관여함견이이수운(奉次李判官汝涵見貽二首韻)>에서는 백성의 실상을 목도하고 '차라리 내 몸의 피를 빼내어 그대의 숟가락에 떨어뜨리고자' 하면서 관리인 자신의 생활을 백성의 궁핍한 삶과 비교하여 그들에 대한 안타까움을 표출한다. <독좌서사(獨坐書事)>에서도 황구첨정, 백골징포, 인징, 족징 등의 가렴주구로 인해 백성의 삶이 파탄에 이르고 결국 유리방랑하게 되는 체제의 모순을 지적하고 백성들을 파탄으로 몰아가는 불합리한 제도의 개선과 자각을 통한 지식인의 반성을 촉구한다. 즉, 각 지역의 목민관으로서 현장의 구체적 체험을 통해[3] 파악한 제도적 모순과 문제점들을 예리하게 지적하는 것이다.

다음으로 이안눌은 관리로 부임하였던 곳에서의 인문 지리적 사항들을 그대로 시어로 채택하여 형상화한다. 즉, '일관일록(一官一錄)'의 원칙 하에

---

3) 동래부사의 직책으로 일본과의 화친 업무는 불가피한 것으로 <三月十九日 日本使臣來 翌日設茶禮 書以志感>(「萊山錄」권8, p.43)에서 당시 심정을 "충성스런 분노가 갑옷 입은 가슴에 가득하구나"라고 표현하고 조선의 성인과 같은 넓은 아량을 강조하여 독심품은 오랑캐의 마음과 대비시킨다. 그러나 그는 결국 관리로서의 공무와 대의명분과의 반복되는 갈등 속에서 <余稟性樸直 不能矯勵>(「萊山錄」권8, p.48)에서 품성이 질박하여 꾸미지 못한다고 하면서 의리에 부합하지 않는 삶을 더 이상 지속시키지 못하고 사직한다.

서 전국에 걸쳐 각 지방의 관리로 부임하였던 체험을 근거로 하여 그 곳에서의 색다른 풍습과 기후, 지형, 특산물 등을 시화하였던 것이다. 자신이 직접 보고 느끼고 겪은 체험을 담아내기 위해 당시에는 속어로 간주되었던 조선의 고유명사들까지 시어로 표현하였다. 부임지의 지역적 특성에 따라 기속적(紀俗的) 취향과 국토에 대한 각별한 관심으로 조선의 역사적 인물이나 지명을 시화하기도 하고, 그 지역의 민풍과 습속을 채록하였다. 의고풍의 변새시에서도 자신의 종군 체험을 바탕으로 하여, 문과 무를 겸비한 서검객(書劍客)을 이상적 인물로 형상화하면서 실제의 경험을 시속에 반영하고자 하는 의도를 보인다.

<시월이십일 입금산군작(十月二十日 入錦山郡作)>는 금산군수로 부임하는 날 지은 것으로 금산의 역사를 시대별 인물의 활동에 따라 시화하고 군지(郡志)나『동국여지승람(東國輿地勝覽)』등을 참고로 인용하여 구마다 작은 주를 붙여 사용된 고유명사를 설명하고 있다. 이렇게 주를 붙인 것은 글자 수에 제한을 받는 형식에 시적 대상과 관련된 고유명사를 다 넣을 수 없는 경우를 보충하기 위함이고, 또 그 고유명사만으로는 시적 문맥이 정확하게 전달되지 않는 우려 때문이었을 것이다. 지명뿐만 아니라 조대명(祖代名), 유명인의 호, 벼슬 이름 등을 다양하게 사용하여 금산의 명칭 변화와 그곳 출신이거나 관련 인물들의 활약을 묘사하여 금산의 역사적 특수성을 살리려고 한 점이 특별히 주목된다.

끝으로 '실(實)'을 근간으로 한 시적 형상화 양상은 두 번의 중국 사행길에 남긴 행록에서도 역시 '견문의 현장성'을 중시하는 태도와 '기사성(記事性)의 충실'이라는 점으로 표출된다. 다음 작품은 진하사 서장관의 자격으로 수행하였던 1차 사행시에 남긴 작품으로 명의 성절하례에 참여한 감동과 임무 완수의 기쁨과 같은 개인적인 감정의 표현과 동시에 기사성(記事性)을 충실히 발휘하여 공적인 임무의 수행 과정을 상세히 묘사함으로써

공인으로서의 시작(作詩) 태도를 함께 드러내고 있다.

다음의 시에서는 명 사행에서 행한 성절 하례 의식의 배경과 특수 상황 등이 현장감 있게 서술되어 있다.

九城初日瑞雲曇	황제의 도성에 막 해가 돋자 상서로운 구름이 짙은데
虎拜彤庭百辟參	천자를 배알하고자 붉은 뜰에는 백관이 다 모였네
黼黻星辰璇極北	곤룡포를 입은 황제는 북쪽에 좌정하고
梯航玉帛越裳南	하례에 참여한 사신들은 선물 들고 남쪽에 섰네
河淸適際千年一	황하가 맑아지는 천년에 한 번의 기회를 때마침 만나
嵩壽齊呼萬歲三	오래오래 사시라 세 번 만세 일제히 부르네
鰈域小臣陪獸舞	조선의 작은 신하도 모시고 앉아 탈춤 즐기며
內樽偏荷霑恩酣	하사하신 술 더없이 들이켜 크나큰 은혜에 흠뻑 취하였네

<八月十七日……>, 「朝天錄」, p.34

이안눌은 사신으로서 외교적 임무를 수행하기 위한 여러 과정을 거쳐 드디어 황제를 배알하게 된다. 사행의 실제적인 임무 수행에 있어서는 마지막 단계라고 할 수 있는 황제의 알현을 통해 임무를 완수하고, 조선의 신하로서 성절하례에 동참하게 된 기쁨을 시로 남긴 것이다. 수련과 함련은 하례의 주변 상황에 대한 비교적 상세한 묘사를 하고 경련과 미련은 명나라 황제에 대한 지극한 칭송과 알현의 기쁨, 그리고 조선 사신으로서의 외교적 성취에 대한 자부심 등을 표현하고 있다. 특히 마지막 부분은 조선의 작은 신하로서 명 황제를 모시고 앉아 즐길 수 있는 큰 은혜에 긍지를 느끼며 감격하고 있다.[4]

---

4) 「朝天後錄」, p.41, <癸酉年 元旦 癸巳日 詣闕朝賀(계유년 원단 계사일 대궐에 나아가 하례를 드리다)>에서는 "대궐이 맑게 개였는데 옥전은 멀고/ 날이 밝자 황제의 수레

2월 15일 아침에 황극문에 나아가 고명(誥命)을 받고, 16일 새벽에 회극문에 나아가 칙서를 받은 일을 읊은 시[5]에서는 "황궁의 아홉 문이 새벽에 열리는데/ 예복으로 삼가 보배로운 고명을 받들고/ 이부와 예부의 관원이 봉고를 내리고/ 한림학사와 내관이 윤음을 받들었네"[6]라고 하면서 시의 형식으로 고명(誥命)을 받드는 행사의 내용을 순차적으로 서술하고 있다. '誥命(誥命冊印)'이란 중국의 황제가 조선의 왕위를 승인한다는 문서와 금인을 말하며 '면복(冕腹)'이란 조선 임금의 정복인 면류관과 곤룡포를 말하는 것이다. 특히, 임금으로서 정통성을 확보하여 정권의 안정을 기하는 일이 급선무였던 인조와 서인 정권은 명나라로부터 고명과 면복을 받는 것을 무엇보다 중시하였던 것이다. 따라서 황제의 고음을 받는 사신으로서 공무를 성공적으로 수행하는 현장의 장면을 자세히 묘사하고 "한양성에서의 일을 생각하니/ 은혜로운 고명에 분위기가 확 달라지겠네"[7]라고 하면서 감격한다.

또한 이안눌은 사행의 노정 중 지나게 되는 현장의 지역적 특성을 비교적 자세히 시 속에 담고 있으며 이는 여로 중의 기후, 기상 여건 등의 자연환경이나 민풍의 특색, 풍물 등을 시어로 형상화하고자 한 것이다. 1601년

하늘에서 내려오네/ 천년토록 통서를 있는 연월일의 첫날에/ 사방에서 보물을 바치며 만국이 알현하네/ 호위가 궁정에 나열하니 용마가 모는 수레요/ 악기가 일제히 연주되니 봉황의식의 음악이로다/ 동방의 먼 사신은 머리가 눈과 같은데/ 황국 섬돌에서 머리 숙이고 요임금을 축하하네(闉闔晴開玉殿遙 平明仙押下叢宵 千齡接統三元日 四海輪琛萬國朝 羽衛分庭龍馭輅 宮懸合樂鳳儀韶 箕封遠价頭如雪 稽首丹墀共祝堯)"라고 하여 황제 알현시의 장면을 상세히 묘사하였다.

5) 「朝天後錄」, p.44, <二月十五日丁丑 朝詣皇極門 領誥命 十六日戊寅 晨詣會極門 領勅書>. 고명 이전의 詩作인 <正月三十日 壬戌 天機暄和>에서는 "어느 때나 황제의 고명 받들고 성스럽고 밝은 임금께 돌아가 보고하나"(何時捧鸞誥 歸報聖明君)라고 하였고, <二月二日甲子 留玉河館>에서는 "황제의 고명은 언제나 내릴까 새벽 꿈 늘 동쪽으로 돌아가는 뱃전을 맴도네(北辰鸞綸幾時降 晩夢長繞東歸舟)"라고 하면서 황제의 고명을 노심초사하며 기다리는 공적 사신으로서의 근심으로 표출하고 있다.

6) "天門九扇闢淸晨 象服祇承寶命申 吏部春官頒鳳誥 翰林中侯捧鸞綸"

7) "想到漢陽城裏日 寵章韶景一時新"

사행에서 요동 지역을 지나며 지은 5언 율시인 <요동가(遼東歌)>에서는
수련에서 "요동의 풍속 묻지 마시고 시험 삼아 늙은이의 노래 들어보시
라"8)라고 시작하여 "울창 빽빽하게 하여 닭이며 돼지 기르고 밭이 편편하
니 콩이며 기장 많기도 하여라. 살고 있는 사람들이 노략질을 좋아하니 나
그네의 여행을 어찌하랴"9)라고 하면서 요동의 생활환경과 지역적 특성, 지
나는 노정의 어려움 등을 담고 있다. 지역의 농산물이나 주요 생활 형태
등 지방민의 토속적 특성을 그려내며 백성들의 살림살이에 주목하고 닭과
돼지를 기르고 편편한 지형적 특징으로 인해 콩과 기장이 많이 나는 모습
을 섬세한 시선으로 포착하고 있는 것이다.

 <동자탕참 서지분수령(東自湯站 西至分水嶺)>에서도 현장에서의 견문
을 중시하여 동쪽 탕참으로부터 서쪽 분수령에 이르는 요양지역 풍토의 특
색과 농경·지리적 특징 등을 묘사하고 있다. 특히 시의 서두에 "산과 내가
얽히고 굽었지만 언덕과 들이 넓고 편편하며 마을이 떨어져 있어도 서로
향하고 백성들 모두가 일을 즐기는데, 자못 전원의 흥취가 있어 변새의 땅
과는 비할 바가 못 되었다"10)라는 시서(詩序)를 붙여 지역적 배경과 특성
을 자세히 설명한다.11)

---

 8) 「朝天錄」, p.26, <遼東歌>, "莫問遼東俗 試聽老子歌"

 9) "柵密谿豚長 田平豆黍多 居人喜剽竊 其奈客行何"

10) 「朝天錄」, p.9, <東自湯站 西至分水嶺>, "山川縈紆 原野平曠 里落相望 民皆樂業 頗有
    田園之趣 不比邊塞之地"

11) 「朝天錄」, p.44, <九月二十八日 宿牛家庄 是夜 大雷電雨雪>에서도 크게 천둥 벼락치
    고 진눈깨비가 내리는 9월 말 우가장 근처의 기후에 대하여 "한밤중에 벼락이 대지를
    때렸나니 번개가 채찍을 들고 우레신을 따라왔다네. 은하수를 거꾸로 하여 따르는 듯
    빗소리 급하더니 눈이 천 길의 높이로 내려 쌓인 무더기가 우뚝하네(夜半霹靂擊大塊
    列缺挈鞭隨豊隆 天潢倒注雨聲急 玉屑千丈堆華嵩)"라고 하면서 사행 노정 중의 놀라운
    날씨에 관하여 비교적 상세하게 언급하고 있다. 후반부에서는 오행이 섞여 절도를 잃어
    버린 듯한 요양 땅의 기상여건에 대하여 "또 어쩌면 토질이며 기후가 해동과는 다르기
    때문일지도(復恐土候殊海東)"라고 하면서 서로 다른 지형·기후의 특성을 인정해야
    함을 조심스레 표현하기도 한다.

땅은 사람이 태어나고 살아가는 공간이며, 걸어가는 길이다. 그것은 '자리(空間)'이며, '지리(地理)'이다. 이 자리와 지리를 얻어서 문학은 자기의 세계를 해석하고, 무한한 우주와 호흡한다. 지리는 '내'가 선 이 자리(實地)에서 가장 현실적이다. 그것은 사실의 땅이며 사건의 현장이다. 이 땅에 정착하여 땅을 일구는 사람들, 국토를 유람하고 순례라는 사람들, 국경을 넘어 해외를 체험하는 사람들, 절도(絶島)와 피지(僻地)에 유배되고 타국에 유랑하여 떠도는 사람들, 우리 국토와 해외의 땅에 수없이 각인된 사람들의 숨결은 더 나은 삶을 향한 간절한 염원을 이 땅에서 실현하고 문학에 염원을 담는다. 이러한 삶의 현장에서 자기의 숨결을 확인하는 문학이야말로 참 문학이며 이야말로 실지(實地)의 학문이라 할 수 있다.[12]

이러한 점에서 이안눌이 현장 견문 중심의 묘사를 통해 자신의 체험을 문학적으로 형상화하고자 한 것은 실지(實地)에 대한 각별한 인식이며 삶에 대한 남다른 관심이다. 시의 형식으로 사행 여정을 일록화하고 날짜와 기후 여건, 지형에 대한 자세한 주를 함께 달거나, 과거의 역사 혹은 개인적 경험을 회억하는 장소에서 공간의 현장성을 확보하고자 하는 태도는 모두 실제를 시상 전개의 실마리로서 중시하는 데에서 비롯된 것이다. 이안눌은 의고풍의 단순한 모방에서 벗어나 자신의 특수한 경험을 기반으로 한 현실에 뿌리를 둔 서정을 추구함으로써 당대 삶의 질고를 핍진한 언어로 표출하고자 하였던 것이다.

2) 일록화를 통한 일상의 문학화

체험을 기반으로 한 기실(紀實)의 특성은 이안눌 시세계를 하나로 꿰는 중핵적인 역할을 하지만, 그 표현 양상은 변화의 노정을 겪게 된다. 시문학

---

12) 김태준 외, 『문학지리 · 한국인의 심상 공간』, 논형, 2005, p.5.

의 특징으로 중심축을 이루는 것은 자신의 체험을 근거로 한 현실 중시의 측면이지만 이것이 표출되는 양상에 있어서는 시공간에 따라 점진적인 변모의 양상을 보이는 것이다.

등제 전과 함경북도 북평사, 동래 부사, 경주 부윤 등의 재임 시에 남긴 시작들은 강개한 삶에 수반되는 고뇌와 갈등을 '참(慚)', '괴(愧)' 등의 시어를 통해 표출하며 다분히 의기에 찬 책임의식과 자기반성으로 잦은 감정 노출을 보였다. 이 시기는 형상화 방식에 있어서도 당대의 의고적 시풍에서 자유롭지 않아 소재 차용의 차원에서 관습적 용사(用事)가 빈번하게 이루어졌다.

이에 비해 권필의 죽음과 이괄의 난에 연루되어 옥사를 겪고 난 후반기의 시작들은 소재의 취택과 그 형상화 방식에 있어서도 차이를 보이고 있는데, 이는 자신의 주변에서 일어나는 세세한 평소의 일상사를 시의 제재로 끌어와 시화하였다는 점이다. 물론 이안눌 전반기의 시에서 이러한 측면을 전혀 발견할 수 없는 것은 아니다. 전술한 바와 같이 그는 부임지와 경유지의 지형, 기후, 풍습 등의 인문 지리적 제반 사항들에 대하여 특별히 주목하였으나 젊은 시기에 보이는 이러한 특성은 시상 전개의 효과적 방식으로 채택되는 경우이거나 효용적 측면을 의식한 경우가 많았다.

하지만 유배기를 지난 후반기 시에 나타나는 일상의 문학화 경향은 체험과 관련하여 더욱 심화되어 가는 양상을 보인다. 이 시기 이안눌의 시에는 배고픔, 치통, 흰머리, 나물, 김치 등 생활 주변의 자질구레한 일상사들과 생활 정서가 시적 소재가 되었다. 일상은 진부하고 사소하며 하찮은 것, 파편적인 것으로 파악될 수 있는 것이기도 한 반면 "실존이며, 결코 이론적으로 기재되지 않은 적나라한 '삶'이기 때문"에 더없이 심오한 것으로 파악할 수도 있다.13)

---

13) 박재환, 「일상생활에 대한 사회학적 조명」, 『일상생활의 사회학』, 한울아카데미, 1994, pp.24-25.

일상적 생활의 다양한 면모들이 시에 수용되어 젊은 시기의 시에서 보여준 기실(紀實)의 양상과 조금 다르게 표출되는데, 후반기 작품에는 현장의 진솔하고도 평범한 삶의 호흡이 담겨있다. 이는 생활 속의 신변잡기적이고 다양한 경험들을 작품에 차용하여 담아내고자 하는 시도로서 이러한 제재를 통하여 일상인으로서의 생활 정서를 그리고자 한 것이다. 그에게 있어 시를 짓는다는 행위자체는 이미 일상화되어 있었던 듯한데, 시를 통해서 생활을 반영한 일상의 세계를 읊는 것이다.

이러한 경향은 젊은 시절부터 규견되는 특성이지만 특히 유배기를 포함한 만년의 시에서 더욱 두드러지게 나타난다. 감정의 고양된 한 순간이나 특별한 일만이 아닌 일상의 활동이 시의 소재가 되어 일시적 삶의 단면 및 그에 따른 생활 정감을 담고 있는 것이다.[14] 이때, 오고 가는 여행지에서 보고 들은 것이라든가 교유, 음주, 방문, 이별, 가뭄에 대한 걱정, 또는 봄추위 등 전혀 새로울 것 없는 주변의 일상사나 사소한 감정들이 모두 시의 소재가 되었다. 따라서 함경북도 병마평사를 마치고 올 때 금낭에 가득한 정도였다는 많은 시들은[15] 이처럼 부임지에서의 생활이나 왕래 중에 보고 겪고 느낀 일들을 제재로 한 것이 많다. 자기가 겪고 느꼈던 자질구레하고 평범한 신변잡사를 마치 이야기를 들려주듯 시 안에 담아내는 태도를 취하고 있다.

그러나 일상을 문학적으로 형상화하는 방식은 '시를 통한 일록화'의 경

---

14) 欄翁 李英吉(1563-1638)은 『蹈舞集』(洪贊裕 외 譯, 全義李氏欄翁公派宗會, 2004)의 <山蔬>에서 산나물의 진미를 읊어 "……海珍嫌已舊/ 山物喜偏新/ 採採堪從飽/ 誰知此樂眞"이라 하였으며, <斫薪>에서 하인이 쪼개어 놓은 땔나무를 보고 "……寒來宜炙手/ 飢甚可燒梨/ 更欲燃朝暮/ 扶筇拾細枝"라고 하면서 이 시기 의식주와 관련된 주변 세사를 읊고 있다. 그러나 시제에 날짜를 드러내는 일록화의 경향으로 나아가는 모습은 보이지 않는다.

15) 「北塞錄」권1, p.20, <戱題高山館>, "千里還家一弊衣 錦囊無底足新詩 高山驛吏翻相問 何事行裝似去時"

향을 취함으로써, 산발적이고 즉흥적일 수 있는 신변잡기적 내용에 최소한의 질서를 부여할 수 있다. 이러한 까닭에 그의 시는 제목과 아울러 문인, 관료, 그리고 자연인으로서의 일상적 삶의 기록이라 할 수 있으며 이때 시를 지어 읊는다는 것은 일기나 편지 같은 생활 문학이 되는 것이다.

그가 살았던 시기가 16세기 말에서 17세기 초였다는 감안한다면 이러한 특징은 매우 예외적인 경우이다. 여행지에서의 특별한 경험을 날짜에 따라 사행(使行)이나 기행(紀行) 시편을 묶는 예는 볼 수 있었지만 임지(任地)나 유배지(流配地) 등 자신이 거처하는 곳에서의 하루를 날짜별로 제목을 삼아 시로 쓰는 일은 드문 일이었다.

이안눌은 '기(記)'의 요구를 사양하고 대신 '시(詩)'를 지어준 일에서도[16] 알 수 있듯, 문(文)의 기능을 시(詩)로 대신할 정도로 오로지 시작(詩作) 활동에 전력을 다하였던 인물이었다. 신익성이 "왕왕 술 마시는 가운데 고금의 일을 두루 논함에 의기가 양양했고 때로 기이함을 드러내 탄식하고 웃고 침 뱉고 욕하는 것이 모두 시였다.[17]"라고 한 기록에서도 이러한 시인으로서의 태도는 규견된다. 실제로 그는 문학 이론이나 사상적 편력이 드러나는 주목할 만한 문을 남기지 않았다. 문집을 살펴보면 표, 전, 제문 등 공식적이고 의례적으로 쓰여 진 소수의 문이 있을 뿐, 논(論), 설(說)은 물론이거니와 서(序), 발(跋), 서(書)[18] 등 자신의 최소한의 사고를 담을 수 있는 어떠한 문(文)의 형식도 시도한 바가 없다. 그는 오직 시로써 답하고,

---

16) 「湖營錄」권21, p.31, <大興東軒 用板上故觀察使安公琛韻>, "縣監尹君有吉 萬曆乙卯 榜生員也. 莅任僅數月 政平民安 廨舍傾頹 靡不修葺 見思亭在於縣舘東隅 年久且圮 亦 改而新之 役不以民其官可知矣. 亭有高王父蓮軒先生記板 至今釘于壁 乃牧洪陽時 爲 縣宰張侯漢公作也 尹君請余爲文 以踵高王父遺躅 辭以拙不敢塞求 聊短述自識. 余於萬 曆戊申春 發洪陽 赴萊山 路由是縣 信宿以行 故起聯云"

17) 신익성, 『東岳集』序, "往往酒間 揚抱古今, 意氣骯髒 時露其奇 而譆謏唾罵 無非詩者"

18) 「雜著鈔」에는 공문서인 <敎江原道觀察使朴東亮書>, <與日本國副官平景直書>의 두 작품이 있다.

기록하여 이를 대신했던 것이다. 이러한 점은 그가 시를 통하여 편지, 일기 등의 생활문학을 구가하였다는 점을 반증하는 것으로 볼 수 있다.

또한 그의 작품에는 유난히 긴 서술적인 문장형 제목이 많은데 이 역시 시의 일상화 경향과 관련이 있다. 무엇보다 시제가 서술적이라 제목만 보아도 무슨 일이 있었는지 생각과 느낌이 어땠는지 알 수 있을 만큼 당시의 상황을 세세하게 기록하고 있다. 어떤 경우에 신변잡기적 소재들은 최소한의 시정(詩情)마저도 해칠 우려가 있기 때문에, 운문의 법칙에 구애받지 않고 자세한 정황을 더불어 서술하고 싶을 때 제목에서 시를 짓게 된 정황을 자세하게 서술하고 시에서는 자신의 감회만을 표백하는 방법을 택하는 것이다. 즉, 시에서 시제(詩題)·병서(幷序)·세주(細注)의 활용을 통해 산문적 기능을 부가하여 시적 화자의 표현 기능을 강화하는 동시에 시의(詩意) 파악의 보조적 역할을 담당하도록 하는 것이다.

시를 하루도 거름 없이 매일 썼던 것은 아니며, 매일 비슷한 분량을 썼던 것도 아니다. 또 작품의 성격도 일별로 차이가 있는데, 어느 날엔 일상적 하루를 맞는 시선이 밝고 긍정적이고, 또 어느 날엔 자신의 삶과 세상일에 대하여 침울해하기도 한다. 이와 같은 이안눌 시의 일기적 성격은 자신의 삶과 이를 둘러싼 주변 사물에 대한 애정과 연결될 수 있다. 하루에 담긴 삶을 기록해 둔다는 것은 스스로가 아니면 누구도 할 수 없으며, 그 동기는 현실적인 삶에 대한 애착에서 비롯된 것이다. 즉, 일록화의 방식을 통해 '시'는 현실의 삶과 보다 긴밀한 관계를 맺으며 체험을 기반으로 한 일상의 소소한 정감을 새로운 방식으로 형상화할 수 있다.

시풍에 있어서도 유배기를 비롯한 후기 시에서 선명히 부각되어 나타나는 일상의 문학화 경향과 맞물려 다른 양상을 보인다. 젊은 시절 강개한 태도로 여러 사회적 모순들에 대하여 비판하던 침울의 시풍에서 일상적 삶에 있어서 유연하고도 관조적인 태도를 보이며 평이하고 담박한 시풍으로의 변모를 보이고 있다는 점이다. 이러한 면모는 차운로가 언급한 "자민(子敏)의 시는 형악(衡岳)에 구름이 없고 동정호에 물결이 일지 않는 것 같다"[19]는 평가와도 일맥상통하는 점이라 하겠다.[20]

2. 16C 말·17C 초의 시사적 동향과 이안눌 시문학의 위상

16세기 말에서 17세기 초는 그 이전까지 지속되었던 모종의 세계 분위기에 커다란 변화가 찾아들었던 시점이다. 이를 전란으로 인한 사회 문화석 격변으로 녹해할 수도 있고 당풍(唐風)에 의한 송풍(宋風) 쇄신으로 읽어낼 수도 있다.[21]

이와 같은 두 가지 주요한 변화의 흐름은 이안눌 시세계를 이끄는 큰

---

19) 南龍翼, 「壺谷詩話」, 『詩話叢林』, p.397, 남용익은 차운로의 평을 빌어 "창주 차운로 또한 그의 시를 평하여 말하기를 "자민의 시는 衡岳에 구름이 없고 동정호에 물결이 일지 않는 것 같다"고 하였으니 대개 '雄拔鉅麗'하여 기교나 조화의 뜻이 적음을 말한 것이다"라고 하였다.(車滄洲評東岳詩曰 子敏之詩 如衡山無雲洞庭不波 盖謂詩格雄拔鉅麗 而差小奇巧造化之意也)

20) <奉謝全羅道巡察使閔(聖徽)令公>(「東遷錄」, p.42, 四首, "早讀濂翁賦/ 常看杜老詩/ 從來巧堪愧/ 深覺拙爲宜/ 春雨煎茶夜/ 秋風斫鱠時/ 小堂能自守/ 寧復待箴規")는 홍천 유배지에서 쓴 작품으로 담담한 일상적 삶을 시화하고 어떤 격정이나 동요 없는 담박한 심회를 평이하게 쓰고 있다. 옛날부터 부린 기교가 부끄러워 졸렬함을 깊이 느낀다고 하면서 이러한 시풍 변모의 일면을 시사한다. 일찍이 주렴계의 부를 읽었고 늘 두보의 시를 보았지만 지금 그에게 어찌 보면 부질없이 느껴질 뿐, 봄비 소리를 들으며 차를 마시고 가을바람을 느끼며 회를 뜨고 있는 소소한 일상에서 더욱 큰 묘미를 깨닫게 되는 것이다. 생각이 여기에 이르자 미련에서 작은 사랑채를 지킬 수 있다면 어찌 다시 훈계가 필요하겠느냐고 하면서 생활의 소소한 기쁨을 누리고자 하는 자족적 자세를 드러낸다.

21) 尹采根, 「16·17세기 漢文學의 美學的 變貌 樣相에 대한 연구」, 『韓國漢文學硏究』 31집, p.159, 연구자는 임제와 권필을 중심으로 이 두 작가를 통과하며 前代의 작가적 면모가 更新되었다고 하면서 이들에 의해 17세기 한시 시단의 풍경은 다른 무늬와 채색으로 변경되었고 공허하게 남발되던 삶과 무관한 언어유희도 빛을 잃었다고 지적하였다.

동력으로 작용하였을 것이다. 따라서 본 장에서는 이와 같은 시사적 동향을 근거로 하여 16C 말에서 17C 초를 살았던 동악 이안눌이 차지하는 조선 중기 문학사에서의 위상을 살펴보고자 한다.

첫째, 이안눌은 그 시대 일련의 사회 문화적 격변 속에서 현실을 기반으로 한 실천적 문학의 한 기류를 형성하였다는 점이다. 그는 시대에 대한 냉철한 비판의식으로 실존의 현재성과 구체적 현장성이 담보된 당대 시사(詩史)로서의 문학을 지향하였던 것이다.

이안눌 시의 실천적 성격을 논함에 있어서, 졸수재 조성기와 삼연 김창흡의 두 차례의 서(書)를 통한 논쟁에서 언급된 이안눌과 차천로에 관한 평가를 논하지 않을 수 없다.22) 이 논쟁은 일단 젊은 시절 삼연 김창흡이 자신의 시각에서 기존 시단의 문제점을 지적하면서 시에 대한 의미를 비판적이고도 적극적인 자세로 개진한 편지를 보내면서 시작되어 졸수재 조성기의 두 번의 답신으로 논의가 이어졌다는 점을 전제로 한다. 삼연은 30대 초반의 전투적인 기세로 동악·오산의 시에 대하여 전면적인 무(無)를 선언하고,23) 이안눌의 대표적 작품인 <등통군정(登統軍亭)>과 <문가(聞歌)>를 혹평하였다. 그러나 그가 문제를 제기하였던 운율은 크게 문제시되지 않는 것으로 평측(平仄)에 정식에서 벗어난 작품들이 흔하게 발견되는 것을 보면, 이는 이안눌의 작품에서 보이는 속어를 시어로 사용했고, <문가(聞歌)>가 치졸한 여류 정감에 경사(傾斜)했다는 판단에 따랐기 때문이다.

이와 같은 삼연의 평시 태도는 우선 시가 시답기 위한 요건으로 외형상의 문제인 운율·시어·품격 등에 지나치게 치중된 느낌을 준다. 시를 '온

---

22) 두 번의 서신을 통한 삼연과 졸수재의 논쟁은 李鍾虎의 (「三淵 金昌翕 硏究(其一)-東岳·五山詩에 對한 拙修齋와의 論爭을 中心으로」, 『韓國漢文學硏究』9·10집, 合輯, 1987) 연구를 참고하였다.

23) 이와 같이 전체가 아니면 無라고 선언한 김창흡의 설법은 극단적 이분법의 오류에서 초래되었다는 비판을 받을 소지가 있다.

유돈후(溫柔敦厚)'라는 절대적 기준에서 이해하고 따라서 그 바탕 위에서
죄인을 다루듯 동악과 오산시를 매도하고 있는 시각은 비판을 위한 비판을
일삼았다는 비판을 받지 않을 수 없을 것 같다.

　졸수재는 삼연의 언급에 대하여 조화로운 인간형을 가꾸는데 진력하도
록 충고하면서 구체적으로 실천해야 할 조목들을 제시하였다. 그것은 다름
아닌 시문, 즉 문학 정신의 내포와 외연을 구체적인 실사(實事)에서 찾고
실천으로 옮겨야 함을 강조한 것이다. 졸수재가 생각하는 문학이란 일회적
인 당대사로 그치는 것이 아니라 한 차원 높은 영원성을 지향해야 하기
때문에 문학 자체에만 오로지 하는 경향에서 벗어나 삶의 현장에서 찾아지
는 진실함·절실함과 작가 정신이 긴밀한 축대가 맺어져 있어야 한다고
보았다. 특히 주목되는 점은 그의 학문전반이 실용·실제를 지향하고 있듯
이 문학관에서도 '실(實)'의 중요성이 강조되고 있다는 것이다.

　'성정지정(性情之正)'을 떳떳한 일상생활에서 찾는다거나 '언지지공(言志
之功)'을 위해서는 시어를 조회(雕繪)하는 버릇을 버려야 한다는 생각은 시
문학에서 외화내허(外華內虛)의 무용성을 지양해야 한다는 취지의 발언이
다. 문장 역시 작가 자신의 삶 속에서 물(物) 통해 축적한 경험의 진실에서
출발하여 참다운 정감과 쓸만한 이치를 담아내야 한다는 주장도 그가 추구
한 '실(實)'의 정신이 침투된 논리이다. 졸수재는 시인의 '심상(心象)'을 중
히 여겼기 때문에 겉으로 드러난 시의 공교로움은 그다지 관심 있게 다루
지 않았던 셈이다.

　그러나 삼연은 시에 있어서 '법(法)'과 '격(格)'의 필요성을 강조하고 시란
그 기본 성격이 서술체의 문장과 다르다는 점을 분명히 했다.24) 즉 서찰과
같은 것에서 사용하는 스타일은 직서를 요령으로 하지만 시는 인간의 정서
를 완곡·은미하게 담아내고 형상에 의탁해서 신변불측(神變不測)하도록

---

24) "且夫函情微婉 假物神變 有異乎敍述之直體者 詩之所以爲詩也"

다양한 변화를 추구해야 한다는 것이다.

삼연에 비해서 졸수재의 시가관은 '현장성'과 '실천성'을 강조한 것으로 보인다. 졸수재는 동악·오산시를 논한 부분에서도 시의 형식적 요소보다는 시인의 의경과 자연 발생적인 시상의 우러남을 중시했다. 이들이 임진란을 맞아 문학으로 보국에 기여했다고 생각할 수 있다면 졸수재로서는 이들의 시를 함부로 평가할 수 없다고 여긴 것이다. 왜냐하면 문학이란 현실과 분리시켜 자기만족인 일회적 행사로 끝나는 것이 아니라 경험과 투철한 사물인식을 통해 그 속에 상리(常理)를 담아 천추(千秋)토록 그 가치를 보전할 수 있어야 한다는 문학관이 작용했기 때문이다. 이는 무엇보다 '실(實)'을 중시한 졸수재의 현실인식이 큰 영향을 미쳤을 것이다.

물론 둘 사이의 논쟁에 있어서 진시(眞詩)에 대한 기준과 그 시각차로 인하여 이안눌 시에 대한 평가는 매우 상반되어 나타나기는 하지만, 그들의 언급은 중요한 시사점을 준다. 삼연의 경우 시가 시답기 위한 요건으로 외형상의 형식적 문제인 운율, 시어, 품격 등에 지나치게 치중하였기에 조선의 지명과 인명, 간지, 숫자 등을 비롯한 여러 지지적(地志的) 사항들을 시어로 형상화하였던 이안눌의 시는 폄하의 대상이 되었던 것이다.

반면, 졸수재는 형식적 요소보다는 시의 '의경(意境)'을 더욱 중시하여 무엇보다 동악·오산시가 그 시대의 경험을 바탕으로 하여 시의에 맞는 실천성과 현장성을 띠고 있는 점에서 그들의 '실(實)'다움을 높이 평가하였던 것이다. 이 점에서 관념적 도학 세계나 상상의 허구 세계가 아닌 이안눌의 실제 체험을 통한 시세계는 그 의미를 발하게 된다.

특히, 이안눌은 작가 의식에서 독특한 면모를 가진 문인이었다. 시 창작에 있어서 '두시만삼천독(杜詩萬三千讀)'한 문학적 역량을 바탕으로 하여 사상적 개방성과 유연함 속에서 정통 유가의 입장에서는 비판받을 수 있는 여러 제재를 택하여 시로 표현하였다. 여러 지역의 관리로서 부임하였던 특수한 경험을 살려 이를 반영한 시를 남겼으며, 스님과의 창수를 포함한 1000여 편이 넘는 교유시를 통해 자신과 관련된 일상의 세사에 대한 소소한 정감을 읊었다. 유학을 공부하였으나 그가 추구한 것은 관념적인 성리학이 아니고 현실적인 실천유학이라고 할 수 있다. 현실을 근간으로 한 실제의 체험을 바탕으로 하여 다양한 소재를 끌어와 시화하였던 것이다. 이와 같이 자신의 실제 체험을 바탕으로 시화하였던 점은 중국 한시에서나 보고 들었던 상상의 추체험 세계를 읊는 태도나 성리학적 순수 관념의 세계를 시화하던 의론적인 태도와는 분명 대조되는 것이다.

삶의 구체적 체험을 반영하고자 하였던 이러한 이안눌 시문학의 특성은 ㄱ 시대 당시풍의 흐름 가운데 시적 화자의 정감 표현이 두드러진 악부시의 창작과 관련하여 논의할 때 더욱 드러난다. 악부시는 성현의 『허백당풍아록(虛白堂風雅錄)』, 유희령의 『대동시림(大東詩林)』 등에서 볼 수 있듯 조선 전기부터 관심을 받아 왔다.25) 16C 말에서 17C 초에 이르러 활발한 당시풍의 전개와 더불어 악부시의 창작은 더욱 각광을 받았으며 차천로는 『악부신설(樂府新聲)』을 편찬하여 악부시를 소개하기도 하였다.

이 시기 임제, 허난설헌, 삼당시인, 한문 사대가, 차천로, 임전26), 이수광, 정두경 등이 의고풍의 악부시를 다수 남기고 있다. 특히 신흠은 풍체(風體) 및 악부체(樂府體)에 특별히 관심을 가지고 창작에 임하였으며27) 권필이나 허균 등도 여성 정감의 유선시(遊仙詩)나 궁사(宮詞), 향기체 시가(香奩體 詩歌) 등을 통해 낭만적 상상력을 자극하고자 하였다.

그러나 조선 중기 시단의 악부시 창작이 활발히 이루어지면서 그 한계

---

25) 황위주, 『朝鮮前期 樂府詩 硏究』, 고려대 박사학위논문, 1990 참고.

26) 任錪, 『鳴皐集』권1·2, 그는 <天上謠>, <採蓮詞>, <長干詞>, <征婦怨>, <織錦曲>, <長干曲>, <春詞> 등의 樂府詩를 남겼다. 김창호, 앞 논문, p.116 참고.

27) 『象村集』에는 風體, 樂府體 등이 독립적인 한 권으로 묶여져 있다. 권2에는 風體 16장이, 권3과 권4에는 각각 樂府體 49首와 樂府體 149首가 수록되어 있다.

를 노출하게 되는데, 그것은 의도적으로 고풍을 추구함으로써 기존의 작품
들과 차별성을 찾기 어려운 작품들이 유행처럼 창작되었다는 점이다. 이와
같이 의고를 염두에 둔 작품들은 전형적인 시상, 구태 의연한 시어, 진부한
의경 때문에 독창성을 확보해내지 못하는 경우가 많다.[28]

이안눌의 경우, 악부의 창작이 성황을 이루던 이와 같은 당시 흐름 속에
서 떨어져 있지는 않았으나 작품 창작에 있어서 중요한 부분을 차지하지는
않은 듯하다. 물론 그 역시 중국의 문학 관습을 동경하였던 17세기 창작
전통으로부터 완전히 자유롭지는 않았지만 창작의 중심축을 이루는 것은
현실을 기반으로 한 문학이었던 것이다. 4천여 수의 다작 중에서도 출사
초 함경북도 병마평사로 나갔을 때 지어진 변새시를 제외하고 악부시가 특
별히 눈에 띠지 않는 것도 이러한 이유이다. 또한 앞서 논의한 바와 같이
「북새록(北塞錄)」과 「함영록(咸營錄)」 소재의 <종군행(從軍行)>, <출새곡
(出塞曲)>, <입새곡(入塞曲)> 등의 작품이 악부체의 변새시이기는 하지만
자신의 종군 체험을 접합시켜 변새의 구체적 실상을 드러내고자 하였다는
점에서 다른 작가들의 작품과 변별된다.

따라서 이안눌의 시세계는 왜곡되거나 과장된 상상의 세계가 아닌 삶과
밀착된 체험을 기반으로 한 문학을 시도하였다는 점에서 그 중요한 의의가
있다. 이는 공소한 비유적 상관물로 전고를 끌어대고 자기와 무관한 가공
의 시적 상황에 만족하는 기교 주의적 창작 기법으로부터 벗어나 자신이
존재하고 있는 '지금'과 '여기'를 재인식하는 것이다. 즉, 그의 시문학은 '지
금', '여기'라는 시공간에 대한 남다른 인식 하에 자신의 체험을 적실한 언
어로 형상화하였다는 측면에서 그 의미가 부각된다. 이때 작자는 '시'의 가
치와 효용을 새롭게 인식하여 현실의 문제를 피상적으로 다루지 않고 실제

---

28) 임준철, 「林悌 意象의 美的特質-邊塞意象을 중심으로」, 『어문논집』 2, 민족어문학회,
2000.

체험을 기반으로 한 문학을 표방한다. 자신이 처한 '지금', '여기'의 현장성을 주목하여 과장이나 가감 없이 구체적으로 형상화함으로써 시대에 대한 현실인식을 효과적으로 드러내는 것이다.

　이러한 점에서 체험을 기반으로 창작된 이안눌 작품에 대한 면밀한 고찰을 통해, 앞으로 임·병 양란으로 피폐해진 당시의 상황을 추적, 반추할 수 있는 전쟁 관련 자료, 각 지방의 토풍민물(土風民物)과 관련된 민중 생활사 및 사회사적 자료, 육로와 해로를 통한 명나라 사행노정(使行路程) 중에서의 교섭사 자료 등을 발견할 수 있을 것이다. 또한 지지(地志)의 시적 수용은 조선 후기 들어 활발히 창작된 지방의 풍물을 소재로 하여 기록한 기속시(紀俗詩) 등의 출현과도 관련하여 파악할 수 있을 것이다.

　둘째, 이안눌의 학당(學唐)은 그 이전의 쇠미한 만당풍(晚唐風)을 벗어나 성당풍(盛唐風)을 지향하여 웅혼한 기세와 충실한 의경을 전달하고자 하였다는 점이다. 16세기 말에서 17세기 초의 시기는 선조 연간을 기점으로 한 당시풍(唐詩風)으로의 변화를 추구하였던 시점이다. 물론 당시풍의 유행은 이 시기에 이르러 갑자기 일어난 것은 아니다. 그 이전부터 꾸준히 이어져 오던 것이 이때에 이르러 최대한 증폭되어 전면적인 양상을 띠게 됨으로써 그 이전의 어떤 시기보다도 집중적으로 당시풍을 추구했다는 점에서 주목받는 것이다.

　이와 같은 학당풍을 위시한 16C 말·17C 초 문학의 특수성은 조선 중기의 시화 구분 필요성을 논한 다음 글에서도 확인된다.

　　한시 문학에서는 조선 중기는 전기와도 구분되고 후기와도 구분되는 명백한 사조를 형성하는 시기였다. 즉, 소황(蘇黃)을 중심으로 한 선초의 시풍이 당시풍(唐詩風)을 중시하는 복고적 사조로 변모하여 대거 유행한 시기였다. 전반적으로 시문의 기력(氣力)을 중시하여 '풍웅고화(豊雄高華)'한 풍격을 보이고 낭만적 시풍이 성행한 시기로서 수많은 대가들이 배출되어 문학사에

서 '목릉성제(穆陵盛際)'의 문운이라고 칭송되는 시기였다. 이처럼 중기는
전기와도 다르고 후기와도 다른 성격을 소유한 독자적 성격을 가진 단계다.
  그런데 이러한 중기의 성격과 변모는 한시와 밀접하게 관련된 시화사에도
그대로 적용된다. 시화에서도 중기는 전기·후기와 구분되는 독자적 사조를
가지고 있다. 즉, 선조 연간 이후 임란과 병란을 거치는 동안 형성된 시화의
사조는 한 시기를 설정할 만큼의 뚜렷한 특징을 보여주었다. 이때의 시화는
선초(鮮初) 이래 시단의 주조인 소황(蘇黃) 추구의 시풍에 회의적이고 대신
당시를 학습하려는 경향을 옹호하는 복고적 성향을 보였다. 그리하여 당송시
(唐宋詩)의 우열문제가 이 시기의 시화에는 큰 주제로 부각되었다. 이는 전기
나 후기와는 명백히 구별되는 현상이므로 이를 독자적인 단계로 설정할 당위
성이 있다. 이 시기는 선조와 인조연간으로서 대략 16세기 후기에서 17세기
전기까지 1세기를 점한다.[29]

  이안눌이 살았던 이 시기는 전·후대와 명백히 구분되는 사조를 형성하
였으며 특히 소동파와 황정견을 중심으로 하였던 풍조에서 학당의 복고적
기운이 시대를 풍미하였다. 선조 이후 임난과 병난을 거치는 동안 형성된
특수한 사조는 뚜렷한 특징을 보여 주어 조선 전기 시단의 주조인 소황(蘇
黃) 추구의 시풍에 대하여 회의적이고 대신 당시를 학습하려는 경향을 옹
호하는 복고적 성향을 보였다는 것이다.
  이 시기 당풍으로의 변화에 대해, 신흠(1566-1628)은 "고려조에서 조선
에 이르기까지 모두 소동파를 숭상했던 까닭에 고려 때에는 35명의 동파라
는 말이 있었을 정도로 이를 크게 따랐다. 근년 이래로 점차 좋아하지 않게
되어 시를 하는 사람들이 모두 당인(唐人)을 배운다"[30]라고 지적하고 있다.
이수광 또한 "우리나라의 시인은 소동파와 황산곡을 숭상하여, 2백년 이래

---

29) 안대회, 『조선 후기 시화사』, p.25, 소명 출판, 2000.
30) 申欽, 『晴窓軟談』장8, "麗朝及我朝 皆尙東坡 麗朝大比至有三十五東坡之語 近年以來
    稍稍不喜 爲詩者皆學唐人"

로 모두 한 모양이었는데, 근세 최경창, 백광훈에 이르러 비로소 당을 배우
게 되었다"[31]고 하였다. 이러한 당대 제가들의 언급은 당시풍으로의 변화
가 후대 문학사적인 자리매김이 아니라 당대의 호응과 관심 속에서 이루어
진 것임을 말해주고 있다. 이들의 언급에서 확인할 수 있는 사실은 이 시기
에 이르러 고려 말 이래로 지속되어 온 소동파·황산곡을 필두로 한 강서
시풍(江西詩風)숭상에 대하여 싫증을 내게 되었다는 점[32]과 삼당시인이
주축이 되어 이른 바 당시풍을 추구함으로써 새로운 시풍의 정착이 이루어
졌다는 점이다.

　이와 같은 삼당시인의 문풍은 학소(學蘇)나 학강서시파(學江西詩派)로
인하여 초래된 기괴와 첨신의 시풍이 지나쳐서 험벽하고 난삽해진 시풍을
지양하여 어느 정도 청신아려(淸新雅麗)한 시풍을 이루어 내는 효과를 거둘
수 있었다. 즉, 전고를 사용하기보다는 의흥(意興)을 중요하게 여기는 당시
풍(唐詩風)을 추구하여 사어(辭語)나 구법(句法)이 청려(淸麗)해진 것이다.

　그러나 삼당시인이 보여준 시적 성취에도 불구하고[33] 허균은 그들이 추
구하였던 당풍(唐風)에 대하여 "융경 만력 연간에 최경창·백광훈·이달
등이 처음으로 당나라 개원시대의 시를 전공하여 정화를 힘써 구해 고인의
경지에 미치고자 했으나 골격이 완전치 못하고 기미함이 너무 심해 만당
(晚唐)의 허혼(許渾)·이교(李嶠)의 사이에 두더라도 곧 시골 사람의 면모
를 깨닫게 되니 이백·왕유의 지위를 빼앗게 하고자 할 수 있겠는가"[34]라

---

31) 李睟光, 『芝峯類說』권9, "我東詩人 多尙蘇黃 二百年間皆襲一套 至近世崔慶昌白光勳
　　始學唐"
32) 당시 鄭士龍·盧守愼·黃廷彧 등을 중심으로 한 해동강서시풍은 원만한 식견 없이는
　　이해하기 힘든 험벽한 용사와 까다로운 聲律 제한, 기계적인 修辭美를 지향하여 난
　　삽·신기 그 자체를 추구하는 폐단을 드러내었다.
33) 三唐詩人 중, 최경창, 백광훈과 함께 당시의 경지를 가장 잘 구현한 시인으로 평가되
　　는 蓀谷 李達은 '소동파·황산곡의 시가 내 폐부에 달라붙은 지가 이미 오래인지라,
　　시어를 만듦에 盛唐의 품격이 없다'고 한탄하였다.

고 하여 삼당시인의 섬약한 기세에 대하여 비판하고 있으며, 이는 후대 문
인들에게 극복해야 할 대상으로 부각되었다. 만당시풍의 한계는 기미(氣
微)·위약(萎弱)한 시풍을 말하는데, 수사 기교의 남발로 사어가 지나치게
화려해져 주제 의식이 탈각되거나 정조가 지나치게 감상적이거나 부염(浮
艶)함에 흘러 기상이 약화된 시풍을 일컫는다. 작품의 수준에 따라 다르겠
지만 앞에서 언급한 것처럼 그 시대 비평가들은 목릉성세(穆陵盛世) 전기
의 삼당시인이 이룩한 시적 성취가 만당(晩唐) 수준에 머문 것으로 보았으
며, 그것은 구체적으로 '빈약한 주제 의식'과 '위약한 기상'을 보이는 시를
두고 하는 평가이다. 삼당시인은 당대의 시들이 공통적으로 노출하고 있었
던 답습(踏襲)·표절(剽竊) 및 난삽화(難澁化)·의론화(議論化)의 경향을
비판하며 새로운 시도를 추구하였으나 그들이 내세운 당시(唐詩) 역시 몰
개성화와 공허한 내용성, 기세의 약화 등 부정적 한계를 드러내었다.[35]

16세기 말에서 17세기 초 시단의 이러한 상황 하에서 삼당시인을 비롯
한 전 시대 문풍에 대한 문제의식을 바탕으로 이안눌을 비롯한 유사한 기
풍을 지향하는 인물군이 등장하게 된다. 이안눌, 권필, 차천로, 허균, 이수
광, 유몽인 등에 의해 주도된 시기로 이들은 초기 학당풍이 만당의 섬약함
에 그친데 대한 자기반성을 가지고 성당풍(盛唐風)으로의 추구를 주요 노
선으로 제기하였다.

그렇다면 과연 그들이 지향하고 추구하려 했던 성당풍의 기조는 어떠하
였는지 살피지 않을 수 없다. 당시(唐詩)는 엄우(嚴羽)가 『창랑시화(滄浪詩
話)』에서 사변설(四變說)을 시작한 이래 초당·성당·중당·만당으로 구
별되어 왔다. 초당시는 육조(六朝)의 시풍을 계승하여 대우법과 시구의 조

---

34) 許筠, 『鶴山樵談』, "隆慶·萬曆間 崔嘉運·白彰卿·李益之輩 始功開元之學 黽勉精
   華欲逮古人 然骨格不完 綺靡太甚 置諸許李間 便覺傖夫面目 乃欲使之奪李白摩詰位耶"
35) 안병학, 앞 논문, pp.103-117 참고.

탁에 주로 힘써 시의를 경시했으며, 성당시는 오로지 시정을 소박하게 표
현하여 시의의 건전을 위주로 했던 한위의 시풍을 존중하였다. 중당시는
주로 성당시풍이 연장되었다 하겠으나 성당시와 같은 발랄한 기상은 결핍
되고 침울한 성격이 두드러지며 만당시는 성당이나 중당의 시풍이 망실되
고 육조의 시풍이 다시 재현되었다.36) 이를 통해 시경 시풍, 한위 세대의
고풍, 성당시풍은 인간 본연의 성정을 소박하고 솔직하게 표현하였다는 데
공통점이 있다. 또한 역으로 육조 시풍, 만당시풍, 송시풍은 시의 내용보다
는 형식(특히 수사)에 치중하거나, 이치적인 경향을 보인다는 점에서 한계
를 노출하고 지양의 대상이 되었음을 알 수 있다.

따라서 성당시풍의 추구는 궁극적으로는 시에 있어서 '의경'을 중시하여
인간 본연의 성정을 존중하는 태도를 취하고 있다는 점에서 그 중요한 의
미가 있다 하겠다. 즉, 태평 시대의 발랄한 시정과 호건한 기상을 바탕으로
한 특유의 함축적 표현을 자랑하는 이백을 대표로 한 정격(正格)의 성당시
풍과 안사의 난을 겪고 사회 전체의 만연한 부조리를 침울의 시정으로 고
발하려 하였던 변격의 성당시풍, 두 가지 모두 인간의 성정을 중시하여 '시
의'를 온전하게 표현하려는 경향이 강하였다.

이러한 당풍의 특징적인 면은 당·송시에 대한 허균의 다음 언급에서도
확인된다.

시(詩)는 송(宋)에 이르러 망했다 할 수 있다. 망했다고 하는 것은 시어가
아니라 시의 원리가 망했다는 뜻이다. 시의 원리는 끝없이 상세하고 세세하게
표현하는 데에 있는 것이 아니라 말은 끝나도 그 의미는 계속되는 데에 있기
때문이다. 내용은 (일상적 생활과) 가까우나 흥취는 아득히 멀며, 논리의 길에
빠지지 않고 또 말의 통발에 떨어지지 않는 것이 최상승(最上乘)이 되는데

---

36) 文璇奎, 『中國文學史』, 景仁文化史, 1972, pp.50-83.

당대(唐代) 시인들의 시는 흔히 이에 가깝다. 송대(宋代)의 작자들이 적지는
않지만 모두 의미를 다 드러내는 것을 좋아하고 전고(典故)를 끌어들이는
데에 힘쓰며 험벽한 운자와 군색한 압운으로 스스로 그 격조를 상하게 하면서
도 결코 깨닫지 못한다.37)

송시 폐단의 하나는 표현의 신기함만을 추구함으로써 거의 표절과 구분
할 수 없는 지경에까지 이르렀다는 점이다. 잘 알려진 것처럼 송시 특히
강서시파의 시풍은 지나친 시적 기교 및 수식을 존중했기 때문에 결국은
기괴한 용사, 희귀한 전고의 사용 등에 의한 난삽, 신기 그 자체를 추구하
는 폐단을 노출하였다. 허균은 송시의 이러한 현상에 대해 시의 원리가 망
했다고 극언하였다. 허균에 따르면 당시는 시가 끝나도 그것이 담고 있는
뜻은 계속되어 풍부한 의미를 함축함으로써 시의 원리를 구현한다. 이에
비해 송시는 상세하고 자세하게 설명하여 시인의 의도 혹은 세계에 대한
시인의 해석을 모두 드러내려 하거나 논리적으로 해명하고자 하기 때문에
함축미가 부족하다. 그 결과 송시는 시의 본질 혹은 원리를 상실했으며 적
어도 본질을 달리한다고 보는 것이다.
특히 당시의 특징으로 '지근취원(指近趣遠)'을 든 것은 누구나 시가 내포
하는 심원한 뜻을 흔히 접하는 일상적 사물이나 경물을 통해 표현한 것으
로 송시가 신기함을 추구하여 험운(險韻), 군압(窘押)뿐 아니라 전고나 고
사를 과다하게 사용함으로써 시의 정신과 멀어진 점과 대조된다. 결국 이
러한 허균의 지적은 시가 세계에 대한 시인의 이해와 감수의 진실한 표현
이어야 하며, 단지 시적 기교나 현학적 과시로 대치되어서는 안 된다는 것

---

37) 許筠, <宋五家詩鈔序>, 『惺所覆瓿藁』4(『韓國文集叢刊』74), p.175, "詩之於宋 可謂亡
矣 所爲亡者 非其言之亡也 其理之亡也 詩之理 不在於詳盡婉曲 而在於辭絶意續 指近
趣遠 不涉理路 不落言筌 爲最上承 唐人之詩 往往近之矣 宋代作者 不謂不少 俱好盡意
而務引事 且以險韻窘押 自傷其格殊不知"

을 뜻하는 것이다. 따라서 당시풍 표방의 실질적 의미는 당시를 그대로 본
받자는 것이 아니라 송시를 본받음으로써 두드러지게 드러난 답습과 표절
이라는 시풍의 악폐를 제거하고 현실의 삶에서 우러나온 참된 정감을 누구
나 이해하기 쉬운 언어로 표현하자는 주장이었던 것이다.[38]

이와 같이 성당풍이 추구하고자 하였던 주요 기조는 16C 말에서 17C
초에 처했던 이안눌이 보여준 시세계와 그 맥락을 같이 한다. 그의 시에는
생활 현장의 진솔하고도 건강한 삶의 호흡과 현실에 뿌리를 둔 호방하면서
도 정감 넘치는 시정이 담겨 있다. 시상의 전개는 구체적 삶의 문제와 관련
을 가지면서 시대적 환경에 반응하는 표현 형태를 띠고 형식적 측면의 고
려보다 내면의 정감 표출이 앞서게 된다.

특히, 이안눌은 정감의 표출에 있어서 시상을 과장·왜곡하기보다는 실
제 경험을 바탕으로 한 자연스런 시상전개와 충실한 시의를 드러내고자 하
였다는 점에서 그 특징이 부각된다. 전란과 당쟁 속에서 이전과 다른 새로
운 각성과 삶에 대한 문제 인식으로 구체성과 사실성이 담보된 문학에 대
한 시대적 요구를 반영한 것이다. 시제가 서술 형태를 띠며 길어지고 내용
이해를 위한 장문의 병서가 이용되며, 주(注)를 시의 일부처럼 사용하는 것
도 이러한 맥락에서 이해할 수 있다.

한편, 성당풍 추구의 조선 중기 시단에서 큰 쟁점 가운데 하나는 만당풍
의 유약한 시풍을 극복하고 시의 기세를 높이는 일이었으며, 이 점에서 이

---

38) 안병학, 앞 논문, p.125 참고, "이러한 풍토 속에서 새로운 방향의 모색은 필연적이었고
그것은 당시풍의 본질에 대한 해명과 강조의 형태로 가시화되었던 것이다. 당시의 근본
정신과 방법을 배우고(李睟光, 「詩說」, 『芝峯集』, "古人曰 刻鵠不成 類鶩 ; 畵虎不成
反類狗 余竊以爲 唐譬則鵠也 宋譬則虎也 學盛唐不懈 則可以出漢魏以及乎古 ; 學宋而
益下 則恐無以復正始 而宋亦不可能矣"), 옛사람들의 시평에 대한 철저한 검토를 요구
한 (李睟光, <文章部二>, 『芝峯類說』上, p.382, "評詩 古人盡之 殆無餘蘊 若悉取諸家詩
語 深潛玩索 則當有所得 至於神而化之之城 則須是頓悟 大抵詩道難以言語相喩 必自知
然後可也") 주장은 당대의 시학의 폐해에 대한 처방인 것이다."

안눌 시의 중후한 무게와 관련된 '웅혼'의 풍격을 논의할 수 있다. '웅혼'은 문장의 기세가 웅장하며 '의경'이 혼후한 풍격을 말하는데 대체로 뛰어난 재력(才力)과 큰 학문에서 우러난 힘이 전체에 세차게 뻗어 있을 때에 드러나는 미감이다.39) 이는 이안눌 시에 대하여 권필이 "필세가 바람에 나부끼는 돛과 다투며, 웅장한 사어는 비가 퍼붓듯 콸콸 쏟는다"40)라고 한 것과 이항복이 '내뿜는 불꽃이 하늘을 달군다41)'고 한 것, 허균이 '반강(潘江)을 기울인 듯 콸콸 쏟는다42)'라고 한 것, 정두경이 지은 이안눌의 만사에서 '파도와 같은 기세와 역량을 가진 시인이 영원히 끊기게 되었다'43)라고 한 언급과 같은 맥락으로 이해할 수 있다. 이러한 평어는 이안눌의 시가 동적인 시상으로 형상화되어 '깊고 크고 넓고 힘이 있어 넘치는 기상'이 있음을 언급한 것으로 파악할 수 있다.

웅혼한 필력은 흔히 이안눌 시의 무게와 연결되어 논하여 진다. 허균의 시를 보는 안목은 당대에도 인정받았는데44) 그의 시에 <전오자시(前五子詩)>가 있다. 회재불우의 당대 다섯 인물인 권필, 이안눌, 조위한, 허체,

---

39) 이연세, 「漢詩批評에 있어서의 詩品 硏究」,(『古典批評用語硏究』, 태학사, 1998) 참고. '雄'이란 광대하면서도 힘이 있음을 말하고 '渾'은 博大하면서도 심원하고 침착한 것을 말한다. '雄渾'은 이 양자가 하나로 결합되어 이루어진 풍격이라고 할 수 있다. 이 글에서 논자는 司空圖의 『二十四詩品則』의 '雄渾' 條, "커다란 쓰임은 밖에서 변화하자면/ 진실한 본체는 안에 충만하다/ 공허로 돌아와 혼연한 데로 들어가고/ 강건함을 쌓아 웅자가 된다/ 만물의 이치 다 갖추어/ 큰 하늘에 꽉 들어찬다/ 마구 피어나는 구름이요/ 거리낌 없이 멀리 불어가는 바람이라/ 형상밖에 뛰어 넘어 그 묘리를 얻는다/ 그것을 오게 함이 무궁하다(大用外腓 眞體內充 反虛入渾 積健爲雄 具備萬物 橫絶太空 荒荒油雲 廖廖長風 抄以象外 得其環中 持之非强 來之無窮)"고 한 부분을 인용하여 이를 설명하였다.

40) 권필, 『石洲集』(『韓國文集叢刊 76』권1, "筆勢爭風帆 雄詞肆滂沛"

41) 이식, 「續集」, <東岳集跋>, "唬焰熱天"

42) 허균, 『惺所覆瓿稿』권15, "沛若傾潘江"

43) 정두경, 「續集」, <輓詞>, "永絶波濤筆"

44) 金萬重, 『西浦漫筆』, "……其識鑑, 當爲近代第一 澤堂與子弟言, 每稱許筠爲知詩云"

이재영을 애석해 하며 이들을 위해 각각 한 수씩 지은 것이다. 허균은 이 시에서 "이안눌은 기특한 절조 있으니/ 복 받아 덕이 날로 진실하도다/ 시를 하여 조업을 이어 받아/ 드세긴 소용돌이 기울여 둔 듯/ 뛰어난 글 무겁기가 천말인지라/ 맹분(孟賁)·하육(夏育)의 힘이라야 들 수 있다 네……"45)라고 묘사한다. 제 3구는 용재 이행을 의식함이고 제 5구에서는 이안눌 글의 무게가 하도 무거워 맹분(孟賁)·하육(夏育)이 아니면 들 수 조차 없을 것이라 하면서 시에서 토해 내는 울력과 웅혼의 시격을 높이 평가한 것이다.

　이안눌 시세계에 있어서 '웅혼'의 시풍은 특히 공인인 사신으로서 중국 사행할 때나 북새(北塞)에서 종군할 때 쓴 작품에서 더욱 두드러지게 나타 난다. 바다를 통한 중국 사행길의 기록인 「조천후록(朝天後錄)」에서 "서쪽 곤륜산을 밟지 못한 것이 한스럽다46)"고 한 것이나 <거우도주중견회희음 (車牛島舟中遣懷戲吟)>에서 "뛰어난 기상 평소 팔굉이 좁아 이 한 몸의 그 윽한 정을 펼칠 곳이 없어라47)"라고 한 표현으로 호방한 자신의 기개를 자부한다. 또 단천의 병마평사로 재임할 때 남긴 「단주록(端州錄)」에서는 "어떻게 장풍을 얻어 한 번 쓸어서 만방을 대낮처럼 비추어 번뇌의 가슴 상쾌하게 할까"48)라고 하고 유배시에 지은 「북찬록(北竄錄)」에서 "동해를 봄 술 삼아 북두성 국자로 떠서 천년 장부의 한을 한 때에 씻을 수 있으 리49)"라고 하거나 동래부사 재임 시에 남긴 「래산록(萊山錄)」에서 해운대

---

45) 許筠, 『惺所覆瓿藁』권2, 病閑雜述 中, <李安訥>, "東岳有奇操/ 禔躬德日悾/ 作詩踵其 朝/ 沛若傾潘江/ 龍文百斛重/ 賁育力能扛……"

46) 「朝天後錄」, p.36, <舟中記懷>, "西行恨不躡崑崙"

47) 「朝天後錄」, p.18, <車牛島舟中遣懷戲吟>, "俊氣平生隘八紘 一身無地豁幽情"

48) 「端州錄」, p.16, <八月十五日 雨中書懷>, "安得長風一掃酒 萬方如晝快煩襟"

49) 「北竄錄」, p.29, <醉中呼韻 戲贈李生苓>, "東海爲春酒 斟之北斗杓 千秋丈夫恨 可以一 時消"

를 보고 "동해의 성난 파도를 기울여서 내 평소의 험한 가슴을 씻고자 하네"50)이라고 한 표현 등도 같은 맥락으로 볼 수 있다.

특히 전술한 바와 같이 이안눌은 시의 기세를 높이기 위하여 두시를 전범으로 삼았는데, '기한범두(基韓範杜)'의 기조 하에 두보와 한유 시의 기법을 존숭하여 배움으로써 성당풍의 시격을 성취하고자 하였던 것이다. 전란의 현장 체험을 핍진한 시어로 형상화한다거나 우리 고유의 인명과 지명, 간지, 속담 등을 적극적으로 삽입한 여지지체(輿地志體)를 구사한 점은 두시를 조선의 시대에 맞게 체득하였기에 가능한 것이었다.

이러한 시풍에 대하여 정홍명이 "뛰어난 가락 성당 시대의 기운 있음을 다투어 보고/ 재주 호방하여 늘 하찮은 시인을 비웃는구나"51)라고 한 것이나 장유가 "성당의 시, 이 시기 성하니/ 그대(동악) 같은 작가 가장 속세에서 벗어나/ 득의함이 멀리 천 년 전을 기약하고/ 알아주는 이들은 대개 구천의 사람이 되었구나"52)라고 한 언급은 세평을 뒷받침 해주는 것이다. 이를 통해 그 시대 이안눌이 시에 있어서 이전의 쇠미해지는 기운을 끌어올린 문인으로 인정받았음을 알 수 있다. 따라서 두시를 전범으로 삼아 체험을 바탕으로 한 전후 당대의 핍진한 삶을 침울과 웅혼의 시격으로 그려내고자 하였던 조선 중기 이안눌의 시정신은 이러한 점에서 그 특별한 가치를 가진다 하겠다.

---

50) 「萊山錄」, p.26, <海雲臺次斗峯韻>, "欲傾東海怒濤洶 洗我平生磊隗胸"
51) 「江都後錄」, p.74, <附奉次東岳谿谷兩詞伯 酬唱見示諸韻 却呈求教>, "絶調爭看盛唐氣 才豪長笑小詩人"
52) 「江都後錄」, p.65, <附 次韻>, "盛唐詩什盛玆辰 大手如君最絶塵 得意遠期千載上 知音多作九原人"

제7장

결론

　이 글은 17C 동아시아의 특수한 체험을 기반으로 한 동악 이안눌(1571-1637) 시문학의 양상과 특징을 살피고 그 문학사적 의의를 밝히고자 시도되었다. 이제 앞 장의 논의에서 살펴본 내용을 정리하며 결론을 삼고자 한다.

　이른바 목릉성세(穆陵盛世)의 시기인 16C 말에서 17C 초를 살았던 이안눌은 문집에 4379수의 방대한 시를 남긴 인물이다. 당시는 문단의 최고 절정기로 운위되어 수많은 걸출한 문장가와 시인이 나와 문력을 뽐내던 시기였다. 그러나 현재까지 목릉의 문학에 대한 연구 성과는 허균이나 권필, 이수광과 한문사대가 등 몇몇 문인을 중심으로 논의되었던 한계를 지닌다. 따라서 이 시기 문학에 대한 보다 폭넓은 이해를 위하여 4천여 수에 달하는 시를 창작하였던 동악 이안눌에 대한 문학적 위상과 평가는 재정립되어야 할 것이다.

　필자는 이와 같은 문제의식 하에서 제가의 여러 시평에서 권필과 나란히 이(李)·두(杜)에 비의(比擬)되며 조선 중기의 대표적 시인으로 알려졌으나 아직은 학계의 논의가 활발히 이루어지지 않은 이안눌의 시세계를 살피고 그 특징적 면모를 규명해보고자 하였다.

　제2장에서는 이안눌의 특수한 가계 및 관력, 200여 명을 상회하는 인물

들과 관계되는 차운시(次韻詩), 증별시(贈別詩)를 남긴 폭넓은 교유관계, 제가의 시평을 통해 본 문학 창작의 태도 등을 살펴보았다.

이안눌은 임·병 양란과 당쟁으로 인한 혼란의 시대 상황 속에서 덕수 이씨로 태어났다. 당대 시화에서의 평가는 덕수 이씨의 문맥이 조선 전기 이행으로부터 이안눌을 거쳐 이식[1]으로 이어진다고 보았다. 10세에 이미 유교경전과 역사서에 널리 통했으며, 벗들과 수창한 것이 10여 권이 되었는데 식자들 사이에서 읽혀져 기동(奇童)으로 일컬어졌다. 등제하기 전 그 시대 시인들과 자신의 집 동원(東園)에서 시회를 열어 수창하기도 하였다. 후에 그 모임의 장소를 기리는 뜻에서 후손들이 동원의 암벽에 '동원시단(東園詩壇)'이라 각자(刻字)하기도 하였는데, 참석했던 이들은 이호민, 차천로, 이정구, 권필, 송영구, 홍서봉, 조위한 등이었다.

『동악집(東岳集)』의 체재는 작자의 부임지 및 유배지에 따라 그 시기에 지어진 작품을 한 권으로 묶고, 그것을 시대 순으로 합하는 편차 방식을 택하고 있어 저작 시기의 추정이 가능하며, 이는 시 경향을 시기별로 파악하는데 좋은 여건이 된다. 그의 문집은 '일관일록(一官一錄)'의 편차 방식을 취하여 각 시권에 따라 그 시기의 주요한 작품 경향과 시풍의 특징을 파악하기에 용이하다. 이에 본고는 이안눌의 작품 경향을 시 창작의 배경과 관련된 특별한 생애 체험을 위주로 내용상 몇 가지로 범주화하여 문학적 특징을 추출하고 그의 문학사적 위상을 살펴보았다.

제3장에서는 이안눌이 전란을 겪으면서 잔인한 침략과 살육에 대한 실상을 체험하였던 인물이었던 점을 감안하여 일본을 보는 시선을 알 수 있는 '임진란 체험 한시'에 주목하였다. 그는 자신의 구체적 체험을 바탕으로 그 사회의 제도적 모순을 인식하고 전쟁으로 인한 수난을 고발하고자 하였다. 먼저, 이안눌의 전란 체험 한시를 '참상의 고발과 침울의 미의식', '충절의

---

1) 申翊聖, <東岳集 序>.

표상과 현실에서의 갈등'으로 나누어 앞 장에서는 피란 현장과 전란 후의
피폐상과 사회적 체제의 모순을 고발하는 그의 시의성 있는 비판 의식을
고찰하였고, 뒤 장에서는 동래부사로서 일본과의 화친 과정에서 느끼는 현실
에서의 갈등 등을 다루었다.

역사적으로 전란의 체험은 각 시기마다 새로운 현실인식 하에서 이행기
로서의 전환의 계기가 되었다. 임진란의 시기를 살았던 문인으로 근대문학
으로 이행하기 위한 선행 작업의 주체적 역할을 담당했던 인물군으로는 본
고에서 다룬 이안눌과 함께, 권필, 허균, 유몽인 등을 들 수 있다. 이들 작품
에 대한 심도 있는 개별연구과 비교연구가 함께 이루어 질 때, 조선 중기
한시의 면모가 더욱 선명히 드러날 것이다.

제4장에서는 중국을 보는 시선에 주목하여 이안눌의 명나라 사행(使行)
기록인 「조천록(朝天錄)」과 「조천후록(朝天後錄)」을 통해 드러나는 명 사행
시의 의미를 고찰하였다. 두 사행의 배경과 여정을 정리하고, 주요 내용을
중심으로 육로를 통한 사행인 「조천록(朝天錄)」(1601)은 '조선 사신으로서의
자괴와 자부', '사적을 통한 유교 이념의 확인'으로 나누어 살폈다. 해로를
통한 사행인 「조천후록(朝天後錄)」(1632)은 '정세 변동에 대한 위기의식'과
'해로의 동요와 미신에 대한 조소', '정묘호란을 기점으로 한 인식의 변모'
로 나누어 그 특징적 면모를 살펴보았다.

앞으로 이를 토대로 하여 통시적으로는 조선의 대명 사행 문학의 양상을
살펴 볼 수 있을 것이며 공시적으로는 1632년 동행하였던 홍호(1586-1646)가
남긴 『조천일기(朝天日記)』[2]와의 비교 연구도 의미 있는 작업이 될 것이다.

제5장에서는 이안눌이 조선의 다양한 지역 관리로 역임하였던 자신의
특수한 체험을 바탕으로 임지(任地)와 유배지(流配地)와 관련된 구체적 정

---

2) 洪鎬, 「朝天日記」, 『연행록선집』17.

보를 시어로 삽입하여 상세히 기록하는 인문 지리적 특성을 가진다는 점에 주목하였다. <식왜귤(食倭橘)>에서는 동래 지역에서 처음 접한 귤의 외형과 유래, 익는 시기 등을 적었으며, 정월대보름의 풍속을 담은 <상원(上元)>을 비롯한 작품에서 단오, 한식, 추석 등 우리 고유의 풍물과 풍속을 시화하였다. 또한 옛 도읍지를 지나며 단군을 비롯한 혁거세, 온조왕 등 역사 속 인물들을 용사(用事)하여 민족의 긍지와 역사의식을 되새기고자 하였다. 또한 <임명관(臨溟館)>, <운두성(雲頭城)>, <황토령작(黃土嶺作)>의 작품에서도 자신의 종군 체험을 살려 구체적 실상을 소재로 하여 변새의 이향적 풍물, 풍습, 생활 모습 등을 묘사하였다. 특히, 토풍민물(土風民物)이나 조선의 고유지명·인명 등을 비롯한 관할지의 인문 지리에 관한 제반사항을 정치하게 연결시킨 짜여진 시상 구도는 작자의 '의경'을 효과적으로 드러내기 위한 의도에서 비롯된 것이다. 이러한 태도는 생경한 어감이라든가 시의 흥취라기보다는 시의의 사실성과 구체성 확보의 차원으로 해석된다. 이와 같이 이안눌은 조대명(祖代名)이나 호, 벼슬 이름 등 사람을 지칭하는 고유명사 등을 시 속에 삽입하고, 조선의 역사 속 인물들을 용사(用事)하기도 하면서 그의 '의경'을 자연스럽게 표출하고 각별한 역사의식을 반영하는 것이다.

이와 같은 인문 지리적 인식의 배경으로는 첫째 전국의 8도 중에서 황해도를 제외한 7곳의 걸친 넓은 지역의 지방관을 역임하였던 특수한 관력, 둘째 임·병 양란을 겪은 후 고조된 국토 산하와 민족 역사에 대한 관심, 셋째 지지(地志)를 치정의 한 방편으로 인식한 관인문학으로서의 자각, 넷째 기한범두(基韓範杜)의 시학 등을 들 수 있다.

제6장에서는 구체적 작품을 통한 분석을 토대로 하여 이안눌 문학의 특징과 의의를 고찰하였다. 기존의 문학사에서 이안눌은 한문사대가와 함께 언급되면서 인조반정 후 복고주의 문학을 구사하였던 인물로 언급되어왔

다. 그러나 그의 시세계는 전란 후 해이하고 문란해진 사회 전반의 기풍을 바로 세우고자 하는 기치 하에서 '고풍 전아'한 문풍을 추구하고자 했던 '한 문사대가'의 문학 세계와는 변별되는 독특한 특성을 가진다.

　본고는 이안눌의 시세계를 관류하는 문학적 특성을 '현실을 기반으로 한 기실(紀實)의 형상화'로 보았다. 이러한 특성은 '현장성'과 '현재성'에 대한 부각이라는 점에서 두드러지며 이를 '현장 견문 중심의 묘사'와 '일록화를 통한 일상의 문학화'라는 두 가지 측면에서 고찰하였다.

　첫째, 전란(戰亂)·사행(使行)·임지(任地) 체험의 문학적 형상화에서 두 드러긴 점은 현장에서의 견문을 중심으로 묘사하고 있다는 것으로 삶과 밀착된 현실을 작자가 처한 현장을 중심으로 사실적이고도 구체적으로 형상화하였다. 그의 작품 중에서 여성 정감의 유선시(遊仙詩)나 궁사(宮詞), 향기체 시가(香奩體 詩歌) 등을 찾을 수 없다는 것도 이러한 점을 반증한다 하겠다. 허경(虛景)으로써 낭만적 상상력을 자극하여 반향을 일으키기보다는 작자가 처한 실재(實在)의 공간을 현장감 있는 필치로 시화하고자 하였던 것이다.

　특히 이안눌이 피란의 절박한 행로에서 현장 보고의 형식으로 자신의 전란 체험을 묘사한 <당사탄(當死歎)>, <식채(食菜)>, <모별자(母別子)> 등을 비롯한 「속집」의 시편들과 이후 <사월십오일(四月十五日)>, <입동래부(入東萊府)>, <제기장현(題機張縣)>을 비롯한 여러 지역의 관리로 임하여 참혹했던 전쟁을 떠올리며 읊은 시들은 주목할 만하다. <당사탄(當死歎)>에서 목하의 적에게 쫓기는 상황에서 차라리 죽는 것이 낫다고 한 탄식이나 <식채(食菜)>에서 피란 생활의 굶주림으로 인하여 풀뿌리와 잎을 씹지만 그 맛이 고기 맛이라고 형용한 묘사, <칠월이십육일(七月二十六日)>에서 한산대첩(閑山大捷)의 치적을 기리는 칭송 등은 전란 현장에서의 생생한 체험이기에 그 의미가 더욱 절절하다. <사월십오일(四月十五日)>에서도 임진란 당시 동래성의 함락과 마을 사람들의 전몰이라는 사건을 늙은 아전과의 대화를 통해 현장감 있게 전달한다.

또한 그는 부임과 유배의 현지에서 견문한 인문 지리적 사항들을 그대로 시어로 채택하여 형상화하였다. 즉, '일관일록(一官一錄)'의 원칙 하에, 전국에 걸쳐 각 지방의 관리로서 부임하였던 체험을 근거로, 그곳에서의 향토적 특색을 시화하는데 남다른 식견을 가지고 새로운 풍물, 관련 지역의 풍토 등을 시화하였다. 따라서 각 지역에서 직접 견문한 다양한 '토풍민물(土風民物)'을 형상화 한 이안눌의 시편은 '여지지(輿地志)'로서의 특별한 의미를 가진다고 할 수 있다.

끝으로 '실(實)'을 근간으로 한 시적 형상화 양상은 두 번의 중국 사행길에 남긴 행록에서도 역시 '견문의 현장성'을 중시하는 태도와 '기사성(記事性)의 충실'이라는 점으로 표출된다. 사행의 노정 중 지나게 되는 현장의 지역적 특성을 비교적 자세히 시 속에 담고 있는데 이는 기후, 기상 여건 등의 자연 환경이나 민풍의 특색, 풍물 등을 시어로 형상화하고자 한 것이다.

이와 같이 이안눌이 현장 견문 중심의 묘사를 통해 전란(戰亂)·사행(使行)·임지(任地)의 체험을 문학적으로 형상화하고자 한 것은 실지(實地)에 대한 각별한 인식이며 현실적 삶에 대한 남다른 관심으로 볼 수 있다. 시의 형식으로 사행 여정을 일록화하고 날짜와 기후 여건, 지형에 대한 자세한 주를 함께 달거나, 과거의 역사 혹은 개인적 경험을 회억하는 장소에서 시공간의 현장성을 확보하고자 하는 태도는 모두 실제를 시상 전개의 실마리로서 중시하는 데에서 비롯된 것이다. 이러한 그의 인식은 임·병 양란의 전란 체험, 목민관으로서의 임지 체험, 적소(謫所)에서의 유배 체험, 두 번의 중국 사행 체험이라는 삶의 특수한 경험을 기반으로 하여 더욱 효과적으로 형상화되었다. 즉, 이안눌은 기실(紀實)의 태도로 의고풍의 단순한 모방에서 벗어나 삶의 현장에서 당대의 질고를 핍진한 사실의 언어로 담아내고 현실에 뿌리를 둔 서정을 추구하되 절제되고 여과된 시적 언어로 표출하고자 하였던 것이다.

둘째, '실(實)'다움을 중시하는 시세계는 나아가 '일록화를 통한 일상의 문학화' 경향을 보인다. 체험을 기반으로 한 기실(紀實)의 특성은 이안눌 시세계를 하나로 꿰는 중핵적인 역할을 하지만 그 표현 양상은 변화의 노정을 겪게 된다. 시문학의 핵심은 자신의 체험을 근거로 한 현실 중시의 측면이지만 이것이 표출되는 양상에 있어서는 체험의 시공간에 따라 점진적 변모의 양상을 보인다는 것이다.

등제 전과 함경북도 북평사, 동래부사, 경주 부윤 등의 재임 시에 남긴 시작들에는 강개한 삶에 수반되는 고뇌를 '참(慚)', '괴(愧)'의 시어를 사용하며 다분히 의기에 찬 책임의식과 자기반성으로 잦은 감정노출을 보이는 측면이 강했다. 또한 이 시기는 의고적 시풍에서 자유롭지 않아 소재 차용의 차원에서 관습적 용사(用事)가 이루어지기도 하였다. 이에 비해, 권필의 죽음과 이괄의 난에 연루되어 옥사를 겪고 난 후반기의 시작들은 소재의 취택과 그 형상화 방식에 있어서도 차이를 보이는데, 이는 자신의 주변에서 일어나는 세세한 평소의 일상사를 시의 제재로 끌어와 시화하였다는 점이다. 그에게 있어 시를 짓는다는 행위 자체는 이미 일상화되어 있었던 듯한데, 시를 통해서 생활을 반영한 일상의 세계를 읊는 것이다.

특히 이러한 경향은 유배기를 포함한 만년의 시에서 '일록화'의 경향을 띠며 더욱 두드러지게 나타난다. 감정의 고양된 한 순간이나 특별한 일만이 아닌 일상의 평범한 활동이 시의 소재가 되어 일시적 삶의 단면 및 그에 따른 생활 정감을 담고 있는 것이다. 그곳에 사는 백성들의 삶에 주목하여 시의 형식으로 담아내고자 하는 지지적(地志的) 관심은 나아가 생활 현장에서의 삶이 담겨 있는 일상의 소소한 제재를 시화하려는 '일상의 문학화' 경향을 보이는 것이다. 생활 주변의 세사에 대한 일기적 기록 방식을 취하여 <나박침채 정관인(蘿薄沈菜 呈官人)>, <경성설중작(鏡城雪中作)>, <오

월초십일(正月初十日)> 등의 작품을 통해 배고픔, 치통, 흰머리, 나물, 김치 등의 소소한 일상을 생동감 있는 묘사로 형상화한다. 다양한 일상들이 시에 수용되어 그의 작품에는 현장의 진술하고도 평범한 삶의 호흡이 담겨있다. 이는 생활 속의 신변잡기적이고 다양한 경험들을 한시에 차용하여 담아내고자 하는 시도로서 이러한 제재를 통하여 일상인으로서의 생활정서를 그리고자 한 것이다.

16C 말에서 17C 초는 시대적으로 '전란으로 인한 사회 문화적 격변'과 '송풍에서 당풍으로의 변모' 라는 두 가지 변화의 움직임이 나타나던 시기로 볼 수 있다. 이 두 가지 변화의 흐름은 이안눌의 시세계를 관류하는 큰 동력이 되고 있으며, 이 점에 착안하여 그의 문학적 위상을 두 가지로 나누어 살펴보았다.

첫째, 그 시대 일련의 사회 문화적 격변 속에서 현실에 근거한 실천적 문학의 한 기류를 형성하였다는 점이다. 시대에 대한 냉철한 비판의식으로 실존의 현재성과 구체적 현장성이 담보된 시사(詩史)로서의 문학을 지향하였다.

이안눌은 작가의식 면에서 독특한 면모를 가진 관각문인이었다. 시 창작에 있어서 '두시만삼천독(杜詩萬三千讀)'한 문학적 역량을 바탕으로 하여 사상적 개방성과 유연함 속에서 정통 유가의 입장에서는 비판받을 수 있는 여러 제재를 취택하여 시로 표현하고자 하였다. 여러 지방의 관리로서 부임하였던 특수한 경험을 살려 이를 반영한 시 작품을 남겼으며, 스님과의 교유시를 포함한 1,000여 편이 넘는 교유시를 통해 자신과 관련된 일상의 세사에 대한 소소한 정감을 읊었다. 유학을 공부하였으나 그가 추구한 것은 관념적인 성리학이 아니고 현실적인 실천 유학이라고 할 수 있다. 따라서 이와 같이 실제 체험을 바탕으로 다양한 소재를 끌어와 시화하였던 점은 중국 한시에서나 보고 들었던 상상의 추체험 세계라든지, 성리학적 순수 관념의 세계를 시화하던 태도와는 분명 대조되는 것이다.

따라서 그의 시문학은 '지금', '여기'라는 시·공간에 대한 남다른 인식 하에 자신의 체험을 적실한 언어로 형상화하였다는 측면에서 그 의미가 부 각될 수 있다. 이때 작자는 현실의 문제를 피상적으로 다루지 않고 실제의 구체적 체험을 기반으로 하여 직접적인 형태로 표출한다. 즉, '시'의 가치와 효용을 새롭게 인식하여 현실의 체험을 근간으로 한 '지금', '여기'라는 현 재성과 현장성에 대한 남다른 시각을 보여주는 것이다. 물론 중국적 문학 관습을 동경하였던 창작 전통으로부터 완전히 자유롭지는 않았다. 그렇지 만 비유적 성관물로 전고(典故)를 끌어대고 자기와 무관한 가공의 시적 상 황에 만족하는 기교 주의적 창작 기법으로부터 벗어나 자신이 존재하고 있 는 '지금'과 '여기'를 재인식하는 것이다.

이러한 동아시아 현실을 기반으로 한 그의 작품을 통해 임·병 양난으 로 피폐해진 당시의 상황을 추적·반추할 수 있는 전쟁 관련 자료, 육로와 해로를 통한 명나라 사행노정 중에서의 교섭사 자료, 각 지방의 토풍민물 (土風民物)과 관련된 민중 생활사 및 사회사적 자료 등을 발견할 수 있을 것이다. 또한 이러한 지지(地志)의 시적 수용은 후대 조선후기 들어 활발히 창작된 지방의 풍물을 소재로 하여 기록한 기속시(紀俗詩) 등의 출현과도 관련하여 파악할 수 있을 것이다.

둘째, 이안눌의 학당(學唐)은 그 이전의 쇠미한 만당풍을 벗어나 성당풍 을 지향하여 웅혼한 기세와 충실한 의경을 전달하고자 하였다는 점이다. 이 시기에 이르러 고려 말 이래로 지속되어 온 소동파·황산곡을 필두로 하는 강서시풍 숭상에 대하여 싫증을 내게 된 결과 삼당시인이 주축이 되 어 이른 바 당시풍을 추구함으로써 새로운 시풍의 정착이 이루어졌다. 이 와 같은 문단 상황 속에서 이안눌과 권필은 제가의 시화에서 서로 이(李)· 두(杜)에 비견되며 삼당시인이 가진 섬약한 기세를 극복하고 웅혼·침울을 특징으로 하는 성당시의 경지를 성취하였다고 평가되었다.

특히 이안눌은 시의 기세를 높이기 위하여 두시를 전범으로 삼았는데, '기한범두(基韓範杜)'의 기조 하에 두보와 한유 시의 기법을 존숭하여 배움으로써 성당풍의 시격을 성취하고자 하였다. 전란의 현장 체험을 핍진한 시어로 형상화한다거나 우리 고유의 인명과 지명, 간지, 속담 등을 적극적으로 삽입한 여지지체(輿地志體)를 구사한 점은 두시를 조선의 시대에 맞게 체득하였기에 가능한 것이었다. 이안눌의 시가 '성당 시대의 기운'이 있다고 한 정홍명의 언급 또한 그가 시에 있어서 이전의 쇠미해지는 기운을 끌어올린 문인으로 인정받았음을 시사한다. 따라서 두시를 전범으로 삼아 체험을 바탕으로 한 '지금', '여기'의 핍진한 삶을 침울과 웅혼의 시풍으로 그려내고자 했던 이안눌의 시정신은 이러한 점에서 그 특별한 가치를 가진다.

앞으로 조선 중기 문학사에서 차지하는 이안눌 시문학의 의의는 조선중기 시대의 일본, 중국, 조선에 대한 인식을 엿볼 수 있는 전란과 사행 체험의 기록으로 그의 4천여 수의 작품을 대상으로 한 세분화되고 심화된 연구를 통해 더욱 면밀히 고구되어야 할 것이다.

제2부

이안눌 문학에 나타난 변새

- 종군 체험기 「北塞錄」 연구

제1장

서론

　'목릉성세(穆陵盛世)'로 불리는 조선 중기 한시사에서 이안눌(1571-1637)은 권필(1569-1612)과 함께 대표적으로 거명되는 인물이다. 시화집 속에 나타난 당대 시인에 대한 평을 살펴보면, 그는 시에 있어서 권필과 나란히 비교되면서[1] 성당풍(盛唐風)의 기조를 띠었다는 평가를 받았음을 알 수 있다.

　그러나 현재의 연구 성과를 보면 미학적 접근을 비롯한 종합적 논의가 다수 이루어진 권필의 경우와 달리 이안눌에 대한 논의는 아직 소략한 상태이다.

　단일 논문으로 이병주의 「동악 이안눌의 시문학」[2]과 이종묵의 「이안눌 한시연구」[3]가 대표적 논의이다. 이병주는 『동악집(東岳集)』을 영인하는 과정에서 해제를 붙여 이안눌 시문학 연구의 기초를 마련하였으며, <사월

---

1) 남용익은 『壺谷漫筆』에서 "우리나라에 권필과 이안눌이 있는 것은 唐의 이백이나 두보 같고 明의 이반룡이나 왕세정과도 같다(我朝之有權李 如唐之李杜明之滄弇 而李之慕權又如子美之於太白)"라고 하면서 둘을 대등한 위치로 보고 서로 다른 시풍의 특징을 비교하여 평하였다.

2) 李丙疇, 「李安訥의 詩文學」, 『한국의 한문학』제4권, 이병주 편, 민음사, 1991.(「東岳 李安訥의 詩文學」(『東慶語文論集』1, 동국대 경주, 1984)를 재수록))

3) 李鍾默, 「李安訥 漢詩研究」, 『韓國文化』, 서울대 한국문화연구소, 1994.

십오일(四月十五日)>이 '삼리(三吏)·삼별(三別)'의 울력이라고 하면서 학시(學詩) 연원이 두보에 있음을 최초로 밝혔다. 이종묵은 그의 현실적인 작품 경향을 특징으로 지적하고 그 연원이 두보시(杜甫詩)와 한유시(韓愈詩)에 있음을 작품을 예로 들어 설명하였다.

이외에도 석주 권필과 동악 이안눌의 시세계를 비교 고찰한 논의4), 동악 시단(東岳詩壇)의 연원과 성격을 살핀 논의5), 변새시의 개념을 규정하고 이안눌 변새시의 특징을 살핀 논의6), 이안눌을 포함한 조선 중기 서인계 인물의 시세계를 주목한 논의7), 공자 후손과 동악의 교유 양상을 살핀 논의8) 등이 있다.

학위 논문으로 김상일의 『동악 이안눌 시연구』는9) 이안눌 시의 연원과 배경 등을 고구하고 작품 세계의 제재적 자질과 문예적 특징 등을 총체적으로 파악했다는 의의를 가진다.10) 졸고, 『동악 이안눌 시문학 연구』11)는

---

4) 鄭珉, 「石洲 權韠과 東岳 李安訥의 대비적 고찰」, 『韓國學論集』10, 한양대 한국학연구소, 1986.
5) 東岳詩壇의 조성 경위와 성격 등을 연구한 논의(具本衒, 「李安訥의 東園과 詩壇에 대하여」, 『韓國漢詩作家研究』9, 2004.
6) 具本衒, 「李安訥 邊塞詩의 研究」, 『韓國漢詩研究』5, 2004.
7) 김창호는 조선 중기 서인계 시인의 시세계를 연구하면서(『조선 중기 서인계 시인의 시세계 연구』, 고려대 박사학위 논문, 2005) 임전, 권필, 이안눌 세 인물을 주목하여 그 특징을 고찰하였다.
8) 김상홍, 「朝鮮 士大夫의 孔子 後裔와 交遊」-東岳 李安訥의 『孔提督酬唱錄』을 중심으로, <동아시아 삼국의 상호 교류와 소통의 양면성>, 한국한문학회 학술대회 발표문, 2010.
9) 김상일, 『東岳 李安訥 詩研究』(보고사, 2000). 후속 논의로 金相日, 「조선조 邊塞 문학의 한 국면」(『동국어문학』13집)과 「李安訥의 佛敎詩에 대하여」(『불교어문논집』, 한국불교어문학회, 2000)가 있다.
10) 이외에 「萊山錄」所載의 작품을 대상으로 비록 일부분이지만 주제별로 분석하고 그의 문학사적 의의를 밝히고 있는 논문으로 권현주의 『東岳 李安訥의 詩 研究』(부산여대 석사학위논문, 1992)와 김진아의 「李安訥의 「萊山錄」 研究』(부산대 석사학위논문, 1998)가 있다.

기실(紀實)문학으로서의 특성에 주목하여 임·병 양란의 전란 체험, 여러 지방에서의 임지(任地) 체험, 육로와 해로의 사행 체험으로 나누어 투영된 의식 세계를 규명하고자 하였다. 구본현의『동악 이안눌 한시 연구』12)는 학시(學詩) 방법과 태도를 고찰하고 작시(作詩) 목적과 작법, 풍격과 작법의 관련 양상을 나누어 살핀 후 목릉시단에서의 위상을 밝힌 바 있다.

이러한 선행 연구의 성과를 토대로 이안눌 시세계의 대략적 윤곽이 드러나면서 종합적 이해가 가능해지긴 했지만 4천여 수의 그의 방대한 작품 수를 고려한다면 심미적 특성을 고려한 개별 작품에 대한 구체적 분석은 아직 미흡하다 하겠다.

이에 본고는 이안눌의 문집『동악집(東岳集)』13) 제1권「북새록(北塞錄)」을 대상으로 하여 그의 변새시에 나타나는 특징적 측면을 밝히고자 한다.14) 이안눌이 29세의 나이로 함경북도 병마평사의 직무를 수행하면서 남긴 기록인「북새록(北塞錄)」은 작가의 특수한 작시 상황으로 인하여 다른 편록과는 차별화된 특성을 가질 것으로 예상되며 특히 다음과 같은 점에서 그 연구 의의가 있을 것이다.

첫째, 변새라는 특수 공간에 대한 그의 의식세계를 살펴볼 수 있다. 공간의 특수성과 관련된 이 시기 작품세계에 대한 연구를 통하여 이안눌이 체감한 현실 인식의 일단을 살펴 볼 수 있을 것이다. 또한 변새에서의 향수(鄕愁), 객고(客苦) 등의 표현 방식이 당시의 일반적 경향과 어떠한 공통점과 차이점을 가지고 있는지 살펴보는 것도 의미 있을 것이다.

---

11) 졸고,『東岳 李安訥 詩文學 硏究』, 이화여대 박사학위논문, 2005.

12) 具本衒,『東岳 李安訥 漢詩 硏究』, 서울대 박사학위논문, 2007.

13) 본고는 민족문화추진회에서 영인한『東岳集』(『韓國文集叢刊 78』),「北塞錄」1권을 논의 대상으로 한다.

14)「이안눌의 관북종군기 <北塞錄> 연구」(『한국고전연구』24집)의 내용을 수정·보완하였다.

둘째, 방대한 작품 가운데 권1인 「북새록(北塞錄)」에 대한 본 연구를 통하여 청년기 이안눌 한시의 일면을 살펴볼 수 있을 것이다. 1599년 등제 이후, 같은 해 경성에 부임하여 남긴 작품을 통하여 젊은 시기 시풍의 면모를 고찰할 수 있으며 이러한 연구를 바탕으로 하여, 이후 1624년 경성으로 유배되어 남긴 「북찬록(北竄錄)」 권15 소재 작품이나 1631년 함경도 관찰사로 부임하여 남긴 「함영록(咸營錄)」 권19에 나타난 노년기 작품과의 비교 논의도 가능할 것이다.

셋째, 조선 중기 당시풍과 관련하여 성당(盛唐) 시기 변새시와의 관련성을 살펴볼 수 있다. 이안눌 변새시에 대한 면밀한 연구를 통해 전후 문풍과도 밀접한 관련을 맺으며 민감한 문제로 대두된 16세기 말 조선 한시의 특성인 의고(擬古)의 양상에 대한 검토도 가능할 것이다.

제2장

이안눌의 「北塞錄」과 변새시

이안눌의 『동악집(東岳集)』은 '일관일록(一官一錄)'을 원칙으로 시간의 순서대로 엮는 편년식의 편차방식을 취하였는데[1] 이러한 문집 체제로 인해 문체별로 엮였던 동시대 다른 문인들에 비하여 작가의 행적을 쉽게 알 수 있는 특징을 지닌다.

평생을 지방관이나 원접사, 조천사신으로 수행하였던 그였으므로 관서·관북지역에서의 관력 또한 다양하게 나타난다. <제풍패관벽상(題豊沛館壁上)>[2]에서는 자신의 일생을 숫자와 지명을 넣어 회고하는 형식으로 관북에

---

1) 이안눌은 전라도의 錦山郡守로 있을 때(1611-1613) 증조인 용재 이행의 문집인『容齋集』을 중간하였는데, 이러한 구성은 이때 익혔던 방식인 듯하다. 이행의 『容齋集』은 원집 10권과 外集으로 이루어져 있는데, 권3까지는 시작품을 시체별로, 권4에서 권8까지는 仕宦時와 謫居時에 지은 시작을 시대 순으로 권10까지는 散文碑誌類를 모아 편찬하였다.(『韓國文集叢刊 20』의『容齋集』해제 참고)

2) 二十二歲老書生   22세엔 나이든 서생이었는데
　磨雲嶺下來避兵   마운령 아래로 병난을 피했었네
　二十九歲新釋褐   29세에 겨우 갈옷을 벗고
　豆滿江上從軍行   두만강 가에서 군무에 종사했었지
　三十三歲守端郡   33세에 단천 군수 되었다가
　五十四歲流鏡城   54세에 경성으로 유배 왔었지
　擁節如今六十一   부절을 가지고 온 지금은 61세
　仰天大笑天日明   우러러 하늘의 해가 밝다고 크게 웃네
　　　　　　　　　<題豊沛館壁上>,「咸營錄」권19, p.5.

서의 관력을 시화하며 구체적 상황에 대하여 서(序)에서 설명을 덧붙여 이
력을 자세히 쓰고 있다.[3] 숫자와 지명, 직명 등의 나열로 시 전체를 구성하
고, 마지막 구에 심정을 밝힌다. 피난, 종군, 군수, 유배, 관찰사 등으로 함경
도를 찾은 지난날의 내력을 상세히 기술하면서 관북에서의 자취를 순서대
로 기록한 후, 기쁨을 드러낸다. 단천군수 재임시 남긴 「단주록(端州錄)」, 권6
에 91제, 경성 유배시 남긴 「북찬록(北竄錄)」, 권15에 145제, 함경도 관찰사
재임시 남긴 「함영록(咸營錄)」, 권19에 116제의 작품이 실려 있어 「북새록(北
塞錄)」 소재 79제를 합하면 관북 지역에서 남긴 작품은 총 431제이다.

또 관서에서의 경험은 원접사종사관으로 수행시 지은 「동사록(東槎錄)」
에 89제, 재상안핵어사로 평안도를 순력하면서 지은 「관서록(關西錄)」에
27제, 명사신 접반사 수행 시 지은 「관서후록(關西後錄)」에 36제가 실려 있
으며, 조천 사행시 지은 「조천록(朝天錄)」, 「조천후록(朝天後錄)」에도 사행
의 노정 중에 관서를 지나며 남긴 작품들이 상당수 있다.

이 중 「북새록(北塞錄)」은 『동악집(東岳集)』 제1권으로 그가 1599년부터
1600년까지 함경북도 병마평사[4]로 있을 때의 시작으로 79제가 실려 있는
데, 전체 작품은 순차적 시간에 따라 크게 세 부분으로 나눌 수 있다.

첫 부분은 1599년 8월 21일 병마평사에 임명되어 9월 4일 서울을 떠나
경성으로 부임해 가는 주변에서 임진왜란 시 가족들과 피난했던 금화, 철

---

3) "만력 임진년 여름 바다의 도적이 난리를 치니 우리 집안은 달아나 利城에 깃들어
살았다. 당시 내 나이 22세였다. 기해년(1599) 여름에 과거에 급제하고 가을에 北道評事
에 임명되었는데 당시 내 나이 29세였다. 임인년 겨울에 단천 군수에 임명되었고 계묘
년 봄에 부임하니 당시 내 나이 33세였다. 천계 갑자년 봄에 경성으로 귀양 오니 당시
내 나이 54세였다. 지금은 내 나이 61세이다. 그러므로 장난삼아 56자를 엮어 이를 기록
한다.(萬曆壬辰夏 海賊之亂 余家奔竄 來寓利城 時余年二十二歲 己亥夏擢第 秋拜北道
評事 時余年二十九歲 壬寅冬 除端川郡守 癸卯春 上任 時余年三十三歲 天啓甲子春 竄
鏡城 時余年五十四歲 今則余年六十一歲 故戱綴五十六字而志之)"
4) 이안눌 외에도 비슷한 시기 崔慶昌, 宋象賢, 鄭斗卿 등이 재직하였다.

원, 홍원, 단천, 북청 등의 고을에서 당시를 회억하는 시이고, 다음 부분은
10월 4일 경성에 부임하여 관북 지역 변경의 고을과 진보(鎭堡)를 순행하
거나 그 곳의 막부생활을 하면서 느낀 감회를 적은 시, 마지막으로 퇴임하
여 3월 21일 경성을 출발해서 서울로 돌아오는 길에 금강산을 유람하며
지은 등람시(登覽詩)5)이다. 이와 같은 내용 구성에서 알 수 있듯이 「북새록
(北塞錄)」은 이안눌이 관북 지역에서의 종군 체험을 담은 기록으로 조선의
변새시집이라 할 수 있다.

　변새시라는 용어는 중국의 성당(盛唐) 시기의 작가 중 일군을 '변새시파
(邊塞詩派)'로 분류하여 논의하면서 본격적으로 사용되었으며, 그 발생을
『시경(詩經)』에서 연원을 찾기도 하고, 진한(秦漢) 때 변새시의 개념이 형
성되었다는 의견도 있다. 그러나 일반적으로 민가의 형태로 제작되던 것
이 위진 남북조(魏晉 南北朝) 시기 문인들에 의해 주목받기 시작했으며 당
(唐)의 변새시파에 이르러 절정에 이르렀다고 본다. 즉, 한위(漢魏)의 민가
를 재창작한 위진 문인들에게서 사조의 경향이 나타났으며, 당(唐)에 이르
러 다수의 수준 높은 변새시가 창작되면서 후대까지 큰 반향을 일으켰다
고 보는 것이다.

　여기에서 변새시의 범주, 즉 정확히 어떤 시를 변새시로 보느냐에 대해
서는 발원지인 중국 학계에서도 다양한 견해가 제기되며 논란의 쟁점이 되
어 왔다.6) 이에 대하여 정가치(鄭家治)는 두보의 전란시와 변새시에 대한
논문에서 변새시의 범주에 대한 중국에서의 기존 논의를 다음과 같이 정리
하고 있다.

---

5) 금강산 登覽詩는 본고에서 다루는 주제와 다른 성격을 가지는 것으로 보아 논의의
　대상에서 제외시켰다.
6) 1984년 蘭州에서 열린 중국당대문학학회 2차 학술토론회에서 '변새시란 무엇인가?'를
　화두로 치열한 논쟁을 벌인 바 있다.

고금(古今) 학자의 논술에 의거하면 군대 전란시와 변새시는 두 개의 다른 개념이다. 변새시도 협의와 광의의 차이가 있다. 협의 변새시는 제재, 시간, 지역과 생활의 제한이 있다. 즉 당나라 시인이 작성한 몸소 겪은 일과 만리장성 및 하서농우(河西隴右) 등 지역의 변새 전쟁 생활에 관한 시가이다. 즉 문학역사상의 당나라 변새시이다. 당나라 변새시파가 작성한 변새시를 주로 가리킨다.

광의 변새시는 위의 네 가지 제약을 완화할 수 있다.[7] 중국고대와 변새생활에 관한 것은 반드시 시인의 몸소 겪은 일이라는 제한이 필요 없다. "그 중에는 전쟁에 관한 '군가'도 있고, 또 간접적으로 전쟁을 묘사하는 서정시, 영물시(咏物詩), 산수시(山水詩), 친구와 주고받는 작품, 부부 애정시 등의 작품이 포함된다." 군대 전쟁시란 지역(변새내지를 포함)에서 군대 전란생활을 제재로 작성한 시가이므로 시간과 생활의 제한이 광의 변새시와 비슷하다.[8]

이 논의에서 변새시는 제재, 시간, 지역, 생활에 따라 협의의 변새시와 광의의 변새시로 나뉘며, 또 변새내지(邊塞內地)를 포함한 전란시와도 구분된다는 점을 지적한다. 논의에 따르면 중국 당나라 시기 종군을 체험한 '변새시파(邊塞詩派)'의 시를 '협의의 변새시'로 볼 수 있으며, '광의의 변새시'

---

7) 崔庚鎭은 논문에서(「邊塞詩의 淵源과 發展」, 『中國語文論集』9, 대한중국학회, 1994, p.2) 변새시의 범위에 대하여 첫째, 변새시는 당대 특히 성당으로만 한정해야 한다는 주장(譚優學, <邊塞詩泛論, 『唐代邊塞詩研究論文選粹』, 甘肅教育出版社, 1988)과 둘째, 漢代 樂府 심지어는 先秦의 詩經時代까지 소급할 수 있다는 주장(葛培嶺, <論初唐邊塞詩中的鬱憤特色>, 『中州學刊』, 1984)이 있다는 점을 밝혔다.

8) "根据古今學者的論述, 軍旅征戰詩与邊塞詩是兩个不同的概念, 邊塞詩亦有狹義与广義之分. 狹義的邊塞詩有題材, 時間, 地域与生活限制, 指的是唐代詩人所有親身見聞的与長城沿線及河西隴右等地的邊塞征戰生活有關的是个, 卽通行文學史所說的唐代邊塞詩, 主要指唐代邊塞詩派所寫的邊塞詩. 广義的邊塞詩則适当放寬了上述四个限制, 指中國古代与邊塞生活相關的不一定是詩人親身見聞的詩歌, "其中旣有描寫戰爭的'軍歌', 又有大量不直接寫戰爭的抒情詩, 咏物詩, 山水詩, 朋友贈答, 夫婦情愛之類的作品". 軍旅征戰詩則是地域包括邊塞內地, 寫与軍旅征戰生活有關的題材的詩歌, 其時間与生活限制与广義邊塞詩差不多. (鄭家治, <試論杜甫的戰亂詩與邊塞詩>, 「Journal of Cheongdu Teachers College」22권, 2003, p.68)"

는 네 가지 제한을 넘어서 범주를 확장시킬 수 있다. 그러므로 '광의의 변새시' 범주에서 보면, 당대(唐代)를 제외한 시기 중국에서 지어진 변새시뿐만 아니라 조선 중기에 지어진 변새시풍의 작품도 포함될 수 있을 것이다.

특히 이안눌의 변새시는 당나라 시기의 변새 전란은 아니지만 조선 관북 지역에서의 실제 종군 체험을 시화한 작품이라는 점에서 네 가지 요소 가운데 '생활 체험성'을 띤다는 점에서 각별한 의미를 가진다. 조선 '변새시'에 있어서 변새라는 지역적 대상은 중국과 다르게 설정되어야 하며, 그곳은 지금의 함경도 지역으로 볼 수 있다. 함경도나 이곳의 사람들을 가리켜 '북새', '변새,' '허원지지', '하토', '하추', '원인'이라는 표현이 흔히 쓰였는데, 이것은 단순히 이 지역이 서울과 지리적으로 멀리 떨어져 있기 때문만이 아니라 중앙의 문화나 교화가 미치지 못하는 낙후된 곳이라는 의미를 포함하는 것이다.[9] '변새'란 본래 '오랑캐나 외국의 침입을 막기 위해 국경에 세운 성채'라는 뜻으로 흔히 변방을 지칭하는 말[10]로 쓰였으나 여기에서 변새의 공간은 단순히 실제 체험한 생활 장소의 의미만을 가지지 않는다. 변새라는 단어는 변새가 나누고 있는 두 장소, 중심과 그 너머라는 개념과 짝을 이루어야 하는데,[11] 중심이라는 개념이 형성되어야 변새라는 단어도 의미를 지니기 때문이다. 즉, 중심과는 이질적인 영역과 중심이 서로 경계를 이루는 곳이 변새라고 할 수 있다.

이러한 변새의 의미를 반영한다면 '변새시'는 중심과 갈등, 대립되는 변

---

9) 권경록, <변방에서 부르는 노래 경성, 부령, 종성>, 『문학 지리 · 한국인의 심상공간-국내편 2』, p.149.

10) 이러한 변새의 의미에서 기존 논의는 일반적으로 변새의 지리, 풍토, 풍속, 軍旅 생활 등 변방과 관련된 소재를 이용한 작품을 변새시로 정의하였다. 김상일도 이러한 입장에서 변새시는 邊塞, 곧 이민족의 침입을 막기 위해 설치한 국경의 鎭堡의 풍물과 그 지역의 풍물을 소재로 다룬 시를 말한다고 개념을 정리한 바 있다.

11) 崔庚鎭, 앞 논문, p.154.

방의 개념을 수렴하면서 주제에 이러한 인식이 드러나는 작품을 가리키는
것으로 정의할 수 있을 것이다.[12] 다시 말해서 변새시는 변새라는 공간을
상정하고 그에 수반되는 변방에서의 고뇌와 시름 등의 특수한 인식을 반영
한 시로 관념 속 상상이든 실제 체험이든 공간의 의미를 포함하는 변새
풍정(邊塞 風情)의 내용까지도 포함해야 할 것이다. 따라서 본고에서는 변
새시를 광의의 의미로 확대시켜 변새에서의 전쟁 상황이 담긴 작품 및 '변
새'라는 공간과 관련된 제재, 주제, 정서를 읊은 작품으로 보고자 한다. 특
히, 변새라는 특수한 작시 상황에서 나타나는 두 가지의 자아 형상에 주목
하여 이안눌 변새시를 분석하고자 한다. 개별 작품의 분석[13]은 주제별 내
용과 의경(意境)[14], 정서, 수사적 표현방식 등을 기준으로 살펴볼 것이다.

---

12) 具本奭, 「李安訥 邊塞詩의 硏究」, 『韓國漢詩硏究』5, 2004, pp.305-306 참조. 구본현은
   논문에서 변새라는 공간을 바라보는 입장은 문명과 비문명의 대립 상황에 대한 인식이
   포함되어야 하며 이러한 상황을 극복해야 한다는 당위에 대한 확신도 포함되어야 한다
   고 하였다. 이런 개념을 바탕으로 변새를 형상화하거나 이에서 비롯되는 다양한 정감을
   형상화하고 있는 한시를 변새시라 할 수 있으며 변새를 단지 소재로 이용하는 데 그치
   는 경우는 변새시에서 제외되며 작품의 주제와 정서가 변새에 대한 인식에서 비롯되지
   않는 경우도 변새시라 할 수 없다고 하였다.
13) 작품 분석에 있어서 표현방식과 미적 특질에 대한 논의는 팽철호의 『풍격론』(사람과
   책, 2001)과 具本奭의 논문(2007)을 참고하였다.
14) 시적 대상이 시인의 내면에 감정이나 인식의 형태로 수용된 것이 '意'이며 '意境'은
   문학적 형상화를 거친 '意'를 가리킨다. 전형대 · 정요일 · 최웅 · 정대림, 『韓國古典詩
   學史』, 기린원, 1988, pp.56-68 참고.

제3장

邊塞 風情의 시적 형상화 양상

1. 지향하는 의지적 자아의 형상화 : '豪壯'

이안눌은 1599년(선조 32) 29세에 승문원권지부정자(承文院權知副正字)로 출사한 이래 1637년(인조 15) 67세로 죽을 때까지 평생 환로(宦路)를 벗어나지는 않았다. 비록 주로 중앙의 관직이 아닌 지방관으로 재임하였으나 관인으로서 경세(經世)의 포부와 의지를 견지하였으며 펼칠 수 있는 기회를 가졌기에 소명에 충실하려는 남다른 의지를 보인다.

애국보은 하려는 기백을 표현한 이와 같은 '호장(豪壯)'의 작품 군은 작가가 '지향하는 의지적 자아의 표상'으로 볼 수 있다. '호장(豪壯)'은 호방하고 씩씩함을 뜻하는 말로 작가의 호방한 기상이 잘 드러나 있으며, 정경을 묘사한 것이 장대한 시들을 품평한 평어라 하겠다.[1] 이 작품군은 대체로 의고의 색채를 강하게 띠면서 관습화된 시어를 자주 차용하는 방식으로 '지향하는 의지적 자아'를 형상화한다.

---

1) 정요일 · 박성규 · 이연세, 『古典批評 用語 硏究』, 태학사, 1998, p.398.

1) 題古樂府

먼저, 제목에서 <종군(從軍)>이나 <출새(出塞)> 등의 중국 '고악부(古樂府)'를 차용하여 시화한 작품이다. 이러한 고악부시(古樂府詩) 속 공간은 실제 체험의 생활공간인 함경도 경성과는 다르며 표현 방식에 있어서도 다소 과장된 면을 보인다. 의고(擬古)의 성격이 강한 이러한 경향의 작품들은 시속 상황을 조선의 모습과는 상당히 거리가 있어 보이는 상이한 이질적 공간에 놓음으로써 새로운 미감을 창출하는 효과를 가지는 것이다. 이러한 작품군에서 보이는 장면은 출병의 장면 같은 짧은 순간을 포착하여 제시하며 의성어 사용이나 강렬한 색채대비 등을 통한 감각적 표현 방법을 주로 사용한다.

兵車曉出聲轔轔	병거가 새벽에 나서니 바퀴소리 삐걱 삐걱
鐵騎蹴踏氷河裂	무장한 기병 밟으며 지나니 얼어붙은 강이 갈라지네
龍旗焰焰半空赤	용의 깃발, 불타오르는 듯 허공에 붉고
金甲寒光照玉雪	철갑옷 차가운 빛, 옥 같은 눈에 비치네
將軍號令肅如霜	장군의 호령은 엄숙하기가 서리와 같아
邊草蕭條飛鳥絶	변방의 풀 시들고 나는 새는 자취조차 끊어졌네
陰風歘起吼大漠	서늘한 바람 문득 일어 큰 사막을 울리더니
掃盡天山雲氣黑	천산을 쓸어버릴 듯 구름이 시커멓구나
枯樟煙滅北落明	봉화 연기[2] 끊어지고 북락[3]이 밝아오는데
燕支婦女無顔色	연지 땅 부녀자는 안색이 창백하네

<出塞曲>, 「北塞錄」 권1, p.12

---

2) 『史記・魏』 公子列傳』에 "公子與魏王博, 而北境傳擧烽"이라 하였다. 裵駰의 集解에 『文穎』을 인용하여 "作高木櫓 櫓上作桔橰 桔橰頭兜零 以薪置其中 謂之烽 常低之 有寇卽火然擧之以相告"라 하였다. 이후 烽火臺를 '桔橰烽'이라 하였다.

3) 남쪽 하늘의 큰 별인 北落師門을 가리킨다. 『晋書・天文志上』에 "北落師門日星 在羽林西南 北者, 宿在北方也：落, 天之藩落也：師, 衆也：師門, 猶軍門也"라 하였다. 당 이백의 <司馬將軍歌>에 "北落明星動光彩, 南征猛將如雲雷"라 하였다.

출정하기 위해 진영을 나서는 전차와 전마의 천지를 진동하는 위용과 잘 다스려진 병사, 당당한 장군의 위엄을 그리고 있다. 그 위용과 기세에 변방의 자연 경관도 순응하는 듯 나는 새도 쥐 죽은 듯이 오간데 없고, 큰 사막에 불어오는 겨울 찬바람, 천산(天山)을 휘감은 듯한 검은 구름은 전장의 음산한 분위기를 더욱 돋군다. 이때 봉화연기마저 끊어지니 저 오랑캐의 부녀자들 남편과 아버지를 잃을까봐 얼굴빛이 창백해진다는 것이다. 두보(杜甫)와 소식(蘇軾)의 작품을 점화(點化)하여[4) 객관적인 시선으로 군대 출정의 긴장된 순간을 표현한다.

1구에서 4구까지는 출병하는 웅장한 장면을 병거(兵車), 철기(鐵騎), 용기(龍旗), 금갑(金甲) 등에 대한 세밀한 묘사로 그린다. 새벽녘 떠오른 해가 용이 그려진 깃발과 갑옷을 비추는 아침 광경을 빙하(氷河), 반공(半空), 옥설(玉雪) 등의 이미지를 사용하여 형상화한다. 5, 6구는 장군의 위용으로 변방의 풀과 새는 자취조차 끊어져 버린 황량한 분위기에 대하여 묘사한다. 이러한 표현에서 인사(人事)와 경물(景物)을 공교롭게 배치하여 앞 구의 시어가 지닌 의경을 이용하여 뒷 구의 시상을 연다. 7, 8구는 적막한 분위기 가운데 갑자기 음풍(陰風)이 문득 일어 비바람을 몰고 오는 검은 구름이 하늘을 메우기 시작하는 모습을 그린다. 천산을 쓸어버릴 듯 시커먼 구름은 표면적으로는 진군을 가로막는 자연의 시련을 의미하지만, 그 내포하는 바는 팽팽한 긴장감 속에서 싸워야하는 교전에 대한 두려움을 암시하는 것으로 볼 수 있다. 9, 10구는 출병한 군대가 목적지에 도착하여 바라본 광경을 그린 것으로 그곳의 장정들이 몸을 피한 것인지 아니면 사냥을 떠난 것인지 연지 땅의 마을에는 오직 부녀자들만이 보인다. '무안색(無顔色)'이란 표현은 창백한 안색을 말하기도 하고 화장을 하지 않은 모습이라는 이중의 뜻을 지니며,

---

4) 杜甫의 <兵車行>, "車轔轔, 馬蕭蕭, 行人弓箭各在腰"와 蘇軾의 <送曾仲錫通判如京師>, "玉帳夜談霜月苦 鐵騎曉出氷河裂"을 點化하여 새로운 의미를 부여한 표현이다.

이는 '연지(臙脂)'의 출전인 '연지(燕支)'를 이용한 관습적 표현5)과 연결된다.

실제 종군(從軍) 상황을 반영하는 군사적 풍물과 풍광들이 출정의 처음과 끝 사이의 중요한 부분을 표현하고 있으나 작품의 주 무대인 천산(天山), 연지(燕支), 북락(北落) 등은 관습적으로 자주 사용되는 곳이다. 특히 여기에서 새벽이라는 시간대와 용기(龍旗), 금갑(金甲)의 분명한 색채감의 모순은 관습적인 상상력으로 인하여 현실과 괴리된 경우로 볼 수 있다. 마지막 결말 부분에 가서야 비로소 동이 터 옴을 묘사하는 것으로 보아 현실에서는 불가능한 색감의 묘사라 하겠다. 이는 지향하는 의지적 자아의 형상인 출정하는 장병의 용맹스러운 모습을 그리기 위해 다소 과장되고 모순된 관습적 표현을 많이 사용한 결과로 볼 수 있다.

白龍堆上曉雲空	백룡퇴6) 위로 환한 구름 걷히자
一片塞月光如水	한 조각 변방의 달은 물처럼 밝네.
朔風蕭蕭動枯草	북풍은 쓸쓸히 마른 풀을 바스락거리게 하고
烏鳶飛集單于壘	까마귀와 솔개는 선우족의 보루 위에 날아 모이네
日暮撾金征馬回	해 떨어지자 쇠북 두드리며 길 나섰던 말 돌아오는데
紅旗半捲淸霜裏	붉은 깃발은 맑은 서리 속에서 반쯤 말렸구나
陣前齊唱破陣曲	진영 앞에서 일제히 '파진곡'7) 부르니
壯士歡聲四面起	장병들의 탄성이 사방에서 일어나네
劍花秋蓮鎖玉匣	가을날의 연밥 같은 칼 빛을 옥갑에 감춰두니
長城屹立三千里	긴 성은 삼천리에 우뚝 솟았구나.

<入塞曲>, 「北塞錄」 권1, p.13

---

5) 燕支 : 원래 여자들이 화장할 때 양쪽 뺨에 찍는 紅粉인 '臙脂'와 같다. 燕支草가 나는 흉노의 燕支山에서 유래하였다. 흉노가 이 산을 잃었을 때 "失我燕支山 使我婦女無顔色"이라는 노래를 지어 불렀다고 한다.

6) 白龍堆 : 흉노가 살던 사막의 이름.

7) 破陣曲 : 破陣樂. 당태종이 秦王으로 劉武周를 정벌할 때 군중에서 지은 음악 이름, 즉위 후 연회 때 반드시 이 음악을 연주하였다

출정을 마치고 군막으로 돌아오는 장면을 그린 작품으로 백룡퇴(白龍堆), 선우첩(單于疊), 파진곡(破陣曲) 등은 흔히 나오는 시어로 변경의 풍경과 군대의 위용을 묘사한 부분에도 의고(擬古)의 흔적이 강하게 드러난다.

1구에서 4구까지는 해질녘의 풍경을 묘사하는 것으로 어스름한 저녁 한 조각 뜬 달과 마른 풀에 부는 스산한 바람은 황량한 광경뿐으로 다소 불안한 긴장감이 감돈다. 5구에서 8구까지는 임무를 마치고 돌아오는 군대의 상황묘사로 임무를 무사히 마치고 귀환하는 성취감과 안도감이 파진곡(破陣曲)의 노랫소리에 묻어난다. 9, 10구에서는 장병으로서의 직임을 완수한 감격을 풍경으로 치환시켜 표현하였는데 갑 속의 칼은 용맹함과 임무에 대한 의지를 내포하고 있다. 갑 속에서 빛나는 칼은 임무를 기다리는 장사(壯士)의 모습을 상징하고 삼천리에 우뚝 솟은 성은 오랑캐의 침입에 견딜 수 있는 견고한 국방을 의미하는 것으로 볼 수 있다. 객관적 서술로 관습적 지명을 사용하여 다소 천편일률적으로 전형화된 풍경을 읊는 듯 보이지만, 그 속에 종군하는 장사(壯士)의 소명의식을 표출하고 나라의 안위를 소망하는 '의지적 자아의 모습을 형상화'하고 있다. 비록 '고악부시'가 제목이나 시어의 사용에 있어서 관습적 의고 경향이 강하게 나타나지만 자신의 종군 체험이 투영되므로 다른 작가가 상상만으로 쓴 변새시와는 구별된다.

다음 작품도 의고의 표현 기법을 많이 사용하지만 종군 체험을 시 속에 투영시켜 황량한 변새 풍광과 호기로운 장사(壯士)의 모습을 좀 더 생동감 있게 형상화한다.

自作三軍佐	삼군의 보좌관이 되어서야,
仍成萬里遊	머나먼 변방에 노닐게 되었네
風生白羽扇	바람은 하얀 부채에서 일고
雪擁黑貂裘	눈보라 검은 갑옷에 쌓인다.
教陣臨河洋	병사 훈련시켜 물가 언덕에 대고

移營出壘頭	군영을 옮겨 언덕 머리를 나선다.
小儒君莫笑	겁쟁이 선비라고 비웃지 말라
行取義陽候	이래뵈도 행동은 의양후8)라네
歲暮居延路	한해가 저무는 변방의 길
嚴風透戰袍	살을 애는 바람 전포를 뚫고 스민다.
馬跑關雪暗	말은 어둑한 북관의 눈 긁어 파고
雕放積雲高	수리는 사막의 구름 위 높이 떠 있네.
保國身方健	나라 위한 몸 튼튼하니,
臨邊氣益豪	변방의 선 기개 더욱 커지네
長歌塞下曲	길이 새하곡을 부르며
含笑看霜刀	서릿발 칼날을 웃으며 보노라

<從軍行>二·三首, 「北塞錄」권1, p11

2수는 삼군의 보좌로 변새에서 종군하는 병영 생활의 모습을 구체적으로 묘사하고 자신의 포부를 드러낸다. 눈보라가 전포를 뚫고 스며드는 변방의 엄혹한 추위 속을 걸어가는 행군, 군막을 이리저리 옮겨가며 훈련을 해야 하는 거친 군영 생활은 한가롭게 자연을 완상(玩賞)하던 유자의 생활과는 확연히 다르다. 혹독한 자연환경과 병영 생활에 익숙하지 못한 유생이지만 행동은 의양후에 못지않은 용감한 기상을 가지고 있음을 표현하였다.

3수는 엄풍(嚴風), 관설(關雪) 등의 혹독한 변방 날씨에도 애국충정에 찬 작가의 호방한 기상을 드러낸다. 1-4구는 살을 에는 바람과 북새의 눈이라는 표현을 통해 변방 지역의 추위와 험난함을 묘사하고 5-8구는 자신의 변방에서의 임무를 다하겠다는 씩씩한 기상을 표출한다. 나라 위한 자신의 몸을 강조하면서 임무에 대한 충성을 다하겠다는 결연한 의지와 호방한 기

---

8) 義陽候：傳介子. 漢나라 義渠 사람으로 昭帝 때에 駿馬監이 되어 大宛에 사신으로 가서 樓蘭의 왕을 참수하여 돌아와 이 공적으로 의양후에 봉해졌다.

상을 직접적으로 드러내고 있다. 악부시 '새하곡(塞下曲)'을 부르며 의기를
고취하고 서릿발 칼날을 응시하며 약한 유생의 티를 벗어나 호기를 기르겠
다는 강렬한 다짐이 전편에 넘친다. 전반부의 험한 변방 묘사에서의 차갑
고 황량한 이미지는 노래와 웃음의 희망찬 이미지와 대조되어 변새에서의
굳센 기개가 더욱 강하게 부각된다. 이 작품에서도 백우선(白羽扇), 흑초구
(黑貂裘), 의양후(義陽候), 새하곡(塞下曲) 등의 관습적 표현이 쓰였으나 다
른 악부시에 비하여 삼군의 보좌관으로서 종군하는 자신의 모습을 작품에
투영시켜 '지향하는 의지적 자아의 형상'을 효과적으로 표현하였다.

2) 題朝鮮地名

 다음은 조선의 지명을 제목으로[9] 한 작품들로 앞서 논의한 악부시에 비
하여 실제 공간의 의미가 두드러지며 대체로 남아(男兒), 남자(男子), 장부
(丈夫), 장사(壯士)와 같은 범칭의 인물 형상을 통해 작가 자신이 지향하는
용맹스러운 의지적 자아의 모습을 표출한다.

北庭都護大將軍	북정도호부의 대장군께서
十月翻營古塞門	10월에 옛 변방의 군영을 순시하시네
河際長城封漢地	강가의 긴 성은 한나라 땅을 두르고 있고
石頭高壘壓胡雲	바위 위의 높은 보루는 오랑캐 구름을 누르고 있네
天寒曉色天旗動	추운 하늘 새벽 빛은 천 개의 일렁이는 깃발이요
日落邊聲萬馬喧	지는 해 변방의 소리는 만 마리의 말의 울음소리라네
見說單于仍遠遁	선우가 이에 멀리 도망쳤다고 말하는 것을 들으리니

---

9) 이안눌은 다른 시기에 쓴 권록을 살펴보아도 조선의 인명과 지명 등을 시어로 자주
  활용하였다. 고유명사를 시어로 쓰는 것은 잘못은 아니나 조선의 인명과 지명을 시어로
  쓰는 것이 온당하지 않다는 논란이 있었으며, 그 예로 최경창은 조선의 지명이 중국의
  지명에 미치지 못한다고 하였고, 조위한은 비속하다는 이유로 조선의 지명을 쓰지 말아
  야 한다고 하였으며, 홍만종도 조선의 지명은 시에 합당하지 않다고 여겼다.

黑山從此絶妖気   이로부터 흑산에는 요사스러운 기운이 끊어지리라
　　<奉陪李節度使-守一-北巡邊城而作近體九首中一首, 會寧府>10)

　　북방의 군영을 순시하는 절도사를 수행하며 지은 시이다. 절도사에 대한
칭송을 표현해야 하는 시로 역시 의고의 성격을 띠고 변새시풍에 자주 쓰
이는 상투적 표현을 많이 사용한다. 작품 속 '북정(北庭)'은 당나라의 진(鎭)
을 가리키는 것으로 북정도호를 겸하는 절도사를 가리키는 말이다.
　　1, 2구는 절도사가 순행에 나서는 광경을 표현하는데 작가의 실제 종군
상황을 고려한다면 시적 긴장감이 배가되어 더욱 호장(豪壯)한 미감이 만
들어진다. 3, 4구는 변방의 풍경을 묘사한 부분이다. 두만강을 따라 펼쳐진
장성은 한나라의 영토임을 표시하고 험난한 바위 위의 보루는 오랑캐 땅의
구름보다도 높다. 여기에서 '봉(封)'은 영토의 나뉨을 의미함과 동시에 화이
(華夷)를 구분하기 위해 선택된 시어이다. 성곽이 견고하여 오랑캐가 넘보
지 못하는 상황을 묘사한다. 즉, 방비에 틈이 없는 것은 절도사의 위업에서
비롯된 것이므로 절도사에 대한 칭송을 경물에 대한 묘사로 담아낸다. 5,
6구는 순행에 나선 군대의 씩씩한 위용을 묘사한 부분으로 새벽녘과 해질
녘의 풍광을 대조하고 다시 쇠락과 생동의 이미지를 대조한다. 시각과 청
각의 이미지를 대조의 기법을 사용하여 수많은 깃발이 펄럭이고 수많은 군
마가 울음소리를 내는 변방의 정경을 그려낸다. 7, 8구는 오랑캐가 두려워
도망쳤으니 앞으로 근심이 없으리라는 칭송의 뜻을 표현하는데, 성곽과 보
루를 견고히 하는 것은 책임자로서 완벽한 자격을 갖추었다는 뜻이 된다.
북정(北庭), 선우(單于), 흑산(黑山) 등의 관습적 시어를 차용하고 과장과 대
조의 수사법으로 절도사를 상투적으로 칭송하지만 실제 종군의 체험을 반
영하므로 더 생동감있게 와 닿는다.

---

10) <奉陪李節度使-守一-北巡邊城而作近體九首中1首, 會寧府>, 「北塞錄」, p.10.

　　다음의 <운두성(雲頭城)>에서도 종군 체험을 드러내는 용감한 의지적
자아 형상은 장부(丈夫)의 인물 형상에 투영되어 작가 자신의 호장한 기상
과 애국적 충정을 나타낸다.

矗矗雲頭城	우뚝 솟은 운두성11)
下枕長河灣	그 아래로 긴 하만을 누이고
巖崖幾千丈	깎아지른 절벽은 몇 천 장일런가
巉絶不可攀	가파르게 끊어져 잡을 수 없어라
下馬步躊躇	말을 내려 머뭇머뭇 걸어가서는
顧眄開愁顔	돌아보며 수심의 얼굴을 펴노라
玄冬天地肅	한 겨울이라 천지가 엄숙한데
朔風振枯菅	북풍은 마른 왕골에 불고
單于古臺上	선우의 옛 누대 위에는
慘淡雲氣頑	참담한 구름기운 서려있다
杖劍背落日	칼 짚고서 지는 해를 뒤로하며
笑指閼氏山	연지12)산을 가리키며 웃노라
手撚鐵絲箭	손에 철사의 화살을 쥐어 잡고
弓如明月彎	활을 밝은 달처럼 굽혀서는
仰落雙雁飛	우러러 나는 한 쌍의 기러기를 떨어뜨리며
俯殪雉子斑	허리 구부려 얼룩점의 꿩을 쏜다.
從軍良所樂	종군의 일은 실로 즐길만하여
浩歌心自閑	호쾌한 노래에 마음은 절로 한가롭네
丈夫四方志	사방에 장부의 큰 뜻 두었으니
何問夷與蠻	어찌 오랑캐와 왜적을 물으랴
揮鞭出門去	채찍을 휘갈기며 관문을 나설때는

---

11) 『新增 東國與地勝覽』, 會寧都護府, 古跡條, "在府西五十里 石城周一萬七千四十尺 內
　　有一川三井 今廢"

12) 閼氏 : 흉노의 선우나 제왕의 妻를 가리키는데 연지산은 곧 燕支山이다.

有去無思還   가서 살아 돌아올 생각 없어야 하는 법
馳鶩及少壯   말을 치달리는 기운 젊은이와 다름없으니
不復數險艱   다시는 험난함 따위 헤아리지 않다가
當披介冑   마침내 갑옷을 벗고는
沒身沙磧間   모래벌에 몸을 묻어야 하리
誰如班定遠   뉘라서 반초처럼
生入玉門關   살아서 옥문관을 들어올 수 있을까

<雲頭城>, 「北塞錄」권1, p.8

부임지인 경성에 도착하여 근처에 있는 운두성(雲頭城)을 돌아보며 기개를 토로한 작품이다. 고시 형식을 취한 이 시는 크게 세 부분으로 나뉜다. 첫 단락은 처음부터 10구까지로 변방 지형과 기후의 험난함을 묘사하고 있다. 둘째 단락은 11구부터 18구까지로 변방의 종군 실상을 묘사한 후, 마지막 단락은 19구부터 끝까지로 종군자로서의 다짐과 의지를 밝히고 있다.

장부는 호장한 기상을 표상하는 범칭의 인물 형상으로 실제 종군하고 있는 작가 자신의 의지를 투영시켜 표현할 수 있다. 전반부에서 '암애(巖崖)', '참절(嶄絶)' 등의 묘사로 운두성의 웅장하고 기험(崎險)한 경관을 제시하고, 이어서 그 곳에서 종군하는 자로서의 기상과 자세를 그린 후, 후반부에서는 변방의 방비를 위한 장부로서의 기백을 '반초(班超)'의 전고를 사용하여 표현한다. 전반부는 주로 자연 경관의 광활한 풍광을 묘사하고 후반부에서는 목숨을 바쳐서라도 맡은 바 임무를 완수해야한다는 의무를 강조함으로써 호기로운 기상으로 시작된 시상이 비장함으로 연결되어 끝맺는다.

그런데 마지막 구에서 작가의 입장을 대변할 수 있는 소재로 선택된 '반초(班超)'라는 인물은 작품 이해를 위해 시사하는 의미가 크다. 반정원은 원래 서생 출신이었으나 봉후에 뜻을 두고 붓을 내던진 후 서역을 개척한 후한(後漢)의 장군으로 변새시의 소재로 자주 등장하는 인물이다. 즉 이안

눌이 이상적으로 설정한 인물은 문약에 빠져 쓸데없이 붓이나 놀리는 서생이 아니라 무(武)를 겸비하여 천하를 평정하는 공을 세운 인물이라는 점이 부각되는 것이다.

특히, 이안눌이 강조하고자 하는 반초의 면은 어려운 전란의 극한 상황 속에서 살아남은 역량에 초점을 맞춘다. 반초라는 인물의 모습은 자신의 의지적 형상과 중첩되면서 문무를 겸비한 서검객(書劍客)의 이미지로 형상화되는 것이다. 칼을 짚고 오랑캐 땅을 굽어보며, 활을 힘껏 당겨 천지에 노니는 새들을 겨누며 기개를 펼친 후, 자신은 서생으로 서역의 길을 텄던 반정원처럼 살아서 옥문관으로 다시 돌아오지는 않겠다는 의지를 되새기면서 대장부의 기상과 기백을 토하고 있는 작품이다.

다음의 <영동관(嶺東館)>에서도 변방의 풍광에 대한 묘사와 어우러진 남아의 기상과 호기를 효과적으로 표출하고 있다.

鳥道關山外	관문의 산 밖으로 난 험한 길에
秋高日易陰	가을이 한창이라 해가 쉬 지는구나
星分南斗遠	별자리 나뉘어 남극성은 멀기만 하고
地入北冥深	땅은 북쪽 바다 깊숙한 곳까지 들었네
區域幷夷夏	이 지역은 오랑캐와 중국이 함께 있는 곳
風雲自古今	바람과 구름은 예나 지금이나 한결같네
四方男子志	사방에 둔 남아의 뜻으로
長嘯此登臨	길게 휘파람 불며 여기에 올랐네

<嶺東館>, 「北塞錄」, p.8

1, 2구는 먼 경치를 그린 것으로 펼쳐진 전경을 바라보니 관문의 산 밖으로 위태로운 길은 구불구불하고 가을이 되니 해가 짧아져 쉬이 진다. 3, 4구는 하늘과 땅을 대비하여 변방의 광활함을 그리는데 배경으로서의 하

늘과 땅은 남극성과 북쪽 바다로 나뉘어 대립한다. 5, 6구는 역사적 의미를
지닌 시어를 활용하여 변방을 묘사한 부분이다. 변방은 경계의 구역으로
중화의 공간인 동시에 오랑캐의 공간이기도 하다. 바람과 구름은 전란의
상황을 의미하는 것으로 갈등으로 인한 변방의 험난함을 암시하면서 동시
에 역사적 특수성을 표현한 부분이다. 고금(古今)과 이하(夷夏)가 대립되면
서 변방이라는 공간에서 느끼는 자신의 비장한 감정을 자연스럽게 표출하
는 것이다. 마지막 구의 '장소(長嘯)'는 천하에 뜻을 둔 대장부의 기상을 암
시하는 것으로 호장(豪壯)한 면모를 상징한다.

이러한 이하(夷夏)의 대립적 인식은 "가을바람이 목릉관을 불어 넘어오
는데/ 발걸음이 사막에 다하였느니 어느 날에나 돌아올까/ 서쪽으로 장안
을 바라보니 이천 리나 먼데13)"에도 드러난다. '장안(長安)'과 '천산(天山)'
등은 변방을 의미하기 위하여 관습적으로 선택한 중국의 지명이다. 1구와
2구의 경치에 대한 묘사는 종군의 소임을 방해하는 시간적 · 공간적 장애
물에 해당하며 3구의 '장안(長安)'은 변방의 상대 개념인 '중화(中華)'를 상
징하며 작가가 지향하는 소망의 세계를 암시하는 것으로 볼 수 있다. 이는
4구에 이르러 실제 지명인 '무이성(撫夷城)'에다 오랑캐 무찌르는 배경으로
자주 사용되는 '천산(天山)'을 결합하여 의지와 기상을 표출한다. '오랑캐를
다스린다'는 '무이(撫夷)'가 시상 전개의 중심축이 되는 것이다.

"평생토록 백우선을 들고/ 그저 오랑캐가 일으키는 모래 먼지 잠재울 수
있었으면"14), "백년을 나라 근심하며 부질없이 검을 부리다/ 만 리 밖에
종군한 이 몸 다시금 시를 지어보노라"15), "관새에서는 행역을 멀리 나왔

---

13) <題撫夷堡>, 「北塞錄」, p.11, "秋風吹度穆陵關 行盡黃沙幾日還 西望長安二千里 撫夷
城上倚天山"

14) <吉州途中>, 「北塞錄」, p.6, 平生白羽扇 直擬靜胡塵.

15) <奉陪李節度使-守一-北巡邊城而作近體九首中5首>, <穩城府>, 「北塞錄」, p.10.
百年憂國空彈劍 萬里從戎更賦詩

다고 말하지 말라/ 시구나 만지는 서생이 되는 것보다 훨씬 나을 것이니[16) "남아가 종군의 즐거움을 알지 못한다면/ 그저 인간세상의 한 아낙일 뿐이리[17)", "남아는 의기를 중히 여김에 어려서부터 영웅을 사모하였네. 문서나 만지작거리는 일 던져둔 지 이미 오래되었고 갓끈 풀기를 더없이 부지런히 청하였네"[18) 등에서 나타나는 '남아(男兒)'는 특정한 인물형상이 범칭의 인물 형상으로 이러한 '의고(擬古)'의 틀이 강한 시 작품에서 '장사(壯士)', '장부(丈夫)', '남아(男兒)', '남자(男子)' 등의 형태로 빈출한다. 범칭의 인물형상을 통하여 작가가 지향하는 굳센 기상을 가진 의지적 자아의 형상을 표출한다.

이제까지 살펴본 '호장(豪壯)'의 미감을 주로 하고 '지향하는 의지적 자아를 형상화' 하는 작품의 경향은 의고의 성격을 띤 관습적 표현을 많이 써서 실제 모습과는 거리가 있는 다소 윤색된 공간으로서의 변새 장면이 제시되며 표현 방식에 있어서도 감각적 시상을 통한 색채의 강렬한 대조, 지나친 과장의 방식을 자주 사용하며 시점도 '장부(丈夫)', '남아(男兒)', '남자(男子)', '장사(壯士)' 범칭의 인물 형상의 형태로 자주 표현된다.

2. 실의한 현실적 자아의 형상화 : '悲慨'

현실적 자아인식과 관련된 변새시는 앞서 살핀 의지적 자아의 형상과는 상당히 다른 양상을 보인다. 이는 건공입업(建功入業)에 대한 이상과 포부

---

16) <奉陪李節度使-守一--北巡邊城而作近體九首中2首>, <高嶺鎭>, 「北塞錄」, p.10.
　　關塞莫論行役遠 直勝章句作書生
17) <奉陪李節度使-守一--北巡邊城而作近體九首中8首>, <阿山堡>, 「北塞錄」, p.10.
　　男兒不解從軍樂 只是人間一婦人
18) <幕府述懷 二十二韻>, 「北塞錄」, p.11.
　　男兒 重意氣 少小慕英芬 班筆投仍久 終纓請更勤.

를 제대로 펼칠 수 없는 작가의 처지와 변새에서 겪는 현실의 고초는 이와 직접적으로 관련된다. 하는 일 없이 변새에 머물고 있는 자신의 현실적 모습은 포부를 펴지 못한 좌절된 현실적 자아로 인식되어 그 왜소함이 더욱 두드러지게 부각되는 것이다.

이러한 실의한 비애감을 중심으로 한 현실적 자아를 표상하는 작품은 직설적 언술을 중심으로 시상이 전개되는 경우가 많다. 앞 장에서 살펴본 '지향하는 의지적 자아 형상'의 표출이 의고의 방법을 자주 구사하면서 호장(豪壯)의 기개를 표현함으로써 개성을 확보하고 있다면, '실의한 현실적 자아 형상'의 표출은 실제 경험을 직접적 언술 방식으로 '비개(悲慨)'의 미감을 드러냄으로써 변새에서의 현실 생활을 구현해내는 특징이 있다.

· 이상과 달리 실제로는 별 할 일 없는 변새에서의 처지를 슬퍼하면서 경세에 보탬이 될 수 없다는 현실과의 갈등을 극복하지 못한 좌절감이 드러난다. 이러한 좌절감은 자신의 뜻과 재주를 알아주지 않는 세상에 대한 감개가 내재되어 있다. 이러한 좌절과 슬픔의 표출 방식은 때로는 직설적 언술로 다소 격하게 토로되기도 하고 때로는 감정을 절제하여 내면에 가라앉힘으로써 처연하고 담담한 어조로 자연스럽게 드러내기도 한다.

1) 내적 갈등의 직접적 토로

변새에서 겪는 갈등은 주로 풍설이 몰아치는 혹독한 추위나 험한 산세의 지형과 관련을 맺고 일인치의 시적 화자가 등장하여 직설적 언술 형식을 취하는 경우가 많다. 다음 시에서도 관북 지역 변새에서 맞는 혹한의 기후에 대한 어려움과 고뇌를 직접적으로 토로한다.

十日十大風　　열흘이면 열흘 큰 바람 불고
五日五大雪　　닷새면 닷새 큰 눈 내리네

雪落千丈積	눈은 내렸다하면 천길 깊이로 쌓이고
風振萬木折	바람 불었다하면 모든 나무가 꺾이어버린다
本是苦寒地	본디 몹시도 추운 땅이거늘
況乃苦寒節	하물며 더없이 추운 계절임에랴
玄冥弄陰機	겨울의 신이 교묘한 장치를 돌려
顓頊威甚烈	전욱19)의 위세 더없이 맹렬하구나
慘慘頑雲興	어두컴컴하니 꿈쩍도 않는 구름이 일자
稜稜朔氣竭	오싹하던 한기도 다해버렸네
羲御東南馳	태양은 동남으로 치닫기만 하나니
豈肯廻其轍	어찌 그 수레바퀴 돌리려 하랴
天地晝黮黔	어둠침침한 가운데 천지가 나누어져 있으나
短景難爲晰	짧은 햇살로는 밝히기 어려워라
冰峯矗層穹	얼음 봉우리가 층진 하늘에 빼곡하고
瀚海流澌結	북해에서 얼음덩이가 흘러내리네
陽春何時到	따뜻한 봄날은 언제 오려나
品物恐盡滅	온갖 만물이 어쩌면 다 사라져버리겠네
虯龍死幽壑	용도 그윽한 골짝에서 죽어버리고
羆豹僵深穴	곰이며 표범도 깊은 동굴에서 뻣뻣해졌네
而我無生意	내겐 살고 싶은 생각이 없나니
肌肓凍欲裂	살갗이며 살점이 얼어터지려 하네
熾炭不覺暖	탄을 피워도 온기를 느낄 수 없고
挾纊冷若鐵	솜뭉치를 끼고 있어도 차갑기는 쇳덩이와 같아라
爲語南州人	남쪽 고을의 사람들에게 한마디 하나니
勿嘆南州熱	남쪽 고을이 덥다 한탄하지 말라
寧作南州鬼	차라리 남쪽 고을의 귀신이 될지언정

---

19) 顓頊 : <史記-五帝 本紀>, 黃帝의 손자, 昌意의 아들로 아들은 鯀, 손자는 禹王이다. <淮南子>의 天文訓에 그가 共工과 제위를 놓고 다투었는데 그때 공공의 힘이 넘쳐 不周山에 있는 天柱를 부러뜨려 이 때문에 하늘은 북서로 기울고 일월성신은 북서를 향해 운행하게 되었다는 기록이 있다.

不願北門活   북문에서 살고 싶지 않다네
北門歌正悲   북문에서 노래하자니 더없이 서글퍼지는데
聽者亦悽咽   듣는 이도 서글픔에 목이 메이누나
悽咽莫重陳   서글퍼 목이 메이는 얘기 다시 늘어놓지 말게나
北門不可說   북문은 말로 할 수 없으니

<北門行>, 「北塞錄」, p.12

고시의 형식으로 서두부터 고한지(苦寒地), 고한절(苦寒節)에 겪는 대풍 (大風), 대설(大雪)의 기후를 숫자와 함께 표현하면서 변새 겨울의 매서운 추위를 묘사한다. 추위와 관련된 전욱(顓頊)을 차용하여 동남으로만 치닫 는 태양을 원망하면서 따뜻한 봄이 어서 오기만을 바란다. 혹한으로 인해 만물이 다 사라져 버리겠다고 하면서 1인칭의 시점을 사용하여 "내겐 살고 싶은 생각이 없네"라는 극단적 심정을 직접적으로 표출한다. 탄을 피워도 온기 없고 솜을 끼고 있어도 추위 속에서는 쇳덩이 같이 느껴질 뿐이다. 마지막 부분에서는 남쪽 고을 사람들은 덥다고 불평 말라고 하면서 남쪽 고을 귀신이 될망정 북문에서 살지 않겠다고 솔직한 심정을 드러낸다. 반 복과 대구를 이용하여 작가가 처한 변방에서의 서글픔과 비애를 가감 없이 직설적으로 토로하고 있음을 알 수 있다.

특히 갈등의 토로가 중심이 되는 직설적 언술 작품에는 '아(我)', '오(吾)' 와 같은 일인칭 시점의 표현이 작품 속에 직접적으로 드러난다. "내 변경의 요새로 왔나니/ 관문과 준령이 대궐을 가로 막고 있구나/ 봄이 와도 돌아 갈 수 없는데/ 마음 속 생각 뉘와 더불어 논하랴……고개 숙여 고요히 스 스로 탄식하다가/ 저 존엄한 북극성을 우러러 보았네[20], "인정이란 구름이 비가 되듯 변하고/ 세로엔 모진 바람과 거센 파도/ 예로부터 이미 이와 같

---

20) <鏡城府評事衙後 有方庭 可一畝許余於春日>, 「北塞錄」, p.15.
　　　我來楡塞外 關嶺隔天闈 逢春歸不得 幽思誰與論

았거늘/ 나의 행역은 만난 바 운명과 같으리"21), "내일이면 나이가 서른/ 내 고향은 길이 1천리/ 미친 듯이 도모하다 스스로를 그르치게 하였나니/ 홀로 앉아 검을 바라보노라"22)의 표현에서 작가의 이상이 실현되지 않는 현실에 대한 안타까움과 부끄러움이 함께 나타난다.

　　다음의 작품에서도 이러한 실의한 현실적 자아의 형상은 시점이 일치된 일인칭 화자의 직접 언술 형식을 통해 상황에 대한 묘사가 더욱 생생하게 와 닿는다.

<table>
<tr><td>評事爲官古掌書</td><td>병마평사는 옛날엔 문서를 관장했는데</td></tr>
<tr><td>只今閑與野僧如</td><td>지금은 한가하기가 시골의 중과도 같네</td></tr>
<tr><td>三春幕下棋消日</td><td>삼춘을 막하에서 바둑으로 소일하고</td></tr>
<tr><td>萬事人間丞負餘</td><td>만사는 사람들 사이에서 참모로 남은 일을 책임지네</td></tr>
<tr><td>携鏡可堪身易老</td><td>거울을 들면 몸이 쉬 늙어 감을 알 수 있는데</td></tr>
<tr><td>請纓方覺計偏疎</td><td>벼슬을 구하고서야 비로소 계책이 엉성함을 알았네</td></tr>
<tr><td>最怜玉匣雙龍劍</td><td>가장 안타깝기는 옥갑 속의 쌍룡검</td></tr>
<tr><td>紫氣猶能射碧虛</td><td>자줏빛 기운이 아직 푸른 하늘을 쏠 수 있거늘</td></tr>
</table>

<幕府書懷>, 「北塞錄」, p.17

　　이 시에서 보이는 시적 자아의 모습은 앞 장에서 살핀 '지향하는 의지적 자아'의 형상과는 다르다. 1, 2구에서 병마평사의 직임이 시골의 한가한 중과 같다고 하면서 3, 4구에서는 바둑으로 소일하는 일상, 5, 6구에서는 벼슬을 구하는 자신의 계책이 엉성함을 직설적 언술을 통해 토로한다. 마지막 구에서는 빛을 보지 못하는 옥갑 속 '쌍룡검(雙龍劍)'의 이미지를 차용하여 발휘하지 못하는 자신의 기개와 재주를 안타까워한다. 이러한 옥갑

---

21) <咸關嶺>, 「北塞錄」, p.7, 人情變雲雨 世路劇風濤 自昔旣如此 我行唯所遭.
22) <除夜, 二首>, 「北塞錄」, p.13, 明日年三十 吾鄕路一千 狂圖成自誤 獨坐看龍泉.

속에서 쓸 수 없는 칼의 이미지는 사공도의 『이십사시품(二十四詩品)』 '비개(悲慨)' 조에 등장하는 인물과 연결된다. 인물의 형상은 "-(전략) 대도가 날로 멀어지니/ 큰 재주 어디다 쓰리/ 장사는 칼을 어루만지며/ 끝없는 슬픔에 잠긴다/ 우수수 낙엽은 지고/ 푸른 이끼에 빗방울 듣는다23)"로 그려지는데 '비개(悲慨)'에서 전편을 뒤덮고 있는 슬픈 분위기 속에 강한 탄식이 터져 나오는 것을 감지할 수 있다. 글자 그대로 '비(悲)'자가 나타내는 슬픈 분위기와 '개(慨)'자가 나타내는 강개함이 잘 나타나 있는 것이다. 그런 비애와 강개는 칼을 어루만지면서 슬픔에 잠겨 있는 '장사(壯士)'의 형상에 집약되어 있다.

"변경의 얼음과 서리로 병이 들려 하여/ 봄바람 벗 삼아 고향으로 돌아가려네/ 서생이 막부를 보좌하면서 무슨 일을 이루었던가/ 하인들 곡소리가 하늘에 사무치던 걸 웃어넘겼네"24), "세월은 덧없이 흘러 추위와 더위가 바뀌고/ 세상사 기구하여 시비가 많아라/ 진퇴의 때를 알아 서로가 머물 곳을 얻어야 하건만/ 탄식하나니 육체의 부림을 받아 마음과 어긋나게 되었구나25)"의 표현에서도 실의한 자신의 처지로 인한 출처 갈등을 직접적으로 표출하면서 비개(悲慨)의 미감을 드러낸다.

2) 절제된 슬픔의 담담한 술회

변방지역의 이국적 풍광과 더불어 겪게 되는 회향의 정서를 반영한 작품으로 정감이 진실되고 뜻이 간절하면서도 소박하고 자연스러운 특징을

---

23) 大道日往/ 若爲雄才/ 壯士拂劍/ 浩然彌哀/ 蕭蕭落葉/ 漏雨蒼苔, 팽철호, 앞 책, pp.108-109 참고.

24) <庚子三月二十日 發鏡城還京>, 「北塞錄」, p.17, 絶塞氷霜病欲纏 春風作伴便歸田 書生佐幕成何事 却笑官僮哭徹天.

25) <三月三十日癸酉 題吉州館 去年九月三十日丙子 亦留于此 故書以志感>, 「北塞錄」, p.17, 天時荏苒遞寒暑 世路崎嶇多是非 避就識時俱得地 自嗟刑役與心違.

지닌다. 그러나 자연스러운 연상을 통한 이러한 담박한 정조는 다른 어떤 형식보다 더한 여운으로 남아 절절한 그리움과 슬픔의 정조를 효과적으로 형상화한다. 변새라는 결코 평범하지 않은 공간이지만 생활공간에서의 경험을 자연스럽게 드러낸다. 담담한 한 폭의 그림 같이 그려내는 정감 표현 방식은 전대와 구분되는 새로움을 보여준 것이라 할 수 있다.

다음은 감각적 시상을 이용한 극적인 단상으로 종군자로서 겪는 아내에 대한 절절한 그리움을 효과적으로 형상화한 시이다.

絶塞從軍久未還　　궁벽한 변경에서 종군하는 몸 오래도록 돌아가지
　　　　　　　　　　못하였는데
鄕書雖到隔年看　　고향에서 보낸 편지 도착해도 해를 넘겨 보는구나
家人不解征人瘦　　집사람은 집 떠나온 내가 마른 것을 알지 못하여
裁出寒衣抵舊寬　　겨울 옷 마름질 하면서 옛 옷처럼 헐렁하게 하였네
　　　　　　　　　　　　　<得家書>, 「北塞錄」권1, p.18

아내가 보내준 옷과 편지를 받아본 후 느끼는 심정을 담담히 서술한 작품으로 변방에서 북평사로 종군하는 작가의 신고(辛苦)가 효과적으로 형상화되었다. 이 시의 탁월한 묘미는 담담히 묘사된 단상 속에서 표면적으로 드러나지 않은 아내의 애틋한 마음까지도 그려내는 의경의 창조에 있다. 시상의 전개는 편지에 동봉한 옷을 입어본 내용을 사실대로 기술하고 있을 뿐, 자신의 반응은 문면에 드러내지 않는다. 그러나 예전의 치수대로 마름질한 옷이 헐렁해질 만큼 파리하게 마른 몸은 타향에서의 객고(客苦)를 의미하고, 작가의 처한 곳은 고향에서 보낸 편지를 해를 넘겨야 볼 수 있을 만큼 멀리 떨어진 변경이다. 그곳에서 지내는 남편의 실상을 짐작하기 어려운 아내는 그렇기 때문에 평상시 남편의 옷과 같이 마름질하여 보낸 것이다. 비록 아내의 마음이 직접적으로 드러나지는 않았으나 어떠한 화려한 수식보다도 더

한 애절한 서글픔이 묻어난다. 꾸밈을 의도하거나 다른 기교와 재주를 부린 흔적도 보이지 않는다. 변경의 외지에서 오래도록 돌아가지 못하는 상황에서 어느 겨울날 아내가 보내온 옷과 서신을 받은 일상적 사연을 담담히 서술하고 있을 뿐이지만 그 어떤 표현보다도 슬픈 미감을 만들어낸다.

> 欲作家書說苦辛　　종군의 辛苦 적어 보내고 싶지만
> 恐敎愁殺白頭親　　백두의 노친 걱정시키는 일될까 두려워
> 陰山積雪深千丈　　변경의 산에 천길 깊이로 눈이 쌓였어도
> 却報今冬暖似春　　도리어 이 겨울이 봄처럼 따뜻하다 써 보내네
>
> 塞遠山長道路難　　변경은 멀고 산 길게 이어진데다 길도 험난하니
> 蕃人入洛歲應闌　　변방 사람 서울에 들어가려면 한해가 저물겠지
> 春天寄信題秋日　　봄에 부치는 편지에 가을날을 적어 답하는 것은
> 要遣家親作近看　　가친께서 최근에 받아보았다 믿게 함이네
>
> <寄家書>, 「北塞錄」 권1, p.19

　　앞서 살펴본 <득가서(得家書)>에 대한 답으로 집에 부치는 편지로 쓴 시이다. 동일한 시상의 전개 방식으로 자신의 객고(客苦)를 절절하게 담아 종군의 어려움과 모친에 대한 염려를 표현하고 있다. 변경에서 종군하고 있는 생활의 어려움을 있는 그대로 써 보낼 수 없는 것이 가족에 대한 배려와 사랑의 마음이며, 특히 백발의 노친이 계시므로 더욱 그렇다. 1수와 2수에서 모두 변새 지역의 자연 경물은 작가의 애절한 정서를 효과적으로 표현해주는 장치가 된다.

　　1수는 변경의 산에 쌓인 눈이 천 길이나 되어도 노모를 걱정 끼칠까 두려워 오히려 봄처럼 따뜻하다고 하는 깊은 배려가 배어 있다. 2수에서도 산은 길고 길도 험난한 머나먼 변방이기에 시일이 많이 걸릴 것을 예상하고 집으로 보내는 편지에 봄인데도 가을 날짜를 적는 것이다. 역시 시어의

조탁이나 신기(新奇)를 추구하려는 의경의 설정은 보이지 않지만 애절한
상황을 재현하여 있는 그대로 형상화하여 전달하는 시적 능력이 돋보인다.
작가의 처지와 심정을 진솔하게 드러내기 위해서는 시어의 조탁이나 생경
한 시어의 사용보다는 오히려 억지로 꾸미지 않고 있는 상황을 담담하게
그려내는 수법이 더 큰 감동을 줄 수 있다. 지나치게 꾸미거나 대상에 감정
을 실어 의탁하는 방식은 오히려 역효과를 낳을 수도 있으며 이해하기 쉬
운 시어와 자연스런 시상 전개로 보다 큰 흡입력을 가질 수 있다. 깊은 공
감을 느낄 수 있게끔 일상의 평범한 의경을 조직적으로 배치하여 가족에
대한 애틋한 정을 효과적으로 표출하였다.

제4장

이안눌 변새시의 특징 및 의의

앞 장에서 살핀 작품 분석을 토대로 하여 전통의 수용과 발전이라는 측면에서 「북새록(北塞錄)」 소재 변새시의 문학사적 특징 및 의의를 살펴보면 다음과 같다.

첫째, 중국 성당풍(盛唐風)의 변새시파 전통을 수용하여 조선 문풍에 맞게 계승했다는 점이다. 변새시는 본래 중국 문학에서 발생한 것으로 조선 중기 학당풍(學唐風)의 풍조 하에서 중국으로부터 수용되어 발전된 형식이다. 당시 조선의 문풍은 전 시대 수백 년을 풍미하던 송풍에서 벗어나야한 다는 과제가 있었으며 해동강서시파에 대한 비판이 확대되면서 성당풍으로 돌아가야 한다는 논의가 성행하였다. 또한 성당이 아닌 만당에 그친 섬약한 삼당시인(三唐詩人)을 극복하는 일 또한 당면한 과제였다.

성당풍 추구를 주요 노선으로 한다는 평가를 받는 이안눌의 시풍에 대하여 정홍명이 "뛰어난 가락 성당 시대의 기운 있음을 다투어 보고/ 재주 호방하여 늘 하찮은 시인을 비웃는구나"[1]라고 한 것이나 장유가 "성당의 시, 이 시기 성하니/ 그대(동악) 같은 작가 가장 속세에서 벗어나/ 득의함이

---

1) 「江都後錄」, p.74, <附奉次東岳谿谷兩詞伯 酬唱見示諸韻 却呈求教>, "絶調爭看盛唐 氣 才豪長笑小詩人"

멀리 천 년 전을 기약하고/ 알아주는 이들은 대개 구천의 사람이 되었구
나"[2]라고 한 언급을 보면 당대에도 이안눌은 시에 있어서 그 이전의 쇠미
해지는 기운을 끌어올린 문인으로 인정받았음을 알 수 있다.

그러면 이안눌과 권필이 주도한 성당풍의 노선은 무엇이며 어떠한 특징
을 가졌는지 살펴보아야 할 것이다.

> 성당 기상은 당대(唐代) 유행하였던 변새시파의 특징과도 연결된다. 당대
> 변새시의 풍격을 특징지을 때 흔히 '웅장혼후(雄壯渾厚)'[3] 또는 '비장기려
> (悲壯奇麗)'[4]라는 말을 자주 시용한다.[5] 이 양자는 모두 단순개념이 아니
> 라 복합적인 개념이다. 즉 '웅장'과 '비장'은 정적(情的)인 의경(意境)이며,
> '혼후'와 '기려'는 경적(景的)인 의경(意境)을 지칭하는 것이다. 따라서 변새
> 시를 시대정신의 반영이란 측면에서 접근할 때 '웅장'이나 '비장'이란 말로
> 표현할 수 있다. 비장 역시 '비'(悲)와 '장'(壯)의 복합적인 함의를 갖는다.
> 그러므로 여기에는 '슬프면서 씩씩함'이 있는가 하면, '슬픔이 씩씩함보다 강
> 하게 표현'되기도 하고 '씩씩함이 슬픔을 극복'하는 모습으로 나타날 수도
> 있다[6] 성당의 변새시는 작품의 비장미(悲壯美)에서 다른 시기와 상당한 대
> 조를 이룬다. 가장 두드러진 점이 '보국장지(報國壯志)'의 애국적 정조이다.

위의 인용문에서 성당 기상은 변새시파[7]의 특징과 연결되며, 이는 정적

---

2)「江都後錄」, p.65, <附 次韻>, "盛唐詩什盛茲辰 大手如君最絶塵 得意遠期千載上 知音
多作九原人"

3) 余正松,「具備萬物, 橫絶太空-論盛唐邊塞詩的雄渾美」,『四川師範學院學報』, 1991, 4
참조.

4) 廖立,「岑參邊塞詩的風格特色」,『唐代邊塞詩研究論文選粹』, pp.186-193 참조.

5) 변새시 풍격 특성에 대한 논의는 김경현(「邊塞詩의 본질속성에 대한 一考察」,『陸士
論文集』54집, 1998)의 논문을 참고하였다. 논자는 당대 변새시의 특색을 시간성, 지역
성, 체험성을 준거로 하여 나누어 살핀 후 결론에서 세 가지 요소를 충족하는 작가는
고적과 잠삼에 불과하다는 점을 지적하였다.

6) 廖立, 앞 논문 참조.

의경(情的 意境)인 '비(悲)'와 '장(壯)'이라는 점을 알 수 있다. 비장미(悲壯美)는 '비(悲)'와 '장(壯)'의 복합적인 개념으로 '씩씩함'과 '슬픔'의 전개는 그 무게 중심을 어디에 두느냐에 따라 양상이 다르게 표출되며 가장 두드러지는 점은 애국적 정조라는 지적이다.

송대 엄우도 "고적(高適)·잠삼(岑參)의 시는 비장(悲壯)하여 읽는 이로 하여금 마음 속 깊이 사무치게 한다."[8]고 하였고 명대 호응린 역시 "고적(高適)·잠삼(岑參)은 비장(悲壯)으로 종주가 되었다[9]라고 하여 변새시의 총체적 예술 풍격을 평하였다.[10]

특히 '비장미(悲壯美)'를 표방하였던 성당풍의 변새시 작가 중에서[11] 사회적 인식을 강하게 표출하기 보다는 변방 공간에서 느끼는 다양한 개인적 정감을 시화하였다는 점에서 잠삼(岑參)은 이안눌의 변새시 경향과 유사한 맥락을 가진다. 그의 총체적 풍격은 비장(悲壯)·호매(豪邁)한 특징을 지니며 비(悲)의 요소는 1차 종군 시기의 변새시에서 장(壯)의 요소는 2차 종군 시기의 변새시에서 더욱 두드러진다. 고적(高適)이 전시 상황의 현실 비판을 중시한 반면, 잠삼(岑參)은 변방이라는 공간에서 자신의 시름과 비애에서 오는 고향에 대한 그리움, 중앙 관직으로 나아가고자 하는 바람에서 비롯된 갈등 등의 정감 표현을 중시하였다.[12]는 점은 시사하는 의미가 있다.

---

7) 鄭家治의 앞 논문에서 "高適의 시는 고변새악부를 발전하는 명편이고 두보의 시는 당나라 최초의 卽事名篇이라는 신악부의 대작이다 ; 고적의 시는 비교적 농후한 낭만주의 정신을 가지고 있고 두보의 시는 현실주의 정신을 위주로 한다. 고적의 시는 변새전쟁을 묘사하고 두보의 시는 변새전쟁에 관한 내지 징병을 묘사한다. 그래서 고적의 시는 雄渾悲壯을 특색으로 한 협의의 변새시라 하고, 두보의 시는 凄凉 鬱憤을 특색으로 한 광의의 변새시"라는 점을 밝히고 있다.

8) 嚴羽, 『滄浪詩話詩評』: "高岑之詩悲壯 讀之使人感慨"

9) 胡應麟, 『詩藪內編』권2 : "高岑以悲壯爲宗"

10) 이병한 외 공저, 『中國詩와 詩人-唐代 篇』, 사람과 책, p.448.

11) 高適과 岑參에 대한 논의는 崔庚鎭의 『高適·岑參의 邊塞詩 比較研究』, (연세대 박사 학위논문, 1995, p.285)와 강성위 편저, 『高適·岑參詩選』, 민미디어, 2001)을 참고하였다.

그러나 이에 대한 논의는 이안눌 한시와 중국 변새시파의 개별 작품에 대한 면밀한 비교 작업이 이루어진 이후 가능할 것이다.

둘째, 이안눌 「북새록(北塞錄)」 소재 변새시는 변새 풍정(邊塞 風情)에 대한 다양한 정서가 표출되는데, 여기에서 느끼는 정서적 갈등은 대사회적 인식으로 인한 반전(反戰)사상이라기보다 개인적 차원의 관심에 그치는 경우가 많다. 성당 변새시 작품에서 보여주는 사회적 역사적 상황과 연관된 전쟁의 승리와 전쟁으로 인한 참상, 병사들의 행역에 대한 고통에 대한 묘사13), 살육의 전쟁자체에14) 대한 반전(反戰) 의식 등에 대해서 이안눌은 자세하게 표현하지 않는다.

그에게 나타나는 비개(悲慨)의 양상은 사회 현실에서의 전란이나 그로인한 살육에서 비롯된다기보다는 개인적 차원의 회향(懷鄕)과 객고(客苦)에서 비롯된다. 따라서 그의 변새시에는 변방 지역에서의 생활상이나 험하고 어려운 상황들이 묘사되기는 하지만, 내용은 변방의 참상이나 전쟁이라는 현 상황을 드러내기 위한 것이 아니라 종군의 경험을 통해 그곳에서 감흥되는 작가의 감정을 표현하기 위해서인 것이다.

또한 자아에 대한 비애와 갈등을 토로하고 고향과 가족에 대한 그리움의 정서를 표출하는 것을 주된 정조로 하는15) 이 시기 변새시에서 나타나는 그의 고뇌와 갈등은 사회적 현실이 원인이라기보다 개인적 측면에 주목하여 자신이 어떻게 처신해야하는 것에서 비롯되는 경우가 많다. 즉, 이

---

12) 崔庚鎭, 앞 논문, p.109.

13) 강성위 편저, 앞 책, p.15, 高適, "戍卒厭糟糠/ 降胡飽衣食/ 關亭試一望/ 吾欲涕霑臆", <薊門>.

14) 강성위 편저, 앞 책, 岑參, "萬箭千刀一夜殺/平月流血浸空城", <戲封大夫破 播仙鎭凱歌六首 中 其五>.

15) 「北塞錄」, 所載, 79제의 작품을 작가가 변새에서 느끼는 정회를 중심으로 나누어 살펴보면 다음 표와 같다.

시기 남긴 작품에서 변새이라는 공간은 사회 현실의 모순을 경험하게 되는 장소라기보다는 개인적 측면에 주목하여 시적인 감정의 극단을 경험할 수 있게 하는 장소로 작용하여 작가는 자신의 비분강개의 감정을 직접적으로 토로하면서 '비개(悲慨)'의 미감을 보이는 것이다.

그런데, 비교적 젊은 시기에 쓴 「북새록(北塞錄)」 소재 작품들은 다른 시기에 비하여 비장(悲壯)과 강개(慷慨)의 미적 특질을 보이는 반면, 후대 작품인 동래부사, 단천군수 재임 시에 남긴 「래산록(萊山錄)」이나 「단주록(端州錄)」 소재의 작품은 임진왜란과 관련된 작품에서 두보의 침울(沈鬱)과 그 맥락이 닿는다고 할 수 있다.16) 침울(沈鬱)은 비장(悲壯)과는 실망, 분노를 드러내는 방식에서 차이가 나는 것으로 감정의 절제와 온축에 있어서 좀 더 나아간 단계로17) 볼 수 있으므로 경험과 연륜에 의해 애민으로의 관심과 대사회적 인식이 발전했음을 알 수 있다. 또한 이 시기의 '비장(悲

우국충성의 기개	16, 17, 20, 24, 25, 26, 27, 28, 30, 31, 33, 34, 35, 51, 77	
시름·비애	1, 2, 10, 11, 29, 36, 41, 42, 43, 46, 47, 48, 58, 60	
그리움	고향	7, 8, 18, 21, 23, 32, 37, 53, 54, 56, 57
	가족	5, 15, 39, 40, 44, 49, 50
임난피난 회억	12, 13, 14, 22	
우정·교유	3, 4, 6, 9, 19, 38, 45, 55, 59	
※ 금강산 登覽詩 62-74 제외		

16) 졸고(2005)에서 이안눌의 沈鬱 시풍은 임병 양란의 체험과 관련된 대사회인식에서 비롯된 것으로 보았다.

17) 具本鉉(2007)에서 침울은 슬픔과 좌절감에서 비롯되는 미감을 의미하지만 작품의 미감이 침착하고 모호한 상태로 혼재되어 있는 사태를 가리키기도 한다. 즉 침울은 고민이 깊고 걱정이 많은 심적 상태를 가리키는 동시에 깊이 가라앉아 함축한 바가 많다는 뜻으로도 쓰인다. 슬픔과 좌절감이 비슷하더라도 이를 드러내는 방식이 다르면 미감과 풍격 또한 달라진다. 좌절의 원인이 세상에 있다고 생각하게 되면 실망과 분노를 드러내게 되는 데 이러한 경우를 침울이라고 볼 수는 없다고 하였다. 즉, 침울은 슬픔의 감정을 절제함으로써 내면으로 침잠하는 면모를 보여주는 것으로 시련을 운명으로 받아들이고 체념하는 경우 凄涼과 哀傷의 미감이 만들어지고 슬픔이 울분으로 바뀌는 경우에는 悲痛, 奮激의 미감이 만들어진다고 하였다. p.187 참고.

壯)'의 시풍은 조천(朝天)의 노정 중에 쓴『조천록(朝天錄)』에 실린「등통군
정(登統軍亭)」의 '웅혼(雄渾)' 시풍과도 비교하여 논의할 수도 있을 것이다.

셋째, 시점, 의경, 시상 전개에 있어서 실제 변새 공간에서 종군하는 주
체로서의 체험을 시적 화자와 일치시켜 표현하려는 특징을 보인다. 이안눌
변새시에 나타나는 자아의 모습은 '지향하는 의지적 자아 형상'과 '의지가
좌절된 현실에서의 자아 형상'에 따라 시점이나 시상전개, 정서 표출의 양
상이 조금씩 상이하지만 두 양상 모두 종군 주체자로서의 1인칭 경험을
반영하려는 의도가 강하게 나타난다.

먼저 '지향하는 의지적 자아 형상 : 호장(豪壯)'은 의고의 성격을 더 강하
게 띠며, '장부(丈夫)'나 '남아(男兒)' 등, 범칭의 인물 형상을 통해 작가 자신
의 모습을 투영시켜 표현하며 감각적 묘사와 극적이고 순간적 장면의 연상
의 기법을 효과적으로 사용하여 작가 자신의 호장(豪壯)한 기상을 드러낸다.

다음으로 '실의한 현실적 자아 형상 : 비개(悲慨)'는 상대적으로 사실의
성격을 강하게 띠며 '아(我)' '오(吾)' 등의 1인칭 화자가 시속에 나타나 감
정이 직설적이고 진실하게 표현되고 수사적 기교보다는 자연스러운 직접
언술의 형식으로 작가 자신의 비애감을 드러낸다.

현실적 공간이 아닌 관념 속 공간인 중국의 관습적 시어를 차용하는 것
은 특수한 명칭이나 기물과 관련된 전형적 의상의 활용을 통해 변새적 풍
정을 추구하려는 의도와 관련된다.[18] 이는 시 속 상황을 조선의 모습과는
상당히 거리가 있어 보이는 상이한 이질적 공간에 놓음으로써 현실 세계에
서 가질 수 없는 새로운 미감을 창출하는 효과를 가지는 것이다. 그러나
이러한 전형의상의 계승을 통한 고색(古色)·고향(古香)의 미감 추구는 실

---

18) 전형의상에 대한 논의는 임준철, 앞 책의 논의(일지사, 2010) 참고. 논자는 또 전형
계승 시의 성공여부는 의상의 병렬을 통한 선명한 대조와 장면들의 생생한 극화에 달
려 있다고 하였다.

경(實景)이 아니라 허경(虛景)이었기 때문에 시의 격조는 높을지 모르지만 정경이 참되지 못한 병폐를 낳아 후대 비판을 받았으며 정두경의 경우가 그 대표적 예이다.

관습과 창조, 모방과 창작, 전범과 도습의 구분에 대한 논의는 한시라는 장르의 성격상 상당히 민감한 문제이다. 한시는 소재선정, 묘사방법, 주제 설정, 형식 구성의 모든 면에서 유형화된 목록을 참조하는 관습이 있었기 때문에[19] 이러한 전범을 무시할 수 없는 것이다. 다시 말해서 한시는 과거 인 '고(古)'에 의거하는 사유방식을 바탕으로 한 문학으로 여기에서 '고(古)' 는 내용과 형식의 모범이 되는 전범을 가리킨다. 이와 같이 전범의 영향이 크기 때문에 한시에서의 새로움은 근대적인 의미의 독창성과는 구분된다. 구체적인 형태로 존재하는 전범을 거부하거나 전복하기보다는 상황에 맞 게 변용함으로써 새로움을 만들어내는 경우가 많았다.[20]

이안눌 변새시의 경우, 시어 차용의 소재적 차원에 있어서 의고의 성격 을 강하게 띠고 있으나 의경이나 시상전개, 시적 화자의 시점, 조선 지명의 활용 등을 통하여 사실적 측면을 상호 보완하고자 하는 의식을 가졌던 것 으로 보인다. 이러한 의식 기저에는 증조인 해동강서시파(海東江西詩派) 이 행(李荇)의 영향을 받았을 것으로[21] 보이며, 실제로 이행(李荇)의 「조천록 (朝天錄)」과 「동사록(東槎錄)」을 읽고 "(증조부의) 옛 업적을 계승할 수 있 다고 어찌 감히 말하랴. 전해주신 시편을 읽으니 도리어 잇기 어려움을 알 겠네"[22]라 한 표현에서도 이행을 추숭하고자 하는 그의 태도가 직접적으

---

19) 심경호, 「창작인가 모방인가」, 『한시의 세계』, 문학동네, 2006 p.300.
20) 具本釷(2007), 앞 논문, p.122.
21) 이에 대하여 이종묵은 그의 논문(「이안눌의 현실주의적 詩精神과 紀實의 시세계」, 『한국 한시의 전통과 문예미』, 태학사, 2002)에서 이행을 배운 만큼 단련을 바탕으로 한 해동강서시풍이 나타난다는 논의를 하였다.
22) <平壤館, 讀容齋先生集朝天, 東槎等錄 有感而書>, 「朝天錄」권2.

로 드러난다. 특히, 이안눌이 의고의 전통이 강한 변새시에서 조선의 인명, 지명을 시어로 차용한 것은 종군 체험하는 현실의 구체적 공간이 시상전개의 공간으로도 작용하였음을 의미한다. 즉, 관습적 시어에 의한 관념적 공간이 가지는 상상적 요소와 실제의 공간이 가지는 현실적 요소를 아우르며 작시의 상황이나 의도에 따라 취택하여 활용하였던 것으로 볼 수 있다.

제5장

결론

　제2부에서는 이안눌이 남긴 관북 종군 체험의 기록인 『북새록(北塞錄)』 소재 한시를 대상으로 변새시의 양상을 살피고 그 특징 및 의의를 고찰하였다.

　제2장 '이안눌의 「북새록(北塞錄)」과 변새시'에서는 본격적 작품 분석에 앞서 『북새록(北塞錄)』의 작품을 개관하고 변새시 개념과 범주를 정리하였다.

　제3장 '변새 풍정(邊塞 風情)의 시적 형상화 양상'에서는 '호장(豪壯)'을 미감으로 하는 '지향하는 의지적 자아의 형상화'와 '비개(悲慨)'를 미감으로 하는 '실의한 현실적 자아의 형상화'로 나누어 고찰하였다. 이 두 가지 양상을 다시 전자는 제목 형태에 따라 '제고악부(題古樂府)'와 '제조선지명(題朝鮮地名)'으로 나누고 후자를 정서의 표출 양상에 따라 '내적 갈등의 직접적 토로'와 '절제된 슬픔의 담담한 술회'로 나누어 개별 작품의 분석을 통해 의미를 살펴보았다.

　'호장(豪壯)'의 미감을 주로 하고 '지향하는 의지적 자아를 형상화' 하는 작품의 경향은 의고의 성격을 띤 관습적 표현을 많이 써서 실제 모습과는 거리가 있는 다소 윤색된 공간으로서의 변새 장면이 제시되며 표현 방식에 있어서도 감각적 시상을 통한 색채의 강렬한 대조, 지나친 과장의 방식을

자주 사용하며 시점도 '장부(丈夫)', '남아(男兒)' 등의 범칭의 인물 형상의
형태로 자주 표현되는 특징을 가진다.

'비개(悲慨)'의 미감을 주로 하는 '실의한 현실적 자아의 형상'의 표출은
실제 경험을 직접적 언술 방식으로 드러냄으로써 변새 현실의 생활을 구현
해내는 특징이 있다. 좌절과 슬픔의 표출 방식은 때로는 직설적 언술로 다
소 격하게 토로되기도 하고 때로는 감정을 절제하여 내면에 가라앉힘으로
써 담담한 어조로 자연스럽게 드러내기도 한다.

제4장 '이안눌 변새시의 특징 및 의의'에서는 이안눌 작품의 한시사적
특징과 의의를 전통의 수용과 변용의 측면에 주목하여 고찰하였다. 첫째,
조선 중기 학당풍의 분위기 속에서 변새시는 중국 성당풍 변새시파의 전통
을 조선 문풍에 맞게 수용하여 발전시키고자 하였다는 점이다. 둘째, 이안
눌의 「북새록(北塞錄)」 소재 변새시는 변새 풍정(邊塞 風情)에 대한 다양한
정서 표현이 드러나며, 여기에서 느끼는 정서적 갈등은 대사회적 인식으로
인한 반전(反戰)사상이라기보다 개인적 차원의 관심에 그치는 경우가 많
다. 셋째, 시점, 의경, 시상 전개에 있어서 종군하는 주체로서의 자신의 실
제 경험을 시적 화자와 일치시켜 표현하려는 특징을 보인다.

한시라는 문학 갈래는 형식적 제약이 많고 전범을 따라야 하기 때문에
전통으로부터의 구속이 강할 수밖에 없다. 특히 중국에서 발생한 형식인
변새시에 있어서 의고의 요소를 단순히 모의 차원의 베끼기라고 할 수는
없을 것이다. 이러한 이유로 의고와 사실 등과 관련된 영향 관계에 대한
논의는 항상 민감할 수밖에 없는 문제이다. 물론 본고에서 살핀 『북새록(北
塞錄)』 소재 변새시 역시 이 논란에서 자유로울 수 없을 것이다. 그렇지만
본고에서 살펴본 바와 같이 이안눌의 변새시는 의고 전통의 수동적 답습이
아닌 자신의 종군 체험을 시속에 투영하여 발전시키려 했다는 점에서 그
독특한 의의가 있다고 하겠다.

　앞으로의 후속 작업으로 변새시의 장르 연구에 있어서 의고의 원천인 중국의 변새시파 작품들에 대한 비교 연구와 함께 차천로, 이수광, 정두경 등 다른 조선의 변새시 작가의 작품에 대한 비교 연구도 이루어져야 할 것이다.

참고문헌

1. 자료

李安訥, 『東岳集』, 『韓國文集叢刊』78, 民族文化推進會.

_____, 『東岳集』, 驪江出版社 影印.

_____, 『국역 동악 선생집 Ⅰ-Ⅳ』, 이필영 번역, 김종섭 교열, 덕수이씨 문혜공파종
　　　　회, 2003.

택당·외재·판윤공 편저, 『德水李氏世系列傳』, 덕수이씨 제9단세보간행위원회,
　　　　2001.

權　近, 『陽村集』, 『韓國文集叢刊』7, 民族文化推進會.

權　韠, 『石洲集』, 『韓國文集叢刊』76, 民族文化推進會.

金萬重, 『西浦漫筆』, 통문관, 1971.

金昌翕, 『三淵集』, 『韓國文集叢刊』162, 民族文化推進會.

南龍翼, 『壺谷集』, 『韓國文集叢刊』, 民族文化推進會.

盧守愼, 『蘇齋集』, 『韓國文集叢刊』35, 民族文化推進會.

朴趾源, 『燕巖集』, 『韓國文集叢刊』252, 民族文化推進會.

_____, 『熱河日記』, 民族文化推進會, 1981.

白光勳, 『玉峰集』, 『韓國文集叢刊』47, 民族文化推進會.

申　欽, 『象村稿』, 『韓國文集叢刊』71·72, 民族文化推進會.

梁慶遇, 『霽湖集』, 『韓國文集叢刊』73, 民族文化推進會.

柳夢寅, 『於于集』, 『韓國文集叢刊』63, 民族文化推進會.

李圭景, 『詩家點燈』, 亞細亞文化史 影印.

李肯翊, 『國譯 練藜室記述』, 民族文化推進會.

李睟光, 『芝峯類說』, 을유문화사.

_____, 『芝峰集』, 『韓國文集叢刊』66, 民族文化推進會.

李　植,『澤堂集』, 景文社 影印, 1982.

李英吉,『蹈舞集』, 洪贊裕 외 譯, 全義李氏櫟翁公派宗會, 2004.

李　瀷,『星湖全集』, 驪江出版社 影印.

李春英,『體素集』,『韓國文集叢刊』66, 民族文化推進會.

李　荇,『容齋集』,『韓國文集叢刊』78, 民族文化推進會.

任相元,『郊居瑣編』, 규장각 소장본.

任叔英,『疎菴集』,『韓國文集叢刊』83, 民族文化推進會.

鄭斗卿,『東溟集』,『韓國文集叢刊』100, 民族文化推進會.

丁若鏞,『雅言覺非』권2,『與猶堂全書』, 景仁文化史 영인.

鄭　澈,『松江集』,『韓國文集叢刊』46, 民族文化推進會.

趙鍾業,『韓國詩話叢編』, 東西文化院.

車天輅,『五山集』,『韓國文集叢刊』61, 民族文化推進會.

洪萬宗,『詩話叢林』, 亞細亞文化史 影印, 1973.

＿＿＿,『詩評補遺』下, 국립도서관 소장본.

＿＿＿,『小話詩評』安大會 譯註, 국학자료원, 1993.

許　筠,「惺所覆瓿藁」,『韓國文集叢刊』74, 民族文化推進會.

＿＿＿,「鶴山樵談」,『許筠 全書』.

＿＿＿,『國朝詩刪』, 아세아 문화사.

『新增 東國輿地勝覽』, 書景文化史, 1969.

『通文館志』제3권, 세종대왕기념사업회, 1998.

『韓國文集叢刊 解題』, 民族文化推進會, 1999.

柳義養 原著, 崔康賢 譯註,『北關路程錄』, 일지사, 1976.

『국역 朝鮮王朝實錄』DB, 동방미디어.

『國朝榜目』, 성씨·가문별 인물 條, 한국학 중앙연구원 한국학 자료 DB.

2. 국내 단행본

杜　甫,『두보 시 300수』, 정범진·이성호 번역, 문자향, 2007.

강명관,『조선시대 문학예술의 생성공간』, 소명 출판, 1999.

강성위 편저,『高適·岑參詩選』, 민미디어, 2001.

강성위 편저,『高適·岑參』, 문이재, 2002.

김상일,『동악 이안눌 詩硏究』, 보고사, 2000.

김상홍,『한시의 이론』, 고려대 출판부, 1997.

_____,『조선조 한문학의 조명』, 이회문화사, 2003.

金台俊,『朝鮮漢文學史』, 조선어문학회, 1931.

김태준 외,『임진왜란과 한국문학』, 민음사, 1992.

_____ ,『문학지리·한국인의 심상 공간』, 上·中·下, 논형, 2005.

류성준,『한국 한시와 당시의 비교』, 푸른 사상, 2002.

문선규,『中國文學史』, 景仁文化史, 1972.

민병수,『시화·누정 그리고 한시』, 태학사, 2001.

_____,『韓國漢詩史』, 太學社, 1997.

소재영 외,『여행과 체험의 문학』, 민족문화문고 간행회, 1985.

_____ ,『주해 을병연행록』, 태학사, 1997.

송재소 외,『李朝 後期 漢文學의 再照明』, 창작과 비평사, 1983.

신연우,『사대부 시조와 유학적 일상성』, 이회출판사, 2000.

심경호,『한시 기행』, 이가서, 2005. 7.

_____,『한국 한시의 이해』, 태학사, 2000.

안대회,『조선 후기 시화사』, 소명출판, 2000.

_____,『한국 한시의 분석과 시각』, 연세대 출판부, 2000.

유성준,『초당시와 성당시 연구』, 국학자료원, 2001.

이가원,『韓國漢文學史』, 普成文化史, 1985.

이병주 외,『韓國漢文學史』, 二友出版社, 1991.

이혜순,『조선 통신사의 문학』, 이화여대 출판부, 1996.

_____·정하영 외,『조선중기의 유산기 문학』, 집문당, 1997.

_____ 외,『우리 한문학사의 새로운 조명』, 집문당, 1999.

이기백,『韓國史新論』, 일조각, 1994.

이민홍,『사림과 문학의 연구』, 성균관대 출판부, 1985.

_____,『朝鮮朝 詩歌의 理念과 美意識』, 성균관대 출판부, 2000 개정판.

이종묵,『해동강서시파 연구』, 태학사, 1995.

_____,『한국 한시의 전통과 문예미』, 태학사, 2002.

임기중, 『연행록 선집』, 동국대 출판부, 2001.

_____, 『연행록 연구』, 일지사, 2002.

_____, 『한국 고전 문학과 세계인식』, 역락, 2003.

임준철, 『조선 중기 한시 意象硏究』, 일지사, 2010.

임형택 외, 『실학과 문화예술』, 경기문화재단, 2004.

장경남, 『임진왜란의 문학적 형상화』, 아세아문화사, 2000.

정 민, 『목릉문단과 석주 권필』, 태학사, 1999.

정요일 외, 『古典批評用語硏究』, 태학사, 1998.

조동일 외, 『임진왜란과 한국문학』, 민음사, 1992.

_____, 『한국문학통사 3』, 지식산업사, 1989.

조융희, 『조선 중기 한시 비평론』, 한국문화사, 2003.

차주환, 『中國詩論』, 서울대 출판부, 1989.

팽철호, 『풍격론』, 사람과 책, 2001.

홍대용, 『산해관 잠긴 문을 한 손으로 밀치도다』, 김태준·박성순 역, 돌베개, 2001.

평안북도지편찬위원회, 『平安北道誌』, 대한공론사, 1973.

『한국사』 12집, 29집, 국사 편찬 위원회, 탐구당, 1981.

『전쟁의 기억, 역사와 문학』, 동국대 한국문학연구소, 월인, 2005.

韓國漢詩學會, 『韓國漢詩作家硏究』7, 태학사, 2002.

3. 국내 논문

고병익, 「외국에 대한 이조 한국인의 관념」, 『白山學報』8집, 1970.

구본현, 「東岳 李安訥 漢詩 硏究」, 서울대학교 박사학위논문, 2007.

_____, 「李安訥의 東園과 詩壇에 대하여」, 『韓國漢詩作家硏究』9집, 2004.

_____, 「李安訥 邊塞詩의 硏究」, 『韓國漢詩硏究』12집, 2004.

권경록, <변방에서 부르는 노래 경성, 부령, 종성>, 『문학 지리·한국인의 심상공간국내편 2』, 2005.

권현주, 「동악 이안눌의 詩 硏究」, 부산여대 석사학위논문, 1992.

김경현, 「邊塞詩의 본질속성에 대한 一考察」, 『陸士論文集』54집, 1998.

김기림, 「李荇의 詩世界 硏究」, 이화여대 박사학위논문, 1996.

김남이, 「집현전 학사의 문학연구」, 이화여대 박사학위논문, 2001.

김덕수, 「조선문사와 明 사신의 수창과 그 양상」, 한국한문학회, 『한국한문학연구』27집, 2001.

김상일, 「李安訥의 佛敎詩에 대하여」, 『불교어문논집』5집, 한국불교어문학회, 2000.

_____, 「조선조 邊塞문학의 한 국면-이안눌의『北塞錄』을 중심으로」, 『동국어문학』13집, 2001.

김상홍, 「세계 최장 한시 조선조 임숙영의 술회연구」, 『동양학』18집, 단국대 동양학연구소, 1988.

_____, 「朝鮮 士大夫의 孔子 後裔와 交遊」-東岳 李安訥의『孔提督酬唱錄』을 중심으로, <동아시아 삼국의 상호 교류와 소통의 양면성>, 한국한문학회 학술대회 발표문, 2010.

김은정, 「<五子詩> 창작 배경 및 화답시 연구」, 『진단학보』, 진단학회, 2003.

김진아, 「李安訥의 '萊山錄' 硏究」, 부산대 석사학위논문, 1998.

김창호, 「조선 중기 서인계 시인의 시세계 연구-임전, 권필, 이안눌을 중심으로」, 고려대 박사학위논문, 2005.

김태준, 「임진왜란과 한·일 간의 문화적 대응」, 『아시아 문화』8, 한림대 아시아 문화연구소, 1992.

_____, 「연행노정, 그 세계로 향한 길」, 『연행노정, 그 고난과 깨달음의 길』, 2004.

김현미, 「간이 최립의 사행시 연구」, 이화여대 석사학위논문, 1998.

남은경, 「東溟 鄭斗卿 文學의 研究」, 이화여대 박사학위논문, 1998.

민병수, 「五峯 李好閔의 詩世界」, 『韓國漢詩作家研究 7』, 태학사.

박무영, 「권필 한시 연구」, 이화여대 석사학위 논문, 1984.

_____, 「실학파의 한시와 일상성-정약용의 경우를 중심으로」, 『실학과 문화예술』, 경기문화재단, 2004.

박은희, 「權韠 시의 표현기법 연구-三唐詩人과의 비교를 중심으로」, 연세대 석사학위논문, 1994.

박재환, 「일상생활에 대한 사회학적 조명」, 『일상생활의 사회학』, 한울아카데미, 1994.

소재영, 「임병양란의 충격과 문학적 대응」, 『한국 문학 연구 입문』, 지식산업사, 1982.

_____, 「임란 被虜들의 해외체험」, 『건국 어문학』, 1985.

_____, 「임진왜란과 소설문학」, 『임진왜란과 한국문학』, 민음사, 1992.

송재소, 「<海槎錄>을 통해서 본 鶴峯의 人間的 風貌」, 『民族文化』25집, 2002.

신장섭, 「壬亂의 體驗을 통한 詩的 現實과 그 樣相」, 『어문연구』92호, 1996.

신현규, 「壬·丙 兩亂을 소재로 한 한문 서사시」, 중앙대 박사학위논문, 1997.

심경호, 「조선조 두시집 간행에 관하여」, 『한국학보』38, 1985.

_____, 「조선후기 한시와 민족주의」, 『한국한문학연구』15, 1992.

_____, 「한시와 국토산하」, 『한국 한시의 이해』, 태학사, 2000.

안대회, 「<조선시대의 두보시 주석>-이식의 "纂註杜詩澤風堂批解"를 중심으로」, 『한국 한시의 분석과 시각』, 연세대 출판부, 2000.

_____, 「한국 한시에서의 현실주의 논의」, 『민족문학사연구』2집, 민족문학사 연구소, 1992.

안병학, 「이행의 시세계에 있어서의 현실긍정과 풍류」, 『태동고전연구』3, 1987.

_____, 「三唐派 詩世界 硏究」, 고려대 박사학위논문, 1996.

_____, 「朝鮮中期 唐詩風과 詩論의 展開 樣相」, 『한국문학연구 창간호』, 1998.

엄경흠, 「한국 사행시 연구」, 동아대 박사학위논문, 1994.

여운필, 「牧隱詩의 唐詩收容에 관한 硏究」, 『한국한시연구 2』, 태학사, 1994.

_____, 「東萊地域 漢詩의 몇 가지 面貌」, 『한국한시연구 8』, 태학사, 2000.

우응순, 「朝鮮中期 四大家의 文學論 연구」, 고려대 박사학위논문, 1990.

_____, 「壬辰亂 前後 서울의 文化空間과 漢詩」, 『한국한시연구 8』, 태학사, 2000.

윤채근, 「16·17세기 漢文學의 美學的 變貌 樣相에 대한 연구」, 『韓國漢文學硏究』31집, 2004.

이동근, 「임란 전쟁 문학 연구」, 서울대 대학원 석사학위논문, 1995.

이동환, 「石洲 詩人意識의 自由·抵抗性의 局面과 그 歷史的 意味」, 한국고전문학 연구회 편, 『문학작품에 나타난 서울의 형상』, 한샘출판사, 1994.

이병주, 「東岳集 解題」, 『東岳集』, 驪江 出版社, 1984.

_____, 「李安訥의 詩文學」, 『한국의 한문학』제4권, 이병주 편, 민음사, 1991.

이순욱, 「범어사의 해와 달」, 『오늘의 문예비평』창간 14주년 기념호, 2005 봄.

이연세, 「漢詩批評에 있어서의 詩品 硏究」, 『古典批評用語硏究』, 태학사, 1998.

이장희, 「임란 전후 한국의 사회 동태」, 『아시아 문화』8호, 한림대 아시아문화연구소, 1992.

이종묵, 「李安訥 漢詩硏究」, 『韓國文化』, 한국문화연구소, 1994.

_____, 「16-17세기 漢詩史 연구:詩風의 변화 양상을 중심으로, 2000 겨울호.

이종묵,「조선 중기 시풍의 변화 양상」,『한국 한시의 전통과 문예미』, 태학사, 2002.

이종호,「三淵 金昌翕 研究(其一)- 東岳·五山詩에 對한 拙修齋와의 論爭을 中心
으로」,『韓國漢文學研究』9, 10집 合輯, 1987.

이혜순,「17세기 통신 사행 집단의 문학과 의식세계-南龍翼의 <壯遊>를 중심으로」,
『韓國漢文學研究』17집, 1994.

_____,「여행자문학론試攷-비교문학적 관점에서」,『비교문학』34, 한국비교문학회,
1999.

이태진,「<東國興地勝覽>편찬의 역사적 성격」,『진단학보』46·47集, 1979.

임준철,「林悌 意象의 美的特質」,『어문논집』2, 민족어문학회, 2000.

_____,「漢詩 意象論과 朝鮮中期 漢詩 意象 研究」, 고려대 박사학위논문, 2003.

임형택,「現實主義 발전과 敍事漢詩」,『李朝時代敍事詩』上, 창작과 비평사, 1992.

_____,「고전문학에서 현실주의의 발전과 민족문학적 성취」,『韓國漢文學研究』17,
1994.

_____,「실학사상과 현실주의문학」,『한국문학사의 논리와 체계』, 창작과 비평사,
2002.

_____,「朝鮮使行의 海路 燕行錄 : 17세기 東北亞의 歷史轉換과 實學」,『韓國實
學研究』9호, 2005

장미경,「宣祖朝 전쟁 체험 한시 연구」, 고려대 박사학위논문, 2004.

전송열,「朝鮮朝 初期 學唐의 變貌 樣相 研究」, 연세대 박사학위논문, 2001.

정구복,「조선후기의 역사의식」,『한국사상사대계』, 한국정신문화연구원, 1991.

_____,「朝鮮朝 日記의 資料的 性格」,『정신문화연구』19권 4호, 1996.

정 민,「16·7세기 學唐風의 性格과 그 風情」,『韓國漢文學研究』17집, 1994

_____,「石洲 權韠과 동악 이안눌의 대비적 고찰」,『韓國學論集』10, 한양대 한국학
연구소, 1986.

정순우,「퇴계 사상에 있어서의 일상의 의미와 그 교육학적 해석」,『퇴계의 사상과
그 현대적 의미』, 한국정신문화연구원, 1997.

정원표,「歷史的 事件의 詩的 形象化 科程」- 임진왜란과 병자호란에 관련된 한시를
중심으로,『韓國漢文學研究』16, 1994.

정하영,「朝鮮朝 '日記'類 資料의 文學史的 意義」,『정신문화연구』19권 4호, 1996.

조규익,「조선조 국문사행록의 통시적연구」,『어문연구』117, 한국어문교육연구회, 2003.

조영록,「조선의 소중화관」-명·청 교체기 동아시아 삼국의 변화를 중심으로」,『역사

학보』149권.

조동일, 「허균 세대의 임진왜란 체험과 한시의 변모, 『임진왜란과 한국문학』, 1992.

조송식, 「臥遊 사상의 형성과 그 예술적 실현-六朝 시대에서 北宋시대에 이르기까지 예술론을 중심으로」, 서울대 박사학위논문, 1998.

주영하, 「짠지, 장아찌, 침채, 그리고 김치」, 『문헌과 해석』, 통권 18호, 2002 봄.

최강현, 「한중 사행문학 연구-수로 조천록을 중심하여」, 『인문과학』6, 홍익대 인문과학연구소, 1997.

_____, 「한중사행문학연구(1)-사행로의 변천상을 중심으로」, 『동서문화교류연구』2, 한국돈황학회, 1999.

최경진, 「高適・岑參의 邊塞詩 比較研究」, 연세대 박사학위논문, 1998.

_____, 「邊塞詩의 淵源과 發展」, 『中國語文論集』9, 대한중국학회, 1994.

최소자, 「'淸과 朝鮮'-明・淸 交替期 동아시아의 國際 秩序에서」, 『中國과 東아시아 世界』, 국학자료원, 1997.

_____, 「壬辰倭禍와 明朝, 임진왜란을 전후한 동아시아의 사회문화 동태」, 『아시아 문화』8호, 한림대 아시아문화연구소, 1992.

최영준, 「擇里志 : 한국적 인문지리서」, 『震檀 學報』69, 1990. 6.

한태문, 「조선 후기 통신사 사행문학 연구」, 부산대 박사학위논문, 1995.

황위주, 「朝鮮前期 樂府詩 研究」, 고려대 박사학위논문, 1990.

_____, 「16, 17세기 악부시의 출현동인과 전개과정」, 『한시연구』, 태학사, 1997.

황패강, 「임진왜란과 실기문학」, 『임진왜란과 한국문학』, 민음사, 1992.

국사편찬 위원회, 「조선 중기의 외침과 그 대응」, 『한국사』29, 서울 탐구당, 1981.

4. 국외논문 및 단행본

르네 웰렉・오스틴 워렌 著, 김병철 譯, 『문학의 이론』, 을유문화사, 1988.

오가와 타마끼 著, 심경호 譯, 『唐詩槪說』, 이회, 1998.

劉若愚 著, 이장우 譯, 『中國詩學』, 동화출판공사, 1984.

錢鍾書, 『談藝錄』, 中華書局, 1986.

鄭家治, <試論杜甫的戰亂詩與邊塞詩>, 「Journal of Cheongdu Teachers College」 22권, 2003.

陳伯海 著, 이종진 譯, 『당시학의 이해』, 사람과 책, 2001.

『唐宋八大家文選』, 國語日報出版部, 民國 69年 2版.

『中國大百科全書』, 中國大百科全書出版社, 1986.

『新編 中國文學史』2, 中國文學史研究委員會, 臺灣 復文圖書出版社.

岡岐義惠, 張南瑚 외 역, 『日本의 文藝』, 서울 : 시사일본어사, 1991.

加藤周一, 『日本文學史序說』, 동경 : 공마서방, 1991.

Johnston, R.J and Others, 『Dictionary of Human Geography』, New York.

The Free press pp.153-155, 『地理學事典』, 일본지리연구소, 이궁서점, 1981.

찾아보기

배주연

이화여자대학교 국어국문학과를 졸업하고 동대학원에서 『설곡 정포의 시문학 연구』, 『동악 이안눌 시문학 연구』로 석박사 학위를 취득하였다.

고전 텍스트를 대상으로 한 동아시아 한자문화권에서의 상호 교섭 양상에 관심을 두고 공부하고 있다.

공저서로 『우리 한문학사의 해외체험』, 『우리 한문학과 일상문화』, 『생활한자와 교양한문』 등이 있고, 「동악 이안눌의 임진란 체험 한시 연구」, 「동악 이안눌의 시문학 연구 – 인문 지리적 특징을 중심으로」 등 다수의 논문이 있다.

충북대학교, 평택대학교, 용인 송담대학에서 문학과 글쓰기 관련 과목을 강의하였다. 이화여대 다문화연구소와 서울시가 주관한 '희망의 인문학'을 강의하였으며 현재 이화여자대학교에서 문학과 글쓰기, 한문 관련 과목을 강의하고 있다.

이안눌의 동아시아 체험과 문학

2013년 9월 17일 초판 1쇄 펴냄

지은이 배주연
펴낸이 김흥국
펴낸곳 도서출판 보고사

책임편집 지아라
표지디자인 윤인희

등록 1990년 12월 13일 제6-0429호
주소 서울특별시 성북구 보문동7가 11번지 2층
전화 922-5120~1(편집), 922-2246(영업)
팩스 922-6990
메일 kanapub3@naver.com
http://www.bogosabooks.co.kr

ISBN 979-11-5516-078-7   93810
ⓒ 배주연, 2013

정가 20,000원

이 도서의 국립중앙도서관 출판시도서목록(CIP)은 서지정보유통지원시스템 홈페이지 (http://seoji.nl.go.kr)와 국가자료공동목록시스템(http://www.nl.go.kr/kolisnet) 에서 이용하실 수 있습니다. (CIP제어번호 : CIP2013015215)